本书是国家社科基金青年项目"博学鸿词科与康熙诗坛关系研究"(12CZW035)结项成果,受到中国艺术研究院基本科研业务经费支持。

康熙博学鸿词科与清初诗坛

张立敏 著

人民出版社

责任编辑：王志茹

装帧设计：徐　晖

图书在版编目(CIP)数据

康熙博学鸿词科与清初诗坛/张立敏 著 . —北京：人民出版社，2019.8

ISBN 978-7-01-021180-0

Ⅰ.①康… Ⅱ.①张… Ⅲ.①古典诗歌-诗歌研究-中国-清代

Ⅳ.①I207.22

中国版本图书馆 CIP 数据核字(2019)第 181760 号

康熙博学鸿词科与清初诗坛

KANGXI BOXUE HONGCIKE YU QINGCHU SHITAN

张立敏　著

人民出版社 出版发行

(100706　北京市东城区隆福寺街 99 号)

北京中兴印刷有限公司印刷　新华书店经销

2019 年 8 月第 1 版　2019 年 8 月北京第 1 次印刷

开本：710 毫米×1000 毫米 1/16　印张：18.75

字数：296 千字

ISBN 978-7-01-021180-0　定价：57.00 元

邮购地址：100706　北京市东城区隆福寺街 99 号

人民东方图书销售中心　电话：(010)65250042　65289539

目　录

上编

下编

绪　　论

　　康熙十七年（1678），在平定三藩之乱战事正酣之际，清廷诏举博学鸿词科，遍征天下贤良入京师应试，次年开考，50名中式人员全部授以翰林，入《明史》馆修史。康熙博学鸿词科是清初一次具有特殊意义的制科考试，虽然它是封建社会科举制度下的产物，也具备制科考试的基本要素，但是却有别于历史上任何一次制科考试，显示出自己的特殊性。嗣后，乾隆元年（1736）清廷虽然再次举办博学鸿词科，但是无论是在组织形式、考试方式、录取情况、对应考人员重视程度、录用人员制度安排还是士林反响、社会影响，在清代社会文化生活中的意义尤其是对清代诗歌创作及其演变的影响方面，二者都迥然有别，以致于学界有在称谓上将它们区分开来的观点，称康熙博学鸿词科为博学鸿儒科，而将博学鸿词科名称归属于乾隆博学鸿词科①。

　　康熙博学鸿词科是清初科举、政治、学术领域内的一件大事，引发士林震荡，在当时和后世都产生了深远影响。当时人们就将它视为科举、翰林制度与文治方面的盛事，一个文学与文化繁荣的体现。在朝鲜，面对科举考试弊端丛生的局面，有人建议借鉴康熙博学鸿词科来革除科考弊端②。随着时间的推移，在清初甚至整个清代的政治、军事、文化、文学演进的研究视野中，康熙博学鸿词科的重要性日益凸显。早在民国时期，孟森就认为康熙博学鸿词科消弭士人鼎革后避世之心，嗣后"汉族帖然，整旅向外，蒙藏相继尽入版图，不得谓非圣祖庙谟独运也"③，将康熙博学鸿词科纳入清朝国家统一进

---

① 张亚权提出应该严格区分博学鸿词科与博学鸿儒科，见张亚权《康熙博学鸿儒科研究》，南京大学博士学位论文，2003年。

② ［朝鲜］洪翰周：《智水拈笔·科举》，蔡美花、赵季编《韩国诗话全编校注》，人民文学出版社2012年版，第8345—8346页。

③ 孟森：《己未词科外录》，载氏著《明清史论著集刊》，中华书局1959年版，第498页。

程考察视野中。嗣后在启功看来，"己未词科，实文治斡运之钧枢"，"康熙之治，今更为人艳说，岂偶然哉"，博学鸿词科是开启康熙盛世的关键①。在分析近代中国衰落局面形成原因，反思中华民族文化复兴之时，民国学者也将目光投向博学鸿词科，认为它虽然"牢笼英俊，钳制文人思想"，实现了清朝社会思想文化领域内的话语权，但是"成麻木不仁、老大病夫之中国"，"推其致此之由，实圣祖开博学鸿词科之阶之厉也"②，为中国近代的衰落埋下隐患。对博学鸿词科的论述，尽管侧重点不同、观点不同甚至是截然相反，但是博学鸿词科涉及社会各个层面、影响深远超越康熙朝乃至整个清朝，则已为学界所认可。

康熙博学鸿词科的意义如此重大，以至于学术探索者以富于激情的语句表达内心的激动与喜悦："有没有一种举措，不仅影响到当时的政治、军事、学术、文化，而且深深地影响到了几代读书人的灵魂，甚至改变了他们的生活方式和文史撰述？有没有某一个年份的某一项决策，整整地影响了一个世纪甚至更长时间的风云变幻？"正是怀着发现宝藏的这份惊喜与激动，张亚权动情地概括了康熙博学鸿词科的意义：

> 这一重大举措，对于清初政治及学术文化所产生的"革命性"影响，可比之为康熙十八年的"京师大地震"。它不仅动摇了清初政局"南北失衡"的基本格局，而且撼动了数代读书人的精神世界！清初的"南北党争""扶南抑北"政策、江南文人集团的转变、朝野诸儒的"史诗文心"；清前期历史地位、康熙的崇儒政策、满族的汉化历程、遗民出处、华夷之争、民族融合、王道正统敏感、存疑等问题无不与此紧密关联。正是在这个意义上，我们把康熙十八年博学鸿儒科看作清代政治文化转型的分水岭。大清帝国的沉浮兴衰和古老帝国的"返照""迟滞"，都在其中透出消息。③

这段形象而富于激情的语言，概括了学界对博学鸿词科政治、文化、学

---

① 启功：《启功丛稿》题跋卷《朱竹垞家书卷跋》，中华书局1999年版，第314页。
② 佚名：《清史论》康熙朝《圣祖召开博学鸿词科论》，民国六年刻本，台湾文海出版社1972年影印本，第53页。
③ 张亚权：《康熙博学鸿儒科研究》，南京大学博士学位论文，2003年。

术等领域的影响，生动地展示了它的极大魅力，学者探索康熙博学鸿词科的激情跃然纸上。这段热情洋溢的文字表明人们对康熙博学鸿词科的意义已经有了一个较为全面的认识。

然而关于康熙博学鸿词科对诗歌史影响的研究，则相对来说姗姗来迟而略显薄弱。这不仅是因为对康熙博学鸿词科的认识有一个历史过程，更重要的是诗歌史意义的揭示有赖于清代诗歌史的宏观把握，以及在此基础上对清初诗歌创作、诗学观念、诗人生平进行细致的梳理、编年体式的考察，如此这般，才能建立有历史感的学理的理论把握而非概念式或感觉式把握。扎实的考证、诗歌系年、诗歌创作活动先后次序与场景的确定、诗人有时漂浮不定反复变化但始终有一条若隐若现线索的诗歌观念辨识，不仅需要细致的工作，更有赖于学术研究的整体推动。也正是这些因素的交互作用，在博学鸿词科诗歌史意义研究过程中，出现意义发现远远超前于学理探讨的现象，或者是意义的概括逾越了学术探索本身（如虽有观点却无材料支持，或者是遥遥领先于时代的"大词"）。问题的解决，需要一种多学科的推进方能完成。

博学鸿词科的诗歌史意义、它与康熙诗坛的关系以及在清诗演化中的作用，是学术界对清诗尤其是康熙诗坛风貌研究和博学鸿词科研究探索的必然结果，也是这两个领域研究探索深入发展的体现。

一、康熙朝诗歌演变研究现状及其问题

（一）1978 年以前的康熙朝诗歌研究

清代诗歌研究中，康熙朝诗歌风貌及其演变研究，是 100 多年来清诗研究不断深入的结果和体现，期间经历了艰难的起步、迂回与反复，最终迈向学术研究的繁荣。

辛亥革命之后，清朝作为一个整体观照对象成为研究对象，清诗随之作为一个历史对象进入研究者视野。然而研究伊始，作为被推翻的封建王朝诗歌，清诗处于一种尴尬的境遇。与社会形势密切相关的中国现代文学一路高歌，古典文学创作式微，白话诗兴盛，小说、戏曲通俗文学热潮出现。在这

些因素的影响下，古典诗文研究遭受冷遇，而受"一代有一代之文学"观念的负面影响，清诗研究如履薄冰。梁启超措辞尖锐激烈的论断，是当时对清诗评价的一个典型：

> 以言夫诗，真可谓衰落已极。吴伟业之靡曼，王士禛之脆弱，号为开国宗匠。乾隆全盛时，所谓袁（枚）、蒋（士铨）、赵（翼）三大家者，臭腐殆不可向迩。诸经师及诸古文家，集中多亦有诗，则极拙劣之砌韵文耳。嘉道间，龚自珍、王昙、舒位，号称新体，则粗犷浅薄。咸同后，竞宗宋诗，只益生硬，更无余味。①

整个清朝，诗歌被定位为衰落，即使是名家大家如吴伟业、王士禛、袁枚也毫无可取之处。朝代诗学中唐诗后人难以为继（王国维《宋元戏曲史·自序》）的观点，在鲁迅那里发展为"一切好诗，到唐已被作完"的论断②，因而清诗在诗歌史上几乎毫无地位可言。贺凯断言："明清以来的诗，大都是模仿的，复古的，大多数是诗匠的诗。"③梁乙真说："清代的诗坛，可以说是唐诗宋诗的争霸场，舞台上的角色虽多，但均跳不出唐宋人的范围。"④在研究者看来，清诗的特点就是模仿与复古，了无生机。这样的学术氛围中，清诗研究的拨乱反正工作在清诗意义的发现中迈开步伐，从清代文学与前代文学的关系角度出发，探索清代文学的总体特征，如容肇祖所述：

> 清代的文学，为以前的旧文化的总结束。……所谓"汉赋"，"六朝骈文"，"唐宋古文"，"唐诗"，"宋词"，"元曲"，"明传奇、小说"，在这个时代，莫不一一重现于文坛，而超过前代。且不仅仅模拟，作者的个性与时代精神，深深的印在他们的作品里。他们的作品，有他们自己的生命和特色，完全不是貌似而已的。⑤

---

① 梁启超：《清代学术概论》，东方出版社1996年版，第92页。
② 鲁迅：《致杨霁云》（1934年12月20日），《鲁迅全集》第12册，人民文学出版社1981年版，第612页。
③ 贺凯：《中国文学史纲要》，北平文化学社1931年版，第24页。
④ 梁乙真：《中国文学史话》，上海新元书局1934年版，第697页。
⑤ 容肇祖：《中国文学史大纲》，北京朴社1935年版，第313—314页。此时期龙榆生《中国韵文史》（钱鸿瑛导读本，上海古籍出版社2002年版，第60页）也认为"清诗虽亦规抚唐、宋，而诸大家各能自出心裁，特具风格，非如明人之以'赝古'欺人也。"

这里指出清代是中国古典文学的总结而且具有自己的生命与价值，在中国古代诗歌史中赋予清诗一席之地。不过这种观点几乎是空谷绝音。整体上看，尽管 1949 年前曾出现中国古典文学史、诗歌史、韵文史的编纂热潮，但对清代诗歌多作否定性价值判断，或者泛泛述及，或者干脆弃置不论，如陆侃如、冯沅君《中国诗史》[①]。不过具体到康熙诗坛，情况却有点不太一样。

时代的动荡不安，激发了学界对明遗民诗人研究热忱，连带涉及康熙时期诗歌。随着研究视野逐渐开阔，出现了综合性研究论文，尽管论及康熙诗坛往往是几笔带过。主要有金受申《清代诗学概论》（《公教青年会季刊》2卷 1 期）、《谈一谈清代的诗学》（《新晨报副刊》1929 年 7 月 23 日）、王礼培《论清代诗派》（《船山学报》11 期），林寿图《论闽诗派》（《文艺杂志》第 10期）、钱萼孙（仲联）《清代江浙诗派概论》（《国学年刊》1926 年 1 期）、《浙派诗论》（《学术世界》1 卷 4、5 期）、钱大成、陈光汉《清代诗史绪论》（《国专月刊》3 卷 1、2、4 期）等。这些论述涉及清诗流派、地域诗学，它们表明清诗研究已经完成了价值判断层面的拨乱反正工作，人们对清诗的认识日益客观，一种基于具体诗人、地域诗学、诗歌流派研究之上的宏观把握已经初成规模，清诗的整体风貌以及演化研究已经提上日程。在《清代诗史续论》一文中，钱大成、陈光汉认为清朝为诗歌盛世，具有自己的特色，提出清朝独有的学人之诗的论断：

> 诗歌之盛，极于有清，祧唐述宋，驾元越明……

> 清诗之特色……唐以前之诗，皆诗人之诗也。宋以后，则有词人诗也。清代固大半为诗人之诗，然词人之诗亦特多，如其年、樊榭等人是也。更有学人之诗，则为清代所独有。

> 清代诗学批评之盛，旷古所无，其造诣精微，更能道前人所未道，牧翁之排斥公安、竟陵，钝吟之驳沧浪诗话，渔洋之主神韵，覃溪之主肌理，曾文正之盛推杜韩苏黄，皆有独到……

---

① 陆侃如、冯沅君：《中国诗史》，大江书铺 1931 年版。

在清诗整体认识的基础上，对清诗了分期研究①：清初为第一期，康雍乾三朝为第二期，咸同以后为第三期，光宣为第四期，隶属于第二期的康熙诗坛受到高度评价：

> 康雍乾三朝为清代全盛时期，文物昌明，于斯为极，一时风尚，多和平雅正雍容之作，可以宋琬、施闰章、王士正、朱彝尊等代表之。其余如袁枚、黄景仁、赵翼、张问陶等皆杰出之才也。②

这种论述着眼于清诗整体风尚，和平雅正点出康熙中后期总体风貌，文中还论述诗歌昌盛的三个原因（学术发展、帝王提倡、官员奖掖诗人），并阐述了诗歌源流，诗歌史撰写中诗史与史才、史学、史识、史德之关系，论述式诗歌史与选录式诗歌史，研究清代诗歌史的难度（"去今未远……未经时代之淘汰"；"篇章特夥"；诗人多，挑选大家、名作难；"材料特多"），清诗的背景、分期、分派、特色、诗学批评等等，虽然其中的有些论述过于简略，但不乏真知灼见，在今天依旧有重要的参考意义。

1949 年以后，包括康熙朝诗歌在内的清诗研究在古代文学研究整体不景气的情况下，承袭清诗研究伊始出现消极判断，又加上了时代政治判断的因子，以人民性、思想性为评价尺度。如北京大学中文系 1955 级编的《中国文学史》的观点：

> 明清的文人诗文却是每况愈下，到了水浅塘涸的地步，基本上陷入了形式主义的泥潭，一般地远离了人民大众的生活，不能反映现实，不能战斗，所以没有什么价值。

> 清代诗坛一直被"尊唐""尊宋"搞得乌烟瘴气，表面看来他们也是各立门户，各有所宗，但骨子里却是沆瀣一气，都是形式主

---

① 据蒋寅《中国古代文学通论》清代卷《绪论》（辽宁人民出版社 2005 年版），晚清杨希闵（1806—1882）在《诗榷·国朝诗人诗补录》（江西省图书馆藏稿本）将清诗分四期，即清初至康熙三十年、康熙中至乾隆四十年、乾隆中至道光末、咸丰后；陈衍 1923 年在《近代诗抄序》中论及诗坛盟主，未明确分期；钱大成、陈光汉为陈衍高足，据凡例，此文"爰承师说"，代表了陈衍的观点。
② 引文 1 段源自《国专月刊》1936 第 1 期，其余段落源自 1936 年第 4 期，标点符号略有改动。

义者。①

康熙朝诗歌的研究进程出现断裂与回流，清诗的地位一下子跌落到研究原点之时的状态。

（二）1978 年至今的康熙朝诗歌研究

1978 年以后，在和平与稳定的社会环境中康熙朝诗歌研究逐渐走上了学术正规化道路。清诗重新获得了"超明越元，抗衡唐宋"② 的地位，无论在诗歌数量、作家人数、大家名家数量与艺术水平，还是在反映现实生活的深刻性与独特性等方面，清诗都具有不可忽视的价值。其实早在 1972 年，柯愈春就着手普查清人诗文集，在清代诗歌的萧瑟景观中辛勤耕耘，日后他的《清人诗文集总目提要》（北京古籍出版社 2001 年版）成为清代文学研究的基本工具书。这与其是说开启清诗研究风气之先兆，不如说是时代风气中的一个独特个例。1978 年后，清诗成为迄今为止古代文学领域内取得最具开拓性成果的领域，涌现出大量论文与诗歌史专著，如朱则杰《清诗史》（江苏古籍出版社 1992 年版、2000 年版修订本）、赵永纪《清初诗歌》（光明日报出版社 1993 年版）、严迪昌《清诗史》（五南图书出版公司 1998 年版，浙江古籍出版社 2002 年版修订本）、刘世南《清诗流派史》（文津出版社 1995 年版，人民文学出版社 2004 年版）、张健《清代诗学研究》（北京大学出版社 1999 年版）、蒋寅《王士禛与康熙诗坛》（中国社会科学出版社 2001 年版）、《王渔洋事迹征略》（人民文学出版社 2001 年版）《清代诗学史》（中国社会科学出版社 2012 年版）等，举凡清代诗歌发展史上所有时段与领域——重要作家、主导风格、流派、风尚，诗歌与创统、社会政治制度、学术文化、科举、地域迳至书籍流通等，在这些著作中均有涉及。

---

① 北京大学中文系 1955 级：《中国文学史》（下），人民文学出版社 1958 年版，第 513、533—534 页。

② 钱仲联：《明清诗精选·序》，江苏古籍出版社 1992 年版。相关论文有陈祥耀《清诗选·前言》（《福建师范大学学报》1980 年第 3 期）、严迪昌《清诗平议》（《文学遗产》1984 年第 2 期）、马亚中《试说清诗力破唐宋之余地》（《苏州大学学报》1985 年第 3 期）等。值得反思的是，1978 年以后清诗的地位意义反思以梁启超、王国维等人论点为批判对象，而非承续民国已有成果。

清诗研究中，康熙朝诗歌的总体风貌与演变问题逐渐进入人们的研究视野并取得了丰硕成果。在朱则杰《清诗史》描述中，康熙诗坛经历了一个由怀念故国、反映现实到点缀盛世、歌舞升平的过程。以"清初六大家"即施闰章、宋琬、朱彝尊、王士禛、查慎行、赵执信为代表的本朝诗人在政治立场上基本认同清朝，同时所处社会也在逐步迈向和平与繁盛，故诗歌创作逐渐从反映现实转移到点缀升平，从重视内容到倾向于追求形式，格调也从慷慨激烈变而为温柔平和，呈现出蜕变的趋势。该书大体揭示出康熙朝诗歌主题、风格的演变，但是这个转变是如何发生的、时间节点与具体因素是什么，《清诗史》没有论述。清诗转变是一个复杂的过程，单从诗人思想情感倾向来看，即以《清诗史》所论述人物而论，包括朱彝尊在内的一大批所谓清朝本朝诗人，政治立场也不是一开始就拥护清朝，他们的政治倾向变化以及诗歌演变过程有待于进一步研究。在论述康熙诗坛盟主王士禛时，说神韵诗是诗坛上"唐宋之争"的客观产物，唐宋诗风争论中毛奇龄抬出权相冯溥压制宋诗风气，用心险恶①，但是没有对宋诗风进行研究，而又不能揭示何以毛奇龄会反对宋诗，价值判断上过于偏颇。在这种视野下，毛奇龄的诗学观念表达完全是小人所为，与诗学创作与理论无关的骑墙派行为。

唐宋诗风论争与演变是贯穿清代诗歌史研究中的一个话题，在康熙朝唐宋诗风演变过程的研究中，冯溥在诗风演变中的作用受到研究者的注意。赵永纪在《清初诗歌》中指出顺治年间诗坛以尊唐为主，康熙十几年以后，宋诗风渐渐盛行，也提及康熙、冯溥推广唐诗，反对宋诗，认为"以政治力量推宗唐诗，对诗风不能不起一定作用"，但诗歌风尚基本上是一个诗歌领域内的问题②。此前，齐治平《唐宋诗之争概论》概述清初之唐宋诗之争，提及毛奇龄、冯溥反宋诗③。可见冯溥与康熙朝诗歌风尚演变的关系得到了一定程度的关注。这表明，在康熙朝诗歌唐宋诗风尚演变问题上，研究者不仅注意到了诗歌风尚的演变，而且细致到逐步探索唐宋诗风演变的时间节点以及引发诗风转变的因素。不过从单一诗歌风尚演变内部规律的视角出发，限制了研

---

① 朱则杰：《清诗史》（修订本），江苏古籍出版社 2000 年版，第 191 页。
② 赵永纪：《清初诗歌》，光明日报出版社 1993 年版，第 55—60 页。
③ 齐治平：《唐宋诗之争概论》，岳麓书社出版 1984 年版，第 70—111 页。

究者的思路。其实诗歌乃至一切文学的内部因素与外部因素绝非水火两重天，而文学风尚与样式的变化，往往是社会政治文化与风俗习惯的影响与推动，尤其是在纯文学观念远未盛行的封建社会。

康熙朝诗歌的一个特点是流派纷呈、千岩竞秀，这种情形在刘世南的著作《清诗流派史》中得到阐述。从流派史角度出发，该著作阐述了河朔诗派、岭南诗派、虞山诗派、娄东诗派、秀水诗派、神韵诗派、宗宋诗派、饴山诗派，依次分析各个流派及每一流派中代表作家的思想与艺术特色，展示了诗歌演变过程中纷繁复杂的一面。在宗宋诗派论述中，基于社会政治因素的阐释视野与角度，冯溥对宋诗风态度受到关注，不过该书揭示宋诗风兴起的一个原因是遗民偏好，即"不臣异族，遁迹山林，故好宋诗"，而毛奇龄变节后附和，反噬更甚[①]。这个论述无法解释清朝官员崇尚宋诗风尚，同时论述流于平面叙述，缺乏史的线索。鉴于清代诗派生成因素中地域性特征突出，张仲谋在《清代文化与浙派诗》中以宗宋诗风为主的浙派为研究对象，论及冯溥、毛奇龄贬抑宋诗风，结论是他们不过是顺风承旨，看康熙眼色说话[②]，这是一个有待商榷的结论。

上述著作虽然都注意到康熙朝诗歌整体风貌的变化、社会政治因素的影响，而冯溥在诗风演变中的作用和探讨实质上已经触及康熙朝博学鸿词科的转折点，但是诗歌风气转化的过程缺乏具体论述，也没有把诗歌变化放在清朝统治者文治教化的大前提下论述，诗风演变与博学鸿词科的关系没有得到关注。

依据清代文治背景下清诗发展独特景观的认识，严迪昌《清诗史》中按照不同的身份将诗人划分为"朝""野"两大阵营，即身居庙堂朝阙的皇族及官僚与草野遗逸，后者包括遗民诗群与寒士诗群，认为诗歌发展历程中的"唐""宋"之争与"才""学"之辨等问题都是在清代满族统治者推行的文化干预与管制背景下进行的。康熙诗坛盟主王士禛的"神韵"诗风是在康熙文治特定背景下形成的，是皇权政治向诗坛深层渗透与制约的产物，是诗人迎

---

①　刘世南：《清诗流派史》，人民文学出版社 2004 年版，第 215—217 页。
②　张仲谋：《清代文化与浙派诗》，东方出版社 1997 年版，第 19—20、42 页。

合文治的自觉选择。这部著作首次以清诗发展过程中的结构性动力即满清政权的盛世文治、对诗坛的干预与制约为基本切入点而展开的清诗史研究，显示出撰者独到眼光与对清诗史的整体把握。作者胸中已有一部完整的清诗画卷并对之做了勾勒，而这个切入点是宏观勾勒清诗发展史脉络的关捩。按照这个思路，《清诗史》论述了作为诗坛盟主的王士禛"神韵"说及"神韵"诗风的盛行与康熙朝的文化干预的关系，然而文化干预的过程如何、皇权政治通过何种渠道又是如何渗透到诗歌领域内的诸多问题没有得到阐述。在具体论述上，撰者认为"神韵"诗风是从顺治末年到康熙十七年博学鸿词诏书下达期间清朝文治的产物，并于康熙二十年以前就盛行于京师①，这同样是一个值得商榷的问题。因为，顺治朝虽然也不忽视文治②，但更看重武功，尤其是顺治末年采取主要针对江南士人的"科场案""奏销案""通海案"与其说是文治，毋宁说是武功，是采取强硬粗暴手段对文人的钳制与打压，它们反映出来的恰恰是对文治的忽略。康熙即位之初，以鳌拜为首的四大臣掌控朝纲，一仍世祖旧制。重视文治尤其是对诗文进行干预是康熙八年亲政后尤其是康熙十七年以后的事情。就诗坛内部发展情况而言，康熙十五六年间，王士禛诗主"宋调"。在他的影响下，京师诗坛盛行宋诗风，而这恰恰与当时康熙帝的诗歌审美趣味相违背，是康熙帝、冯溥所大力整顿的对象。作为文治产物，"神韵"诗风的出现及流行乃是此后诗坛的境况。此外，所谓"朝"的一极的庙堂诗群网络也并非整体上步伐一致，文治也不是一蹴而就；在特定历史时空中内有一个由相对于文治设定方向的疏离到逐渐靠拢的向心运动。这些都是需要进一步深入探讨的问题③。另外，关于康熙诗坛宋诗风的起落情况，该书也没有涉及。

　　康熙诗坛研究中，宋诗诗风消长逐渐成为一个焦点。上述著作虽有涉及，但多是泛泛而论，诗风转变时间节点不清晰，如一些学者在论述冯溥、毛奇龄反对宋诗风时常常将已经去世多年的钱谦益作为对象，认为清人惩于明人

---

　　①　严迪昌：《"绝世风流润太平"的王士禛》，载《清诗史》（修订本），浙江古籍出版社 2002 年版，第 422 页。

　　②　文治并非泛泛的文化管制，而有其特定含义，《汉语大词典》的解释是"以文教礼乐治民。"《礼记·祭法》："文王以文治，武王以武功，去民之菑。"

　　③　张立敏：《冯溥与康熙京师诗坛》，中国社会科学出版社 2011 年版，第 13 页。

学唐诗之弊，一开始就向宋诗转型。日本学者青木正儿《清代文学评论史》首次注意到清初折中唐宋者多，向宋诗迈进者尚未出现。康熙中叶以后，才有了专学宋诗者，并论述了王士禛与康熙间宋元诗兴起的关系①，但忽略了康熙朝诗坛对宋诗风的批驳与王士禛向唐诗风的回归。张健在《清代诗学研究》中研究了康熙朝京师宋诗风气，认为王士禛康熙六年入京师倡导宋诗，掀起宋诗热，在包括冯溥在内的清廷上层反对声中于康熙二十六年返回唐诗。蒋寅《王渔洋与康熙诗坛》一书详细论述了王士禛与康熙诗坛宋诗风消长的关系、兴起的原因和背景、引起的反响和意义，认为宋诗风兴起于康熙十五六年间，王士禛于康熙二十一年回归唐音。黄河在《王士禛与清初诗歌思想》②中对王士禛在京师宗宋的过程也有论述。不过上述论著中康熙帝文治、博学鸿词对文学作用以及博学鸿词科中冯溥的作用或者未遑论及，或者只有片言只语。

此外，在顺治康熙两朝诗歌的研究中，儒家诗教论的评价问题，学界虽然有不少论述，但是一般都将明代诗视为诗教失坠时代，而明末清初则为儒家诗教论的复兴阶段③。事实上，这种观点既漠视了明代诗教的深远影响，又无法解释清代诗教与清朝诗歌整饬的关系，——既然诗教业已复兴，何须重新构建清代诗歌领域内温柔敦厚地位？

二、博学鸿词科的诗歌史意义研究综述

在康熙朝诗歌整体风貌的研究深入而陷入矛盾重重之际，博学鸿词科研究也逐渐突破政治、科举领域，逐渐触及包含诗歌在内的文学领域④。

博学鸿词科举办甫始，就引起人们讨论与探索。这甚至在一些应征人员

① ［日］青木正儿：《清代文学评论史》，杨铁婴译，中国社会科学出版社1986年版，第56—70页。
② 黄河：《王士禛与清初诗歌思想》，天津人民出版社2002年版，第148—170页。
③ 张健：《清代诗学研究》，北京大学出版社1999年版，第5页。
④ 清代两次博学鸿词科比较以及史料、个别诗人论述，不是本专题论述内容，博学鸿词科的研究史回顾中，张亚权《"博学鸿词"研究的回顾与展望》（《江海学刊》2006年第5期）、王清溪《近十年来己未词科研究综述》（《广东广播电视大学学报》2012年第3期）有涉及，可参看。

的辞考呈文中就有体现，应征人员常常将它和历史上的制科考试联系起来。但是由于谈论问题的方式与学术文体撰写方式的时代差异以及学术范式不同，清代的博学鸿词科研究虽然涉及面广，如举凡制科史、翰林制度、明史修撰、学术兴盛（理学）、用人制度等方面均有论述，但是总体上比较零散，除此而外，出于对一代盛世的钦慕，清人热衷于文献的收集整理。除了笔记、小说中有所记载之外，还出现了专门的文献整理著作，尤其是李集、李富孙、李遇孙《鹤征录》《鹤征录后录》与秦瀛《己未词科录》、无名氏《康熙十八年博学鸿词姓氏录》，为博学鸿词科研究提供了基本文献。在观念上，清人一般把博学鸿词科看作康熙朝文治的典范与文化盛典、人文蔚兴的标志之一。

辛亥革命后，人们开始以观照一个封建王朝的历史眼光，来思考博学鸿词科的意义。民国期间，孟森在《己未词科录外录》[①] 中提出博学鸿词科是康熙帝笼络遗民的手段，引起遗民内部的分化，成为今日主流观点。20 世纪 50 年代，美国学者维尔海姆在《1679 年的博学鸿儒科》中提出博学鸿词科目的是弥合知识分子的矛盾，使游离于政治体制外的学者加入政治管理机制中，避免学者与官员（the scholar and the official）之间出现裂痕，从而重构社会价值体系，但是从录用人员大部分是在清朝已经取得功名者来说，并未达到预期目的，此后《明史》馆的开局才基本上达到目的[②]。1978 年以后，张宪文《清康熙博学鸿词科述论》认为博学鸿词科目的在于团结汉族士流，缓和民族矛盾，开《明史》馆树立清政府正统意识，削弱汉人反满情绪，将孟森所说的遗民扩展到汉人[③]。赵刚对孟森观点提出不同意见，在《康熙博学鸿词科与清初政治变迁》中经过统计，200 名推荐者中，拥有清朝功名者 149，占 75%；50 名录用者中，有清朝功名者 44 人，占 88 %，录用者后任高级官僚者 32 人，因而博学鸿词科目的不是笼络遗民，而是选拔官僚人才，重用江南

---

① 孟森：《己未词科录外录》，载氏著《明清史论著集刊》，中华书局 1959 年版，第 494—518 页。

② Hellmut Wilhelm, "The Po—Hsüeh Hung—ju Examination of 1679", *Journal of the American Oriental Society*, Vol. 71, pp. 60—66. 文中认为 "学者—官员" 即 "学而优则仕" 是中国古代政治的基础（ "The conception of the 'scholar—official' was the basis of the Chinese government." ）。

③ 张宪文：《清康熙博学鸿词科述论》，《浙江学刊》1985 年第 4 期。

士绅，实施政治转型①。刘慧《傅山与博学鸿儒科》② 以傅山为个案分析博学鸿词科的影响，事实上也是孟森观点的阐述与补充。孔定芳的论文《论清圣祖的遗民策略——以"博学鸿儒科"为考察中心》《论康熙"博学鸿儒科"之旨在笼络明遗民》，承续孟森观点，加以详细论证，并以顾炎武为例，具体论述博学鸿词科之后，顾炎武在对清王朝态度上表现出明显的松动和软化③。张亚权《博学鸿儒科研究》为博学鸿词科进行了"正名"，认为博学鸿儒是一个全新的制科科目，不同于唐宋时期吏部科目选的博学鸿词，对征士生卒年、籍贯、荐主、仕履等做了文献整理④。博学鸿词科的目的、影响成为讨论分歧所在。尽管存在诸多分歧，但是博学鸿词科在康熙文教中的地位、分化遗民、笼络"知识分子"、巩固统治等方面的作用观点大体一致，博学鸿词科在政治、文化史上重要性已经大体得到阐释。此外，赖玉芹《博学鸿儒与清初学术转变》⑤ 论述了博学鸿词科对清代学术的影响，认为康熙帝极尽笼络之能事，百般礼遇应荐士人，基本达到目的。从此，士人处于朝廷的有效控制之下。康熙帝将宋明理学改造，加以利用，用来制掣士人，使之处于"失语"的状态。因此，群英荟萃的鸿儒群体中，理学、经济、词章、考据、德化无不具备，但他们在朝廷控制下，最终只有经史博学之士，得以材尽其用。总体来看，人们对博学鸿词科的认识不断深入，博学鸿词科与包括诗歌在内的文学发展的关系等方面还没有得到细致探讨，虽然日本学者竹村则行撰有《康熙十八年博学鸿词科与清朝文学之起步》，认为博学鸿词科是清代历史上一大转折，此后开始了严格意义上的清代文学⑥，首次将博学鸿词对文学发展的重要性揭示出来，时志明《浅议博学鸿词科及其对中国古代文学发展的影

　① 赵刚：《康熙博学鸿词科与清初政治变迁》，《故宫博物院院刊》1993 年第 1 期。

　② 刘慧：《傅山与博学鸿儒科》，《现代语文》1997 年 12 期。

　③ 孔定芳：《论清圣祖的遗民策略——以"博学鸿儒科"为考察中心》，《江苏社会科学》2006年第 4 期；《论康熙"博学鸿儒科"之旨在笼络明遗民》，《唐都学刊》2006 年第 3 期；《"博学鸿儒科"与晚年顾炎武》，《学海》2006 年第 3 期。

　④ 张亚权：《康熙博学鸿儒科研究》，南京大学博士论文，2003 年。

　⑤ 赖玉琴：《博学鸿儒与清初学术转变》，中国社会科学出版社 2010 年版。

　⑥ ［日］竹村则行：《康熙十八年博学鸿词科与清朝文学之起步》，九州大学文学会《中国文学论集》第 9 号，1990 年 11 月。

响》点出博学鸿词科具有形成文学集团、激发创作热情的作用①。

严格说来，在 2006 年之前，关于博学鸿词科的诗歌史意义，虽然有论文与著作提及，但专题研究尚未出现，尤其是它对诗歌及诗歌评论发展变化产生的影响尚属空白。

2008 年出现《宋诗风运动中的王嗣槐》一文，论述博学鸿词科对王嗣槐的思想与诗学影响②，此文为博士论文《冯溥与康熙京师诗坛》③ 中的一个个案研究。该博士论文以冯溥为切入点，考察了冯溥诗歌创作、诗坛整饬的历史脉络，首次揭示了博学鸿词科文治背景下的诗坛整饬，论述了冯溥诗坛整饬的动机、过程与成效，以个案研究的方式，探讨康熙博学鸿词科对诗人思想、诗歌创作、诗风变化、唐宋诗风演化、诗学理论的影响。2009 年出现的另一篇博士论文是高莲莲的《己未博学鸿儒科与清代顺康年间的诗风演变》④。该论文从诗人心态、文人雅集、《诗观》选诗，论述康熙十八年引发诗坛"质变"。

这两篇论文的出现，标志着康熙诗坛演变的转折点意义已经得到阐释。康熙诗坛风貌以及演变的因素、体现、矛盾的焦点、冯溥与毛奇龄在唐宋诗风演化中的影响，一一在博学鸿词科中得到阐述。

总体而言，这两篇专题研究学位论文，大体勾勒出博学鸿词诗歌史研究的意义。不过，在观点、研究方式、结论与论文结构上，两篇博士论文都有极大的不同。如论述康熙朝诗风演化的时间点，与《己未博学鸿儒科与清代顺康年间的诗风演变》的康熙十八年不同，《冯溥与康熙京师诗坛》通过冯溥诗学活动考察、徐嘉炎的诗歌创作经历，认为康熙十七年已经发生变化。关于康熙博学鸿词科对诗坛产生影响的过程，《己未博学鸿儒科与清代顺康年间的诗风演变》以为"博学鸿儒科通过对诗人心态的影响而改变着诗坛格局"；《冯溥与康熙京师诗坛》认为存在着两个层面：一是博学鸿词科考试前后清廷

①　时志明：《浅议博学鸿词科及其对中国古代文学发展的影响》，《苏州职业大学学报》2002 年第 4 期。

②　张立敏：《宋诗风运动中的王嗣槐》，《中国社会科学院研究生院学报》2008 年第 6 期。

③　张立敏：《冯溥与康熙京师诗坛》，中国社会科学院研究生院博士论文，2009 年。

④　高莲莲：《己未博学鸿儒科与清代顺康年间的诗风演变》，中国人民大学博士论文，2009 年。

文治措施对诗人的影响，二是冯溥对诗坛的整饬，二者的影响体现在诗人心态、诗学理论、诗歌主张、诗风演变，并在此基础上提出作为文治政策的博学鸿词科的内涵界定，即："博学鸿词科一词不仅仅是康熙十八年三月的考试，包括考试发动、考试、阅卷以及入《明史》馆的后续，特指康熙十七年发起的以博学鸿词科为主要事件的文治活动，考试只是系列文治活动中的一个重大事件，因而本文中的博学鸿词科的含义具有广义与狭义的区分，在宽泛的意义上，它指康熙十七年至二十一年间清朝推行的文治活动，冯溥对诗歌的整饬也是其中的一项内容"。论述冯溥反对宋诗风，《己未博学鸿儒科与清代顺康年间的诗风演变》通过"交游"来论述，《冯溥与康熙京师诗坛》则从冯溥诗学创作、诗学观点角度，历史地全面考察。在嗣后的诗坛盟主王士禛的论述中，《己未博学鸿儒科与清代顺康年间的诗风演变》提出康熙帝利用"神韵说"来淡化矛盾，从而整饬诗坛，倡导盛世文治，也是一个错误的论断。因为不仅王士禛提倡的诗风受到指责，他本人也对博学鸿词科认识不清楚，体现在他不能正确看待征士行为，甚至还制造与征士之间的不和。这种对王士禛与博学鸿词科的关系的论述，也出现在李舜臣《"博学鸿儒科"与康熙诗坛》[①]、张丽丽《博学鸿儒科与清初诗风之变》[②] 中，前者以为博学鸿词科实现了诗坛盟主的交接，王士禛确立了盟主地位，后文则说，"王士禛一人，成为清初诗风转变、清诗特色形成的关键因素之一"。

虽然时志明《浅议博学鸿词科及其对中国古代文学发展的影响》较早地关注博学鸿词科的文学史意义，但是从后来的研究来看，作者对博学鸿词科的意义并不清楚。在他的《盛世华音》一书中，有专门一章论述博学鸿词科诗人山水诗。关于博学鸿词科意义的阐述，该书认为"因博学鸿词科乃国家盛典，它的特殊意义高于普通考试，海内名士皆欲出其门下，所以博学鸿词科的诗人都能领军一时，成为那个时代的主流歌手"[③]，阐述博学鸿词科诗学影响时，作者提出"博学鸿儒科诗群"概念，认为：

① 李舜臣：《"博学鸿儒科"与康熙诗坛》，《民族文学研究》2012 年第 5 期。
② 张丽丽：《博学鸿儒科与清初诗风之变》，《上海师范大学学报》2010 年第 11 期。
③ 史志明：《盛世华音——清代顺康雍乾诗人山水诗论？》第四章《群花绽放，众星璀璨——博学鸿词科诗群山水诗的山水诗》，凤凰出版社 2017 年版，第 342 页。

　　他们（案：博学鸿儒诗群）不仅诗学昌明当世，而且学术人品
亦能领一代之风骚。从社会阅历及其思想特质看，这批诗人大多经
历了明末清初朝代鼎革的沧桑巨变，在他们的感情深处始终回旋着
哀感顽艳的故国之思；就其诗风和诗艺考辨，他们代表这清初百派
回旋、千帆竞发的繁盛气象。这种诗风是自由的，同时又是严谨的，
它上承清初节烈诗人刚劲奇崛的悲慨之气，下启后来清代诗坛清空
疏阔的唯美意识，从诗学渊源说，博学鸿词科诗群影响了一个代诗
歌的走向。

　　康熙十八年博学鸿词科之所以影响深远，关键是它产生的时代
背景和参与者社会影响决定的，凡参与博学鸿词科考试的，不管试
与不试皆为明末清初的硕学博彦，比如顾炎武、黄宗羲、傅山、孙
奇逢、魏禧等因种种缘故托词未试，但其造成的社会影响还是不可
估量的。博学鸿词科诗人开创了清代学人之诗与诗人之诗有机结合
的先声，为全清一代诗歌创作树立了一支高高的标杆。①

　　该论述将博学鸿词科应征人员视为一个文学集团，诗群概念的提出显示
出作者学术观点的连贯性，从某种意义上讲该著作是《浅议博学鸿词科及其
对中国古代文学发展的影响》一文的深入研究与阐述。虽然该著作论述范围
广，可是谈及博学鸿词科的意义，却是因为征士本身的名士身份，"博学鸿词
科之所以影响深远，关键是它产生的时代背景和参与者社会影响决定的，凡
参与考试的，不管试与不试皆为明末清初的硕学博彦"，事实上也已消解了博
学鸿词科的诗歌史意义。虽然康熙博学鸿词科考试优待文人，可是"海内名
士皆欲出其门下"的论述却不符合当时的历史情况，至少征士应征初期辞考
的大有人在，而这一点已经为学界所揭示。论者标举"博学鸿词科诗人开创
了清代学人之诗与诗人之诗有机结合的先声"，以此揭示博学鸿词科诗歌史意
义，忽略了之前清人反思诗歌史，在诗歌创作中呈现"学者"身份的痕迹，
如钱谦益。另外，关于博学鸿儒科诗群诗风的概述，即"上承清初节烈诗人

---

　　① 史志明：《盛世华音——清代顺康雍乾诗人山水诗论》第四章《群花绽放，众星璀璨——博
学鸿词科诗群的山水诗》，凤凰出版社 2017 年版，第 449—450 页。

刚劲奇崛的悲慨之气，下启后来清代诗坛清空疏阔的唯美意识"，也是一个似是而非的论断。事实上，正是清廷采取的博学鸿词科考试才促使了诗风的由流派纷呈变为相对单一，由遗民诗人占据诗坛主导地位变为和平雅正诗风成为诗坛主流。在诗歌理论层面上，温柔敦厚之诗教得以重建，王士禛总结了诗学实践，提出神韵说。只有在这个意义上才能说康熙博学鸿词科是清诗发展的转折点。

　　无论是对博学鸿词科诗歌史意义的消解还是阐述，从关注范围来看，《己未博学鸿儒科与清代顺康年间的诗风演变》《"博学鸿儒科"与康熙诗坛》《博学鸿儒科与清初诗风之变》和《盛世华音——清代顺康雍乾诗人山水诗论》，均聚焦于康熙十八年的考试，与这次科考一体的翰林学士入《明史》馆修史的意义一定程度上被忽视了；而引发诗坛更直接变化的诗坛整饬虽然有所论列，其意义却在意义的选择性阐述中削弱。

三、研究意义与主旨、内容与创新

（一）研究意义与主旨

　　博学鸿词科与康熙朝诗歌关系研究选题的确定，是基于对学界研究现状的反思，是在《冯溥与康熙京师诗坛》基础上的反思与探索。

　　其一，《冯溥与康熙京师诗坛》虽然阐述了冯溥诗歌创作、诗学思想、诗坛整饬与博学鸿词科关系以及对康熙诗坛的影响，但是博学鸿词科研究中的一些基础问题，如博学鸿词科的命名问题，则没有涉及，学界对博学鸿词与博学鸿儒称谓之间的关系不清楚，以至于越来越多的论文认同博学鸿儒科这个称谓。从研究视角上看，虽然冯溥作为贯彻落实康熙帝博学鸿词科政策的重要人物，对诗坛影响波及面广（应征人员抵京后按规定先去冯溥府上报名，理论上赴京应征人员都去拜见过他或者与他相识），理论上或者直接或者间接地影响到整个诗坛，但是一些诗人，并没有材料证明与冯溥有直接交往。受制于研究视角，《冯溥与康熙京师诗坛》在一定程度上忽略了没有应征参加考试的这一部分诗人，在研究视角上看是不全面的，因而博学鸿词科诗歌史意义的阐述也不够完整。比如在诗坛具有举足轻重作用的顾炎武，虽然没有应考，但是博学鸿词科对其产生了深远影响。迄今为止，已有关于博学鸿词科对顾炎武影响，将复杂的历史过程简单化且错误繁多，如论述顾炎武坚守了遗民的壁垒①；博学鸿词科对顾炎武思想情感、诗文创作的影响尚有许多空白之处。

其二，关于博学鸿词科对遗民的影响，虽然学界论述已经有不少成果，但是在论述过程中，遗民与官员的交往，通常被作为遗民对清朝政治态度转变的一个体现②。在论述博学鸿词科对清朝诗人的影响时，有观点以为"汉族士人虽然早已归顺清朝，但在清初'旧朝覆破、新枝难栖'的情况下，汉族士人不被真正重视，处于边缘位置"③。清朝是一个多民族的统一政权，从立国之初就重用一部分汉族士子，并依赖儒家思想建立了中央集权。上述对汉族士人心态的全称判断显然是错误的，即以冯溥为例，他在顺治康熙两朝深受帝王倚重。

其三，在研究视角与方法上，康熙十七年清廷诏举康熙博学鸿词科之后，围绕着这次科考，遗民与清廷之间形成了一个错综复杂的角力，出现了辞考与强制征辟现象。这种角力，不仅体现在遗民与清廷之间，而且在遗民之间，尤其是遗民、应征人员之间，也产生了巨大的影响，显示出康熙博学鸿词科的深远影响。目前学界对博学鸿词科的研究视角，仅限于遗民、清廷之间的错综关系，后一种视角少有人注意，至少目前尚无研究文章出现，博学鸿词科应征人员之间的相互影响在博学鸿词科研究中缺失。

其四，从诗坛盟主的影响角度来说，王士禛一度是康熙朝诗坛领袖，是

---

① 李舜臣：《"博学鸿儒科"与康熙诗坛》，《民族文学研究》2012 年第 5 期。该文提出："康熙诗坛格局所呈现的三个表征——由遗民诗人的退隐和新朝诗人的兴起所引起创作主体的消长、诗坛重心由偏重南方而至南北均衡、诗坛盟主的代兴，都与博学鸿儒科有着相当紧密的关联。从这个意义上说，博学鸿儒科堪称康熙诗坛格局发生新变的关捩。"第二、三条是该文的新见，只有第一条涉及清诗向和平雅正康乾盛世诗风转变。博学鸿词科诗歌史的意义恰恰是超越地域与流派、盟主，呈现出整体的一致性。

② 如孔定芳《"博学鸿儒科"与晚年顾炎武》（《学海》2006 年第 3 期）、高莲莲《己未博学鸿儒科与清代顺康年间的诗风演变》（中国人民大学博士论文，2009 年）、高莲莲《康熙己未博学鸿儒科与明遗民心态的变迁》（《青岛大学师范学院学报》2010 年第 12 期）。

③ 高莲莲：《己未博学鸿儒科与清代顺康年间的诗风演变》，中国人民大学博士论文，2009 年。

康熙博学鸿词科诗歌史意义研究中的重要一环。虽然博学鸿词科对王士禛产生的影响，已经受到学界重视，但是对王士禛在博学鸿词科中的地位及博学鸿词科的论述，已有论文中出现了不少错误判断。

其五，在论述博学鸿词科意义的过程中，历史的逻辑考察有待深入。这不仅体现在对博学鸿词科诗歌史意义研究中，对博学鸿词科涉及人物及历史事件考察中常常有年代错误，还体现在学术研究中对学术史线索、已有学术成果的忽视。

其六，博学鸿词科研究的通常路径是以身份分类，将应征人员分为官员、布衣、遗民，这无疑是一种简洁有效的方法，也是康熙诗坛研究常规路径。《冯溥与康熙京师诗坛》也是采用这样的处理方法。然而从身份角度阐释，容易导致一些层面的缺失，如对落选人员的考察；对待考试的态度上，应征后辞考论述较多，而推荐之前未雨绸缪辞去征聘则较少关注。

其七，尤其是，博学鸿词科之所以有如此深远的影响，是因为自考试之初直至博学鸿词科考试结束文人受到礼遇、录用人员悉数进入翰林院以及持续若干年的诗坛整饬，在这一系列文治活动中，博学鸿词科是一个起因、主线，冯溥整饬诗坛，毛奇龄、王嗣槐、徐乾学、方象瑛等人的呼应，是文治系列事件的组成部分。难以严格区分具体是哪个因素对诗人的影响起决定作用，比如博学鸿词科考试、《明史》开馆修史、冯溥影响，常常是诸多因素交互作用，有些因素的影响在不同阶段作用不同。以顾炎武为例，博学鸿词科考试征辟虽然对他产生了影响，但是他坚持不与清朝合作，而《明史》馆征辟，友人李因笃、学生潘耒的转变，引发思想与情感的巨变，而在另外一些人身上，类似影响在应征之后至康熙十七年年末已经很明显。博学鸿词科研究中出现的一些问题，从根本上说，源自这种复杂的事件关联难以理清，既不能简单命名，在时间节点上又难以确定。比如史志明认识到博学鸿词科的诗歌史意义的同时，又消解了它的意义，把意义归结于时代的变化与诗人本身名气，这个论断与其说是阐述康熙博学鸿词科的意义，毋宁说忽略了其意义。

基于以上认识，笔者曾提出康熙博学鸿词的狭义与广义概念，即：

博学鸿词科一词不仅仅是康熙十八年三月的考试，包括考试发动、考试、阅卷以及入《明史》馆的后续，特指清廷康熙十七年发起的以博学鸿词科为主要事件的文治活动，考试只是系列文治活动中的一个重大事件，因而本书中的博学鸿词科的含义具有广义与狭义的区分，在宽泛的意义上，它指康熙十七年至二十一年间清朝推行的文治活动，冯溥对诗歌的整饬也是其中的一项内容。①

康熙博学鸿词科广义的概念，包括三个历史事件：（1）博学鸿词科考试，肇始于康熙十七年康熙帝颁布诏书，到康熙十八年考试结束、发榜与人员任命；（2）《明史》馆开馆；（3）冯溥整饬诗坛，康熙十七年至二十一年。三个事件相互关联，密不可分。在时间节点上，冯溥康熙二十一年致仕，八月份返回山东，他的诗坛整饬活动就此结束，期间儒家温柔敦厚的诗教论完成诗坛构建；而王士禛恰巧在二十一年完成诗风转变，由宋诗风尚回归唐音②。康熙诗坛之所以发生巨变，成为诗坛转折点，原因即在于此。比如单从狭义的概念考察，发生于康熙十八年的博学鸿词科对顾炎武几乎没有影响。因为，早在康熙十七年，他已经成功地摆脱了应征。从这个意义上说，如果说博学鸿词科对清代政治、文化、诗歌史产生了巨大影响，那时因为上述三个事件合力的作用。这三个方面《冯溥与康熙诗坛》虽然都有涉及，但侧重于第一、第三项内容，第二项由于缺乏个案而论证不力。

广义的康熙博学鸿词科，泛指清廷康熙十七年至二十一年间推行的文治活动，为了便于称呼，称之为康熙博学鸿词科。康熙博学鸿词科之所以在中国科举史上独具特色、产生了深远的影响，与它相比较，嗣后清廷的制科考试黯淡无光，一个重要的因素是因为它迎合了时代潮流，不单单是一次普通意义上的考试。

一个国家或者政权组织在走向稳定而繁荣富强的道路上，虽然在军事、政治、意识形态（文化包含在内）领域内主导地位的获取有先后之序，然而最终在繁荣期到来之际，一定会趋于同步，也就是说，在这三个领域内都获取了话语权或者说主导地位。作为文治意义上的康熙博学鸿词科，是在清初

① 张立敏：《冯溥与康熙诗坛》，中国社会科学出版社 2011 年版，第 18 页。
② 蒋寅：《王渔洋与康熙诗坛》，人民文学出版社 2001 年版，第 35—41 页；蒋寅：《清代诗学史》，中国社会科学出版社 2012 年版，第 641—648 页。

文化与政治历史演进不同步的境遇下，康熙帝采取的制科考试与文化政策，其目的是在军事、政治占据（或者逐步占据）主导地位（统治权与话语权）之后，实现文化与意识形态领域内的主导地位（话语权）。它之所以取得了成功，从客观层面上讲，是因为该措施顺势而动，符合历史潮流。从主观层面上讲，是因为清廷的优渥政策与政策执行得力。任何一个文化政策的落实，关键在于人的因素。幸运的是，处于国运上升阶段的清朝，有一批像冯溥这样的执政大臣。这就是它之所以成功的奥妙所在。相对而言，无论是处于盛世的乾隆博学鸿词科还是清末衰落时期的经济特科，都呈现出不同景象，虽然有复杂的原因，然而其中至为重要的一个因素就是文运、国运之间的相互关系。

（二）内容与创新

基于对康熙诗坛研究现状与康熙博学鸿词科诗歌史意义研究现状的认识，本书以康熙博学鸿词与康熙朝诗歌演变关系作为研究对象，研究范围涵盖康熙博学鸿词科考试、《明史》馆开局、康熙博学鸿词科考试期间清廷对诗坛的整饬，重点考察康熙十七年至康熙二十一年（1678—1682）之间诗人行实、思想、心态、诗歌创作、诗学观念、诗学活动的变化。共有十章，分上下两编。上编为概述，下编为个案分析。

上编第一章论述康熙博学鸿词科名称的繁复多样以及学界的困惑，通过辨析博学鸿词与博学鸿儒的关系，梳理各个称谓之间的联系，借以阐述康熙博学鸿词科考试的复杂性、特殊性以及影响。

狭义上的康熙博学鸿词考试是康熙博学鸿词科文治政策重要的组成部分，第二章从政策执行者角度，阐述康熙博学鸿词考试的特殊性，力图揭示其何以会产生巨大影响。鉴于冯溥在考试中的重要性，以冯溥为例，加以阐述。第三章，通过对考试后关于阅卷官的民间舆论辨析，阐述博学鸿词科非同寻常的意义，——正是误解了康熙帝举办博学鸿词科考试的意图，才会出现这种评论。

康熙博学鸿词科中的诗坛整饬是文治政策的重要体现，而该政策的执行者为冯溥，康熙诗坛发生的重大变化，多与冯溥有关，故而第四章概述诗歌整饬，儒家诗教复兴，从诗人思想、诗歌理论、诗歌创作方面论述博学鸿词科文治措施中清廷对康熙诗坛的整饬与影响。

下编为分论，以个案的形式，阐述康熙博学鸿词科、《明史》馆开局、冯溥整饬事件对诗坛的影响。第五章结合顾炎武定居关中直至康熙博学鸿词科结束的经历，揭示康熙博学鸿词科对顾炎武的复杂而深远的影响，具体体现在康熙博学鸿词科改变了顾炎武晚年的生活轨迹，内心发生情感起伏，最终对清朝由仇视转变为认同，揭示了顾炎武如何摆脱康熙博学鸿词、《明史》馆征辟、为摆脱地方大员而远行，而以往的研究，没有揭示顾炎武晚年定居关中的人生规划的意义与心路历程，因而无法充分揭示康熙博学鸿词科对顾炎武的人生冲击，其内心转变的复杂历程则难以呈现。

第六章论述潘耒。潘耒是康熙博学鸿词征士中布衣的代表。康熙帝诏举博学鸿词科之后，潘耒力辞考试，最后被迫入京，转型为官员、学者。考试不仅改变了潘耒的身份，而且引发诗歌创作发生变化。目前学界关于潘耒的研究，侧重于史学、学术渊源及影响等方面，从时间段上侧重于博学鸿词之后的研究；博学鸿词科对潘耒人生的影响及意义，虽有论述，但尚未有系统的专门论述。本章阐述潘耒博学鸿词科前后政治态度转变的过程、原因，及其对潘耒的思想情感、创作心态、诗歌创作的影响，揭示清初诗歌演变的脉络。

第七章以王弘撰为个案，阐述考试中的一个特例。康熙十七年康熙帝诏举博学鸿词科，文人雅士麇集京师，诗酒唱和辉映一时。入京后，王弘撰隐居寺寮，拒绝拜访名宦大员，尽管应征之前他与清朝官员多有往来，曾受官方委托主持关中书院，参与编纂《陕西通志》。从拒绝为冯溥写寿辞到写出洋洋洒洒的贺词，从回绝与王士禛的交往到二人把玩文物，赋诗唱和。王弘撰应试期间的人生境遇、心态与人际交往方式，显示了一位底线受到挑战的遗民的无奈与信念坚守，彰显了诏举博学鸿词科的意义，而科考前后与官员交际方式的变化、康熙十七年前后的与官员交际情况对照考察，也为解读清初遗民与官员交往现象提供了一种思路。单就王弘撰个人来说，在入京应考的特殊境遇中，他实现了彻底摆脱清廷功名羁绊的夙愿，确定了此后的人生规划。

　　第八章，从落榜征士角度出发，以王岱为个案。王岱为崇祯举人，清初诗坛宿将，早年就对诗歌史有一种清晰的认识，具有清醒的拯救诗坛弊端的意识。在明清社会变革的复杂历史背景下，王岱仕途不顺，历经坎坷，人生观也变得消沉，将诗歌视为消遣之具。康熙十七年清廷诏举博学鸿词科，王岱是唯一的湖南籍征士，感受到来自王朝的礼遇，人生态度与诗歌观念发生了巨大变化，他走出诗歌自我娱乐的狭小空间，担负起整饬诗坛的使命。发生在王岱身上的诗学变化，是明清之际诗歌演变的一个生动体现，展示出明末清初诗歌演变的鲜活脉络。

　　第九章以顾炎武、潘耒之间的相互作用角度阐述博学鸿词科的意义。康熙十七年诏举康熙博学鸿词之后，围绕着这次科考，遗民与清廷之间形成了一个错综复杂的角力，出现了辞考与强制征辟现象。这种角力，不仅体现在遗民与清廷之间，而且在遗民之间，尤其是遗民、应征人员之间，也产生了巨大的影响。目前学界对博学鸿词科的研究视角，仅限于遗民、清廷之间的错综关系，后一种视角少有人注意。顾炎武与潘耒在这次考试中的相互关系以及影响是一典型个案。一方面，顾炎武力图阻止潘耒参加考试，潘耒也力辞科考。在顾炎武施加的压力之下，即使是被录为翰林检讨之后，潘耒依旧有辞官的念头；踌躇再三而后，潘耒决计接受检讨，参与修史。潘耒入仕对顾炎武来说是一个巨大冲击，他迫不得已接受这个事实，并请求友人提携潘耒。成功地逃脱科考与史馆征辟的顾炎武，最终改变了对清朝的敌对态度，潘耒入仕是诸多因素中一个重要因素。

　　第十章阐述博学鸿词科对王士禛的影响。博学鸿词科考试前后，王士禛对康熙帝举办博学鸿词科意图的理解有偏差。他与文人交往，客观上对清廷政策执行有利有弊。这是因为他官阶不高，政治嗅觉不灵敏。在他明了考试意图之后，对考试的看法秘而不宣。同样，在冯溥诗坛整饬活动中，王士禛逐渐意识到问题的严重性，在王嗣槐、徐乾学的影响下，回归唐诗，反思诗学，最终形成神韵说。诗风变化和神韵说的确立，是博学鸿词科影响的结果，显示出博学鸿词科对康熙诗坛诗歌创作与诗学理论演变的重要意义。

　　本书选取康熙诗坛典型人物与事件，全面论述博学鸿词科政策的三个方面：博学鸿词科考试、《明史》馆开局、诗坛整饬，论述三者对诗坛的关系，阐述博学鸿词科何以是清初诗坛转变的关键，通过典型个案，力图展示诗坛演变的复杂而清晰的过程。

就涉及的人物身份来说，有遗民（如顾炎武、王弘撰）、官员（如王岱、王士禛）、布衣（如潘耒）；就考试过程来说，有考前想方设法避免被征辟的诗人（如顾炎武），中式人员（如潘耒），有落第人士（如王岱），还有采取特殊手段，以参加考试的方式达到归隐的情况（如王弘撰）。既阐述了博学鸿词科对诗人心态的影响，又论述了诗歌创作、诗学理论、诗歌主张、诗风演变；既写出官员整饬的积极态度（如王岱），又显示出中间的游移状态（如王士禛）。就诗歌审美趣味演变来说，既展示了和平雅正诗风的趋向，又勾勒出宋诗风向唐诗演变的轨迹；既考证诗人生平事迹，又涉及诗人心态演变。既有诗坛演化的整体性考察，又有个人独特性的分析。

本书属于文学史中的诗歌史研究，侧重于诗坛整体风貌的演化，同时论述诗学理论的演化，也属于文学理论中的诗歌理论研究，力图通过细致的考察与个案研究，从发生学角度考察康熙年间诗歌史演化的脉络，是一种跨学科的学术研究。将具体现象与理论探索结合起来，历史地辩证地思考问题，透过纷繁复杂的历史现象去分析问题，着重研究与解决矛盾的节点，从而展示纷繁复杂的诗歌演变过程，力图在个案研究的基础上勾勒出一幅完整的历史图景，是本书的基本指导思想。

上编

第一章 康熙博学鸿词科名称考

康熙十七年（1678）清廷诏举博学鸿词科，次年三月一日开考，录取人员悉数入《明史》馆修史。康熙博学鸿词科无论在当时还是后世都产生了巨大而深远的影响，甚至在邻邦朝鲜都广有影响，在当代更被誉为清初政治、文学、学术演变的一个分水岭。在概念使用上，无论在当时还是后来，博学鸿词科都有许多不同的称谓，如博学鸿儒、博学弘儒、博学鸿辞、博学鸿才、博学弘词、博学弘辞、宏博、鸿博、大科、特科、词科、词学科、词学大科、鸿博特科等①，不一而足。虽然正如张亚权所述，博学鸿词科"名目虽乱，意亦随之"现象确实存在，但是这些概念从某些方面反映出人们对它关注以及不同侧面的解读与认识，凸显了它在某些方面的特征属性与重要性，从而具有一定的合理性。称谓的出现，作为人们认识的产物，自然有它的规律性。康熙博学鸿词科的诸多称谓的出现，也有其内在的逻辑性。

在这些称谓中，博学鸿词科与博学鸿儒科是两个最基本而最常见的用法，其他名词多是它们的延伸、变化，或者是制科的概称。因而，对两者的区别，就显得尤为重要。早在康熙年间，就有人讨论博学鸿词科的命名问题。如博学鸿词科中式人员毛奇龄就一度坚持用博学鸿儒，反对"博学宏词科"的称谓②。

当代，关于博学鸿词科称谓的探讨影响最大的是张亚权《"博学鸿儒"正名》一文。该文透过纷繁复杂的博学鸿词科用语丛林，力图揭示博学鸿词科应有的题下之意，第一次细致地考察了博学鸿词科的诸多用法，梳理其相互

---

① 张亚权：《康熙博学鸿儒科研究》第二部分《"博学鸿儒"正名》，南京大学博士论文，2003年。

② 毛奇龄：《制科杂录》，毛奇龄《西河合集》本，康熙五十九年（1720）书留草堂刻本。

关系，从名词使用情况上揭示了博学鸿词科的重要性。不过，该文的结论是，康熙年间举办的这次科考名称是博学鸿儒科，而非博学鸿词科。"'博学鸿儒'指康熙己未词科，'博学鸿词'指乾隆丙辰词科，本来各有所指，经纬分明"，却是一个有待于完善修正的结论。事实上就康熙朝来说，应考人员、邸报、当时民间都有博学鸿词科的称谓，而康熙皇帝本人、康熙与近臣对话、官方正式文件中，使用博学鸿词科；后世，该称呼也同样用来称谓乾隆特科。从严格意义上讲，康熙十八年科考的称谓应该是博学鸿词科而非博学鸿儒科。不过，博学鸿儒科称呼的出现，也有一定合理性。如果说博学鸿词科是正名的话，后者则是别称。除此之外，在称谓上，《"博学鸿儒"正名》虽然罗列甚富，但也有一些称谓没有涉及。

第一节　"博学鸿儒科" 得名依据及在康熙朝的使用情况

一般情况下，最初之所以有人称这次科举为博学鸿儒科，是因为诏书中有"博学鸿儒"一词。康熙十七年正月二十三日，康熙帝谕吏部：

> 自古一代之兴，必有博学鸿儒，振起文运，阐发经史，润色词章，以备顾问著作之选。朕万几余暇，游心文翰，思得博学之士，用资典学。我朝定鼎以来，崇儒重道，培养人材。四海之广，岂无奇才硕彦、学问渊通、文藻瑰丽可以追踪前哲者？凡有学行兼优、文词卓越之人，不论已仕未仕，令在京三品以上及科道官员，在外督抚布按，各举所知，朕将亲试录用。其余内外各官，果有真知灼见，在内开送吏部，在外开报督抚代为题荐，务令虚公延访，期得真才，以副朕求贤右文之意。尔部即通行传谕。[①]

诏书指明诏举人员是"博学鸿儒"，点明中央政府需求人才的类型与社会适用范围、职责所在。虽然诏书并未明言科目叫博学鸿儒科，但是由于古代

---

① 玄烨：《圣祖仁皇帝圣训》卷十二，《文渊阁四库全书》影印本，史部第411册，上海古籍出版社1989年版，第272页。

科举考试称谓中，有以科举录取人员、制科荐举人才作为考试名词的用例，如宋高宗贤良方正科诏书称作《举贤良方正之士诏》，所以当时就有以博学鸿儒指代这次制科考试的用法。现列举康熙朝应考人员以及同一时代人，用博学鸿儒称呼这次科考的情况。

诏书下发之后，黄宗羲说：

> 会举博学鸿儒，讱庵遂以余之姓名面启皇上。①

翰林院掌院学士叶方蔼荐举黄宗羲，黄宗羲力辞科考，最终没有参加考试。

尤侗由兵部尚书王熙、工部尚书陈凯永荐举，试列二等，授翰林院检讨，纂修《明史》，分撰《列传》三百余篇、《艺文志》五卷。尤侗《艮斋杂说续说》杂说卷二中说：

> 迨吾朝己未，始有博学鸿儒之举，其度越前代远矣。②

吴雯康熙十八年参与考试落选，在《莲洋诗钞》卷十《罗萝村诗序》中写道：

> 康熙戊午春，方以博学鸿儒征天下士，于是士之能文章者咸集京师。③

陈廷敬在《午亭文编》卷三十六《宋射陵先生寿序》叙述辞征人员时，用了博学鸿儒：

> 圣天子御极，恩德洋溢四海，下至深山穷谷，靡幽不烛。有诏举山林隐逸之士，郡县为劝驾。时有以病辞征者，淮南则宋射陵先生。后复诏举博学鸿儒，大臣又以先生应诏，而先生坚谢益力。当

---

① 黄宗羲：《黄梨洲文集》碑志类《董在中墓志铭》，陈乃乾编，中华书局 2009 年版，第 238 页。

② 尤侗：《艮斋杂说续说》杂说卷二，李肇翔、李复波整理，中华书局 1992 年版，第 45 页。

③ 吴雯：《莲洋诗钞》卷十《罗萝村诗序》，《文渊阁四库全书》影印本，集部 1322 册，上海古籍出版社 1985 年版，第 381 页。

是时，识与不识皆仰先生之高风，希一望见丰采而不可得。①

王士禛《居易录》卷六载：

> 慈溪姜宸英西溟，古文有名于时。上在禁中知其人，常与朱彝尊、严绳孙并称之，曰三布衣。己未博学鸿儒之举，朱、严皆入翰林，姜独以无荐达，不得与。②

王掞《皇清诰授资政大夫经筵讲官刑部尚书王公神道碑铭》叙述王士禛向魏象枢荐举汤斌：

> 会己未诏举博学鸿儒，九卿大臣各以所知荐。③

叶梦珠《阅世编》卷二记载：

> 康熙之初，会元如陈、如沈、如黄，俱不得馆选，惟宫以下科殿试，反始得之。庚戌而后，天子右文崇道，每选庶常，必采一时文望，故凡解元之登会榜者，必获馆选焉。然而求贤若渴之心，惟日不足，故于康熙十七年戊午，特开博学鸿儒之选，命中外大僚各举所知，无分山林朝野，在任在籍，并得应举。诏以八月会集京师，上将亲试之，后以道里辽远，事故不一，不能遽集，直至次年己未三月朔御试，取己亥进士彭孙遹等五十人，分为二等，充纂修明史官，有职者照原官补翰林院侍读，无官者悉除授编修、检讨，是又扩馆选而大之矣。④

该书在清代馆选发展史的基础上解释康熙博学鸿词科的出现，认为它是翰林院制度的一个变化，用的是博学鸿儒科。

叶梦珠在《阅世编》卷五又说：

> 俞（案：董俞）于康熙十八年以博学鸿儒荐入京，不售而归。

---

① 陈廷敬：《午亭文编》卷三十六《宋射陵先生寿序》，《文渊阁四库全书》影印本，集部第1316册，上海古籍出版社1985年版，第532—533页。

② 王士禛：《居易录》卷六，袁世硕主编《王士禛全集》，齐鲁书社2007年版，第3797页。

③ 王士禛：《王士禛全集》附录，袁世硕主编，齐鲁书社2007年版，第5111页。

④ 叶梦珠：《阅世编》卷二《科举》四，来新夏点校，中华书局2007年版，第49—50页。

宗伯、中丞之后，尚未有达人。①

从这次科考荐举应征以及时人的使用情况来说，当时就有人称作博学鸿儒科。针对当时有该科考名称使用混乱情况，毛奇龄说：

> 博学宏词为前代科名，此并非是。但世不深考，不晓鸿儒所自出，遂以宏词当之。即同试与同籍诸公，亦尚有自署其衔为宏词者。不知鸿儒者，出自董仲舒。《繁露》有云："能通一经者为儒生，博览群书者曰鸿儒。"故其后作《陋室铭》者曰："谈笑有鸿儒。"鸿即大也，犹古洪水犹称鸿水也。②

博学鸿儒科的用法，成为清朝对康熙十七八年制科考试的一个习见用法。如后世杭世骏说：

> 本朝康熙十七年，特开博学鸿儒科，分一二等，俱以翰林官补授总充史官，纂修《明史》。乾隆元年复开是科，俱授翰林官。③

第二节 康熙朝博学鸿词科的命名与使用情况

正如毛奇龄《制科杂录》所言，"即同试与同籍诸公，亦尚有自署其衔为宏词者"，这究竟是怎么一回事呢？这次科考最高决策人、诏书发布者康熙皇帝对这次考试的称谓，无疑最具有权威性。

首先，康熙使用博学鸿词科一词。据《清圣祖实录》卷一百六十五，康熙三十三年（1694）十二月，因为福建浙江总督朱弘祚大计奏章内有福建民风轻佻之语，使他想起当年制科考试荐举情形，康熙使用了博学鸿词科一词：

> 庚戌谕大学士等：朕览福建浙江总督朱弘祚大计疏，内有闽省

---

① 叶梦珠：《阅世编》卷五《门祚》一，来新夏点校，中华书局 2007 年版，第 132 页。
② 毛奇龄：《制科杂录》，毛奇龄《西河合集》，康熙五十九年（1720）书留草堂刻本。
③ 杭世骏：《订讹类编》卷六《礼制讹·省试非乡试制科非会试》，陈抗点校，中华书局 2006 年版，第 209 页。

地瘠民佻之语，岂福建全省之人尽皆佻薄乎？原任四川巡抚张德地署理延绥巡抚时，曾奏延安边地并无可举博学鸿词之人，原任少詹事邵远平，奏南方之人皆轻浮不可用。朕思贤才不择地而生，虽深山僻地，岂无人才；至于南方之人，岂尽皆轻浮不可用者？二人所言，甚不惬于朕心，因皆罢斥。①

其次，康熙身边大臣在奏对中使用博学鸿词。据《康熙起居注》卷十二，康熙二十一年（1682）四月初七日，汪楫出使琉球前，明珠回答康熙汪楫情况时，使用了"博学弘词"：

> 礼部题遣往册封琉球国王，以检讨汪楫为正使，中书林麟焻为副使。上问曰："此二人何如。"明珠奏曰："汪楫系荐举博学弘词，扬州人，家贫人优。林麟焻系臣衙门中书，其人亦优。"②

从康熙和明珠的使用来看，博学弘词就是博学鸿词；因为音同，古人使用"弘""鸿"时常混用，而高士奇《苑西集》卷三《答彭羡门编修》二首其一有"当代文章伯，推君第一人"句，自注："试博学弘词科羡门名在第一。"③也点明这次制科名称是博学鸿词科。毛奇龄反对的博学宏词科其实应该是博学鸿词科。一个典型的例子是施闰章的用法，在《学余堂诗集》中使用"博学鸿词"，《学余堂文集》中使用"博学宏词"。

又据《康熙起居注》卷二十二，康熙二十六年（1687）十月二十二日：

> 吏部题谕德徐潮升任员缺论俸，以中允李铠拟补。大学士明珠奏曰：问侍郎管翰林院事。库勒纳云：李铠原系知县，荐举博学宏辞，为人平常，学问亦平常，应升人内有中久胡会恩、赞善汪霦，为人俱优，学问亦优。再编修熊赐瓒虽非应升之员，但学问好，为人亦优。④

大臣库勒纳回答明珠使用的博学宏辞即博学鸿词。内阁学士礼部侍郎李

① 《清圣祖实录》卷一百六十五康熙三十三年十二月条，中华书局1985年版，第802—803页。
② 中国第一历史档案馆：《康熙起居注》卷二十一，中华书局1984年版，第833页。
③ 高士奇：《高士奇集》诗集《苑西集》卷三，康熙刻本。
④ 中国第一历史档案馆：《康熙起居注》卷二十二，中华书局1984年版，第1675页。

天馥也使用博学鸿词科。康熙十七年一月诏书甫下达，李天馥就有诗颂扬，方象瑛和诗《上谕荐举博学鸿辞恭纪和李学士韵四首》，题名使用的是博学鸿辞，辞和词音同，这应是古人音同混用的一种习见情况：

> 同文盛世志偏虚，汉策贤良总不如。
> 圣学自探千载秘，侍臣原贯五车书。
> 乍传沈宋承恩日，恰喜班扬献赋初。
> 干羽两阶文教远，炎荒万里罢犀渠。（其一）
> 丝纶五色下诸司，诏许同升各异辞。
> 拜疏先求天下士，感恩肯效市人为。
> 应知学古能经世，谁道雄文只入赀。
> 旷典初颁春正始，纪属早已到天池。（其二）
> 海内争弹贡禹冠，遭逢谁道会偏难。
> 山中猿鹤征书下，陌上轮蹄诏语宽。（定限八月到部。）
> 漂渺五云来国土，抟扶八月满长安。
> 遥知奏对甘泉日，万里风云集简端。（其三）
> 年来寂寞帝京游，喜值鸾书侧席求。
> 载笔自应密董贾，还山且莫羡巢由。
> 人文千里风云合，天语三春雨露收。
> 自愧巴吟真忝窃，敢夸名姓动公侯。（其四）[①]

诗除了颂扬荐举人才盛举之外，他呼吁士人不要羡慕遗民，点明该科的一个目标是笼络遗民。

第三，官方邸报使用博学鸿词。徐釚《上大司农梁公辞征召书》说：

> 前三月十六日见邸报，知不肖某以博学宏词与曹溶等七十五人同被荐举于朝。[②]

徐釚由户部尚书梁清标荐举，试列二等，授翰林院检讨，纂修《明史》。

---

① 方象瑛：《健松斋集》卷十八《展台诗抄》上，民国十七年方朝佐重印康熙木活字本。
② 徐釚：《南洲草堂集》卷二十四，《续修四库全书》影印本，集部第 1415 册，上海古籍出版社 2013 年版，第 396—397 页。

康熙十七年三月十六日他从邸报得知被荐举的消息,依据前文分析,"博学宏词"即博学鸿词,邸报使用的是博学鸿词。

第四,就应征人员来看,不乏使用博学鸿词科者。李颙《二曲集》卷十八《答友人》说:

> 此番博学宏辞之选,仆寡学不文,原非淹雅之彦,又岂忍使之冒昧从事,抱病就征乎?①

李颙以托病、绝食、自杀的方式最终没有赴京入试,他使用"博学宏辞",据方象瑛和诗《上谕荐举博学鸿辞恭纪和李学士韵四首》诗题,"博学宏辞"即博学鸿词。

吴绮给陈维崧的赠诗《闻其年以博学弘词荐为赋短歌》②,陈维崧《敕赠征仕郎翰林院检讨先府君行略》自述经历说:"维崧,邑庠生,以博学弘词应召,御试一等第十名,钦授翰林院检讨。"③ 汪懋麟康熙十七年闰三月给徐釚写的序中,说:"今徐子方以博学宏词为予师大司农梁公荐于朝。"④ 使用的是博学鸿词的变化形式博学弘词。

在与颜光敏的书信中,王士禛用的是博学鸿词讨论科考录取人员区域情况:

> 吾乡今科馆选六人,颇不为少,而博学鸿词,止有诸城李渭清一人,其余大半皆江浙间人。⑤

王士禛《居易录》卷五,使用博学鸿词:

> 康熙戊午春,诏三品已上大臣荐博学鸿词,以备顾问著作之选。
> 户部侍郎环溪魏公象枢过予邸舍,问今人才谁可举者?予答曰:"公

---

① 李颙:《二曲集》卷十八,陈俊民点校,中华书局1996年版,第197页。

② 吴绮:《林蕙堂全集》卷十四《亭皋诗集》,《文渊阁四库全书》影印本,集部第1314册,上海古籍出版社1985年版,第465页。

③ 陈维崧:《陈维崧集》文集卷五,陈振鹏标点、李学颖校补,上海古籍出版社2010年版,第108页。

④ 汪懋麟:《百尺梧桐阁集》文集卷二《南州草堂集序》,上海古籍出版社1980年版,第116页。

⑤ 王士禛:《集外文辑遗》卷三《与颜光敏》,袁世硕主编《王士禛全集》本,齐鲁书社2007年版,第2400页。

荐人与诸公稍不同。诸公荐人，文词足矣；公荐人即非文行兼者
不可。"①

在《吴征君天章墓志铭》，王士禛写道："戊午、己未间，天子诏征博学
宏词之儒，备顾问，特举制科，海内名士鳞集阙下。"② 在《池北偶谈》卷十
三《谈艺》三《特达》中，王士禛说：

> 康熙己未春，御试博学宏词诸儒，阁臣拟进题，有"圭璋特达
> 赋"，或未达其义。按礼，行人合六币：圭以马，璋以皮，璧以帛，
> 琮以锦，琥以绣，璜以黼。圭，东方也。马，动物也。璋，南方也。
> 皮，文物也。皮马不上堂，故圭璋特达于上，然则璧、琮、琥、璜，
> 皆非特达矣。③

王士禛既使用博学鸿词又使用博学宏词，进一步证明了博学宏词其实就
是博学鸿词。

汤斌在《翰林院侍读愚山施公墓志铭》中叙述施闰章博学鸿词科中式之
后的生活，说：

> 又十年，诏举博学鸿词之士。三相国荐其才，召试授翰林院侍
> 讲，纂修明史。公素以文学饬吏治，至是始得当著作之任，益足发
> 舒。考核同异，辨析疑讹，是非可否，无所回互。而朝士大夫习其
> 姓名，求碑版诗歌者，趾错于户。四方名士，负笈问业，无虚日。
> 公一一应之，不少倦。④

李霨在给颜光敏的信中，说："近中博学鸿词，兼之年家子弟，选馆多

① 王士禛：《居易录》卷五，《文渊阁四库全书》影印本，子部第869册，上海古籍出版社1989
年版，第361页。袁世硕主编《王士禛全集》本中，博学鸿词为鸿儒，见该书第3758页。
② 王士禛：《蚕尾续文集》卷十七《吴征君天章墓志铭》，袁世硕主编《王士禛全集》本，齐鲁
书社2007年版，第2251页。
③ 王士禛：《池北偶谈》卷十三《谈艺》三《特达》，靳斯仁点校，中华书局1982年版，第302
页。
④ 汤斌：《汤子遗书》卷六，段自成、沈红芳等编校，人民出版社2016年版，第318页。

人，极尽一时之盛。"①

施闰章在《送毛会侯还祥符》一文中写道：

> 柳花乍逐东风飞，燕山草绿春已稀。
>
> 游子思家正惆怅，故人却向大梁归。
>
> 大梁作吏神仙客，鸿笔声名动鸾坡。
>
> 文园献赋旧凌云，丹陛谈经应夺席。
>
> 几度衔杯共御沟，有时并马西山游。
>
> 上书昨日不见收，钓竿归忆严滩头。
>
> 剧邑专城殊不恶，饮冰三载偏萧索。
>
> 弦歌且看河阳花，寂寞何如天禄阁。②

康熙十八年，毛际可落榜，南还，施闰章写此诗，题注："时以博学鸿词召试，不得志。"

同年，孙枝蔚与试不第，清廷授予中书舍人，施闰章赠行《送孙豹人归扬州序》中写道：

> 关中孙豹人先生召试博学宏词，被放将归。复有内阁中书舍人之命，同荐诸人奇其遇，高其志行，属施予为赠序。③

孙枝蔚《送江辰六赴益阳县任》中"相如纵有凌云赋，文学从来重武城"句自注："己未岁，辰六曾与予同膺博学弘词之荐，被召试阁下。"④ 在《送毛会侯还祥符》题注中，施闰章使用博学鸿词，此处用博学宏词。在《封文林郎城固县知县毛君墓志铭》中，施闰章写道：

> 上征天下博学宏辞之选百五十人集京师，其与章善者，毛君际可其一也。⑤

① 李雯：《与颜修来书》，载颜光敏《颜氏家藏尺牍》卷二，《丛书集成初编》第 2973 本，商务印书馆 1935 年版，第 139 页。

② 施闰章：《施愚山集》诗集卷二十三，何庆善、杨应芹点校，黄山书社 1992 年版，第 433 页。

③ 施闰章：《施愚山集》文集卷八，何庆善、杨应芹点校，黄山书社 1992 年版，第 162 页。

④ 孙枝蔚：《溉堂集》后集卷二，康熙刻本。

⑤ 施闰章：《施愚山集》文集卷二十，何庆善、杨应芹点校，黄山书社 1992 年版，第 412 页。

由此可见，博学宏辞为博学宏词的另一种变体，等同于博学鸿词。施闰章使用这三个词，是因为"鸿""宏"以及"词""辞"读音相同，在古代音同互用为常见现象。陈廷敬《封征仕郎内阁中书舍人乔公墓表》中叙述乔莱说："丁未进士，用举者试博学弘辞，授今官"①，使用的博学弘辞，也是博学鸿词因读音而出现的一个变化形式。

康熙十八年，博学鸿词科考试后，在京师百姓中引起轰动，称博学鸿词科为一大盛事。傅山说：

> 天生丈人来自燕……又说轻薄子以如今两起排胜之事作对，曰"博学宏词，清歌妙舞"。吾颇谓不然。"博学宏词"焉敢与"清歌妙舞"者作偶？果有一班青阳繁华子，引商杂羽落梁尘，惊鸿游龙回艳雪，真是令人死而不悔。复安知所谓学文词者，博杀宏杀，在渠肚里，先令我看不得、听不得，想要送半杯酒不能也。②

据前文分析，博学宏词为博学鸿词变体，京城百姓使用的是博学鸿词。"博学宏词，清歌妙舞"描绘出京城文人雅集的盛况。

综上所述，康熙皇帝本人、他与身边大臣对话语境、邸报，表明康熙十七年下的诏书、次年开考的制科，名称应该是博学鸿词科。诏书中提及"博学鸿儒"，但并非是科考名称，是这次科考所需人才，而科考名称则为博学鸿词科。其实王士禛在《吴征君天章墓志铭》所述："戊午、己未间，天子诏征博学宏词之儒，备顾问，特举制科。"③就包含了这层意思，区分了科考名称、录取人才称谓。王冀民说：

> "博学弘辞"科始于唐开元时，两宋因之，元明不复继，至清康乾两朝重开。"弘"亦作"宏""鸿"（三字音训同，避高宗讳也）；"辞"一作"词"，义同；"弘辞"作"鸿儒"则误，盖"弘辞"系对科名言，"鸿儒"系对所举之人言，不可不严格分之。该科所试最重

---

① 陈廷敬：《午亭文编》卷四十七，《文渊阁四库全书》影印本，集部1316册，上海古籍出版社1985年版，第693页。

② 傅山：《霜红龛杂记》卷三十七杂记二，刘如溪点评，青岛出版社2005年版，第50页。

③ 王士禛：《蚕尾续文集》卷十七《吴征君天章墓志铭》，袁世硕主编《王士禛全集》本，齐鲁书社2007年版，第2251页。

文词，故清廷诏曰："其有学行兼优，文词卓越之人，勿论已仕未
仕，中外臣工，各举所知，朕将亲试焉。"①

　　这段论述，有不少值得商榷地方。如，虽然康熙博学鸿词科与前代的博
学宏辞科有一定联系，但当代学者一般认为康熙博学鸿词科是一个全新的科
目，既与之前科考区别明显，又迥异于乾隆年间博学鸿词科，只是名称一样。
"宏""鸿"为"弘"避讳的说法是不准确的，但是对三者同音互用现象解释
却是正确的。虽然有这些待于完善修正的地方，但是辨析科名、被荐举人员
的区别是极为正确的，即博学鸿词与博学鸿儒的关系是"科名"与"所举之
人"。

　　鉴于历史上有以科考人员指代科举的现象，博学鸿儒的称谓不属于错误，
按照现代汉语修辞手法，属于借代修辞，但其正名则应该是博学鸿词科。这
就解释了为何一人同时使用这两个词，比如王士禛，既使用博学鸿儒科，又
使用博学鸿词科。如此看来，博学鸿词科既是康熙己未词科称谓，又是乾隆
丙辰词科名称。由于博学鸿儒科是借代手法，指代康熙博学鸿词科，或者说
是康熙博学鸿词科的别名，故而出现名词使用上"'博学鸿儒'指康熙己未词
科，'博学鸿词'指乾隆丙辰词科，本来各有所指，经纬分明"的现象，在这
一点上，张亚权无疑是正确的。

表 1—1　博学鸿词科名称表

文字材料：康熙朝诗文集

正名				别称	
	变体				变体
博学鸿词	博学鸿辞、博学弘词、博学弘辞、博学宏词、博学宏辞	鸿词博学、宏辞博学、宏词博学		博学鸿儒	博学宏儒、博学弘儒、博学鸿才、博学宏才、博学弘才

　　博学鸿词科、博学鸿儒科正名与别名在康熙朝并行使用的情况，加之
"宏""鸿""弘"及"词""辞"音同互用现象，出现了博学弘词科（明珠、

　　①　王冀民：《顾亭林诗笺释》卷五《春雨》笺，中华书局 1998 年版，第 911 页。

吴绮、陈维崧、孙枝蔚）、博学弘辞（陈廷敬）、博学宏词科（徐釚、王士禛、施闰章）、博学宏辞科（库勒纳、李颙、施闰章）、博学鸿辞科（方象瑛）等变化形式，形成一个正名五个变化形式一共六个称谓并行的现象，表面上看似乎是乱象纷纭。

此外，博学鸿词科在康熙年间还出现一种特殊的称谓，即"鸿词博学科"，以及它的同音变化词汇，属于博学鸿词科称谓的变体，不为学界所熟悉。张伯行在《冉蟫庵传》中写道："已未开鸿词博学科。"[①] 徐乾学《汪环谷先生集序》中用了"宏词博学科"，属于古人同音字借用："今上特开宏词博学科，征海内诸儒试，其高等，悉授以馆职，纂修《明史》，诚一代旷典也。"[②] 施闰章《寄祭魏叔子文》中说："岁之戊午，天子是征宏辞博学。"[③] 田雯《蒙斋年谱》康熙十七年条写道："诏试宏辞博学，兵部侍郎孙公光祀荐。力起废闲，难安初服。一闻命而辄惊，屡陈情而莫达。"[④] "宏辞博学""宏词博学"其实就是"鸿词博学"，一如前文所言，是古代同音词通用的结果。

因"鸿""宏""弘"音同，博学鸿儒也出现了"博学宏儒""博学弘儒"的用法。如黄宗羲在康熙十七年给朋友的书信中使用"博学宏儒"一词："今朝廷命举博学宏儒，以备顾问。此为何等，谓之博学。"[⑤] 他在《陈定生先生墓志铭》中说："维崧以博学宏儒征入史局"[⑥]。徐珂《清稗类钞》中说："特科得人最盛，康熙戊午举博学宏儒，得彭少宰、孙逷等五十人。"[⑦] 宗鼎九

---

　①　张伯行：《正谊堂续集》卷六《冉蟫庵传》，乾隆刻本。

　②　徐乾学：《憺园文集》卷二十一《汪环谷先生集序》，康熙冠山堂刻本。

　③　施闰章：《施愚山集》文集卷二十四《寄祭魏叔子文》，何庆善、杨应芹点校，黄山书社1992年版，第471页。

　④　田雯：《蒙斋年谱》，刘聿鑫主编《冯惟敏、冯溥、李之芳、田雯、张笃庆、郝懿行、王懿荣年谱》（合编），山东大学出版社2002年版，第95页。

　⑤　黄宗羲：《黄梨洲文集》书类《与陈介眉庶常书》，陈乃乾编，中华书局2009年版，第464页。

　⑥　黄宗羲：《黄梨洲文集》碑志类《陈定生先生墓志铭》，陈乃乾编，中华书局2009年版，第186页。

　⑦　徐珂：《清稗类钞》考试类《各项特科之得人》，中华书局2010年版，第704页。

《诗余花钿集》卷二有"豹人征君，举博学弘儒，力辞归里，特授中书舍人。"① 民国黄鸿寿《清史纪事本末》卷二十一《鸿博经学诸特科》说："圣祖康十七年春正月，诏举博学弘儒备顾问著作之选。时海内新定，明室遗臣多有存者，居恒著书言论，常慨然有故国之思，帝思以恩礼罗致之。"②

与此同时，博学鸿儒还有一种特殊的称谓，即"博学鸿才"。如刘廷玑说："本朝己未，召试博学鸿才，最为盛典。康熙十七年正月二十三日，上谕……③ 赵慎畛也使用"博学鸿才"一词："康熙己未，召试博学鸿才，最为盛典。内外荐举到京者五十九人，户部给与食用。"④ 因"鸿""宏""弘"音同，故而也有"博学宏才"的用法。康熙博学鸿词科征士陈僖在《送王山史归华阴序》中写道："康熙十七年戊午春，皇帝诏举博学宏才，内外诸大臣于已、未出仕及山林隐逸，共举得一百八十六人，阅明年己未春三月一日，御试于体仁阁，得一百四十三人。又三十日抵四月一日，宣旨留用者编修明史，其余回籍。"⑤ 他又用了"博学弘才"的称谓："皇帝御极之十七年戊午，诏举天下博学弘才，以备顾问著作之选。"⑥

博学鸿词科诸多名称的出现，显示出人们对该科考试的关注，以及这次考试的突出意义。它既是科举考试史上的一次制科考试，具有制科的一般特性，同时又具有自己的独特属性，在清初科举、政治、文化史上具有非常重要的意义。这种独特性与重要意义，当时就已经为人所注意。

正是出于对这次科考独特性的认识，毛奇龄说："博学宏词为前代科名，此并非是。但世不深考，不晓鸿儒所自出，遂以宏词当之。"突出与前代制科的区别自然是对的，然而以博学鸿儒为正名，犯了正名别名颠倒、否认正名的错误。

---

① 宗鼎九：《诗余花钿集》卷二，康熙东园草堂刻本。转引自闵丰《清初清词选本考论》，上海古籍出版社 2008 年版，第 372 页。

② 黄鸿寿《清史纪事本末》卷二十一《鸿博经学诸特科》。

③ 刘廷玑：《在园杂志》卷一《博学鸿才》，张守谦点校本，中华书局 2005 年版，第 36 页。

④ 赵慎畛：《榆巢杂识》卷下《博学鸿才》，徐怀宝点校本，中华书局 2001 年版，第 167 页。

⑤ 陈僖：《燕山草堂集》卷二《送王山史归华阴序》，康熙刻本。

⑥ 陈僖：《燕山草堂集》卷二《送黄俞邰奔母丧归江宁序》，康熙刻本。

第三节 毛奇龄博学鸿词科看法的修正

在康熙博学鸿词科考试之初，毛奇龄对这次考试的称谓似乎显得随意，博学鸿词科与博学鸿儒科他都用过。但是录取为翰林入史馆后，毛奇龄经过认真思索，撰写《制科杂录》，对当下称谓的混乱不满，严格区分了博学鸿儒科、博学鸿词科之不同。但是到了晚年，他修正了自己的看法，又开始使用博学鸿词科。

康熙十七年获知自己被列为博学鸿词科征士后，毛奇龄竭力辞考。在《奉辞征檄揭子》中，他使用了博学鸿儒科：

> 月日帖子，称本府上奉宁绍台分巡道宪照布政司来文，凛遵上谕，于康熙十七年月日吏部咨开征取博学鸿儒，以文词卓越、才藻瑰丽者召试擢用，备顾问著作之选，谬注姓名。①

这年八月，他为左如芬《纕芷阁遗稿》写序，使用了博学鸿词科：

> 戊午秋，会有博学鸿词之举，促余赴召，余亦匆匆公车北上，每以不及竣事为憾。②

这表明，在博学鸿词科考试初期，博学鸿词科、博学鸿儒科两种称谓一度并行。毛奇龄的用法不过是随大流，没有做什么辨析。后来，他逐渐地提出了自己的看法，在《制科杂录》中说：

> 康熙十七年，吏部奉上谕，特开制科，以天下才学官人、文词卓越、才藻块丽者召试擢用，备顾问著作之选，名为博学鸿儒科。
>
> 是时相传为博学宏词科。按：博学宏词为前代科名，此并非是，但世不深考，不晓鸿儒所自出，遂以宏词当之。即同试与同籍诸公，

---

① 毛奇龄：《西河文集》揭子卷一《奉辞征檄揭子》，毛奇龄《西河合集》本，康熙五十九年（1720）书留草堂刻本。

② 左如芬：《纕芷阁遗稿》卷首，康熙刻本，南京图书馆藏。转引自胡春丽《毛奇龄佚文佚诗续考》，《玉溪师范学院学报》2015 年 6 期。

亦尚有自署其衔为宏词者。不知"鸿儒"二字出自董仲舒。《繁露》有云："能通一经者曰儒生，博览群书者号曰洪儒。"故其后作《陋室铭》者曰："谈笑有鸿儒。"鸿，即洪也，犹古洪水称鸿水也。①

《制科杂录》是后人研究康熙博学鸿词科的一种基本文献，作为亲历者，毛奇龄记载了考试前后的一些史料，堪称实录。这里，毛奇龄旗帜鲜明地指出康熙十八年的制科考试为博学鸿儒科。出于对考试的深刻体会，他认为这是一次特殊的考试，迥异于前代的制科考试，因而反对博学鸿词科这个历史上曾经出现过的名字。从诏书中出现的"鸿儒"的词义辨析中，他对自己的观点确信无疑。随后，他自觉地使用博学鸿儒科一词。在《故明中宪大夫太常寺少卿兵科给事中来君墓碑铭》中，他说："康熙十七年，上开博学鸿儒科，召天下才学官人可备著作顾问之选者。"②康熙三十一年，在《自为墓志铭》中他说：

> 康熙十七年，上特开制科，敕吏部遍咨京朝官，自大学士九卿科道以下，及外督抚司道郡县，各荐举才学官人、可以膺著作备顾问者，入应制试，名为博学鸿儒科。③

这两处名词的使用，尤其是第二处的界定意义，表明毛奇龄对博学鸿词科的拒绝。毛奇龄的界定，基于考试录用人员的称谓，这也是历史上对制科命名的一种常见方法。对考试称谓的重视，显示出这次考试的非同寻常的意义。然而，制科考试命名渠道除了以所需人才称谓之外，尚有另一种制科名称与所需人才类型不同的情况。康熙十八年的制科考试正式名称恰恰属于后一种情况。或许是晚年毛奇龄知道了这种情况，康熙五十一年，年届90高龄的毛奇龄使用了博学鸿词科。在《世经堂集序》中，毛奇龄罕见地写道：

> 己未，同举博学宏辞科，予得读书中秘，先生将次诠用，又为

---

① 毛奇龄：《制科杂录》，毛奇龄《西河合集》本，康熙五十九年（1720）书留草堂刻本。

② 毛奇龄：《西河文集》墓碑铭卷二，毛奇龄《西河全集》本，康熙五十九年（1720）书留草堂刻。

③ 毛奇龄：《西河文集》墓志铭卷十一《自为墓志铭》，毛奇龄《西河合集》本，康熙五十九年（1720）书留草堂刻本。

靳文襄、于总宪题授监理，开中河三百余里，避黄河之险泄七十二处，山河之水朝宗于海。[①]

这表明，毛奇龄已经摒弃了以考试录取人才指代考试的思维方式，认识到博学鸿词科称谓的正确性，放弃了博学鸿儒科的称谓，重新开始使用博学鸿词科的称谓。

第四节 清朝官方文献中的称谓

由于博学鸿词科是正名，故而官方文件中使用该名称。如马齐、朱轼编的《清圣祖仁皇帝实录》中《修纂凡例》所述："御试博学宏词及钦赐举人一体会试殿试书，选庶吉士及教习授职皆书。"[②] 卷八十一，康熙十八年五月十七日记载：

庚戌，授荐举博学宏词邵吴远为侍读，汤斌、李来泰、施闰章、吴元龙为侍讲；彭孙遹、张烈、汪霦、乔莱、王顼龄、陆棻、钱中谐、袁佑、汪琬、沈珩、米汉雯、黄与坚、李铠、沈筠、周庆曾、方象瑛、金甫、曹禾为编修；倪灿、李因笃、秦松龄、周清原、陈维崧、徐嘉炎、冯勖、汪楫、朱彝尊、邱象随、潘耒、徐釚、尤侗、范必英、崔如岳、张鸿烈、李澄中、庞垲、毛奇龄、吴任臣、陈鸿绩、曹宜溥、毛升芳、黎骞、高咏、龙燮、严绳孙为检讨。[③]

《世宗宪皇帝圣训》卷十记载诏书：

上谕内阁：国家声教覃敷，人文蔚起，加恩科目，乐育群才，彬彬乎盛矣。朕惟博学鸿词之科，所以待卓越淹通之士，俾之黼黻

① 徐旭旦：《世经堂集》卷首，康熙刊本，南京图书馆藏。转引自胡春丽《毛奇龄佚文佚诗续考》，《玉溪师范学院学报》2015 年 6 期。

② 马齐、朱轼：《清圣祖仁皇帝实录》，载《清实录》第 4 册，中华书局 1985 年影印本，第 10 页。

③ 马齐、朱轼：《清圣祖仁皇帝实录》，载《清实录》第 4 册，中华书局 1985 年影印本，第 1034 页。

皇猷，润色鸿业，膺著作之任，备顾问之选。圣祖仁皇帝康熙十七年，特诏内外大臣，荐举博学鸿词，召试授职，一时名儒硕彦多与。其选得人，号为极盛。①

雍正帝在诏书中，称呼康熙制科为博学鸿词科。《清会典》嘉庆朝卷二十六"礼部"载："凡制科曰博学鸿词。康熙十七年，圣祖仁皇帝诏举博学鸿词，凡有学行兼优文词卓越之人，不论己仕未仕，令在京三品以上及科道官员，在外督抚藩臬，各举所知，保举各员。在外现任者，不开缺，赴部候试。户部按月酌给俸廪并薪炭银两。十八年御试博学鸿词一百四十三人于体仁阁，赐燕钦命题赋一、五言排津二十韵诗一，御定一等二十人，二等三十人，俱授为翰林官，已仕者授侍读侍讲至编修，未仕者授检讨，其未取人员内年老者，授内阁中书，听其回籍。"②

在国史馆任职的蒋良骐在《东华录》卷十一中记载博学鸿词科考试情况，说："三月丙申朔，试博学鸿词，授彭孙遹等五十人翰林官有差。"③ 清末举办经济特科，官方文件中用"博学鸿词科"，如总理衙门《经济特科考试章程》第四条："仿照博学鸿词科之例，特科分试两场，以便各尽所长。"④

---

① 《世宗宪皇帝圣训》卷十，《文渊阁四库全书》影印本，史部第 412 册，上海古籍出版社 1989 年版，第 154 页。

② 托津、曹振镛：《清会典》嘉庆朝卷二十六"礼部"，清抄本。

③ 蒋良骐：《东华录》卷十一"康熙十八年"，林树惠、傅贵九点校，中华书局 1980 年版，第 186 页。

④ 总理衙门：《经济特科考试章程》，转引自李舜臣、欧阳江琳编《历代制举史料汇编》，武汉大学出版社 2009 年版，第 490 页。

第二章 博学鸿词科政策的重要执行者
——以冯溥为中心

在世界文化之林中，中国文化显现出独特的重视文学尤其是诗歌的传统，而在封建社会朝代更替之后，最终实现大一统与繁荣富强、延续历史命脉的，是文化而非军事政治。这一保持社会文明绵延不绝的特色给美国学者桑禀华以强烈的感受：

> 中国能够经历三千余年依然屹立，或许更应该归功于文学传统，而不是政治史。和罗马帝国不同，中国在历次分裂之后总能重新统一，部分便是依靠国民对于"文"之力量的信仰……作为与"武"相对的和平领域，"文"被视为治国的根本和促成文化和谐必不可少的手段。①

在国际历史文化比较的广阔研究视野中，华夏文明能够生生不息、不绝如缕的奥妙在于她独特的文学与文化魅力。这个奥秘在汉初就为陆贾所揭示，而据他所言早在商代就已经为统治者所运用。在谈论治国方略时，陆贾对汉太祖刘邦说："居马上得之，宁可以马上治之乎？且汤武逆取而以顺守之，文武并用，长久之术也。"② 从这个意义上讲，清廷诏举博学鸿词科是康熙朝的治国根本和促进清代文化发展与社会繁荣的必要措施。从某种意义上说，康熙博学鸿词科是康熙帝和国家治理核心阶层（或者说是国家治理决策层）深刻认识到中华文化延续规律而采取的旨在维持国家长治久安的文化措施，是清朝的一个重要文治举措。它是一项清朝处于上升阶段的文化政策，是清初

---

① ［美］桑禀华（Knight. S.）：《中国文学》，李永毅译，译林出版社 2016 年版，第 3 页。
② 司马迁：《史记》卷九十七《郦生陆贾列传》，中华书局 1982 年版，第 2699 页。

"治国的根本和促成文化和谐必不可少的手段",而诗坛的整饬是文治背景下的产物与组成部分,诗歌领域内随之而来的变化是清朝文化权力整合的一个结晶,这里既有康熙朝诗歌发展变化的因子,也是政治干预诗歌领域的产物,两者水乳交融。经过博学鸿词科之后,诗人们对清朝的认同感增强,思想与心态发生变化,即使是像顾炎武这样坚守信念的遗民内心也发生了巨大的波澜起伏,不少诗人萌发创作热情与整饬诗坛的愿望;儒家诗教理论回归正统地位,和平雅正之风渐趋一统天下;在诗歌创作典范方面,宋诗风遭到抑制,唐诗风兴盛;在诗歌理论领域,王士禛神韵说确立并产生深远影响。康熙十七至康熙二十一年,区区几年间,竟然发生如此巨大变化,的确是康熙朝诗歌领域内一件大事,清初诗歌发展演化的分水岭。

任何一项文化政策的成功,除了政策本身顺应时代潮流之外,政策的决策者、实施者也至为关键。幸运的是,在博学鸿词科考试、《明史》馆开局、诗坛整饬中,作为清廷上层中一位重要大员,冯溥配合康熙帝,出色地完成了历史赋予的使命,使得文治整策顺利进行,他也因而成为一位在清朝政治、文化、诗歌史上具有深远影响的重要人物。

康熙十七年(1678)清廷诏举博学鸿词科,推行文治。冯溥时任刑部尚书、文华殿大学士,深受康熙帝器重,成为帝王的得力助手。这与冯溥出身、素质、才干、阅历与对时局的认识有关。关于冯溥出身、资历、人望,《冯溥与康熙诗坛》已有详尽论述①,各种因素表明,在清初名臣中,冯溥几乎是封建社会中的完美人物:出身文化世家,博学多才,注重修养;胸怀天下,一心为公;刚正不阿,不畏权贵;注重人才,呵护善类;淡泊名利,萧然物外。他既汲汲于事功,为国计民生操劳,为阵亡战士流泪,因流民长途跋涉而伤神;又视功名如粪土,七上奏章,请求告老还乡。世家出身、显赫地位、民胞物与的情怀、独特的个人魅力与人望,加之对时局的清醒认识以及对康熙帝意图的充分认识,使冯溥成为康熙十七年推行文治的最佳人选。"相国益都先生以道德经术辅佐天子,忧勤宵旰,数年之间涤除奸顽,兴起文教,功在

---

① 张立敏:《冯溥与康熙京师诗坛》,中国社会科学出版社2011年版。

日月之上。"① 作为康熙帝的有力助手，在具有深远影响的博学鸿词科考试中，作为重要决策者、组织者、执行者，冯溥尽心尽职，数年之间顺利完成时代赋予的使命。

第一节　博学鸿词期间的举措及其历史作用

康熙十七八年博学鸿词科考试前后，冯溥是博学鸿词的重要决策者、参与者，在整个过程中起了重要作用。关于博学鸿词科举办的历史记载，最早的是举办考试的诏书。康熙十七年（1678）正月二十三日，圣祖诏谕吏部：

> 自古一代之兴，必有博学鸿儒，振起文运，阐发经史，润色词章，以备顾问著作之选。朕万几余暇，游心文翰，思得博学之士，用资典学。我朝定鼎以来，崇儒重道，培养人材。四海之广，岂无奇才硕彦、学问渊通、文藻瑰丽可以追踪前哲者？凡有学行兼优、文词卓越之人，不论已仕未仕，令在京三品以上及科道官员，在外督抚布按，各举所知，朕将亲试录用。其余内外各官，果有真知灼见，在内开送吏部，在外开报督抚代为题荐，务令虚公延访，期得真才，以副朕求贤右文之意。②

清廷通过吏部诏告天下，要求全国各地官员访求举荐人才，揭开博学鸿词序幕。冯溥很清楚康熙帝的意图，在《戊午春正月捧诵上谕恭纪》③ 中写道：

> 圣武方扬文命敷，典谟干羽毖皇图。
> 翻经丙夜旁求切，视草金门待诏殊。
> 一代词源宗睿藻，千秋岳降应真儒。

---

① 曹禾：《〈佳山堂诗集〉序》，载冯溥《佳山堂诗集》卷首，清刻本。
② 玄烨：《圣祖仁皇帝圣训》卷十二，《文渊阁四库全书》影印本，史部第 411 册，上海古籍出版社 1989 年版，第 272 页。
③ 冯溥：《佳山堂诗集》卷六，清刻本。

伫看春泽销兵甲，彩笔从容赋两都。（其一）

云汉昭天仰化工，菁莪棫朴万方同。

已发俊乂承恩渥，旋沐弓旌降典隆。

濂洛谁传真姓字，文章始信有穷通。

大观在上宾王利，渐陆何忧隔逭鸿。（其二）

这首诗写于康熙十七年正月诏书颁布不久，是颂扬博学鸿词科的诗篇。第一首首句点名康熙帝文治武功并用。博学鸿词是康熙帝文治的一个重要举措，目的是谋求国家长治久安，在一个君主专制的封建社会里就是"毖皇图""云汉昭天"；"真儒"应该是信从儒家思想，得"濂洛"（即濂溪周敦颐和洛阳程颢、程颐为代表的宋明理学）真传，重用他们，是为了"宾王"（辅佐君王）、"赋两都"，润色鸿业。从"渐陆何忧隔逭鸿"可以看出，这次制科对遗民给予特别关注，力图使他们融入清王朝的社会秩序中，冯溥对博学鸿词科有足够信心。《诗经·小雅·菁菁者莪序》中有"菁菁者莪，乐育材也，君子能长育人材，则天下喜乐之矣"，后因以"菁莪"指君王化育人才。"棫朴"是《诗经》中的诗篇，《诗经·大雅·棫朴》有"芃芃棫朴，薪之槱之"句，毛诗序以为这首诗歌颂"文王能官人也"，在古代是君王得贤良而用的典故。"菁莪""棫朴"两个典故的使用，说明康熙帝的目的在于吸纳人才、改造士人，使天下读书人尽快参与到社会治理体系中，建设良好的社会秩序与道德体系。

在《次湘北学士韵纪盛》[①]中，冯溥写道：

求贤侧席意常虚，雅掺猗兰迥不如。

南诏尚忧三窟狡，东封谁上万年书。

简编搜讨传心久，辟召申重吁俊出。

奋武揆文关圣睿，愿将皋座起横渠。（其一）

诏出征车遍所司，休移猿鹤北山辞。

少微已映台星动，白雪无忧下里为。

岂有陈琳工檄草，翻来卜式助军赀。

---

① 冯溥：《佳山堂诗集》卷六，清刻本。

普天文德招携远，翰墨春云濯凤池。（其二）

词坛特达重弹冠，旷典能无报称难。

市骏恒虞酬骨贱，拔茅尤爱汇征宽。

一人追逐思纲纪，六宇光华见治安。

豹变霞蒸应次第，为占紫气五云端。（其三）

思如陶谢愿同游，霄汉尤烦瘵寐求。

鲁国儒生词自拙，桐江钓客惧何由。

校书乙夜尊刘向，作史三长笑魏收。

润色太平真盛事，从教宾客厌诸侯。（其四）

　　这是与李天馥（1635—1699）的唱和诗。李天馥，字湘北，号容斋，合肥人，顺治十五年进士，康熙十六年擢内阁学士兼礼部侍郎。从题目来看，李天馥在诏书颁布之后也写诗称颂。冯溥的和篇强调了人才的重要性，他们是社会道德良心所在，决定着人心向背，维系着社会安定，"一人追逐思纲纪，六宇光华见治安"（其三）形象地写出他们的影响力。"北山辞"指孔稚圭的《北山移文》，冯溥反其意而用之，反对那些企图阻止遗民出山的人。"润色太平真盛事，从教宾客厌诸侯"表明博学鸿词科的目的是使读书人一心归属朝廷，从狭隘的地域文化、地域政权利益格局中超脱出来。

　　冯溥认为，这次制科的根本目的就是服务于政治，服务于中央集权，从积极的效果、远期目标来说，就是润色太平，使天下文士加入封建社会文化建设中，从消极的方面、近期规划来说，就是"从教宾客厌诸侯"，使知识分子不再对叛乱者（当时语境中就是三藩叛乱）抱有希望，不再倾心于地方势力，而应该向中央政权靠拢。这正是军事、政治、经济处于上升时期的大清王朝进一步发展所亟须的，是政平民阜的时代要求，是中华历史上任何一个强盛的王朝迈向繁荣昌盛、民富国兴的道路上的必由之路。它既符合清廷统治者利益，也顺应社会发展潮流。如果说冯溥有爱惜人才的美德的话，那么在博学鸿词诏书颁布之后，他的求贤若渴便多了一份政治使命；网络人才、增强清王朝的凝聚力便成了他的一项重要工作。

　　诏书颁布后，冯溥与大学士李蔚、杜立德随即荐举曹禾、沈珩、米汉雯、施闰章。米汉雯为北方人，其余三人为南方人；四人均为闲散官员，从政治立场上看拥护清朝统治，且博学多识，富有盛名，从地域和身份政治倾向上体现了重视南方士子与选用官员来实现政治结构调整的意图①。

荐举而外，康熙十七年冯溥时时留心隐逸，甚至把他们的名字写在纸上，贴在墙上，以备征用。毛奇龄康熙十七年应征入都后，"尝谒益都冯溥于私宅，升阶，见左厢朱扉间大书'萧山徐芳声，字徽之；蔡仲光，字子伯'十四字"②。冯溥关注遗民，一心想把他们融入清朝统治序列中来。

随着各地应征人员陆续入京，身为文华殿大学士的冯溥担任起接待的重任。这不是平常的科举，是争取民心的举措。一部分征士是不愿和清朝合作的，有的以疾病为托，有的称说丁忧，刚烈如李颙以死相抗，誓死不从；顾炎武则未雨绸缪，摆脱应征。种种迹象表明清朝的文化认同亟须加强。康熙十七年七月二十二日，康熙帝一律驳回所有请辞奏折，命令地方官员速护送应征人员进京考试。据《啁啾漫记》载，"当征试时，有司迫诸遗民就道，不容假借。惟李容、黄宗羲、应㧑谦、嵇宗孟、顾景星、蔡方柄以死拒得免。其他类胁以威势，强舁至京，如驱牛马然，使弗克自主"③。一部分应征人员是被逼迫来到京师，让谁来负责接待化解冲突确实是个难题。既然冯溥出身文化世家，素有人望，为人刚正，又爱惜人才，那么康熙帝便命令所有应征人员先到他那里报到，这样既显示出对人才的重视，又能让冯溥发挥鉴别人才、调治人才以达到增强王朝向心力的作用。据毛奇龄在《〈佳山堂诗集〉序》中记叙：

> 既余以应召来京师，会天子蓄时机，无暇亲策制举，得仿旧例，先具词业缴丞相府，予因得随侪众谒府门下。适单马从阁中出，揭板倒屣延入，为宾客。当其时，先予居门下，设食受室，灿然成列者，已不啻昭王之馆、平津之第也。④

冯溥平易近人、盛情款待。毛奇龄报到时，冯溥宅第早已经是宾朋满座，灿然成列。这些人中，有些人行为举止怪异，冯溥却不以为然。据易宗夔

---

① 赵刚：《康熙博学鸿词科与清初政治变迁》，《故宫博物院院刊》1993年第1期。
② 孙静庵：《明遗民录》卷十三，赵一生标点，浙江古籍出版社1985年，第101页。
③ 佚名：《啁啾漫记》，《清代野史》第7辑，巴蜀书社1988年版，第379页。
④ 毛奇龄：《〈佳山堂诗集〉序》，冯溥《佳山堂诗集》卷首，清刻本。

《新世说》卷六记载："吴天章性简傲。在京应词科，冯益都相国以笺索书。吴提笔濡墨，大书二绝句应之，不以拘守绳墨为足恭也。冯亦不介意。"①

冯溥还将一些人员留在相府居住。方象瑛《毛行九诗序》载："吾师相国益都先生好贤下士，先后馆西轩者皆海内名流，最后为毛子行九。"② 毛奇龄《制科杂录》载："以仲山（案：徐咸清）无寓，荐之益都师。将邀至外舍，时钱塘吴志伊（案：吴仁臣）在舍，诸公本不欲，极沮之，而仲山偶以辨字与志伊不合，志伊亦逡巡，遂不果。……当予荐仲山时，益都师方出阁，遽许之。"③ "关中李天生因笃、仁和吴志伊任臣俱寓益都相国邸中"④，李因笃也曾住在冯溥家。冯家客人还有早在康熙十六年就馆冯溥家的胡渭⑤，而住在李天馥家的毛奇龄，也受到冯溥的邀请（《制科杂录》）。

其实对来得比较早的人员，冯溥早就留心延揽。正月二十三日博学鸿词诏书下达，王嗣槐二月份就来到京师⑥，因兵部侍郎成其范荐举待诏阙下。冯溥知道情况后立即请王嗣槐的同乡中书舍人徐勿箴、许翼苍二人介绍相见，并邀请王嗣槐住进府内，聘为儿子冯协一的家庭教师⑦。在相府，王嗣槐备受礼遇。冯协一平时对他恭敬万分，言必称先生；王嗣槐摔伤后，照看起居，冯协一亲自侍养。而对贫困者，冯溥往往尽力资助⑧。征士黄虞稷丁母忧，十二月南归，冯溥设宴送别，赠赙以行⑨。

公事之余，冯溥还经常与应征人员在万柳堂宴集。毛奇龄《制科杂录》

---

① 易宗夔：《新世说》卷六《简傲》，陈丽莉、尹波点校，四川大学出版社 1998 年版，第 266 页。

② 方象瑛：《健松斋集》卷三，民国十七年方朝佐重印康熙木活字本。

③ 毛奇龄：《制科杂录》，载毛奇龄《西河合集》，康熙五十九年（1720）书留草堂刻本。

④ 徐锡龄、钱泳：《熙朝新语》卷五，顾静点校，上海书店出版社 2009 年版，第 77 页。点校本署名余金，其实作者是徐、钱二人。

⑤ 夏定域：《德清胡胐明先生年谱》，台湾商务印书馆 1978 版，第 5—8 页。

⑥ 王嗣槐《挽诗十二章题词》云："戊午二月，余由天津入都门。"载王嗣槐《桂山堂文选》卷三，《四库未收书辑刊》本，7 辑 27 册，北京出版社 2000 年版，第 244 页。

⑦ 冯溥：《〈桂山堂文选〉序》，《四库未收书辑刊》本，7 辑 27 册，北京出版社 2000 年版，第 56—59 页。

⑧ 王嗣槐：《桂山堂文选》卷一《赠别冯子躬暨序》。《桂山堂文选》卷六《西山游记》载："岁戊午，以荐辟来京师，居二年，庚申复归里。"《四库未收书辑刊》本，7 辑 27 册，北京出版社 2000 年版，第 93 页。此序作于康熙十九年。

⑨ 施闰章：《施愚山集》诗集卷十三，第 2 册，何庆善、杨应芹点校，黄山社 1992 年版，第 239—240 页。

载："益都师开宴万柳堂，延四方至者，命即席作《万柳堂赋》，蒙奖予第一。
……扬州乔石林以内阁中书荐，同集万柳堂。"施闰章在《冯相国万柳堂二十
四韵》中写道："春风真在手，野兴岂嫌贪？洒落疑莲社，清深倍菊潭。绿波
金缕覆，锦石碧烟含。溪静留官舫，林间置佛龛。挥弦随一鹤，载酒爱双柑。
酬唱分题数，登临共客酣。"① 描绘出万柳堂冯溥与征士雅集的情况。《郎潜纪
闻》载："京师广渠门内万柳堂，为国初益都相国别业。康熙时，大科初开，
四方名士待诏金马门者，恒燕集于此。"② 尤其是陈维崧、徐仲鸿、吴农祥、
王嗣槐、吴任臣、毛奇龄为冯溥家常客，被称为"佳山堂六子"③。

征士中，傅山生性倔强难以对付。康熙十七年，听说给事中李宗孔、刘
沛先举荐后，他坚决推辞，写《病极待死》诗，称"生既须笃挚，死亦要精
神"④，一度躺在床上装重病。地方官员没有办法，县令戴梦熊只好命令役夫
将他抬到京城。到京师下榻崇文门外圆觉寺后，他卧病不起。冯溥亲自拜访，
以诗相赠，联络感情。在《赠傅青主征君》中写道：

> 僧庐高卧稳，令节客情孤。祝噎迟鸠杖，乞言尚帝都。
> 寝兴唯子问，汤药倩人扶。惭愧平津阁，留宾事有无？（其一）
> 大隐乐林泉，鹤鸣彻九天。上庠虞氏典，稽古汉廷贤。
> 孤洁留高义，凄凉动世怜。衰迟吾未去，惆怅咏新篇。（其二）⑤

冯溥表达了渴望傅山入住相府的愿望。先话家常，问客居他乡，是否感
到孤寂？接着说自己一天早晚最关心的就是傅山的饮食起居情况，还派人服
侍汤药。也不知道是否肯到自己宅第？第二首诗表示了冯溥对傅山的高风亮
节的钦慕，赞扬傅山淡泊名利，有林泉之兴，名声很大，皇帝也听说他的大
名，举世怜悯，并慨叹自己未能归隐，表达了自己的隐逸情怀和这种选择的

---

① 施闰章：《施愚山集》诗集卷四十四，第 3 册，何庆善、杨应芹点校，黄山书社 1992 年版，
第 425 页。

② 陈康祺：《郎潜纪闻初笔》卷八，《郎潜纪闻初笔二笔三笔》（合订本），晋石点校，中华书局
1984 年版，第 181 页。

③ 李斗：《扬州画舫录》卷十，许建中评注，凤凰出版社 2013 年版，第 236 页。

④ 傅山：《霜红龛集》卷五，《傅山全书》本，尹协理主编，山西人民出版社 2016 年版，第 75
页。

⑤ 冯溥：《佳山堂诗集》卷四，清刻本。

尊重，——虽然这或许是心灵沟通的一种手段，但是冯溥确实是内心向往平淡，多次请求告退，——这无疑拉近了二人的感情距离，引发京师官员亲近、礼遇征士潮流。自冯溥之后，满汉公卿士大夫都去看望傅山。从傅山身上可以看到，即使到了康熙十七年，仍然有一部分人心怀明室，对清朝持漠视态度，而这正是举行博学鸿词的一个原因。虽然傅山始终没有妥协，但是冯溥一直保持着尊敬、同情与理解。无论如何，在客观意义上，通过对傅山的关切，冯溥传递出朝廷对遗民的友好信号。

客居相府的王嗣槐记载了冯溥在康熙十七年对博学鸿词征士的种种礼待：

> 今天子发德音，下明诏，令内外大小臣工，各举才行兼优之士。应辟召而至者，百五十余人。公手额称庆，以为盛朝不世之旷典。故士之高年有德不愿仕进者，公必就见而咨之；其为牧伯郡邑有声称者，必亲延见而访求之；至田野之布衣，白屋之贱士，亦必扫榻以待之，降阶以礼之，而且为燕饮以洽之，延誉以广之；其贫约无以自存者，为馆舍以居之，改衣授食以周之。①

这段话写出康熙十七年诏书颁布之后冯溥对征士的热忱。拜访、礼迎、提供食宿、资助贫贱、燕饮、广为延誉……礼节周全，考虑详备。康熙十七年，冯溥忙得不亦乐乎。这种礼贤下士背后的目的，是直接服务于博学鸿词科，即："公之意为此百数十人者，上不日亲试之矣，试之而且将录用之矣。吾识其姓名，申其才质，上一日按籍而问，吾一一举所知以对，某也贤，某也才，某也宜任何任而使称职。公于主上用人，历历不忍负天下之贤才若此。"为康熙帝、清廷挑选人才。以文华殿大学士之尊待人若此，其效果可想而知。据《郎潜纪闻二笔》卷十五载，"康熙十七年，仿唐制开博学宏词科，四方之士，待诏金马门下，率为二三耆臣礼罗延致"②。康熙十七年，京师掀起一股王公大臣延揽人才的浪潮。

在延揽人才方面，冯溥无疑成功地完成了使命。康熙十七年十二月五日，

---

① 王嗣槐：《桂山堂文选》卷一《〈崧高大雅集〉序》，《四库未收书辑刊》本，7辑27册，北京出版社2000年版，第75页。

② 陈康祺：《郎潜纪闻二笔》卷十五《佳山堂六子》，《郎潜纪闻初笔二笔三笔》（合订本），晋石点校，中华书局1984年版，第613页。

冯溥七十大寿，京师布衣名流纷纷以诗为寿，成为年度盛事。征士陈玉璂将寿诗汇刻为《崧高大雅集》，又名《佳山堂寿册》。王嗣槐在《〈崧高大雅集〉序》中写道：

> 康熙十有七年，嘉平之月，为益都相国冯公七秩览揆之辰，在朝名公卿贤士大夫，及布衣方闻有道之士征诣阙下者，莫不为诗歌文辞以祝公。中书舍人陈玉璂汇而辑之，以纪一时之盛。……人能致举朝之褒颂而或不能得草茅介士之一言，或天子宠劳赐几杖，公卿王侯捧觞上寿不足荣，而乡校之生徒、田间之父老私祝其加餐，寄谢其自爱，传当时而施后世，莫不欣慕而叹息。①

"布衣方闻有道之士征诣阙下者"莫不庆祝，博学鸿词收拾人心的目的初见成效。就劳人所见墨迹而言，祝寿人员写诗词的有72人，诗85首，词1首。72人为梁清标、胡会恩、傅山、叶封、法若真（案：原文误作叶封法、若真）、王泽弘、白梦鼐、曹贞吉、徐釚、张瑞征、魏学诚、宋维藩、孙于旭、李良年、王日温、柯维桢、许曰琼、张可前、上官鉴、倪灿、李念慈、陈维崧、柯崇朴、朱彝尊、白铭、孙旸、汪楫、宋涵、王申锡、毛奇龄、汪琬、叶奕苞、王日曾、吴农祥、谭吉璁、傅眉、陈维岳、徐孺芳、王含真（案：原文作金真，误）、储方庆、唐朝彝、乔士容、李应豸、冯云骧、王祚兴、陈晋明、程大吕、孙枝蔚、李芳广、陈论、李宗孔、张能鳞、马行贤、江闿、张含辉、杨还吉、郎戴瓒、宋荦、姜宸英、秦松龄、尤侗、范必英、董榕、孙榮、周尤舒、周清原、汤斌、洪玕、洪昇、程易、杨雍建、徐林鸿等②。这显然不是参与拜寿人员的全部名单，因为施闰章、魏象枢、徐嘉炎③等也有祝寿诗，未见列入；单佳山堂六子就少了2人（王嗣槐、吴任臣）；另外，现任官员数量也不合乎情理。

---

① 王嗣槐：《桂山堂文选》卷一，《四库未收书辑刊》本，7辑27册，北京出版社2000年版，第75页。

② 劳人：《〈崧高大雅集〉墨迹》，《春游社琐谈》卷四，张伯驹主编《春游社琐谈·素月楼联语》（合订本），北京出版社1998年版，第219页。

③ 徐嘉炎：《抱经斋诗集》卷六《寿益都冯相国夫子七十初度》，《四库全书存目丛书》本，集部第250册，齐鲁书社1997年版，第385页。

仅从这 72 人中分析，博学鸿词应征人士有 43 人相贺，占一半以上，尤其是傅山、傅眉父子赠诗祝贺，这表明傅山对冯溥的敬重。据王弘撰《答傅青主先生》书信记载，傅山还请求王弘撰为赠送冯溥的文本写上书法作品[①]，踵事增华，可见内心对冯溥的情意。

寿册中洪昇《佳山堂寿诗》写道："吐握邀儒业，歌讴遍士林。"[②] 歌颂冯溥爱惜人才，获得士林赞誉。施闰章《奉益都相国冯公》[③] 三首其二云："贱士多沾濡，群才见甄录。昔闻赤舄公，吐哺下白屋。"歌颂冯溥为国家挑选人才，惠及寒士贱民，这正是康熙十七年冯溥呵护人才的体现，也是其忠于职责的体现。

表 2—1　祝寿人员构成

鸿博征士	傅山、叶封、法若真、白梦鼐、徐釚、张瑞征、宋维藩、李良年、柯维桢、毛奇龄、陈维崧、吴农祥、徐林鸿、秦松龄、尤侗、江闿、冯云骧、上官鉴、李念慈、柯崇朴、朱彝尊、倪灿、汪楫、汪琬、叶奕苞、谭吉璁、徐孚芳、王含真、王祚兴、储方庆、程易、程大吕、汤斌、李芳广、孙枝蔚、孙棨、杨还吉、张含辉、张能鳞、周清原、郎敏瓒、姜宸英、范必英（43 人）
现任	梁清标、胡会恩、曹贞吉、王日温、张可前、宋荦、唐朝彝、李宗孔、杨雍建、王泽弘（10 人）
其他	孙于旭、魏学诚（魏象枢子）、许曰琼、白铭、孙旸、王申锡、宋涵、王日曾、傅眉（傅山子）、陈维岳（陈维崧弟）、陈晋明、陈论、乔士容、李应豸、周尤舒、马行贤、董杲、洪玕、洪昇（19 人）

康熙十七年十二月应征人员为冯溥祝寿，显示了冯溥的广泛深远影响，表明在网络人心方面博学鸿词初见成效。康熙十七年，颜光敏托曹贞吉广征名士为其题扇，曹贞吉写信回复：

> 佳箑日在为心，所以迟迟至今者，因入冬宏词之士方大集，岁底始得散完，又最难收。日来，因考期在即，诸公键户不通人事，不忍乱其文思。故交卷不多，先寄去十四柄，内钜公词翰，尚未数

---

①　王弘撰：《北行日札》，康熙刻本。

②　刘辉、刘世德：《洪昇〈集外集〉——诗文辑佚》（上），《中国古典小说戏曲论集》第 2 辑，上海古籍出版社 1987 年版，第 366 页。

③　施闰章：《施愚山集》诗集卷十三，第 2 册，何庆善、杨应芹点校，黄山书社 1992 年版，第 239 页。

数也。俟征完再寄。①

　　曹贞吉康熙十七年年末发出大量扇面，可是却交回不多。征士闭门攻读，应付考试，这表明不少人已经期盼中式。这也是博学鸿词科初见成效的一个例证。

　　冯溥还参加了命题。康熙十八年博学鸿词命题中，冯溥拟《十三经异同考》《耕籍诗》，李霨拟《璿玑玉衡赋》《赋得雨中春树万人家》，杜立德拟《王者以天下为一家论》《省耕诗》，项景襄拟《士先器识后文艺论》《赋得春殿晴薰赤羽旗》，李天馥拟《峋嵝碑赞》《远人向化歌》，叶方蔼拟《圭璋特达赋》《三江九江考》《赋得龙池柳色雨中深》②。最后康熙帝选定《璿玑玉衡赋》《省耕诗》。

　　三月一日考试结束后，冯溥为阅卷官，十五日、十六日，他与李霨、杜立德、叶方蔼阅卷。从答卷情况来看，与应征时辞让拒绝相比较，多数征士都表现出歌功颂德的倾向③。但是一些人仍然采取迂回策略消极抵抗，保持不合作态度。如布衣严绳孙只写了《省耕诗》，还有些地方语句不通顺；胆大的毛奇龄更是写出"日升于东，匪弯弓所能落；天倾于北，岂炼石之可补"富有政治隐喻色彩的句子。据毛奇龄《制科杂录》载：

　　　　上……遂问："有不完卷的，何以列在中卷？"众答："以其胜词可取也。"又问："上上卷内，有'验于天，不必验于人'语，无碍乎？"（彭孙遹文）众答曰："虽意圆语滞，然故无碍也。"又问："有'或问于予曰'及'唯唯否否'语，岂以或指朕、予自指也？"（汪琬文）众答曰："赋体本有子虚、乌有之称，大抵皆寓言，似不必有实指也。"又问："有'女娲补天'事，信否？"益都师曰："在《列子》诸书有之，似乎可信。"上曰："朕记《楚辞》亦有之，但恐燕齐物怪之词，不宜入正赋否？"益都师曰："赋体本浮夸，与铭颂稍异，

---

　　① 颜光敏：《颜氏家藏尺牍》卷二，《丛书集成初编》第 2973 本，商务印书馆 1935 年版，第 86 页。

　　② 阮葵生：《茶余客话》卷二，中华书局 1959 年版，第 41 页。

　　③ 张亚权：《康熙博学鸿儒科研究》，南京大学博士论文，2003 年。

似可假借作铺张者。"上曰："如此则其文颇佳，今在何等？"答曰："已置之上卷末矣。"上命稍移在上卷中。嗟乎，予实不才，且是日腕胀，全不尽生平所长，不知何以猥蒙圣眷如此。

及拆卷，上又曰："诗赋韵亦学问中要事，何以都不检点？赋韵且不论，即诗韵在取中者，亦多出入。有以冬韵出宫字者（潘来卷），有以东韵出逢浓字者（李来泰卷），有以支韵之旗误出微韵之旂旗字者（施闰章卷），此何说也？"众答曰："此缘功令久废，诗赋非家弦户诵，所以有此，然亦大醇之一疵也。今但取其大焉者耳。"上是之。

从考试题目来看，试题仅为诗赋各一篇，本来并不难，况且应试人员都久负盛名。从某种意义上讲，严绳孙称眼疾，毛奇龄托病"是日腕痛，全不尽平日所长"（《制科杂录》），都是托词，企图掩饰他们不合作的心迹。阅卷官知道其心思，依旧录用。但是毛奇龄的语句隐含着对明亡的痛惜，所以冯溥、李霨、杜立德想置上卷，翰林院掌院学士叶方蔼踌躇再三。康熙帝针对答卷中出现的问题提问时，其他问题都好应付，唯独毛奇龄的答卷难以开脱，故而众人不语。冯溥巧加解释，终于将毛奇龄列入上卷。博学鸿词科对影响比较大而又倔强的人员如严绳孙、毛奇龄从宽录用，授以翰林，并命50人编纂《明史》，修史过程中给以种种优惠，最终取得收拾人心的彻底胜利。以毛奇龄为例，一年后，他在给冯溥《佳山堂诗集》作序中写道："今圣天子大启文明，贤宰相百执各殿，其经纬以郁为国华。……况乎文章喉舌，同在司命，岂无读夫子之诗而怃然思蹶然而进乎道者？"[①] 俨然一幅歌功颂德的面孔，他鼓吹诗歌为"喉舌"，也就是为政治服务，粉饰太平，歌颂盛世。论者中每有不齿毛奇龄者，以为其人没有气节。如果仔细考察博学鸿词科中征士的社会活动，斟酌冯溥在康熙十七年、十八年间的社会活动以及康熙帝的种种举措，就会得出一个不同的结论。

---

① 毛奇龄：《〈佳山堂诗集〉序》，载冯溥《佳山堂诗集》卷首，清刻本。

第二节　个性与使命的融合

康熙帝诏举博学鸿词科之后，文华殿大学士冯溥出于对康熙推行文治的深刻的理解，兢兢业业地完成历史赋予的使命。推荐人才，留心遗民，礼贤下士，"倾心下交，贫者为致馆，病馈以药，丧者赙以金，一时抒情述德，咸歌诗颂公难老"①，为应征人员提供食宿、衣物，赠送钱粮，闲暇时率他们在万柳堂饮酒赋诗，在联络感情的同时注意甄别人才，为朝廷挑选人才。对像傅山这样倔强不屈的人，冯溥身为文华殿大学士却问寒问暖，感化人心，在京师引发一股对人才重视的热潮，满族官员也竞相重视汉族知识分子。七十大寿诸人的祝贺显示出冯溥在征士中的亲和力，这也是推行文治的康熙帝所希望看到的，也是文治取得的良好效果，而应征人员试卷中普遍歌功颂德的倾向的出现除了清朝优待应征人员因素以外，也与冯溥的正直善良、虚怀若谷、礼贤下士有关。

正是因为冯溥地位如此重要，所以康熙十八年本来定在二月三日开考，但冯溥作为会试正考官没有时间，便推迟到三月初一日②。冯溥参与命题、阅卷。《郎潜纪闻》载：

> 康熙十七年……其客益都相国冯公邸第者，尤极九等上上之选，都人称为佳山堂六子，盖钱塘吴君农祥、仁和王君嗣槐、海宁徐君林鸿、仁和吴君任臣、萧山毛君奇龄、宜兴陈君维崧也。时益都预读卷，卷不弥封，人谓六子者且并录。及命下，奇龄、维崧入史馆，而四子者皆见遗，惟嗣槐因年老赏内阁中书，乃叹冯公之无私，尤服诸君不肯干进也。③

---

① 朱彝尊：《曝书亭集》卷六十六《万柳堂记》，《曝书亭全集》本，王利民等点校，吉林文史出版社 2009 年版，第 650 页。

② 毛奇龄：《制科杂录》，载毛奇龄《西河合集》，康熙五十九年（1720）书留草堂刻本。当然，考试日期推迟还有其他原因，如李霨说预备桌凳时间仓促，但冯溥主会试是一个重要因素。

③ 陈康祺：《郎潜纪闻二笔》卷十五《佳山堂六子》，《郎潜纪闻初笔二笔三笔》（合订本），晋石点校，中华书局 1984 年版，第 613 页。

　　在阅卷过程中，冯溥秉公行事，不徇私情。同时又从举行博学鸿词科目的出发，变通地选用人才。虽然所载有不确切的地方，但当时人们从评阅试卷上看到了冯溥的公正无私。可以说，康熙十七、十八年间，在康熙皇帝推行的以博学鸿词为主要事件的文治活动中，冯溥圆满地完成了历史赋予的任务。

　　康熙十八年，博学鸿词科考试结束后，冯溥一如既往地在万柳堂进行燕集，直至康熙二十一年秋告老还乡。随着落第人员的逐渐返乡，冯溥又忙于与这些征士依依惜别，如傅山、徐咸清、宋实颖、吴农祥、徐大文、陈玉璂。其实对冯溥来说，呵护人才是他的良好品质，诗酒唱和是他生命中的一部分。在康熙十七年、十八年间，四方名士汇集京城，冯溥自然地比往常举行更多的文人集会，延揽更多的人才，这既是他的生活，又是他的工作和职责。博学鸿词科的举行，既是康熙帝推行文治的一个重要举措，又丰富了冯溥的日常生活；冯溥与京师文人的日常交际，既有一种历史使命与责任感，又符合他的天性，而他的文华殿大学士的身份、世家的出身、庞大的人际网络以及正直善良、公正无私、爱护人才、喜爱诗酒风流等多种素质的具备，使他成为博学鸿词科中康熙帝的得力助手。

第三章 一种对阅卷官的错误评价

——以冯溥为中心

第一节 关于讽刺诗

康熙十八年（1679）博学鸿词科考试结束之后，京城出现讽刺阅卷官冯溥等人的诗。据傅山《霜红龛集》卷四十二记载：

> 天生丈来自燕，告予有诽谐嘲李、杜、冯、叶看选举诗赋不当者七言八句。惟"叶公懵懂遭龙吓，冯妇痴呆被虎欺"二句，巧毒可笑。天生每为人诵之。或谓天生："尔亦取中者，何诵此为？"天生曰："此诗儿实有可诵处也。"①

康熙十八年三月一日，博学鸿词科考试，十五日、十六日，文华殿大学士官兼刑部尚书冯溥、保和殿大学士兼户部尚书李霨、保和殿大学士兼礼部尚书杜立德、翰林院掌院学士叶方蔼阅卷。二十九日揭晓，五月十七日录用人员授予翰林②。这首七律讽刺诗出现于康熙十八年三月二十九日之后不久。早在三月份傅山已经返回山西，七月李因笃辞官返乡，在山西汾阳天宁寺与

---

① 傅山：《傅山全书》卷四十二杂记六《博学宏词》，山西人民出版社 2016 年版，第 3 册，第 252 页。傅山该内容手稿藏河南省博物馆。

② 马齐、朱轼：《清圣祖仁皇帝实录》，载《清实录》第 4 册，中华书局 1985 年影印本，第 1034 页。

顾炎武相遇[①]，告诉傅山这首诗应当是在李因笃返回故里不久。据刘廷玑《在园杂志》卷一《博学鸿才》，全诗为：

> 自古文章推李杜（高阳相国霨，宝坻相国立德），而今李杜亦稀奇。
>
> 叶公蒙懂遭龙吓（掌院学士方蔼），冯妇痴呆被虎欺（益都相国溥）。
>
> 宿构零骈衡玉赋，失粘落韵省耕诗。
>
> 若教此辈来修史，胜国君臣也皱眉。[②]

这首诗讽刺阅卷官及博学鸿词科中式人员。首联写李霨、杜立德平庸，颈联、尾联写中式翰林无才。颔联对阅卷官叶方蔼、冯溥极尽挖苦之能事，尤其是对冯溥，虽然诗句是出于律诗对仗的考虑，恰好冯妇与其姓名音近，但这种评骘带有明显的人身攻击性质。对博学鸿词科考试，傅山除了极力摆脱考试外，在听到李因笃讲到京师民间盛赞博学鸿词之后，即刻流露出不屑。据《霜红龛集》卷四十二记载：

> （李因笃）又说轻薄子以如今两起排胜之事作对，曰"博学宏词，清歌妙舞"，吾颇谓不然。博学宏词焉敢与清歌妙舞者作偶？果有一班青杨繁华子，引商杂羽落梁尘，惊鸿游龙回艳雪，真足令人死而不悔，复安知所谓学文词者？博杀宏杀，在渠肚里，先令我看不得，听不得，想要送半杯酒不能也。[③]

即使是在博学鸿词科中不与清廷合作、极尽讽刺挖苦之能事的傅山，也觉得讽刺叶、冯二人的诗句过于歹毒可笑。然而李因笃却常常对人朗诵，并说"实有可诵处"。那么，究竟该如何理解"冯妇痴呆被虎欺"？

---

① 顾炎武《子德自燕中西归，省我于汾州天宁寺》诗有"秋到雁行初"句，见王冀民《顾亭林诗笺释》卷五，中华书局 1998 年版，第 974 页。

② 刘廷玑：《在园杂志》卷一《博学鸿才》，张守谦点校，中华书局 2005 年版，第 36—37 页。

③ 傅山：《傅山全书》卷四十二杂记六《博学宏词》，山西人民出版社 2016 年版，第 3 册，第 252 页。

第二节　冯溥的性格与品质

事实上，冯溥绝非一个痴呆而软弱的人。相反，作为清初名臣，顺治康熙两朝重臣，他是一个有胆有识的大员。

顺治十二年（1655），徐乾学在国子监读书时，冯溥任国子监祭酒。在徐乾学眼里，冯溥"居家廉俭，食不过二豆。好读书，至老不倦，抱卷吟哦，萧然如寒士。性洞达，无城府。闻非礼之言，即义形辞色。好推毂贤士大夫。凡大廷议论及在殿陛闻，言事劲直不阿"①。顺治十六年世祖在内阁对大学士表彰冯溥，说他是翰林表率。在给事中张维赤弹劾冯溥徇私的情况下，世祖说："吾固知冯溥不为也！"不仅不相信反而让冯溥在顺治十七年考核满洲官员②，开创清初汉人考核满族官员的先河。

康熙帝甫登基，鳌拜等四大臣把持朝纲，朝中大臣明哲保身临事多唯唯诺诺，冯溥却敢于建言。康熙五年（1666），四大臣妄图在各省派遣两名大臣，设立衙门，监督督抚，让吏部尚书阿思哈、侍郎太必兔设衙门，总理其事。这显然是四大臣谋取私利设立的名目，冯溥当即表示反对。急性子太必兔当场挥拳相向，机敏的冯溥不紧不慢地说："鸡肋何足安尊拳哉！夫尔我等也。既系公议，汝必不容吾两议何耶？且议之可否，自有圣裁，岂尔我所得而专主之？"③一时吓得四司满汉官员都两股战战，惊恐万分，排成一排环跪在冯溥面前，求他妥协。冯溥仍然坚持己见，最后四大臣阴谋没有得逞。富于戏剧性的是这种精神境界征服了飞扬跋扈的太必兔，后者竟然主动修好。

不仅如此，冯溥还敢于直陈帝王过失。康熙七年，都察院左都御史刚上任，冯溥就上疏《王言不宜反汗》，劝说起草、颁布圣旨应该慎重。这件事直到晚年，康熙帝还记忆犹新。在康熙五十二年，他对大学士说："朕十三岁亲

---

① 徐乾学：《憺园集》卷十九《太子太傅益都冯公年谱序》，康熙冠山堂刻本。
② 毛奇龄：《文华殿大学士太子太傅兼刑部尚书易斋冯公年谱》，刘聿鑫主编《冯惟敏、冯溥、李之芳、田雯、张笃庆、郝懿行、王懿荣年谱》，山东大学出版社 2002 年版，第 22 页。
③ 毛奇龄：《文华殿大学士太子太傅兼刑部尚书易斋冯公年谱》，刘聿鑫主编《冯惟敏、冯溥、李之芳、田雯、张笃庆、郝懿行、王懿荣年谱》，山东大学出版社 2002 年版，第 23 页。

政……辅政大臣共理政事，时红本已发科钞，有取回改批者，冯溥为给事中，奏云：凡一切本章既批红发钞，不便更改。辅政大臣等欲罪冯溥，朕以冯溥所言亦是，因嘉奖之，并谕辅政大臣等此后当益加详慎批发。"[1] 冯溥是个耿直的人，凡事只要有理，就毫不畏缩，甚至敢于在皇帝面前辩解。

清初名臣中，冯溥以注重人才、呵护善类最为著名。在日常生活中，如果发现人才，就鼓励推扬。当他发现周清原是个奇才时，欣喜万分，以诗激励："尊酒高斋话夕曛，斗间佳气识龙文。十年闭户迟游洛，千里过都早不群。春草已看传白傅，飞花定见诏韩君。九重侧席今方切，振笔蓬山为尔欣。"[2] 后来周清原果然在博学鸿词中授翰林，官至工部侍郎。

李光地在《榕村语录续集》卷九中说："北相惟冯益都有些意思。不以人之亲疏为贤否，不计利害之多寡为恩怨，又留心人才。南相吴汉阳可比宝坻，而如益都者尚少。"[3] 由于胸怀天下，不谋私利，不计较个人得失荣辱。求贤若渴，用人唯贤，人才选用标准不以亲疏远近为尺度。顺治十五六年间，布衣王嗣槐在京师文酒会上，属文立就，身为世祖器重的冯溥急着去结识[4]。升任文华殿大学士后，"手捧荐书告天子，顿起田间匪阿私"[5]，立马推荐魏象枢、成性，开了清代大学士推荐人才的先例。二人后来都成为一代名臣。魏象枢复出后，感受最深刻的是冯溥对人才的渴求，在《寿同年益都相国七十》中写道："一年几度问起居，独见怜才心最热。"

李光地在《榕村语录续集》卷九将康熙朝宰辅大臣做了个排名，认为陈廷敬为人谨小慎微，明哲保身；张玉书勤慎淡泊，是个贤人，只能和李霨比个高低，算起来康熙名相冯溥第一，杜立德第二，而冯溥最大的优点是荐举贤良。

本朝宰辅，如现今京江（张玉书）之过于勤慎淡泊，真是大难。

此人真是自成一家，其文其诗都是无气概，你要说他不好，却句句

① 王先谦：《东华录》康熙九十二，光绪撷华书局刻本。
② 文庆、李宗昉等：《钦定国子监志》，北京古籍出版社 2000 年版，第 1500 页。
③ 李光地：《榕村续语录》卷九《本朝人物》，陈祖武点校，中华书局 1995 年版，第 680 页。
④ 冯溥：《〈桂山堂文选〉序》，王嗣槐《桂山堂文选》卷首，《四库未收书辑刊》本，7 辑 27 册，北京出版社 2000 年版，第 56—59 页。
⑤ 魏象枢：《寒松堂全集》卷七《寿同年益都相国七十》，中华书局 1996 年版，第 322 页。

稳当。即如时文，虽无能次侯、韩少宰之笔气，然亦无甚败阙也。作事专师法本朝洪经略，事事小心，三思不苟。虽细微，必躬亲。中年妻死，遂不娶，无妾媵。不食家畜猪、羊、鸡、鹅、鸭等物，虽鱼虾野物，仍食死者。自朝至暮，无片刻暇。自公事至读书应酬，每事必迟回详审，无大无小，百倍其思虑而后发。晚则合衣假寐，醒即起读书。饮食男女，人之大欲存焉，却说不到京江身上。以故生平少蹉跌，做官从来无降级罚俸之事。论其自十六岁发科，廿岁入仕途，宜其放肆疏纵，而乃如此，亦是贤人。……即泽州（陈廷敬）之慎守无过，后辈亦难到。大约泽州是钱塘黄机、汉阳吴正治一辈，但知趋避，自为离事自全。余问："京江可比益都（冯溥）否？"曰："不能。以余所见，相国冯为第一，宝坻（杜立德）次之，京江可比高阳（李霨）。益都大节在进贤，相公动本荐人，自益都始。益都荐魏环溪（魏象枢）诸人，有大好者。①

冯溥曾任国子监祭酒，又多次主考会试、充副考。每次考试，都不徇私情，客观公正。《颜氏家藏尺牍》②卷一有冯溥信一通，信中提及"缪主文闱，唯恐阒越无当"，"幸榜发之后，论无异同"，所关注的是人才的选拔，担心的是人才被埋没，他并不因为和颜光敏为好友而录取他弟弟颜光敩。《榕村语录续集》卷九又载：

> 又会试主考，亲近者亦不绝，门生有二三年不登其门者，他还指其名而赞之，以为不奔竞。③

录取中有人即使两三年不登门拜访，——这在封建社会里是严重的失礼，他仍然交口称赞，认为是不"拉关系""走门子"，这是多么难得的高贵品质！在一个注重人际关系的社会里，冯溥看重的是才能、德行与素养。在他面前，"投门子"似乎起不了作用。虽然只是挑选人才、重用人才，可是在复杂的社

---

① 李光地：《榕村续语录》卷九《本朝人物》，陈祖武点校，中华书局1995年版，第680页。
② 颜光敏：《颜氏家藏尺牍》卷一，《丛书集成初编》第2973本，商务印书馆1935年版，第1页。
③ 李光地：《榕村语录续集》卷九，陈祖武点校，中华书局1995年版，第680页。

会网络中真正实行起来谈何容易！理学名家李光地的评价"有些意思"读来耐人寻味，而他对冯溥的钦慕、颂扬之心跃然纸上。

第三节 对考试应征人员的态度

康熙帝诏举博学鸿词科之后，冯溥对陆续来京的征士，表现出一贯的呵护。他将一些人员留在家里居住。方象瑛《毛行九诗序》载："吾师相国益都先生好贤下士，先后馆西轩者皆海内名流，最后为毛子行九。"[①] "关中李天生因笃、仁和吴志伊任臣俱寓益都相国邸中"[②]，李因笃也曾住在冯溥家。

他的寓所万柳堂，成为文人雅集的场所。其中，有些人行为举止怪异，漠视社交礼仪。据《新世说》卷六载："吴天章性简傲。在京应词科，冯益都相国以笺索书，吴提笔濡墨，大书二绝句应之，不以拘守绳墨为足恭也。冯亦不介意。"[③] "毛西河、李天生曾于益都坐上喧争"[④]，对于这些不合礼仪规范的行为举止，冯溥不以为然，显示出大度与宽容。

居住在冯溥府上的王嗣槐记述了康熙十七年诏举博学鸿词科之后，冯溥礼贤下士的种种事迹：

> 今天子发德音，下明诏，令内外大小臣工，各举才行兼优之士。应辟召而至者，百五十余人，公手额称庆，以为盛朝不世之旷典。故士之高年有德不愿仕进者，公必就见而咨之；其为牧伯郡邑有声称者，必亲延见而访求之；至田野之布衣，白屋之贱士，亦必扫榻以待之，降阶以礼之，而且为燕饮以洽之，延誉以广之；其贫约无

① 方象瑛：《健松斋集》卷三，民国十七年方朝佐重印康熙木活字本。
② 徐锡龄、钱泳：《熙朝新语》卷五，顾静点校，上海书店出版社2009年版，第77页。
③ 易宗夔：《新世说》卷六《简傲》，陈丽莉、尹波点校，四川大学出版社1998年版，第266页。
④ 刘禺生：《世载堂杂忆》四七《龙树寺觞咏大会》，钱实甫点校，中华书局1960年版，第88页。

以自存者，为馆舍以居之，改衣授食以周之。①

四方名士齐聚京师，冯溥为之欣喜万分，他迎送拜访、提供食宿与经济资助，乐于延誉。以一品大员而与众人平等相待，真是史所罕见。

康熙十七年，李宗孔、刘沛先举荐傅山应试，傅山立刻写下《病极待死》诗，卧病不起。无奈之中，县令戴梦熊令役夫将他抬到京城。到京师后，他在崇文门外圆觉寺卧病不起。冯溥第一个来拜访，在《赠傅青主征君》中冯溥写道：

> 僧庐高卧稳，令节客情孤。祝噎迟鸠杖，乞言尚帝都。
>
> 寝兴唯子问，汤药倩人扶。惭愧平津阁，留宾事有无？（其一）
>
> 大隐乐林泉，鹤鸣彻九天。上庠虞氏典，稽古汉廷贤。
>
> 孤洁留高义，凄凉动世怜。衰迟吾未去，惆怅咏新篇。（其二）②

冯溥在诗中运用汉朝公孙弘起客馆开东阁典故，表达了邀请傅山入住府上的意愿。看望傅山时，他问长问短，客居京师是否感到孤寂？一天早晚自己最关心的就是傅山的起居，并且派人服侍汤药。也不知道是否肯到自己宅第？第二首诗表示了冯溥对傅山的高风亮节的钦慕，赞扬傅山淡泊名利，有林泉之兴，名声很大，皇帝也听说他的大名，举世怜悯，并慨叹自己未能归隐，表达了自己的隐逸情怀和这种选择的尊重，——虽然这或许是心灵沟通的一种手段，但是冯溥确实是内心向往平淡，多次请求告退，——这无疑拉近了二人的感情距离。自冯溥之后，满汉公卿士大夫都去看望傅山。傅山返回山西，冯溥亲自出城相送，并作《赠傅青主征君》二首：

> 函谷青牛得系无，徒瞻紫气满皇都。
>
> 雍中篑业迟更老，殿上夔龙问楷模。
>
> 谁识承匡仍绛县，多应金粟待文殊。
>
> 于今好请丹青笔，为写渊明粟里图。（其一）

---

① 王嗣槐：《桂山堂文选》卷一《〈崧高大雅集〉序》，《四库未收书辑刊》本，7辑27册，北京出版社2000年版，第75页。

② 冯溥：《佳山堂诗集》卷四，清刻本。

病缘岂借世情医，高咏谁堪继五噫。

岁俭欲留香积供，文成不让漆园奇。

星能犯座还称客，云可怡人自有诗。

驴背春风归去稳，外臣箕颍升恩时。（其二）①

称赞傅山为大隐，将他比作老子，盛赞他返乡后定有传世佳作。诗歌中隐士典故的运用（陶渊明、徐由）表明他尊重傅山对人生道路的选择。

再以潘耒为例，按照朝廷规定，博学鸿词科应征人员来京后先到冯溥处报到，潘耒抵京后却是冯溥先到寓所②。潘耒说冯溥"客恕吐茵狂，礼容长揖抗"（《寿冯益都相公》），用《汉书·丙吉传》典故和西汉郦食其典故③，赞颂冯溥能容得下文人的缺点，即使是狂妄之士，也以礼相待。由于冯溥人格魅力与对士人的发自肺腑的尊重，"士气始一伸，短褐还神王"，感化了士人，使他们获得了自豪感。这也是博学鸿词科能够取得成功的一个因素。

正如在《寿冯益都相公》诗中，潘耒"草泽多奇才，要驾或倜傥"诗句所言，博学鸿词科征士中不少遗民或者如同潘耒那样的布衣，本来就无意与清朝合作，还有一些人个性桀骜不驯，但是却受到"一一蒙延揽，时时垂咨访"的礼遇。康熙十七年到十八年间，正是由于冯溥的人格魅力与礼贤下士，不少文人人生发生了巨大变化。年近七旬的布衣王嗣槐原本对诗坛创作没有多大热心，在冯溥的感召下，他积极地呼吁唐诗风尚，参与诗坛整饬，并向王士禛提出批评。毛奇龄则由遗民转变为清朝官员，热衷于讴歌清朝盛世文治。潘耒最初拒绝参加博学鸿词科考试，即使到达京师后，依然一心渴望早日返回故乡，可是最终参加考试，成为清代文官体系中的一员。这其中，有冯溥礼遇的因素。

---

① 冯溥：《佳山堂诗集》卷六，清刻本。

② 潘耒：《遂初堂集》诗集卷三《梦游草》上《寿冯益都相公》，康熙刻本。

③ "吐茵"典见班固《汉书·丙吉传》："吉驭吏耆酒，数逋荡，尝从吉出，醉欧丞相车上。西曹主吏白欲斥之，吉曰：'以醉饱之失去士，使此人将复何所容？西曹地忍之，此不过污丞相车茵耳。'"班固：《汉书》卷七十四《魏相丙吉传》，中华书局1962年版，第3146页。"长揖"为郦食其见刘邦事。班固《汉书·高帝纪》载："沛公西过高阳，郦食其为里监门，曰：'诸将过此者多，吾视沛公大度。'乃求见沛公。沛公方踞床，使两女子洗。郦生不拜，长揖曰：'足下必欲诛无道秦，不宜踞见长者。'"班固：《汉书》卷一上《高帝纪》第一上，中华书局1962年版，第18页。

　　康熙十七年，冯溥虚怀若谷，礼遇赴京的征士，一方面是其视才若命的本性使然，另一方面，也有贯彻执行康熙帝举办博学鸿词科政策的因素。对此，王嗣槐说：

　　　　夫以宰相之尊，其视群僚下士如交游平昔而下之者，岂徒以名哉？公之意为此百数十人者，上不日亲试之矣，试之而且将录用之矣。吾识其姓名，申其才质，上一日按籍而问，吾一一举所知以对，某也贤，某也才，某也宜任何任而使称职。公于主上用人，历历不忍负天下之贤才若此。①

　　甄别人才，量才而用，这正是文华殿大学士辅佐帝王的职责所在。

第四节　讽刺诗出现的深层意义及理解偏差

　　诗句"冯妇痴呆被虎欺"讽刺冯溥在康熙十七年、十八年中的软弱可欺，这显然与冯溥的性格与行为方式不符合，他绝非是一个懦弱无能之辈。如果说该诗句指涉冯溥礼贤下士，宽容大度，如容许李因笃、毛奇龄在自己府上吵闹、对"草泽多奇才，翠驾或偶傤"的不介意，"客恣吐茵狂，礼容长揖抗"（潘耒《寿冯益都相公》）体现出来的谦和，是软弱可欺的话，这是无论如何都是错误的，足见讽刺诗作者用心不良。刘廷玑《在园杂志》卷一《博学鸿才》说：

　　　　猗欤休哉，抡才之典，于斯为盛。其中人材德业，理学政治，文章词翰，品行事功，无不悉备。洵足表彰廊庙，矜式后儒，可以无惭鸿博，不负圣明之鉴拔，诚一代伟观也。而最恬退者，李检讨因笃，于甫授官日，旋陈情终养。上如其请。命下即归，更能遂其初志。无如好憎之口，不揣曲直，或多宿怨，或挟私心，或自愧才学之不及而生嫉妒，或因己之未与荐举而肆訾谤，一时呼为野翰林。

---

　　① 王嗣槐：《桂山堂文选》卷一《〈崧高大雅集〉序》，《四库未收书辑刊》本，7 辑 27 册，北京出版社 2000 年版，第 75 页。

其讥以诗曰……又纂赵钱孙李、周吴郑王为"灶前生李，周吴阵亡"，笑谈更属轻薄，故不附入。①

刘廷玑指出讽刺诗的荒谬，分析其原因"无如好憎之口，不揣曲直，或多宿怨，或挟私心，或自愧才学之不及而生嫉妒，或因己之未与荐举而肆蜚谗"。陈康祺《郎潜纪闻二笔》卷三《鸿博主试之被嘲》认为讽刺阅卷官的诗"必当时制科翰林所为者，妬宠争荣，甘为妾妇，于持衡四公得第五十人，何损乎？"②无疑是正确的。据徐珂《清稗类钞》记载，当时由于博学鸿词科对中式人员的优厚，引发一些通过常科考试获取功名的进士不满：

> 康熙己未博学宏词科，取中者五十人，高等者授官过优，遂为甲科所丑诋，目为野翰林；而宏博之诋甲科，亦不遗余力。尤展成检讨侗《题钟馗像》曰："进士也，鬼也；鬼也，进士也。一而二，二而一者也。"③

某些进士对康熙博学鸿词科翰林羡慕、妒忌、不满从而形成一股舆论，这种舆论认为博学鸿词科与进士之间存在着对立与敌意，在这种情形之下，一些诗作就被过度阐释，生发出一些它本身未必具有的意义。就尤侗来说，他于康熙十八年博学鸿词科中式，授翰林院检讨，他曾为钟馗像题词。在民间传说中，钟馗为进士，因而他的《题钟馗像》无非是就事论事罢了。这里却被理解为博学鸿词中式人员对进士的讽刺，虽然尤侗原意未必如此。他的不少好友都是进士，如王士禛、施闰章、方象瑛等，而清廷文官中多数是进士出身。《题钟馗像》写作年代不可考，但是尤侗康熙十八年授予翰林，为文官一员，写诗讽刺进士似无可能。商衍鎏以为野翰林的称呼是出于嫉妒者，"谓其自野而来，不由科举递考而进"，依此类推，这首讽刺阅卷官的诗则是博学鸿词科落榜者所作④。孟森在《己未词科外录》一文中，简明扼要地指出

---

① 刘廷玑：《在园杂志》卷一《博学鸿才》，张守谦点校，中华书局 2005 年版，第 36—37 页。

② 陈康祺：《郎潜纪闻二笔》卷三《鸿博主试之被嘲》，晋石点校，中华书局 1984 年版，第 366 页。

③ 徐珂：《清稗类钞》第四册《讥讽类》"进士与鬼二而一"条，中华书局 2010 年版，第 1551 页。

④ 商衍鎏：《清代科举考试述录》，故宫出版社 2014 版，第 357 页。

康熙博学鸿词弥合人心的目的，无疑是对的。但是他论述野翰林称呼出现的原因时，"查是年内阁七大学士，李霨居首，图海、杜立德、索额图、冯溥、明珠、勒德洪以年资为序。三汉学士皆为读卷官，自避门生座主之嫌。图海方督师在外，吴三桂党犹炽。索额图以贵戚握重权，视汉人文人蔑如也。廷臣方阿索额图意，复有旧科目诸人之心萋，此野翰林之所由来。"① 认为朝臣因为索额图蔑视汉人，而诱发此称呼，则是一个错误的推断。大学士李霨、冯溥、杜立德作为读卷官"自避门生座主之嫌"，也与冯溥等人广延名士不符合，如果要回避，则自然不会礼遇征士并与他们诗酒唱和。满族权贵对博学鸿词科征士也非常尊重，如傅山在京师住寺庙抱疾不出，"八旗自王侯以下，及汉大臣之在朝者，履满其门，坚卧不起"②。考试前后，清廷大员竞相与考生往来，显示出康熙博学鸿词科的特殊性。

博学鸿词科是清初乃至中国历史上不多见的制科考试，是一次特殊的考试，体现出对人才的重视。这是在清初政治文化发展不同步情形下，康熙帝举办的考试与文化政策，目的在于弥合民族矛盾、网罗知识分子、增强王朝凝聚力。正如孟森指出："己未唯恐不得人，丙辰唯恐不限制。己未来者多有欲辞不得，丙辰皆渴望科名之人。己未为上之所求，丙辰为下之所急。己未有随意敷衍，冀避指摘，以不入彀为幸，而偏不使脱羁绊者，丙辰皆工为颂祷，鼓吹承平而已。盖一为消弭士人鼎革后避世之心，一为驱使士人为国家装点门面，乃有寄幸于国家，不可同年语也。"③ 因而在对待人才、考试过程、录取原则上，体现了对人才的重视和极大的宽容。比如录取人员考卷中出现一些错误，也有没有完卷的，甚至是试卷中具有反清思想的词句。如此种种现象，只有在博学鸿词科考试的特殊历史文化背景下才能得到合理解释。

即以考试来说，嘲讽者缺乏一种宏观视野与整体意识，不能正确理解答卷何以出现种种问题以及博学鸿词科的目的所在，只是以通常的科举考试标准来衡量，而对冯溥等人的污蔑也是因为受常科考试的视野局限，在个人私欲驱动下出现的。

---

① 孟森：《己未词科外录》，载氏著《明清史论著集刊》，中华书局 1959 年版，第 496 页。
② 钮琇：《觚剩》续编卷二《人觚·傅山》，上海古籍出版社 1986 年版，第 203 页。
③ 孟森：《己未词科外录》，载氏著《明清史论著集刊》，中华书局 1959 年版，第 498 页。

　　这两句讽刺至极的诗句，李因笃竟然常常诵读，真是不可思议。因为李因笃来京后受到冯溥礼遇，对于冯溥的为人处世也有所了解；他本身也是博学鸿词科录用人才。正如孟森所说："轻薄佻巧之词，有何可颂？"不过，孟森关于李因笃仇恨满族的解释，"傅、李皆有高深学诣，何至与小夫竞牙慧？要自有不屑异族之见存，有托而出此"①，是说不通的。事实上，康熙博学鸿词考试期间，李因笃已经认可了清朝政府，虽然他最终辞去了翰林。期间他不仅自己出仕，而且打算劝说好友李颙、顾炎武入仕。以至于顾炎武写信严厉地指责他："窃谓足下身蹑青云，当为保全故交之计，而必援之使同乎已，非败其晚节，则必夭其天年矣。"②

---

　　① 孟森：《己未词科外录》，载氏著《明清史论著集刊》，中华书局1959年版，第500页。
　　② 顾炎武：《亭林文集》卷四《与李子德》，载《顾亭林诗文集》，华忱之点校，中华书局1983年版，第76页。

第四章 冯溥对诗坛的整饬

桑禀华认为，中国文化的一个特点是文化在社会政治中的独特而关键的作用，他说："在中国最早的文字记载中，文学文化在实施善政、改进社会的事业中扮演着关键角色。"因而中国的文学研究有自己鲜明的特色：

> 在中国的语境中，文学研究鼓励人融入文史哲这个整体。文学讨论自然的盛衰循环，以理解变化的动态过程。受这种倾向影响，文学理论将历史与自然进程的变迁看成辽阔的风景，将单个作者、运动以及体裁的兴衰置于其中来考察。……这些理论常认为文化发展有其内在的生命，但中国文学的历史也是它服务于特定利益集团的历史。精英阶层的奖掖至关重要，作品传播与经典化的习惯也有利于这些利益集团。阅读单篇作品的快乐，就像凝视河面的倒影。而要看到河的深处，则不仅要应对语言问题和跨文化理解的问题，还要探究权力的运作——包括阶级、性别、民族和国家观念。[1]

中国诗歌理论与政治、文化、历史、文史哲传统如此紧密，个体与时代关系如此密切，因而在中国，尤其是历史上，所谓纯粹的、唯美的诗论如果不能说没有的话，那也是极为罕见。任何理论都有一定的"利益集团"，从而即使是考察单篇作品，也需要透过河面进入深处，"不仅要应对语言问题和跨文化理解的问题，还要探究权力的运作——包括阶级、性别、民族和国家观念"，以及"精英阶层"。分析康熙十七年诗歌理论界，也须分析理论背后的政治目的、民族与国家观念，以及关键人物的作用。

博学鸿词科之所以实施，是因为国运上升时期的清朝，存在着文化与政

---

① ［美］桑禀华（Knight. S.）：《中国文学》，李永毅译，译林出版社 2016 年版，第 2 页。

治、军事、经济发展不同步的矛盾。在诗歌领域，这种不均衡体现在诗人对王朝的离心现象，儒家诗教正统地位的失坠，"变风变雅"观念的空前受重视，穷而后工理论的盛行，温柔敦厚观念的偏离，诗歌创作上呈现出的谯杀之气……种种迹象表明，整饬诗坛已经迫在眉睫。

康熙年间与博学鸿词差不多同时而稍晚的京师诗歌领域内的整饬主要由冯溥来负责施行。在京师四方杰出人才汇聚一堂的时候，冯溥倡导诗教，呼吁温柔敦厚的创作原则。冯溥整饬诗坛，始于康熙十七年，最初表现得相对温和，最后逐渐加大力度，具有明显的讨伐性质①。

除了倡导诗教，重建清朝的温柔敦厚诗教理论外，具体到诗风问题上，冯溥明确表示颂扬唐诗，反对宋诗风。在万柳堂文人宴会上，他反对宋诗，呼吁唐诗，京师诗坛掀起鼓吹诗教的热潮，宋诗风渐趋消歇，连最具影响的宋诗风倡导者王士禛也不得不反思自己诗学活动，走上回归唐诗道路。在冯溥的积极干预下，和平雅正诗风渐次盛行，成为诗坛主流，康乾盛世主导风尚由此拉开序幕。

诗坛整饬，是博学鸿词科的应有之义，是文化、政治、军事、经济发展不平衡而渐趋平衡的一个必然体现。康熙十七年至二十一年，这个任务落在冯溥身上。

第一节 儒家诗教的失坠与承续

按照艾伯拉姆斯（M. H. Abrams）在《镜与灯》一书中提出的艺术理论，传统文论中提倡诗教、重视诗歌教化作用的诗学理论，认为文学是达到政治、社会、道德、教育目的的手段，被刘若愚界定为实用理论②，核心是温柔敦厚诗说。儒家"温柔敦厚"诗教论的实质是使民众"颜色温润"，"性

---

① 冯溥诗坛整饬时间在康熙十七年到二十一年，虽然时间短难以做出一个时间段界定，却也有一个变化过程。

② ［美］刘若愚：《中国文学原理》第 6 章《实用理论》，杜国清译本，江苏教育出版社 2006 年版，第 160—176 页。

情柔和"，"哀而不伤，怨而不怒"，形成良好社会秩序，这是传统诗论最高圭臬①。《诗大序》宣称，"故正得失，动天地，感鬼神，莫近于诗。先王以是经夫妇，成孝敬，厚人伦，美教化，移风俗"，诗歌是治理国家的工具之一，服务于政治。统治者应该利用诗歌移风易俗，完成社会伦理道德的构建，因而诗教论一度在诗歌理论中占据主导地位。即使是在明代，人们不断探索诗歌形式技巧，依旧以儒家诗教理论为圭臬。

明末清初，明清更替尤其是异族定鼎给作为意识形态存在的儒家文化和积极用世、关心国计民生的儒家文人带来巨大冲击，诗学领域内儒家诗教倡导的温柔敦厚诗教的含义及其相关论断发生严重偏离与失坠。这种对于传统诗教理论的偏离与失坠尤其发生在明末忧心忡忡的文人如陈子龙以及明亡后长期存在、具有广泛影响力的遗民诗人群体中（往往是前者在明亡后身份上转化为遗民，但也不尽然，如宋征舆就是一个例子）。其表现主要有三点：第一，对温柔敦厚的重新解释、诗歌正变论题内"变"的注重以及"穷而后工"命题的认可。与此同时，清朝官员或者说清王朝的认同者中的一部分人员如施闰章、魏裔介、入清后为官的宋征舆等恪守正统观念。如果说前者体现了巨大社会变革中儒家文人的迷茫彷徨与传统社会秩序打破后的历史反思，后者则是承续儒家正统思想积极地参与新王朝社会秩序的构建。这两个方面构成儒家诗学批评场域中的两极，在明清之际社会历史境遇下，一个指向过去，一个面向未来。从"利益集团"的性质来看，一个怀念旧王朝，一个服务新王朝。

陈子龙的文艺观念体现了传统儒家诗教的失坠。他说："夫作诗而不足以导扬圣美，刺讥当时，托物连类而见志，则是《风》不必列十五国，《雅》不必分大小也。虽工而余不好也。"② 表现出儒家士子期望能够以诗歌干预社会的美好而强烈的愿望。然而国家的破败不堪以及险恶的现实境遇使他对正统儒家文艺思想有了不同的认识。

---

① 徐复观：《释诗的温柔敦厚》，载氏著《中国文学精神》，上海书店出版社 2004 年版，第 35 页。

② 陈子龙：《陈子龙文集》卷七《序》一《六子诗序》，华东师范大学出版社 1988 年版，第 376 页。

这种诗学上的偏离首先表现在他提出了"虽颂皆刺"的论断①。《诗大序》将诗歌按功能分为美、刺二类，前者是颂扬，后者是怨刺，这是历来论诗的常识。陈子龙将传统上认为是静态永恒的美刺之论历史化。在《诗论》② 中，他认为古人美刺容易。因为古代风俗纯朴，善恶分明，"古之君子，诚心为善，而无所修饰。古之小人，亦诚心为恶，而不冀善名"，故而"国有贤士大夫，其民未尝不歌咏，虽其同列相与称道，不为比周；至于幽、厉之世，监谤拒言，可谓乱极矣，而刺讥之文，多于曩时，亦未闻以此见法"。如今世道不同，"今之君子，为善而不能必其后。今之小人，为恶而不愈居其声"，颂扬他人，容易被理解为谄媚；"慷慨陈词，讥切当世，朝脱于口，暮婴其戮"，因而诗人左右为难。于是陈子龙提出："我观于诗，虽颂皆刺也。时衰而思古之盛王，《嵩高》美申，《生民》誉甫，皆宜王之衰也。"这样一来，见于《诗经·大雅》的《嵩高》《生民》传统上被看作"颂"的篇章，也就成了"刺"。"诗《三百篇》，惟《颂》为宗庙乐章，故有美而无刺"③，陈子龙打破了这个认识框架。

诗教论中有所谓"风雅正变"的说法，认为"美颂"是正声，"变风""变雅"的"怨刺"是变调。陈子龙"虽颂皆刺"的论断事实上打破了传统的分类，暗含着对"变风变雅"的首肯，这也是他所始料未及的。他说"求其和平而合于《大雅》，盖其难哉！……其不能无正变者，时也"④，虽然正声是最高原则，实际生活中却又不得不转为变调，这是一种无奈。据毛奇龄回忆，陈子龙为绍兴推官时，倡导风雅正变，呼吁正声，"华亭陈先生司李吾郡，则尝以二雅正变之说为之论辩，以为正可为而变不可为，而及其既也，则翕然而群归于正者，且三十年。"⑤ 残酷的现实让他不得不转变了认识。这不仅是个人的无奈，更是一种时代的悲剧。

第二，对穷而后工命题的认可。这与他独特的"美刺"观念一致。既然

① 袁震宇、刘明今：《明代文学批评史》，上海古籍出版社1991年版，第588—593页。
② 陈子龙：《陈子龙文集》卷三《论》一，华东师范大学出版社1988年版，第140—143页。
③ 刘基：《刘基集》卷二《王原章诗集序》，林家骊点校，浙江古籍出版社1999年版，第81页。
④ 陈子龙：《陈子龙文集》卷七《佩月堂诗稿序》，华东师范大学出版社1988年版，第382—383页。
⑤ 毛奇龄：《西河合集》序卷十一《苍崖诗序》，康熙五十九年（1720）书留草堂刻本。

"虽颂皆刺",《诗经》中《大雅》的篇章就有一部分"刺"的内容,那么穷而后工命题的适用范围就扩大许多,故而"至于寄之于离人思妇,必有甚深之思,而过情之怨,甚于后世者,故曰皆圣贤发愤之所为作也"(《诗论》)。

第三,在某种程度上,陈子龙流露出对温柔敦厚诗教的不满。儒家诗教强调的"温柔敦厚""发乎情,止乎礼义",本来是一种积极的规范,在他看来,却变成了消极的退缩与险恶境遇中的处世之道,掩饰自己卑弱的手段。他说:"后之儒者,则曰忠厚,又曰居下位不言上之非,以文其缩。"(《诗论》)

陈子龙的理论反映了儒家诗教在国破家亡境遇下的无奈调节与迷茫,一方面依然是儒家诗教的旗帜,另一方面却又不得不偏离诗教正统,呈现出偏离与失坠状态。明末清初儒家诗教偏离与失坠主要表现,无论是"变风变雅"的倡导、穷而后工的认同,还是温柔敦厚的新阐释,都能在陈子龙身上找到对应的话语。康熙十七年前毛奇龄的诗学思想就是一个显证。而儒家诗教这种偏离与失坠弥漫着清初诗坛。在此略举几例。

申涵光在《贾黄公诗引》一文中表现出既遵守儒家诗教,又对诗教理论历史上的正统地位怀疑:

> 吾观古今为诗者,大抵愤世嫉俗,多慷慨不平之音。自屈原而后,或忧谗畏讥,或悲贫叹老,敦厚诚有之,所云温柔者未数数见也。……然则愤而不失其正,固无妨于温柔敦厚也欤![1]

魏礼《甘衷素诗序》载:

> 古今论诗以温厚和平为正音,然愤怨刻切亦复何可少?要视其人所处之时地。譬犹春温而融风,万物被之,欣欣有生气。使凛秋玄冬,霜雪不下,凄风不至,煦然若春风中人,是尚得为天地之正乎?[2]

以自然节令为喻,虽然坚持诗道正音,但也不偏废"愤怨刻切"的变调。

---

[1] 申涵光:《聪山文集》卷二,康熙刻本。
[2] 魏礼:《魏季子文集》卷七《甘衷素诗序》,道光二十五年珍溪之绂园书塾重刊本。

黄宗羲同样肯定"变风变雅",他认为孔子认可"变风变雅",故而删诗时保留的风雅变调;又以四时节令作比喻,证明"变风变雅"的合理性①。值得注意的是,虽然他不否定儒家诗教的地位,然而却说温柔敦厚诗教会出现一种虚与委蛇、吞吞吐吐、了无生气的情况。所以他对穷而后工有一种深刻的认识:"夫人生天地之间,天道之显晦,人事之治否,世变之汙隆,物理之盛衰,吾与之推荡磨砺于其中,必有不得其平者,故昌黎言:物不得其平则鸣。此诗之原本也。"② 不平则鸣一般被视为穷而后工的一个理论源头,这里他甚至将它视为诗歌的原本。无论是对变风变雅的重视,还是对穷而后工的过度阐释,这实际上已经背离了儒家诗教论的正统。这也说明儒家诗教论在明朝依然是占统治地位的理论,即使是修正、偏离也只能在该理论的框架内寻找新的领域与解释点。

与上述倾向不同的是,在一些清朝官员中,儒家诗教正统得到传承。这里以施闰章、魏裔介为例作简要说明。施闰章《江雁草序》载:

> 诗兼比兴,其风婉以长。《传》曰:温柔敦厚,诗教也。……散为风谣,采之太师,田夫、野妇可称咏。其王后、卿大夫微词设讽,或泣或歌,忧愤之言寄之《苌楚》,故宫之感见乎《黍离》。吉甫以清风自称,孟子以寺人表见。言者无罪,闻之者足以戒,其用有大于史者。③

施闰章认为诗歌应该为统治者采用,发挥劝善惩恶的作用,从而实现诗歌的现实服务功能。言者无罪、闻者戒之表达了作者构建新的社会秩序的期望。

魏裔介选编顺治元年至十三年诗歌为《观始集》④,宣扬儒家正统,反对"变风变雅"之作,期望以儒家诗教正统理论为清王朝文化建设服务。据吴伟

---

① 黄宗羲:《黄梨洲文集》"序类"《万贞一诗序》,陈乃乾编,中华书局 2009 年版,第 362—363 页。

② 黄宗羲:《黄梨洲文集》"碑志类"《朱人远墓志铭》,陈乃乾编,中华书局 2009 年版,第 247 页。

③ 施闰章:《施愚山集》文集卷四,第 1 册,何庆善、杨应芹点校,黄山书社 1992 年版,第 68—69 页。

④ 谢正光、佘汝丰:《清初诗人选清初诗考》,南京大学出版社 1998 年版,第 22 页。

业《观始诗集序》①记载，魏裔介说：

> 依古以来，世道之污隆，政事之得失，皆于诗之正变辨之。在昔成周之世，上自郊庙宴飨，下至委巷讴歌，采风肆雅，无不隶于乐官。王泽既竭，蒙史失职。列国之大夫称诗聘问，乃仅有存者。季札适鲁，观六代之乐。君子曰：此周之衰也。

首先肯定诗歌与国运的关系，接着历数历史上王朝初建时对开国气象的重视，为自己选编诗歌蒙上一层神圣的政治光环："降及汉魏乐府之首《大风》重沛宫也，古诗之美西园尊邺下也。初唐，《帝京》之篇、应制龙池诸什，实以开一代之盛。明初高杨刘宋诸君子，皆集金陵，联镳接辔，唱和之作，烂焉。夫诗之为道，其始未尝不渟漾含蓄，养一代之元音。"那么清朝成立之后，同样需要"一代元音"，他说：

> 会国家膺图受箓，文章彪炳，思与三代同风，一时名贤润色鸿业，歌咏至化，系维诗道是赖。于是表闾阖，开明堂，起长乐，修未央，圣人出治，蔼蔼皇皇……吾观乎制度之始，将取诗以陈之。苍麟出，白鹰至。龙之媒，充上驷。我车既闲，我兵弗试。维彼蛮方，厥角受事。来享来王，同书文字。我观乎声教之始，将取诗以纪之。仓庚既鸣，时雨既零。大田多稼，恤此下民。兰台群彦，著作之庭。歌风缊瑟，终和且平。我睹乎政治之始，将取诗以美之。

诗歌创作正宜称颂和平盛世，诗歌的作用是歌功颂德，所以凡是不是颂美的作品，统统遗弃："若夫淫哇之响，侧艳之辞，哀怒怨诽之作，不入于大雅，皆吾集所弗载者也。"对当前诗歌创作现状，他自然是十分清楚，强烈反对哀怨作品，认为"自兵兴以来，后生小儒穿凿附会，剽窃摹拟，皆僴然有当世之心，甚且乱黑白而误观听识者"，故而他要通过选本来弘扬诗道，以诗歌促进社会文化建设。与遗民群体针锋相对的是，他反对变风变雅：

> 圣人删诗，变风变雅处衰季之世，不得已而存焉，以备劝诫者

---

① 吴伟业：《吴梅村全集》卷二十七，李学颖点校，上海古籍出版社 1990 年版，第 660—661 页。

也。且君子观其始，必要其终；图其成，将忧其渐。吾若是其持之，尚忧郑卫之杂进而正始之不作也，可不慎哉？

一般认为今存本《诗经》是经过孔子编辑筛选过的，而其中存在"变风变雅"，魏裔介说这是孔子身处衰世不得已而为之，而自己身处何平盛世，不必选编哀怨之作。

康熙十七年前，儒家诗教论一方面表现为偏离正统思想，呈失坠状态，另一方面在清朝官员以及认可清朝的诗人、评论者那里又延续着正统的观念。前者力量强大，后者微弱；前者是儒家正统文艺观念的新变，后者则是正统思想的守持。两者交互竞争中，前者是守旧的力量，后者是新生者。

之所以会出现这种情况，与儒家文艺理论本身有关。从某种意义上，儒家诗教论是意识形态在文艺领域的渗透与文艺理论的意识形态内化，具有极其强烈的干预现实、服务政治的目的。当社会秩序出现巨大变化时，尤其是封建社会的原有正统明朝瓦解后，对明朝士子来说，正统的理论就不再适应现实；而对认可清王朝的人员来说，社会秩序的重建，正需要利用儒家诗教进行文化建设。由于"从顺治元年到康熙二十年约三四十年间，完全是前朝遗老支配学界"①，遗民控制文化话语权，诗学领域也是如此，故而在康熙十七年以前，前者占据主流，后者则是一股微弱的力量。这种局面不利于新兴王朝的发展，这也是清朝推行文治的一个重要因素。

第二节 冯溥的诗学观念

冯溥具有浓郁的理学思想，重身体力行，为国为民，以儒家经典著作中的圣贤作为楷模，思想与实践的一致性决定了冯溥诗学思想上的正统性，即认同在传统社会占主流地位的诗教论，注重诗歌教化作用，崇尚醇雅。

徐嘉炎在《〈佳山堂集〉跋》一文中记载了冯溥对诗歌的看法：

吾师之言曰："诗之为教也，温柔敦厚，文已尽而义有余。是道

---

① 梁启超：《中国近三百年学术史》，东方出版社1996年版，第21页。

也，四始六义而降，楚骚汉魏靡不由之。岂不以指事造形，穷情写
物，味之者无极，闻是者感心，舍是则无以为诗耶？"①

序作于康熙十九年《佳山堂诗集》刻成之际，由此可知冯溥这番话说于
康熙十七至十九年间，这是冯溥诗学观念的一个总结。"四始六义"是《诗大
序》提出的一个术语，用以系统阐释诗歌教化功能（"化下"与"刺上"）：

> 故《诗》有六义焉。一曰风，二曰赋，三曰比，四曰兴，五曰
> 雅，六曰颂。上以风化下，下以风刺上，主文而谲谏，言之者无罪，
> 闻之者足以戒，故曰风。至于王道衰，礼义废，政教失，国异政，
> 家殊俗，而变风变雅作矣。国史明乎得失之迹，伤人伦之废，哀刑
> 政之苛，吟咏情性，以风其上，达于事变而怀其旧俗者也。故变风
> 发乎情，止乎礼义。发乎情，民之性也。止乎礼义，先王之泽也。
> 是以一国之事，系一人之本，谓之风。言天下之事，形四方之风，
> 谓之雅。雅者，正也，言王政之所由废兴也。政有小大，故有《小
> 雅》焉，有《大雅》焉。《颂》者，美盛德之形容，以其成功告于神
> 明者也。是谓四始，诗之至也。

"四始"即《风》《大雅》《小雅》《颂》被称为诗歌所能达到的最高境界。
冯溥首肯诗教理论，认同诗教论，温柔敦厚说，认为诗歌必须含蓄有味，文
有尽而意无穷是诗歌艺术表现的评价标准和最高理想。在他看来，《诗经》以
降，战国、汉魏时期，诗教理论是基本准则，人所共守；背离诗教理论是不
可思议的事情。由此可见冯溥温柔敦厚诗教观念根深蒂固。除了讲求诗歌的
对群体的功效外，冯溥还认为诗歌对个体来说，是修身养性的工具。据方象
瑛记载：

> 先生固曰："吾非欲以诗名。夫人精神有限，思无穷，不善用
> 之，将声色货利，杂然不可复问矣。故吾以诗静吾思，非必与古今
> 词人较工拙也。"②

---

① 徐嘉炎：《〈佳山堂集〉跋》，载《佳山堂诗集二集》附录，清刻本。
② 方象瑛：《〈佳山堂集〉序》，载《佳山堂诗集》卷首，清刻本。

　　诗歌的艺术性固然重要，但是最重要的却是诗歌的功能，即"静思"，也就是约束自我，因而写诗的目的不是追求艺术的完美，字句的工拙。诗歌的工具理性占据第一要义，文本艺术次之。这正是儒家诗教理论的一个特征。当然，不计词句工拙并不是说忽略诗歌艺术性，冯溥说，"夫诗原本于性情，资深于学力，夫人而知之也"①，通过学习研修诗艺是个常识，没有艺术性的当然不能叫作诗歌，但是更重要的是诗歌的功能。

　　从冯溥诗歌创作的实际情况来看，他的诗中贯彻了儒家诗教理论，诗歌中蕴含理学因子，呈现出一种中正平和的面貌。顺治三年同年魏象枢说："迨己亥（顺治十六年）归养时，得《偶拈》诗一卷携去，每于芥园松下读之，光明正直之气透出纸背，然意在说理不在诗也。……盖以之诗，上以纪郊庙之典仪，朝廷之赉予；下之纪郡国之灾异，兵民之苦辛，而殷殷意中齿间者，尤在人才之进退，教化之兴衰，关于风俗民风者，必三致意焉。"②魏象枢为清初著名理学家，顺治十六年读冯溥的《偶拈》诗，从中感受到一种光明正直之气和浓郁的理学思想。康熙二十年通览冯溥诗歌，认为冯溥热衷教化，关心国计民生。从顺治年间诗歌和康熙十九年所做诗歌来看，尽管内容上有所不同（如康熙十六年以前的诗歌创作夹杂着对个人仕宦的忧虑，十六年后的诗歌以歌颂为主），但有一个共同点，那就是创作主体认可儒家诗教理论，用以指导诗歌创作实践。此处以《杂咏二十首》其二为例：

> 山川信佳丽，公子歌来游。好鸟鸣我前，微风清且柔。
>
> 岩谷锦绣错，林薄疏长流。抚景相徘徊，因之论前修。
>
> 三五际辁近，英杰辅皇猷。王道无党偏，深怀黎庶忧。
>
> 资岂乏圣睿，吐握越恒侔。治忽如列眉，柄鉴垂千秋。
>
> 谆复咏斯义，庶以资绸缪。③

　　"公子"在欣赏陶醉于静谧、柔和、秀丽的山川景色之际，想到的是黎民百姓的生计，人才的访求，国家的治理。这是首写景诗，然而自然景色在诗

---

①　冯溥：《〈秋琴阁诗〉序》，载方象瑛《健松斋集》卷十七《秋琴阁诗》卷首，民国十七年方朝佐重印康熙木活字本。

②　魏象枢：《〈佳山堂诗集〉序》，载《佳山堂诗集》卷首，清刻本。

③　冯溥：《佳山堂诗集》卷二《杂咏二十首》其二，清刻本。

中占九分之四的篇幅，大部分篇幅是抒情主体在淡雅幽静的环境中的现实政治思索，"谆复咏斯义，庶以资绸缪"更像《诗经》中常用的手法，卒章见志，点明服务于政治的写作动机。施闰章说：

> "温柔敦厚，诗教也。"先生起北海文敏公之后，怀仁辅义，冲然如不及，未尝揭揭以诗名。迹其志行，皆温柔敦厚之意，得之诗教为多。①

指出冯溥理学思想、诗学观念与诗歌风貌的关系，信奉诗教论并用以指导诗歌创作，这正是冯溥注重理论与实践相结合的精神在诗歌领域内的一个表现。

诗歌的意义体现在面向个人的修身与面向社会的教化功能两个方面，诗歌之所以重要是因为它是一种工具，冯溥更看重的是事功，这也是儒家对包括诗歌在内的文学艺术的基本看法。重视诗歌，更重视实际政治生活，强调诗歌服务于社会生活，这是冯溥的基本诗学观念。

作为践行理学思想的冯溥在诗学理论上没有独特的创举，他的诗歌思想没有超出传统社会占主流地位的儒家诗教理论。

从发生学角度来分析，儒家诗教论既然是封建社会主流文艺思想，而冯溥又出身理学世家，自小受到良好的传统社会正统教育，十岁便发奋读书，"穷极经史"，熟谙儒家思想，冯氏又是文学世家，家族敦睦会又时不时督促反思德行、学业进展，诗教理论诗歌观念应当很早就在冯溥脑海中留下烙印。兹举一旁证。冯溥高祖冯惟讷的儒家诗教观念极强，为了补正时人不识风雅正宗而编辑《古诗纪》，卷首张四维《〈古诗纪〉序》就论述儒家诗教理论："诗之道尚矣。夫人哀乐之心感，而歌咏之声发，永言嗟叹，成文谐音，盖自结绳之代已固然矣。然情以人生，文由代变。古诗自宣尼删后，罕有存者。……余故谓是编之集大有功于雅道云。"② 这对冯溥不无影响。

---

① 施闰章：《〈佳山堂诗集〉序》，载《佳山堂诗集》卷首，清刻本。
② 冯惟讷：《古诗纪》，《文渊阁四库全书》影印本，集部第 1379 册，上海古籍出版社 1985 年版，第 3 页。

第三节　诗坛整饬内容

一、整顿诗坛的起初与动机

为何说康熙十七年冯溥开始整饬诗坛？这个结论的得出，首先是基于冯溥创作变化的考察之上。

首先，从诗歌创作与编纂成书来看，在康熙十六年以前，冯溥诗歌创作不仅数量少，而且写完就随手丢弃，不重视编辑成书，诗歌创作在个人生活中不占据重要位置，他并不期盼自己的作品在诗坛流通传诵①。对他来说，诗歌功能主要是"静吾思"，个人修心养性的手段，——当然这并不意味着他不知道或者说不注重诗歌的社会教化作用，只是兴趣、心思与侧重点在于个人修养。他不大关注京师诗坛，很少参加文人集会，现存诗集中极少文人集会的情形，即使有为数不多的诗歌集会也是两三幕僚偶尔一聚，不成规模，时间与人物不定。一个例证是顺治十五六年间他虽然听说有个叫王嗣槐的人才思敏捷，爱奖掖人才的冯溥立马产生好奇心，渴望结识，然而两年间竟然没有涉足文人圈，致使二人无缘相识。康熙十七年后，冯溥不仅关注诗坛动态，而且诗歌功能的侧重点对他来说已经发生了重大转移，除了用作自己修养身心的工具这个功能保持不变外，他更注重诗歌的社会影响，在不同的场合鼓吹儒家诗教理论，表达了自己对时下宋诗风气的不满，提倡温柔敦厚诗教说，呼吁盛世之音。也就是说，自康熙十七年开始，冯溥开始了对诗坛的整饬。

其次，从现存文献来看，冯溥最早关注诗坛是在康熙十七年。这一年正月，康熙帝下诏举行博学鸿词，王嗣槐入都，后为冯溥请入家中居住。在《桂山堂文选序》中，冯溥回忆道：

> 岁戊午上征海内鸿博诸儒，仲昭待诏阙下，为《长白山》《瀛

---

① 李天馥：《〈佳山堂诗集〉序》，《佳山堂诗集》卷首，清刻本。

台》诸赋，余读而叹美之，以语中书舍人徐勿箴、许翼苍介而相见，客余东轩。日与论诗，每叹昔人沉雄高浑之作不可复见。其论古文辞自周秦以迄宋明诸家。其文采音节如皮革羽毛，与时变易，人有不同，而气骨神韵相合无间，未有不如一父之子也。及与论立国规模、治安要略，原本经术，通达时宜，一一见诸实行，莫非可大可久。国家以文辞招致才明，所谓经国大业，不朽盛事也。私幸犹有此人。①

自从王嗣槐入住相府后，诗歌成为二人谈资，正是由于对诗坛现状的关注，二人才感慨沉雄高浑的作品少见。不仅谈论诗歌，古文也是谈论话题之一。冯溥还说，文学作品是经国大业，不朽盛事，这与冯溥前期侧重于文学个人修养功能（即"静吾思"）、不重视诗坛形成鲜明对比。曹丕《典论·论文》中提出"盖文章经国之大业，不朽之盛事"，后成为古人的常谈，但是真正如此看重文学作品的人并不多见，尤其是儒家重视事功甚于文章，文学之所以重要是因为它的工具性。冯溥这里用了个"文辞"，凸出一切文学作品的价值。之所以如此重视文学地位是因为"国家以文辞招致才明"，"上征海内鸿博诸儒"，但这并不意味着他一味重视诗歌文本自身的艺术价值，放弃了侧重诗歌社会功能的诗教理论。事实上，他正是在强调诗歌社会教化作用基础上凸现诗歌价值，同样是"经国大业，不朽盛事"，在价值序列上诗歌的地位比修史制诰词、草诏书等低许多。康熙十八年冬至，他在《〈秋琴阁诗〉序》中写道："方子（方象瑛）以征辟来京师，旋蒙清华之选，与修《明史》，方将扬榷古今卓然不朽之业，讵止以诗文见长。然一时被召而来者，皆四方英俊之士，多闻直谅之友，樽酒论文，形诸篇什，亦所必至也。则异日所进，又岂可量乎哉？"②序中明确指出史、诗在价值上的层次区分。价值差异客观存在，冯溥对诗歌的重视在这种区分中表现出来。

康熙十七年博学鸿词诏书颁布后，冯溥在《戊午春正月捧颂求贤上谕恭纪》③中写道：

---

① 冯溥：《〈桂山堂文选〉序》，清刻本。
② 方象瑛：《健松斋集》卷十七《秋琴阁诗》，民国十七年方朝佐重印康熙木活字本。
③ 冯溥：《佳山堂诗集》卷六，清刻本。

圣武方扬文命敷，典谟干羽总皇图。

翻经丙夜旁求切，视草金门待诏殊。

一代词源宗睿藻，千秋岳降应真儒。

伫看春泽销兵甲，彩笔从容赋两都。（其一）

云汉昭天仰化工，菁莪棫朴万方同。

已惊俊乂承恩渥，喧沐弓旌降典隆。

濂洛谁传真姓字，文章始信有穷通。

大观在上宾王利，渐陆何忧隔遁鸿。（其二）

除了抒写喜悦之情外，还描绘出一幅国家对儒生文士重视的图景：词臣深夜孜孜不倦地搜寻资料修改润饰诏书，又像汉代文士一样写赋歌颂太平，这确乎是关乎治理国家的大事，个人获得不朽名声的盛事，——这正是推行文治、举办博学鸿词的预期目的。"文章始信有穷通"是"始信文章有穷通"的倒装句，写出从博学鸿词诏书颁布后"文章"对个人命运的关系。在古代，文章一般是应用文，不包括诗歌，但是从"文命敷"三字来分析，诗歌也属于文化事业的一部分，故而文章包括诗。在《次湘北学士韵纪盛》中，冯溥表达了康熙帝对包括诗在内的文的重视，自己对文士的渴求：

求贤侧席意常虚，雅掺猗兰迥不如。

南昭尚忧三窟狡，东封谁上万年书。

简编搜讨传心久，辟诏申重籲俊初。

奋武揆文关睿虑，愿将皋座起横渠。（其一）

诏出征车遍所司，休移猿鹤北山辞。

少微已映台星动，白雪无忧下里为。

岂有陈琳工檄草，翻来卜式助军赀。

普天文德招携远，翰墨春云濯凤池。（其二）

词坛特达重弹冠，旷典能无报称难。

市俊恒虞酬骨贱，拔茅尤爱汇征宽。

一人追琢思纲纪，六宇光华见治安。

豹变霞蒸应次第，为占云气五云端。（其三）

> 思如陶谢愿同游，霄汉尤烦窈窕求。
>
> 鲁国儒生词自拙，桐江钓客櫂何由。
>
> 校书乙夜遵刘向，作史三长笑魏收。
>
> 润色太平真盛事，从教宾客厌诸侯。（其四）

其一写出人才的匮乏；其二展望四方文士服从中央政权，文人受重视，影响所及，社会稳定；其三弹冠出自《汉书·王吉传》"王阳在位，贡公弹冠"句，指出世为官。从词坛中选取人才服务于社会，增强中央政权凝聚力，是当前一个任务；其四，四方臣服，文人不再迷恋地方势力，一心为清王朝服务。冯溥这两组诗点出博学鸿词科的意义，诠释了文章何以关乎国家命脉，自己为何开始特别关注诗坛，以及自己整顿诗坛的动机。

冯溥整顿诗坛源头是康熙帝推行文治政策。其实至少在康熙十五年康熙帝就开始留心诗坛。王士禛《召对录》载：

> 康熙丙辰（十五年），某再补户部郎中，居京师。一日，杜肇余（臻）阁学谓余曰："昨随诸相奏事，上忽问：'今各衙门官读书博学善诗文者，孰为最？'首揆高阳李公对曰：'以臣所知，户部郎中王士禛其人也。'上颔之曰：'朕亦知之。'"明年丁巳六月大暑，辍讲。一日，召桐城张读学入，上问如前。张公对曰："郎中王某诗，为一时共推，臣等亦皆就正之。"上举士禛名至再三，又问："王某诗可传否？"张对曰："一时之论，以为可传。"上又颔之。七月初一日，上又问高阳李公、临朐冯公，再以士禛及中书舍人陈玉璂对，上颔之。又，明年戊午正月二十二日，遂蒙与翰林院掌院学士陈公同召对懋勤殿。次日，特旨授翰林院侍读。①

康熙十五年康熙帝问杜臻诗文最优者之前，就已经知道王士禛名字，并一再核实自己看法，冯溥也是至少十六年知道王士禛的诗坛地位。一方面，对康熙帝留心文翰，宰辅大臣冯溥自然会知晓康熙目的。另一方面，知道诗人声名也并不意味着留意诗坛，更谈不上整顿诗坛的开始，一如顺治十五年

---

① 王士禛：《召对录》，见王士禛《渔洋山人自撰年谱》惠栋注引，载氏著《王士禛全集》，点校本，袁世硕主编，齐鲁书社 2007 年版，第 5084 页。

冯溥听说王嗣槐名字并不意味着他与诗坛有密切联系。从文献资料来看，冯溥整饬诗坛是在康熙十七年后。他与王嗣槐商谈诗歌表示对诗坛的不满以及让王嗣槐、毛奇龄编选当代诗选从而影响二人诗学观念是整顿诗坛的早期措施。

正如毛奇龄在《〈佳山堂诗集〉序》中所说："今圣天子大启文明，贤宰相百执各殿，其经纬以郁为国华。习俗偶岐，易成颇僻，夫子悉有以正之。"康熙十七年，康熙帝诏举博学鸿词科，向四海人士宣告清王朝对文人、文学的重视，熟知以博学鸿词科为重要举措的文治意义的冯溥忠于职守，关注诗坛，鼓吹诗教理论的社会教化作用，推行文教，干预诗坛，从而服务于现实政治。冯溥对诗坛的整饬开始于康熙十七年博学鸿词诏书颁布之后，结束于康熙二十一年告老回乡。他直接干预的对象开始是博学鸿词应征人员，随后是《明史》馆修史人员、馆阁大臣等上层官僚、文人，并通过他们向外辐射，扩大影响。

二、提倡与反对的三项内容

康熙十九年九月，高珩在《〈佳山堂诗集〉序》中写道：

> 千载一时而侧席，幽人风云蔚起，四海才人一时罗之金门玉堂中。视彼前代人君以"寒食东风""殿阁微凉"寥寥数语之击赏，遂艳美千秋者，为何如耶？而更喜诸君子得先生为之大冶，咸在函帐之列，一觞一咏，郁郁云章，视汉人后堂丝竹，则又过之远矣。[①]

博学鸿词科考试与《明史》馆开局，大体达到收拾人心的目的，故而序中称"四海才人一时罗之金门玉堂中"。序中用"大冶"作比喻，形象地指出冯溥在推行文治中影响改造人才的作用，即所谓"圣人方右文，相与陶英贤"[②]，而这种人才陶铸"咸在函帐之列"，在文酒风流中进行。康熙十七八年

---

① 高珩：《〈佳山堂诗集〉序》，载冯溥《佳山堂诗集》卷首，清刻本。
② 李良年：《秋锦山房集》卷六《投赠相国冯公》其二，朱丽霞整理，上海古籍出版社2011年版，第234页。

间，四方名流汇聚京师，冯溥礼贤下士，延揽人才，举办文人集会，在广大征士中建立了良好感情。在收拾人心的同时，冯溥不再只将诗歌作为个人修养心性的工具，而是逐渐关注文坛现状，提倡儒家诗教理论，强调其社会道德批评的一方面，呼吁盛世之音，并以之为理论依据，整饬诗坛，反对宋诗风，以期利用诗歌移风易俗，使黎民百姓遵从王朝治理，从而达到重建正常而稳定的社会秩序的目的。

冯溥在不同的场合鼓吹儒家诗教理论，表示对时下诗坛的不满与改造的态度。徐嘉炎说：

> 惟是嘉炎少即称诗，妄谓有得，及观当世论说、趋尚指归，不能无疑。近者抠衣函丈，获聆吾师之绪论，乃不禁抃舞勇跃怡情而适志也。
>
> 吾师之言曰："诗之为教也，温柔敦厚，文已尽而义有余。是道也，四始六义而降，楚骚汉魏靡不由之。岂不以指事造形，穷情写物，味之者无极，闻是者感心，舍是则无以为诗耶？昔人云专用比兴则患在意深，意深则词踬，不知词踬之病艰晦为累，非真能深也。若其旷然取境，悠然会心，言在耳目之内，情寄八荒之表，非远非近，如或遇之。比兴之妙，其至矣乎？至于但用赋体，则患在意浮。意浮则文散，语或流移，文无止泊，有芜漫之累焉。是良然矣。然则仿乎古人者，得其神明，则必遗其糟粕。汉魏唐人之精微具在，其所存者，隽而膏味无穷，而旨愈出也。然徒啜其陈言，则已刍狗矣，况乎过此以往、等而下之、矫枉过正者？顾可寻其乳廓，啜其糟醨乎？眉山之论诗曰：'故可为新，俗可为雅。'是言也，为剽窃影似、拘牵声病者偶发对症之药，非真舍新而以故为新、弃雅而以俗为雅也。且眉山言之，自可不失邯郸之步，而寿陵余子之徒，从而炫之。吾虞其终溺于故与俗而不自知也。余非墨守于一端之说而有所左右者，唯是读书好古，历有年岁，知清新大雅之作出于比兴者为多，溯流以穷源而寔见其然也。"盖吾师之论说如此，嘉炎既得略而闻之矣。……"
>
> 斯文未坠，必有英绝领袖之者，非吾师谁属？光禄公之编辑，

宗伯公之著述，三齐家学，久为百代津梁，得吾师而光大之。郧镐之于邻岐，不是过矣。是集既成，衣被海内，岂复寻章摘句者较天人、竞工拙哉？小子述吾师之言，而附名于简末。身非游夏，又安能于吾师之诗赞一词也？①

他所叙述的是冯溥言论，因而这篇跋文就是冯溥康熙十七八年间关于诗歌言论的简编。其核心是温柔敦厚诗教论，要求诗歌创作风格含蓄婉约，表现手法上多用比兴，少用铺叙。中唐以后，诗歌渐趋日常化、通俗化，宋人更是有意识地以俗为雅，在体类、素材、语言、品格层面进行转化，进而形成化俗为雅的宋诗特质②，苏轼提出的"故可为新，俗可为雅"就是宋人诗论中的一个表现。冯溥对苏轼百方曲护，反对"以俗为雅"，其实是对宋诗的不满；从表现手法和艺术风格出发，冯溥认为宋以前诗歌韵味无穷，对宋诗不置一词，从而表明自己的态度，赞同唐诗，反对宋诗。冯溥对儒家诗教的宣传对徐嘉炎产生深远的影响。本来对诗坛风尚、诗歌评论满腹疑惑，经过冯溥的教诲，徐嘉炎豁然开朗，欢欣鼓舞。据徐嘉炎《寿益都冯相国夫子七十初度》③ 序"时公与炎论诗最契"所言，冯溥康熙十七年即向徐嘉炎鼓吹诗教，徐氏由迷茫到坦然发生在康熙十七年，这也是为何将冯溥整顿诗坛定为康熙十七年的一个因素。

在《〈秋琴阁诗〉序》（作于康熙十八年冬至）④ 中，冯溥写道：

> 虽在穷愁落寞中，顾不以伤其气也。……其诗怨而不怒，哀而不伤，绝去凡近晦蒙之习，而一归清远淡逸之旨，可以兴矣。……予故乐而称道之，以勖方子（方象瑛），并以质夫世之言诗者。

他以儒家诗教理论为准则，高度评价方象瑛诗歌，赞同哀而不怒、怨而不伤的作品，鼓励方象瑛继续创作符合儒家诗教论的诗歌，并希望引起当

---

① 徐嘉炎：《〈佳山堂诗集〉跋》，载《佳山堂诗集》二集卷尾，清刻本。

② 张高评：《宋诗特色研究》，长春出版社 2002 年版，第 382—423 页。

③ 徐嘉炎：《抱经斋诗集》卷六，《四库全书存目丛书》本，集部第 250 册，齐鲁书社 1997 年版，第 385 页。

④ 冯溥：《〈秋琴阁诗〉序》，载方象瑛《健松斋集》卷十七《秋琴阁诗》卷首，民国十七年方朝佐重印康熙木活字本。

世诗人、诗论家注意。"质夫世之言诗者",乐于称道、鼓励诗人、向诗歌理论界发声,显示出冯溥积极推动诗教建设的热忱。

在日常交往中,他还鼓励志同道合者倡导儒家诗教理论,呼吁盛世之音,反对宋诗风气。持有儒家诗教理论的施闰章在《〈佳山堂诗集〉序》中写道:

> 夫诗与乐为源流。古者诗作而被诸乐,后世乐亡而散见诸诗。大抵忧心感者,其声噍以杀;乐心感者,其声啴以缓。君子怀易直子谅之心,则必多和平啴缓之声,诚积之于中不自知其然也。故曰:"温柔敦厚,诗教也。"……尝窃论诗文之道与治乱终始。则喟叹曰:"宋诗自有其工,采之可以综正变焉。近乃欲祖宋元而祧前,古风渐以不竞,非盛世清明广大之音也。愿与子共振之。"

听到施闰章谈论诗教后,冯溥立即呼吁施闰章反对宋诗潮流,整顿诗风。冯溥反对宋诗风的重要原因是,眼下盛行的宋诗风不属于盛世之音的范畴,在他看来,国家正处于上升时期,需要一种和平之音,颂扬之声,这也是推行文治的目标之一。

随着时间的推移,在振兴诗坛的强烈愿望下,冯溥整饬诗坛的力度越来越大,态度日渐鲜明。在万柳堂宴会上,冯溥大谈宋诗风气与开国气象不符,反对宋诗,并以康熙帝诗歌作为范例教导在座馆阁大臣。

> 益都师相尝率同馆官集万柳堂,大言宋诗之弊,谓开国全盛,自有气象,顿惊此俍凉鄙弇之习,无论诗格有升降,即国运盛杀,于此系之,不可不饬也。因庄颂皇上《元旦》并《远望西山》二诗以示法。《元旦》诗曰:"广庭扬九奏,玉帛丽朝光。恭己临四表,垂衣御八荒。"《望雪》诗曰:"积雪西山秀,仙峰玉树林。冻云添曙色,寒日淡遥岑。"时侍讲施闰章、春坊徐乾学、检讨陈维崧辈皆俯首听命,且曰:"近来风气日正,渐鲜时弊。"①

这次聚会具体人员今不可考,但诗坛具有重要影响的人物施闰章、陈维崧、徐乾学在场,俯首听命,足见对馆阁大员产生的震荡,从中可以看出冯

---

① 毛奇龄:《西河诗话》卷五,载《西河合集》,康熙五十九年(1720)书留草堂刻本。

溥一改之前的宽厚与包容，在诗歌领域内发出强烈的呼吁。所举二诗，《元旦》用简括的笔法富于暗示性的语言描绘出天下太平、四海安宁的景象，康熙帝垂衣而治的欣喜与自豪跃然纸上；《积雪》写景流丽，清远淡逸，确乎是唐诗风格。冯溥庄严地以这两首作为模范，号召大家学习，尽弃陋习，反对宋诗风。

除了宣传儒家使用理论，呼吁盛世之音外，冯溥还直接评阅从游诸人作品。毛奇龄在《〈佳山堂诗集〉序》中记载：

> 尝大雪中请沐归，取门下从游所为诗，句繁而韵僻。篝火伸帛，夫子口授，门人笔追，形之不逮声，且寻丈也。

针对诗歌中的不良现象，句法纷繁、韵脚奇险，不符合温厚和平、言有尽而意无穷艺术标准的诗作，冯溥常常批评教正。大雪中，篝火映照中，冯溥朗声批点，从游门生笔录，——这几年间，他将整顿诗坛作为自己的历史使命，有一种迫切的使命感。

"益都论诗，最尚六义，故唱和间，其为比为赋，皆有归着，非苟然者"[1]，言行合一的冯溥理论上倡导诗教，创作实践中遵循诗教原则，不轻易出笔，此外还以自己的创作影响诗坛，即使是他文酒宴集时写的诗歌，也是整饬诗歌的措施之一。李天馥《〈佳山堂诗集〉序》记载一段冯溥与李天馥的谈话：

> 间者不佞侍坐政事之堂，暇与商榷风雅，乃得谓曰："今上好文章，而公久以文章名。敷扬休美，正十五国之风，公有事焉，请以诗授简。"公曰："吾向以仕者，不复诗也。并心于职守，且惧弗逮，而何以诗为？即诗亦以发吾情，达吾之志与事，而过则已焉。今乃闻吾了之言，是也。然则诗亦吾职守乎？"

李天馥指出冯溥以身作则，以自己诗歌创作整顿诗歌实现教化，并认为这是冯溥的职责所在。冯溥整饬诗坛，犹如正十五国风，是诗歌社会教化的成功。李天馥指出冯溥整顿诗坛是源于康熙帝，这无疑是正确的，但是把原

---

[1] 毛奇龄：《西河诗话》卷四，载《西河合集》，康熙五十九年（1720）书留草堂刻本。

因归结于康熙帝爱好风雅（"好文章"）则只是点明现象，没有指出君王之所以喜爱诗文的深层原因。冯溥虽然谦虚地表示他的诗歌只是自己情志的流露，但最终还是认同李氏观点，并决定刊刻诗集，李天馥校对完毕，写出读后感，认为冯溥诗歌裨益教化：

> 命公子某振箧于群书中索宿稿，寸寸而积之，计得如干首，缄以示不佞，命较而序之。爰卒业而叹曰：狷欤盛哉！此《雅》《颂》《天保》《卷阿》之章，而《鹤鸣》《鱼藻》之咏也。公赋海岱之奇，云门扶桑，泱泱大国之风，而乃游神于静，萧然简远，故其郊庙之诗庄以严，戎兵之章壮以肃，朝会之诗大亦雅，公宴之诗乐而则，靡弗砥砺风义，发为忠孝，则宜乎寓内之流传而歌咏之者，以为文章之大系乎此也。

又进一步描绘出一幅从上而下的诗歌影响发生谱系：康熙帝→冯溥→学士、大夫→民间诗人，冯溥是链条中执行康熙帝命令，直接向朝臣发生影响的一个关键环节，强调了冯溥文华殿大学士身份进行诗歌创作的示范作用。如此看来，推行诗教、整顿诗坛确乎是冯溥的职责所在：

> 今圣天子方勤于学，正雅颂于上，而公也拜稽赓歌，以之敷扬休美，浸盛于学士大夫，下迄巷间，翕然而正十五国之风，则诗之神于政教也，庸讵非宰相之职守乎哉？……余因序先生之诗，而旁引及此，俾天下知《大雅》复作，斯文不坠，必有原本之学裕之于先，以扶运会而正人心，然后知诗之为用大也。是亦之志也夫。

行文最后，作者明确地指出，冯溥是以诗歌创作来实现教化。这一点上，倪灿《〈佳山堂诗集〉跋》①也有表述：

> 唯公以博大之质，振朱弦清庙之章，含咀宫商，吐纳元雅，不驰奇于篇什，不求巧于字句，舂容而弘丽，铿锵而鞺鞳，沨沨乎如四时之有春，而五音之有宫也，天地元声具在。于是公诗出，而世之幽忧僻奥者，方且改弦易辙，其关气运顾不大欤？

---

① 倪灿：《〈佳山堂诗集〉跋》，载《佳山堂诗集二集》，清刻本。

毛端士《〈佳山堂诗集〉跋》载：

> 余侍夫子八阅月矣，熔范砥砺于大冶之门。……夫诗至今日，凌替极矣。纤靡炫乱，颇僻用典，夺朱为紫，目鲁为鱼，无论陈刘阮陆陶谢□□□□王孟之旨，杳焉莫讲，即北地信阳嘉隆□□□，莫可复得。此无他由，其居心之不正而轻□□□将世运亦因之而日下也。夫子起而振衰式靡，为狂澜砥柱，调尚正声，体从大雅，不必凌宋铄元，而鸿音亮节，依然汉魏三唐之遗响矣。夫汉魏三唐，原本四始六义，四始六义无非忠厚和平，此夫子之诗所以独厚也，此夫子之诗所以挽回风俗人心，而可以为天下后世法也。[①]

所论当下诗歌诸多弊端怪僻荒谬当是指宋诗风气，认为它连明代李梦阳、何景明的成就都比不上，遑论盛唐王孟！推究原因，他认为是写作者心术不正，如果不加以修正，就会世风日下。幸亏有冯溥以自己的诗歌创作影响诗坛，振衰起弊，力挽狂澜。而他的关于诗坛看法以及儒家诗教论的倡导，也是冯溥8个多月影响的结果。

王士禛同样认为冯溥诗歌创作与本朝国运攸关，是时代的产物，开本朝风雅之先声：

> 窃惟国家值休明之运，必有伟人硕德，以雄词钜笔，铺张神藻。铿乎有声，炳乎有光，竿功德于汉唐之上。使郡国闻之，知朝廷之大；四裔闻之，知中朝之尊；后世闻之，知昭代之盛。然后文章之用，为经国之大业，而与治道相表里。夫惟先生之文，为足以当之。《诗》三百篇，以《七月》冠《豳风》之首，以《文王》《下武》《卷阿》诸什为《大雅》之正，而《尚书》《旅獒》《无逸》诸篇皆出周公、召公，成周之治，于斯为盛。后有推本朝制作，以上继谟诰风雅之遗者，唯先王其孰归欤？[②]

冯溥整饬诗坛起到了明显的效果。据徐乾学、施闰章、陈维崧所述，宋

---

① 毛端士：《〈佳山堂诗集〉序》，冯溥《佳山堂诗集》二集卷尾，清刻本。
② 王士禛：《〈佳山堂诗集〉序》，载《佳山堂诗集》卷首，清刻本。

诗风气得到扭转。倪灿称"少而不慧，早沽没于世人俗学之中。自奉教我公以来，获聆长者之绪言，稍知向方"，由于冯溥的教诲，他知道了诗歌的正途，不再迷茫中迷失方向。关于诗歌正途，他在《〈佳山堂诗集〉跋》中叙述道：

> 灿尝谓诗文虽小道，而气运因之。圣主在上，治成化洽，命太史陈诗，凡世道之隆汙，政事之得失，皆见于正变之中。上自郊庙燕享，下至里巷呕吟，无不隶于乐官。王泽既远，太史失职，春秋列国之大夫，犹有知其意者。季札适鲁，观六代之乐；赵孟聘郑，命七子赋诗以见志，盖其遗也。今天下言诗者多矣。谀闻目学之徒，易其铺陈终始，排比声韵，大或千言，小犹数百者，而从事于幽忧僻奥之音，识者审时歌风，炭炭乎有衰晚之惧焉。

诗歌关乎国家盛衰、风俗教化正是儒家诗教理论的基本要点。迥异于含蓄蕴藉，当下诗坛风气是崇尚铺叙，风调是凄苦之音，不符合儒家诗教理论。按照诗歌与国家盛衰关系来分析，诗歌应该含蓄有味，少用铺叙，歌唱盛世理应为时代主旋律。正是在冯溥影响下，他反对时下宋诗风气与时人诗论。

冯溥对诗坛的整饬，以重建儒家温柔敦厚诗教论地位、呼吁唐诗、反对宋诗为主要内容，是在博学鸿词科背景下实施的，是康熙帝文治政策的一个体现。它的实施与成功，既有诗歌演变的因素在内，又有时代政治环境的因子，它与博学鸿词科考试、《明史》馆开局相辅相成，三者关系密不可分。

即以时代氛围来说，清廷诏试博学鸿词，向世人传递出清朝推行文治、崇尚儒家思想的信号，博学鸿儒也成为一种荣誉受到重视，甚至致仕在家的大学士魏裔介都羡慕，常常对人说："吾不羡东阁辅臣，而羡公车征士。"[①] 在京城，民间还出现"博学鸿词，清歌妙舞"的对偶。应征人员受到种种礼遇，宽松的考试环境，宽而有度的录取方式，中式人员授以翰林，修纂《明史》，让原本在政治上对清朝不合作的人沉浸于保留整理故国文献中去，取得了极好的效果。以顾炎武为例，《明史》馆开局以及征辟，最终促使顾炎武发生巨

---

① 佚名：《啁啾漫记·纪康熙博学鸿词科》，《清代野史》第 7 辑，巴蜀书社 1988 年版，第 380 页。

变，他虽然没有直接参与，致书《明史》馆臣，希望能将其嗣母事迹载入《明史》①，并对明史修纂多提出建议。《昆新两县续修合志》曰："明年开《明史》馆，时炎武甥徐元文为监修官，发凡起例、引据累朝事实，出炎武酌定者为多。当时馆阁名儒既海内士大夫语及真实学问，无不敛衽称亭林先生。"这样的局面，给人以盛世景象的感觉。

"诗言志"，诗歌是诗人内心情感的宣泄与表现，创作主体心灵的变化必然带来诗歌创作的巨大变化。博学鸿词科对人们产生了巨大震荡，这必然会在诗歌领域得到反映。如此看来，冯溥对诗坛的整饬，既顺应了清朝国运上升时期的历史趋势，又切合康熙十七年之后诗人心态变化；既是清廷对诗歌的干预，又遵守了诗歌演变规律，以诗教理论、诗风演化为前提。因而，儒家诗教理论重新占据诗学理论话语权，反映国运上升的盛世景象成为一种趋势，唐诗逐渐占据诗坛主导地位，和平雅正诗风渐趋一统天下。就清代诗学理论的独特贡献来说，在冯溥整饬诗坛的作用下，王士禛重返唐诗，确立神韵说，成为清代影响最为深远的学说。正是从这个意义上讲，博学鸿词科是清诗发展的转折点，清代终于开启了具有自己面貌的一代诗歌，正如竹村则行在《康熙十八年博学鸿词科与清朝文学之起步》所述，博学鸿词科开启了严格意义上的清代文学②。

---

① 孔定芳：《论康熙"博学鸿儒科"之旨在笼络明遗民》，《唐都学刊》2006年第3期。
② ［日］竹村则行：《康熙十八年博学鸿词科与清朝文学之起步》，九州大学文学会《中国文学论集》第9号，1990年11月。

下编

第五章 博学鸿词科及《明史》馆开局对顾炎武的影响

　　清初杰出的思想家、学者、诗人顾炎武（1613—1682）一生著述严谨、耕作不辍，在晚年依旧不断地修订完善自己的著作。友人向他求书，他说"以《诗》《易》二书今夏可印，其全书再待一年；《日知录》再待十年；如不及年，则以临终绝笔为定"①，因而晚年生活在顾炎武一生的思想和学术、诗文创作中尤为重要，而目前学界关于顾炎武的研究往往忽视了这一点，未能深入展现顾炎武晚年思想的波澜变化，将顾炎武动态的创作与著述过程简化为静态的分析。

　　这里将探索顾炎武晚年心迹的时间起点定于康熙十六年（1677），因为这一年顾炎武从北京迁居陕西，之后大部分时光在关中②度过；论述顾炎武何以选择关中的同时，注重考查康熙十七年清廷诏举博学鸿词科对顾炎武的影响与意义，论述他如何躲避博学鸿词科与拒绝进入《明史》馆，一方面期盼着清朝社会统治失序，孜孜不倦地为重建汉文化而著述，另一方面却在严峻的社会现实中被迫做出让步，从而表现出有别于以往时期的思想和行为。虽然有研究论述了顾炎武拒辞博学鸿词科与在科考的冲击下内心遗民情结的松动，但是在一些基本事实判断上多有错误或者缺失。在填补学术研究空白的同时，本章就相关研究中的不足略加补充、纠正。

---

① 顾炎武：《亭林文集》卷四《与潘次耕书》，载《顾亭林诗文集》，华忱之点校，中华书局1983年版，第77页。

② 关中含义多元，所指范围不一。或泛指函谷关以西战国末秦故地（有时包括秦岭以南的汉中、巴蜀，有时兼有陕北、陇西），今指陕西渭河流域一带。《关学文库》使用的意义等同于陕西。本文即采用该含义。之所以关中与陕西错综使用，一是顾炎武常常使用关中一词，二是学者探讨顾炎武陕西行踪时也常常使用该术语。

第一节　顾炎武决计隐居关中

　　顾炎武原名绛，"国亡改炎武，炎武者，取汉光武中兴之义也"①，明朝灭亡后一度参加抗清复明斗争，并多次拜祭明皇陵，寄托对明朝的哀思。康熙十六年（1677）二月，顾炎武第六次到昌平拜祭思陵，撰写诗文，对明朝的忠贞、清朝的敌视跃然纸上。在《二月十日有事于攒宫》中，顾炎武写道：

> 青阳回轩邱，白日丽苍野。封如禹穴平，木类湘山赭。
>
> 不忍寝园荒，复来莫樽斝。仿佛见威神，云旗导风马。
>
> 当年国步蹙，实叹谋臣寡。空劳宵旰心，拜戎常不暇。
>
> 贼马与边烽，相将溃中夏。颁阳不东升，节士长喑哑。
>
> 及今摄甲兵，无复图宗社。飞章奏天庭，謇謇焉能舍。
>
> 华阴有王生，伏哭神床下。亮矣忠恳情，咨嗟传宦者。
>
> 遗臣日以希，有愿同谁写。②

　　甲申年（1644）清兵入主北京时顾炎武为南京国子监监生，虽然在明朝没有做官也没有见过崇祯皇帝，但是明亡后崇祯皇帝的形象在他脑海中不断重构、日渐丰满。在得知崇祯自杀消息后，"小臣王室泪，无路哭桥陵"，痛哭流涕的顾炎武脑海中立刻浮现出一个奋发有为而惨遭国难的明君形象："紫蜺迎剑灭，丹日御轮升"，礼赞崇祯继位之后果断地除去阉党魏忠贤；虽然"世值颓风运"，"道否穷仁圣"，但是他励精图治，"心似涉春冰"，忧心为国③。至今，三十多年过去了，顾炎武已经 65 岁，在昌平，"仿佛见威神，云旗导风马"，依旧感受到崇祯皇帝神灵的存在，赞颂他日夜操劳国事。"贼马与边烽，相将溃中夏"写李自成祸患与清兵侵扰，导致明朝灭亡、华夏沦丧；

---

　　① ［朝鲜］成海应：《皇明遗民传》卷三，转引自谢正光《明遗民录汇辑》，南京大学出版社1995 年版，第 1223 页。

　　② 王冀民：《顾亭林诗笺释》卷五《二月十日有事于攒宫》，中华书局 1998 年版，第 879 页。

　　③ 王冀民：《顾亭林诗笺释》卷一《大行哀诗》，中华书局 1998 年版，第 3 页。

顾炎武原句是"竟令左衽俗，一旦污华夏"，系潘耒在刊刻时所改①。我国古代少数民族的服装，前襟向左，称左衽，不同于中原一带汉民族的右衽，因而左衽就成为少数民族的代称。孔子之所以赞颂管子，是因为他保存了华夏文明纯粹性，"微管仲，吾其被发左衽矣"（《论语·宪问篇》）。在顾炎武看来华夷之辨是头等大事，"君臣之分所关者在一身，华裔之防所系者在天下"②。顾炎武原意不是总结明朝灭亡的原因，"贼马"（李自成势力）不在考虑范围，而是愤慨清朝满族政权玷污了华夏文明，抒发对清政府的不满，洋溢着汉民族为主体的华夏文明自豪、自信以及对满族文化的蔑视③。潘耒在刊刻恩师诗文集的时候，出于保护目的，将"华夏"改为"中夏"，含蓄地使用了"边烽"一词，改变了诗人原意，顾炎武的民族感情在表达上变得隐晦不彰。

在祭祀明成祖时，民族仇恨深重的顾炎武写下《陵下人言，七月九日虏主来献酒，至长陵，时有声自宝城出，至祾恩殿，食顷止，人皆异之》④，题目中径直用"虏主"称呼康熙皇帝，表现出对清朝统治者的切齿痛恨。"颓阳不东升，节士长暗哑"表现出顾炎武为明朝国运衰颓哀叹不止。"飞章奏天庭，謇謇焉能舍"用屈原《离骚》中"余固知謇謇之为患兮，忍而不能舍也"典故，抒发了对明朝忠贞不二，虽祸患在前而无所畏惧。当然由于时光的流逝、清朝统治的稳固，顾炎武明知恢复无望，不再有明亡时"秘识归新野，群心望有仍"（《大行哀诗》）的自信；"及今捄甲兵，无复图宗社"，虽然眼下吴三桂在与清朝作战，但其意图不在于恢复明朝，所以他慨叹"遗臣日以

---

①　王冀民：《顾亭林诗笺释》卷五《二月十日有事于攒宫》注释，中华书局 1998 年版，第 880 页。萧穆《南雷余集跋》："乾隆间，长州彭尺木贡士于昆山书肆得亭林文集副本，中有十数篇为刊本所无者，虽为潘次耕刊亭林文集所删，亦为当时实未便行世故也。"载黄宗羲著、陈乃乾编《黄梨洲文集》，中华书局 2009 年版，第 538 页。

②　顾炎武：《日知录》卷七《管仲不死子纠》，黄汝成集释，栾保群、吕宗力点校，上海古籍出版社 2006 年版，第 412 页。顾炎武的强烈的民族意识也集中表现在《素夷狄行乎夷狄》一文中，见顾炎武《日知录》卷六，黄汝成集释，栾保群、吕宗力点校，上海古籍出版社 2006 年版，第 382 页。

③　在躬耕社会里涉及民族关系时，儒家文化中"华夷之辨"有重要的影响，尤其是在明清之际满族政权入主北京的特定历史背景下，这种观念具有一定合理性；虽然从中华文明的整体与历史观念出发，"华夷之辨"过于狭隘，尤其在今天已经不符合时代精神。

④　王冀民：《顾亭林诗笺释》卷五《陵下人言，上年冬祭时，有声自宝城出至祾恩殿，食顷止，人皆异之》题注，中华书局 1998 年版，第 883 页。

希，有愿同谁写"，为志同道合者日渐稀少而忧心忡忡。《二月十日有事于攒宫》一诗表现出顾炎武强烈的民族感情、对明朝的忠贞不二、对清朝的敌视、明朝恢复无望的压抑苦闷以及缺乏倾诉对象的寂寞。祭文《谒攒宫文》中，"黄图如故，乍惊失鹿之辰；白首无归，终冀攀龙之日"，再次倾诉了明亡带给诗人的永久震撼与当下归属感的缺失。顾炎武此时的状况是既心怀故明又乏同道，文化价值认同核心缺位而情感倾诉空间紧缩。于是，三月份离开京城前往山东，处理完山东庄田事务后，顾炎武即刻前往陕西，大体上在关中度过余生。期间虽然有返回苏州故里的念头，但一直没有采取行动。

在一个乡土情结浓郁的国度，一个南方人，为何晚年选择关中而不是"叶落归根"？这是一个令人百思不解的问题。梁启超论述顾炎武晚年定居华阴时说："他虽南人，下半世却全送在北方，到死也不肯回家。……他父母坟墓，忍着几十年不祭扫。夫人死了，也只临风一哭，为何举动反常到如此田地？这个哑谜，只好让天下万世有心人胡猜罢了。"①面对顾炎武"北游而后，未尝再返里门，慈母之坟，未能祭扫；原配王氏之丧，亦仅临空凭弔"现象，谢国桢说"以亭林秉性之纯笃，不应该立意决绝若斯，则必有家国之悲，沉渊之痛，处于不得已而然也"②，但是却没有给予解释。

顾炎武早岁因为奴仆陆恩案和躲避里豪叶方恒迫害以及家族矛盾离开故里③，因而有人提出顾炎武四十以后的北游是一种消极行动，不过为了避祸保身。针对这种论调，赵俪生提出顾炎武在齐、燕、山、陕垂三十年间的活动具有抗清活动的"蓄谋与活动"性质④，虽然不是专门论述顾炎武晚年定居关中，但是关中生活理应包含在内。周可真则从谋生费用角度出发，认为顾炎武留在北方不肯返回南方主要是出于北方生活开支少的经济方面考虑⑤。陈友乔将顾炎武北方生活分为北游前段和后段，认为前期是为了躲避来自里豪和

---

① 梁启超：《中国近三百年学术史》六《清代经学之建设》，东方出版社 1996 年版，第 61—62 页。

② 谢国桢：《顾亭林学谱》，商务印书馆 1957 版，第 29 页。

③ 赵刚：《顾炎武北游事迹发微》，《清史研究》1992 年第 2 期。

④ 赵俪生：《赵俪生史学论著自选集》九《清初明遗民奔走活动事迹考略》，山东大学出版社 1996 年版，第 301 页。该文写作于 1981 年，后来赵俪生《顾炎武在关中》（《兰州大学学报》1999 年第 3 期）则没有触及这一问题。

⑤ 周可真：《明清之际新仁学——顾炎武思想研究》，中国大百科全书出版社 2006 年，第 69 页。

家族内部的迫害不敢归，后段是因为经济上的窘迫而不能归，又提出"超越前段不敢归和后段不能归的深层原因"在于他基于遗民心理的不忍归。面对恢复希望渐趋渺茫的形势，顾炎武强忍不归①；李广林增加了人际交往中友朋的因素，指出顾炎武定居华下的重要因素是与关中朋友难舍难分②。同时，有研究者探讨了顾炎武喜爱游历天下的性格倾向③。

这些研究，日臻细密，视度多样化，加深了人们对顾炎武晚年居住关中的认识，但是遗民活动的因素比较宽泛，事实上顾炎武遗民活动并不局限于北方。经济上的论断无法解释梁启超的疑问，也绝非谢国桢所说的"家国之悲，沉渊之痛"，又忽略了顾炎武晚年在山东章丘有稳定财产收入的事实④，他在陕西捐款并力主修建朱子祠堂，在好友处存放金500两也说明不乏资金⑤；即使如此，位居高官的外甥徐元文、徐秉义、徐乾学也主动提出资助。明朝恢复无望而不忍归乡的说法，把顾炎武爱国思想考虑得过于狭窄，忽略了顾炎武是一个胸怀"天下兴亡"的伟大思想家。友情因素的解释增加了理解问题的维度，但是忽略了友情与亲情、乡情的轻重缓急，因为礼有差别与等级毕竟是传统儒家思想的重要内容。喜爱游历与不归故乡并非一个非此即彼的对立矛盾。迄今为止，关于晚年顾炎武为何滞留关中的解释有待于修正完善。尤其是顾炎武何时做出前往关中的决定，尚未有明确的阐述。

康熙十六年二月十日第六次拜谒昌平明思宗陵墓是顾炎武生命中最后一次拜祭明皇陵，不仅是顾炎武一生中的重要事件，也是顾炎武决计卜居关中前的一件至为关键的大事。从行程安排上来看，去陕西的路线是从北京拜祭明皇陵之后直接西行最为直接；居住京城的顾炎武却是拜祭明皇陵，折道山东，随后西行去陕西。为何采取这样的路线，也是值得思索的问题。

---

①　陈友乔：《顾炎武北游不归之原因探析》，《山西师大学报》2009年第3期。

②　李广林：《顾炎武的北游与定居华下》，《唐都学刊》1985年第2期。

③　李广林：《顾炎武的北游与定居华下》，《唐都学刊》1985年第2期；陈黎：《清代旅游家顾炎武游记对山西旅游开发的启示》，《兰台世界》2014年第31期；牛余宁：《顾炎武政治旅行研究》，曲阜师范大学硕士论文，2009年。

④　周可真：《明清之际新仁学——顾炎武思想研究》，中国大百科全书出版社2006年，第67页。

⑤　康熙十九年顾炎武在《与三侄》中写道："而山右行囊五百金寄戴枫仲者，为其子窃去，纳教谕之职。"见顾炎武《亭林文集》卷四，《顾亭林诗文集》本，华忱之点校，中华书局1983年版，第87页。

拜谒明思宗陵墓时的诗作《二月十日有事于攒宫》提供了解读顾炎武思想情感的线索。心灵归属的政治主体（明朝政权）缺失、恢复无望而又处于认同危机的顾炎武，深切地感受到"遗臣日以希，有愿同谁写"的凄楚；从一生遍游大江南北的经历中，他发现只有在关中才能找到精神上的依恋，于是他将关中视为精神家园或者说灵魂上的故土。

从地理位置上看，"华阴绾毂关、河之口，虽足不出户，而能见天下之人，闻天下之事。一旦有警，入山守险，不过十里之遥；若志在四方，则一出关门，亦有建瓴之便"，进退自如，又能获知外界信息；从地域风俗上看，"秦人慕经学，重处士，持清议，实与他省不同"①；从交往经历中，关中有与他思想、情感相近的品行高洁的遗民，其中与他关系密切的王弘撰、李颙、李柏、李因笃被誉为关中四君子，他与他们经常切磋学术、讨论问难。顾炎武非常敬重王弘撰、李颙，说"坚苦力学，无师而成，吾不如李中孚"；"好学不倦，笃于朋友，吾不如王山史"②；李因笃与他关系非同一般，康熙七年顾炎武因黄培诗案在山东入狱，李因笃千里赴难千方百计解救。关中四君子心怀故明，崇尚气节，卓尔不群，在康熙十七年诏举的博学鸿词科考试中，四君子身上体现出的卓越品质在全国文人雅士的对比中，尤其突出，得到王士禛的称颂：

> 顷征聘之举，四方名流，云会辇下，蒲车玄纁之盛，古所未有。然自有心者观之，士风之卑，惟今日为甚。如孙樵所云："走健仆，囊大轴，肥马四驰，门门求知者，盖十而七八。"……独关中四君子，卓然自挺于颓俗之表。二曲贞观丘壑，云卧不起。先生褐衣入都，屏居破寺，闭门注易，公卿罕识其面。焦获迹在周行，情耽林野。频阳独为至尊所知，受官之后，抗疏归养，平津阁中，独不挂门生之籍。③

---

① 顾炎武：《亭林文集》卷四《与三侄》，《顾亭林诗文集》本，华忱之点校，中华书局 1983 年版，第 87 页。

② 顾炎武：《顾亭林诗文集》本《亭林文集》卷六《广师》，华忱之点校，中华书局 1983 年版，第 134 页。

③ 王弘撰：《山志》二集卷五《外大吏》，何本方点校，中华书局 1999 年版，第 280—281 页。

　　论者探讨顾炎武隐居关中的问题时，依据顾炎武的叙述，注意到了地理与人文的因素①，忽略了顾炎武思想情感上的因素；虽然指出关中四君子与顾炎武的亲密关系，但是却忽略了顾炎武的思想状况与情感需求。相比较而论，精神层面需求的因素至为关键。上述三个方面的因素，加上康熙十六年顾炎武的思想状况与情感认同需求，决定了他走向关中；因为多年来，章丘一直是他主要收入的来源地②，所以他要前往山东处理庄田，为西行做准备。顾炎武采取从北京到山东再西行至陕西的路线，而不是从山东到北京再到陕西的路线，表明顾炎武下定决心是在祭祀明皇陵之时（或之前不久）。

　　赴陕西诗《霍北道中怀关西诸君》有"遥知关令待，计日盼青牛"句，一般认为是写给关中四君子的，老子骑牛入关的典故表明，关中四君子期盼着他前来完成不朽著述；从文辞上看，顾炎武昔年似与关西四君子有卜邻之约③，因而赴陕西便水到渠成。

　　其实，康熙十五年（1676）秋，在京城送别李因笃回陕西时，顾炎武就表达了对京城汉人侵染满族风俗的强烈不满，以及到华山隐居的愿望。在《蓟门送子德归关中》他写道：

> 与子穷年长作客，子非朱颜我头白。
>
> 燕山一别八年余，再裹行縢来九陌。
>
> 君才如海不可量，奇正纵横势莫当。
>
> 弹筝叩缶坐太息，岂可日月无弦望。
>
> 为我一曲歌伊凉，挈十一州归大唐。
>
> 奇材剑客今岂绝，奈此举目都茫茫。
>
> 蓟门朝士多狐鼠，旧日须眉化儿女。
>
> 生女须教出塞妆，生男要学鲜卑语。
>
> 常把汉书挂牛角，独出郊原更谁与。

---

① 如陈祖武、朱彤窗的《旷世大儒——顾炎武》（河北人民出版社 2000 年版，第 167 页），陈友乔、黄启文《顾炎武北游不归的地域倾向性探析》（《武汉交通职业学院学报》2008 年第 4 期）

② 周可真：《明清之际新仁学——顾炎武思想研究》，中国大百科全书出版社 2006 年，第 60—71 页。

③ 王冀民：《顾亭林诗笺释》卷五《霍北道中怀关西诸君》笺，中华书局 1998 年版，第 891 页。

> 自从烽火照桑干，不敢宫前问禾黍。
>
> 子行西还渡蒲津，正喜秋气高嶙峋。
>
> 华山有地堪作屋，相与结伴除荆榛。①

　　康熙十六年二月初十日顾炎武第六次到昌平前后，他做出赴约之举。三月份，他出都门前往山东处理庄田事，沈三曾写下《奉送宁人先生之山右》一诗：

> 三月春风漾柳堤，高人命驾手同携。
>
> 青箱万卷随鸠杖，红雨千山送马蹄。
>
> 卜住欲攀莲岳顶，探奇直过太行西。
>
> 龙门旧有文中席，好向桃源指路迷。②

　　看来，沈三曾知道顾炎武去山东的目的无非是为定居陕西做准备，所以他直接为顾炎武去陕西话别。顾炎武的路程规划是北京到山东，然后直接去陕西，赠别诗中"卜住欲攀莲岳顶，探奇直过太行西"紧扣题目，说明行程的终点。顾炎武此行已经带好书籍，目的明确，是"卜住"，而非短暂逗留③。

　　据周可真《顾炎武年谱》，顾炎武三月出都赴章丘，处理庄田善后事宜后，四月十三日到德州，二十一日取道山东河北交界郑家口，道经河北曲周进入山西介休，经霍州，过黄河，抵达陕西。途中有《霍北道中怀关西诸君》，写秋雨中行程受阻，"苦雨淹秋节，屯云拥霍州。虫依危石响，水出断崖流。驿路愁难进，山亭怅独留"，与顾炎武早期行程阻雨诗歌大异其趣。正如王冀民所言，"往者忆家，今者怀友，南归之念渺然矣"④，诗中看不到一丝思念故乡的念头，他心里所想的只是早日到达陕西。

　　九月三日，入陕西，到王弘撰家，决计归老此处。王弘撰《频阳札记》

---

①　王冀民：《顾亭林诗笺释》卷五《蓟门送子德归关中》，中华书局 1998 年版，第 872 页。

②　沈岱瞻：《亭林先生同志赠言》，顾炎武《顾炎武全集》附录，华东师范大学古籍研究所整理，上海古籍出版社 2011 年版，第 247 页。

③　由于周可真没有理清去山东与山西的关系，虽然将此诗系年于康熙十六年，却置于四月份顾炎武山东德州之后，见氏著《顾炎武年谱》，苏州大学出版社 1998 年版，第 450 页。

④　王冀民：《顾亭林诗笺释》卷五《霍北道中怀关西诸君》笺，中华书局 1998 年版，第 891 页。

记载："丁巳秋九月初三日，顾宁人先生入关，止于予明善堂，将同筑山居老焉。"①

早在康熙八年（1669），顾炎武陷入黄培诗案尚未完全脱离危险的时候，他就与王弘撰约定，在未来的某个时刻，定居华山。康熙七年（1668）秋日，李因笃前往济南探望狱中的顾炎武，因疾病辞还，顾炎武写了《子德李子闻余在难，特走燕中告急诸友人，复驰至济南省视。于其行也，作诗赠之》，诗中有"相期非早暮，渭钓与莘耕"②句，用姜尚垂钓渭水的典故，表达了出狱后归隐的愿望。次年春日，顾炎武被保出狱后，他和李因笃先后在保定、北京相会，一同拜祭明思宗陵墓，李因笃写下《旧年宁人先生以无妄系济南，走书报予，触暑驰视，苦疾作，辞还，先生寄赠行三十韵诗。春日晤保州，重会蓟门，奉答前诗，广五十韵》，是顾炎武去年赠别诗的和作。诗中有"雍田关华好，为耦待躬耕"句，据李因笃自己注释，"时先生与无异有华山卜筑之约"③。只是顾炎武与王弘撰的约定，顾炎武一直没有付诸行动，直到康熙十六年才付诸实施。李因笃给王弘撰的信中写道："顾先生卜居华下，其意甚璧，但非吾兄弟委屈迎之，势必不果。此举大有关系，世道人心，实皆攸赖，唯五哥图焉。二十六日，寓渭南。"④据此，在顾炎武定居关中的过程中，王弘撰起到了重要的作用。

最早将卜居华阴与第六次拜祭明思宗陵墓结合起来叙述的是全祖望。他在《亭林先生神道表》中写道："丁巳，六谒思陵，始卜居陕之华阴。"一个"始"字，在纷纭事件中理清了因果关系，从而在顾炎武的行实中理出顾炎武定居华阴的线索与内在逻辑："初，先生遍观四方，其心耿耿未下，谓秦人慕经学，重处士，持清议，实他邦所少。而华阴绾毂关河之口，虽足不出户，而能见天下之人，闻天下之事。一旦有警，入山守险，不过十里之遥；若志

---

① 王弘撰：《砥斋集》卷四《频阳札记》，《清代诗文集汇编》本，纪宝成主编，集部第81册，上海古籍出版社2010年版，第603页。

② 王冀民：《顾亭林诗笺释》卷四，中华书局1998年版，第735页。

③ 王冀民：《顾亭林诗笺释》卷四，中华书局1998年版，第742页。

④ 李因笃：《李因笃集》附录一《与王山史手札》，高泉、高春燕点校，西北大学出版社2015年版，第359页。

在四方，则一出关门，亦有建瓴之便。乃定居焉。"① 此后，江藩也说："丁巳，六谒思陵，后始卜居华阴。"② 不过，用语上缀一个"后"字，使得前后两件事件的因果逻辑变得模糊不清，以至于这种关联性被人忽视，研究者们割裂了第六次拜祭明皇陵与西行的关系，导致行实判断错误、诗作系年的困惑与不准确③。

顾炎武一生漂泊不居，定居华山是其一生中的大事，从此基本上结束了漂泊无所的日子。期间虽然有出行，但有了固定的归宿和固定的活动区域与中心。王冀民评价说："先生北游后，行踪所至，半在居停，半在马背，期间借流寓为定居，唯山东之章丘与陕西之华阴而已。章丘置产，几为小人所构；山东人情，尤为先生所不喜，故出济南狱后，即有移居之想。"④

第二节　顾炎武拒绝博学鸿词科与史馆征辟

一、问题的提出与研究现状

康熙十六年秋，顾炎武卜居王弘撰明善堂之后，随即出妾，并将之前存放在祁县的书籍悉数搬到王弘撰家，安顿之后，著书立说、登华山，拜访关中故交李颙、李因笃等，苦闷压抑的情感得到释放。"且喜羽檄初停，四郊无警，而此中一二贤者，复有式庐拥篲之风。汧、渭之间，将恣游瞩"⑤，友朋对他的尊重，让他获得了满足感，不再因缺乏同道而孤单寂寞，已然不是刚

---

① 全祖望：《全祖望集汇校集注》卷十二，朱铸禹校注，上海古籍出版社 2000 年版，第 230 页。

② 江藩：《国朝汉学师承记》卷八《顾炎武》，中华书局 1983 年版，第 130 页。

③ 如张穆《顾亭林先生年谱》(顾炎武《顾炎武全集》附录，华东师范大学古籍研究所整理，上海古籍出版社 2011 年版，第 75 页) 康熙十六年记载顾炎武四月出都，十三日至德州。

④ 王冀民：《顾亭林诗笺释》卷五《雨中至华下，宿王山史家》笺，中华书局 1998 年版，第 896 页。

⑤ 顾炎武：《蒋山佣残稿》卷一《与魏某》，载《顾亭林诗文集》，华忱之点校，中华书局 1983 年版，第 188 页。

到王弘撰家时的"自笑飘萍垂老客，独骑羸马上关西"①状态。一方面，顾炎武与遗民故人"相看仍慰藉，均不负平生"，恪守遗民信念，坚持不与清朝合作，"异国逢矜式，同人待隐沦"②，决计作归隐著述，倡论"君子之为学也，非利己而已也，有明道淑人之心，有拨乱反正之事，知天下之势之何以流极而至于此，则思起而有以救之"③，期待着为未来的民族复兴作文化上的救亡图存工作。抵达关中后，与王弘撰、李颙、李因笃等遗民同仁之间的互相慰藉，互相砥砺，不仅对顾炎武来说，纾解了情感的苦闷，而且对关中遗民来说，也是受益良多。关中四君子在全国独树一帜，引发王士禛的感慨，与此不无关系。

顾炎武怎么也没有想到，一石激起千层浪，博学鸿词科的开设，打破了关中的宁静。康熙十七年正月二十三日，康熙帝诏谕吏部：

> 自古一代之兴，必有博学鸿儒，振起文运，阐发经史，润色词章，以备顾问著作之选。朕万几余暇，游心文翰，思得博学之士，用资典学。我朝定鼎以来，崇儒重道，培养人材。四海之广，岂无奇才硕彦、学问渊通、文藻瑰丽可以追踪前哲者？凡有学行兼优、文词卓越之人，不论已仕未仕，令在京三品以上及科道官员，在外督抚布按，各举所知，朕将亲试录用。其余内外各官，果有真知灼见，在内开送吏部，在外开报督抚代为题荐，务令虚公延访，期得真才，以副朕求贤右文之意。④

要求官员访求举荐人才，揭开博学鸿词序幕。正如孔定芳所言，博学鸿词科在顾炎武传奇般的人生旅程中无疑是一个最具震撼性和影响力的历史事件。这是在遭遇了明清易代的乙酉之际"生死抉择"后，又一次面临"政治操守"严峻的考验。就其严重性而言，这一次"出与处"的抉择丝毫不亚于

---

① 王冀民：《顾亭林诗笺释》卷五《雨中至华下宿王山史家》，中华书局1998年版，第895页。

② 王冀民：《顾亭林诗笺释》卷五《过李子德》第一首、第四首，中华书局1998年版，第897、900页。

③ 顾炎武：《亭林余集》之《与潘次耕札》，《顾亭林诗文集》本，华忱之点校，中华书局1983年版，第166页。

④ 玄烨：《圣祖仁皇帝圣训》卷十二，《文渊阁四库全书》影印本，史部第411册，上海古籍出版社1989年版，第272页。

前一次"生与死"的考量。对明遗民而言，易代背景下的生死问题，实非寻常之论生死，而是胶执着繁复的伦理和政治意味，譬如政治上的"忠君"、民族大义上的"夷夏之防"，以及道德伦理上的"名节"与"操守"，所以选择"生"的明遗民在很长一段时间里，总有一种挥之不去的"生存焦虑"。在此心境下，他们自然选择"处"的遗民姿态，以不合作甚至敌视态度去面对新朝①。

关中遗民中，被列入征士名单中的王弘撰、李颙、李因笃力辞考试，而三人处理方式不同。康熙十七年，兵部主政房廷祯以"海内真儒"向朝廷推荐李颙，他让儿子李慎言去衙门哭诉自己病情如何严重，府吏不为所动，反而催促进京事宜。他说："人生终有一死，患不得所耳。今日乃吾死所也。"到西安城外，欲拔刀自裁，未果；又采取绝食措施，五天五夜滴水不进，并且托付后事。府官无奈，李颙免于进京，同时不断派人探视病情。贺麟征感叹道："关西夫子坚卧养疴，正是医万世人心之病。移风易俗，力振人纪，有造于世道不浅。"② 王弘撰（大理寺少卿张云翼等举荐）、李因笃（内阁学士项景襄、李天馥，大理寺少卿张云翼荐举）多次写辞呈，托病，老母亲需要照看；王弘撰声称年老昏花，甚至说自己病得字都写不了，但是官府依旧催促他进京参加考试，无奈中只好赴京应试。

关于顾炎武对博学鸿词科的态度，一般认为他力辞考试，如全祖望《亭林先生神道表》记载：

戊午词科诏下，诸公争欲致之，炎武作书与门人之在京师者曰："刀绳具在，无速我死。"次年，大修明史，诸公又欲荐之，乃贻书叶学士讱庵，请以身殉，得免。或曰："先生盍亦听人一荐！荐而不出，其名愈高矣。"笑曰："此所谓钓名者也。今夫妇人之失所天也，从一而终，之死靡慝，其心岂欲见知于人！若曰'盍亦令人强委禽焉而力拒之，以明吾节'，则吾未之闻矣。"③

①　孔定芳：《"博学鸿儒科"与晚年顾炎武》，《学刊》2006 年第 3 期。
②　惠崇嗣：《历年纪略》，李颙《二曲集》卷四十五，中华书局 1996 版，第 587—588 页。
③　全祖望：《全祖望集汇校集注》卷十二《亭林先生神道表》，朱铸禹校注，上海古籍出版社 2000 年版，第 231 页。

点明想举荐顾炎武的人不少，写出顾炎武康熙十七年第一次辞去了考试，康熙十八年辞去《明史》馆征辟，叙述顾炎武给在京城的门人，其实就是潘未，让他写信给当事者，使得自己免于赴京应试。从现存与潘未的书信内容看，"刀绳具在，无速我死"是康熙十八年《明史》馆开局时的征辟，而非前一年的博学鸿词科征士应举，《亭林先生神道表》犯了年代错误；孙静庵《明遗民录》卷二六所述与之相同：

> 戊午，征博学鸿儒，当事争欲致之，炎武书与门人之在京师者，曰："刀绳俱在，无速我死。"次年，大修《明史》，当事又欲荐之，乃贻书叶讱庵，誓以身殉，乃得免。或曰："先生盍亦听人一荐，荐而不出，其名愈高矣。"笑曰："此所谓钓名者也。今夫妇人之失所天也，从一而终，之死靡慝，其心岂欲见知于人？若曰盍亦令人强委禽焉，而力拒之，以明吾节，则吾未之闻矣。"①

对顾炎武逃脱博学鸿词科应征，由于顾炎武文集散落②，其他史料阙如，因而一般人都混淆了顾炎武两次辞去征辟的言行，而对顾炎武如何脱离博学鸿词的征辟则无法得出正确的解读。与友人王弘撰、李颙、李因笃的采取诸多措施力辞科考相比较，孔定芳说，顾炎武则不假任何理由，断然辞不就，这自然需要不惜一死的决心③，这也与事实不相符合。事实上，顾炎武并没有列入征举名单，这一点已经为研究者揭示。正如陈祖武、朱彤窗所说，在此次特科荐举之中，顾炎武一度是内外大员瞩目的重要人物。诏下之初，内阁学士叶方蔼、翰林院侍讲韩菼皆欲推荐炎武，后幸得徐乾学、元文兄弟劝阻，始得未入荐牍④。这个论述，区分了顾炎武博学鸿词科应征与《明史》馆再征辟的问题，大致勾勒出顾炎武辞去博学鸿词科的基本情况，虽然没有涉及顾炎武的设计与未雨绸缪、论述显得单薄而不全面。

西方学术视野中，彼得森（Willard J. Peterson）认为顾炎武之所以不参

---

① 孙静庵：《明遗民录》，浙江古籍出版社 1985 年版，第 203 页。
② 华忱之：《关于顾炎武的蒋山佣残稿》，顾炎武《顾亭林诗文集》，华忱之点校，中华书局 1983 年版，第 174 页。
③ 孔定芳：《"博学鸿儒科"与晚年顾炎武》，《学海》2006 年第 3 期。
④ 陈祖武、朱彤窗：《旷世大儒——顾炎武》，河北人民出版社 2000 年版，第 163 页。

加考试是一种获取名利的策略："他拒绝参加清朝的科举考试，在某种程度上是因为他希望避免加入激烈的社会竞争，因为他已不能像年轻人一样在这种竞争中取胜了。相反，他致力于选择一种可能的方法来赢得名声，作为贤人的义子，这一名声所带来的成功之于他应该是义不容辞的，无论他动机怎样，明朝的灭亡是顾炎武彻底改变生活的时机。"① 这是一种在中西文化差异基础上缺乏文本细读导致的错误。

二、摆脱博学鸿词科

在康熙十七年初写给学生潘耒的《与潘次耕札》中，顾炎武说：

> 昔有陈亮工者，与吾同居荒村，坚守毛发，历四五年，莫不怜其志节。及玉峰坐馆连年，遂忘其先人之训，作书来蓟，干禄之愿，几于热中。今吾弟又往矣，此前人坠坑之处也！杨恽所云"足下离旧土，临安定，而习俗之移人者"，其能自保乎？时归溪上，宜常与令兄同志诸友往来讲论，一暴之功，犹愈于十日之寒也。

> 天生之学，乃是绝尘而奔，吾且瞠乎其后，不意晚季乃有斯人！今虽登名荐剡，料其不出山，更未可知耳。近读其解《易》一卷，吾自手录之，学问亦日进。中孚虽从象山入手，而近颇博览，与吾交，亦更亲于昔。去秋已遣祁县之妾，将书籍尽移之华下，今春并挈两公及幼子往矣。频阳令郭公既迎中孚而侨居其邑，今复遣人千里来迎，可称重道之风。而天生遂欲为我买田结婚之计，事虽未可必，然中心愿之矣。

> 但荐举一事，得超然免于评论否？如其行取，必在元籍。今已作字令犹子具呈，以伯父行年七十，弃家入道为词。必不得已，遣一家人领批前来寻访，道路中病，详具三徐札中。然近来实病，似亦不能久于人世，所萦念者，先妣大节未曾建坊，存此一段于集中，

---

① 魏斐德（Freeric Wakeman, Jr）：《洪业——清朝开国史》第十章《"危时计拙"》第十节《万寿祺和顾炎武》注释，陈苏镇、薄小莹译，新星出版社 2013 版，第 554 页。

以待河清之日，自有人为之表章。①

书信论及友人坚守民族气节，而其后人竟然热衷仕宦，感慨万千，并反对潘耒到汪文柏（1659—1726，康熙间任北城兵马司指挥，黄宗羲称其与兄王文桂、汪森为"汪氏三子"）处坐馆（潘耒《遂初堂集》文集卷八《摛藻堂集序》）。陈芳绩祖、父两世俱以明遗民没世，陈芳绩苦节三十余年，顾炎武为其祖梅撰墓志铭时称其"训蒙自给"，这里说他"作书来蓟，干禄之愿，几于热中"，言辞激烈。王冀民说："芳绩年辈略晚于先生，于朱明本无瓜葛，先生厚责其'忘先人之训'，盖预诫潘耒勿赴鸿博"②。由于顾炎武看到了坐馆对陈芳绩的影响，他极力反对潘耒坐馆，为之忧心忡忡③。继而谈起李因笃，盛赞其为学为人，世所罕见，断定李因笃并不会出山，从李因笃决定为顾炎武买田、治婚的事情来看，顾炎武决议居住关中，所以虽然出妾，但是好友还是想给他娶妻，重新组建稳定家庭，并为他置办产业。顾炎武虽然觉得事情未必能够办成，可是心中喜悦，好友的张罗令他欣喜。据《顾亭林先生年谱》，康熙十六年年末顾炎武去祁县度岁，今年春回华阴，富平令郭传芳邀请顾炎武去富平，途经李因笃家，闰三月遣李因笃家人至曲周接衍生及李既足④。此信写于闰三月嗣子衍生前往富平之前。

信中特意提到了自己对被荐举博学鸿词科考试的担忧，以及采取的详尽措施。如果是荐举的话，应该在原籍举荐，故而他早已经托付侄子给地方官员写了呈文，内容是强调自己七十岁了，已经为道士，从身份上看，道士自然不能是"博学鸿儒"；如果官员不应允，就让家乡族人带着县吏前来关西验证，途中再说自己病重，——"道路申病"而并非一开始就托病，可见其心思缜密；顾炎武精明过人之处在于，他同时走上层路线，即刻把计划告诉位

① 顾炎武：《亭林余集》之《与潘次耕札》，《顾亭林诗文集》本，华忱之点校，中华书局 1983 年版，第 168—169 页。

② 王冀民：《顾亭林诗笺释》卷二《酬陈生芳绩》笺，中华书局 1998 年版，第 330 页。

③ 陈祖武、朱彤窗看到了顾炎武这封信对潘耒的影响，但是说潘耒"因而对顾炎武的来信马上作出反应，表示拟坚隐不出"，则是错误的。见陈祖武、朱彤窗《旷世大儒——顾炎武》第十一章《顾亭林致潘次耕书札考证》，河北人民出版社 2000 年版，第 194 页。

④ 张穆：《顾亭林先生年谱》，顾炎武《顾炎武全集》附录，华东师范大学古籍研究所整理，上海古籍出版社 2011 年版，第 78 页。

居高位的徐元文、徐秉义、徐乾学徐氏三兄弟;"详具三徐札中",说明他给三兄弟的信中,写得具体、详尽、态度鲜明。

正是由于缜密的思虑,博学鸿词科征辟之初,虽然"诸公争欲致之"(《亭林先生神道表》),内阁学士叶方蔼、翰林院侍讲韩菼皆欲推荐炎武参加考试,但是由于顾炎武未雨绸缪,在徐氏兄弟的周旋下,最终顾炎武免于被荐举。顾炎武在《与同邑叶讱庵书》中写道:"去冬韩元少书来,言曾欲与执事荐及鄙人,已而中止。"①说的就是这件事。正如顾炎武在《与苏易公》中所述:"顷者避地秦中,幸辇上诸公怜其衰拙,暬其素心,得免弓旌之召。"②不在苏州老家,卜居关中,竟然也在无意中帮助了他成功地躲避博学鸿词科征辟,故而他用了一个词"避地",京城诸公"怜其衰拙,暬其素心",说明有官员原来打算荐举,知道他的初衷。话虽如此,可是其过程却不这么简单。顾炎武向朋友叙述时省去了自己的筹划,也没有提及外甥徐氏兄弟的作用。

在这封信中,他还写道:

> 而敝门人潘耒字次耕,谢病之后,遂奉母入山,不知所往。干木踰垣之志,介推偕隐之风,昔闻晋国,今在吴门矣。来札惓惓似以弟为未忘情于利达者,此曾西之所不为也,而为我愿之乎?关中惟中孚一人自痛孤贫阙养,誓终身不享富贵,再辞征荐,竟得俞允。伟元废读,长为攀柏之人,绮里逃名,竟作采芝之客,可谓贤矣。贵地独彪翁引疾,足见高风。即至春明,料必上陈情之表,凡在相知,不当为之劝驾也。关中有考亭书院之举,弟以谢陋谬主其事。然不坐讲席,不收门徒,欲尽反正德以来诸老先生之凤习,未知如何?③

他赞赏潘耒的行为,"谢病之后,遂奉母入山,不知所往",在平常都是

---

① 顾炎武:《亭林文集》卷三《与叶讱庵书》,《顾亭林诗文集》本,华忱之点校,中华书局1983年版,第53页。
② 顾炎武:《蒋山佣残稿》卷二《与苏易公》,《顾亭林诗文集》本,华忱之点校,中华书局1983年版,第199页。
③ 顾炎武:《蒋山佣残稿》卷二《与苏易公》,《顾亭林诗文集》本,华忱之点校,中华书局1983年版,第199—200页。

令人焦虑之事，他赞不绝口，称颂隐逸之风在吴门，因为他明知潘耒的初衷
在于躲避博学鸿词科。顾炎武称颂"彪翁引疾，足见高风"，即范镐彪，博学
鸿词科中被荐举而不出。这里，顾炎武谈到自己当前的任务，修建考亭书院，
"尽反正德以来诸老先生之夙习"。从不喜欢讲学到主动修建书院，这是顾炎
武惩于士人学风日下的举措。

　　在康熙十七年三月份，顾炎武得知自己计划成功，徐氏兄弟成功地阻止
了自己的征辟，写下《春雨》一诗：

　　　　平生好修辞，著集逾十卷。本无郑卫音，不入时人选。

　　　　年老更迂疏，制行复刚褊。东京者旧尽，嬴瘵留余喘。

　　　　放迹江湖间，犹思理坟典。朝来阅征书，处士多章显。

　　　　何来南郡生，心期在轩冕。幸得比申屠，超然竟独免。

　　　　春雨对空山，流泉傍清畎。枕石且看云，悠然得所遣。

　　　　未敢慕巢由，徒夸一身善。穷经待后王，到死终黾勉。①

　　这首诗回顾了自己的经历、对眼前征士行为的评价，自己的理想抱负，
和自己免于荐举的庆幸。"朝来阅征书，处士多章显"写出清朝对明遗民的留
心与刻意网罗，"幸得比申屠，超然竟独免"句，顾炎武原注："《申屠蟠传》：
党锢之祸，唯蟠超然免于评论。"这里用东汉申屠蟠辞去董卓征辟典故，点出
自己免于被征举。"穷经待后王，到死终黾勉"显示出矢志不移保存传统文
化，誓死不与清廷妥协。在给李颙信中，他写道："□于不预荐牍，为第一可
喜事，则星翁已寄书称庆，不烦再述矣。"② 在给李源的信中，写道五件喜事，
其中一件就是免于被荐举：

　　　　弟与执事别后，有可喜者五事：关中士大夫相迎，而弟亦决意

　　　　入关，一也；不挂名荐牍，二也；嗣子颇嘉，三也；遣安，四也；

　　　　江南又得孙，五也。详在霖翁札中，可互观之。今华山有过□近山

---

　　① 王冀民：《顾亭林诗笺释》卷五《春雨》，中华书局 1998 年版，第 908 页。又，王冀民说：
"意者三徐俱已显达，朝旨初下，预为舅氏辞，韩、叶郡人，因而中止，先生必已知之，否则此诗云
云，不可晓矣。"见王冀民《顾亭林诗笺释》卷五《春雨》笺，中华书局 1998 年版，第 911 页。

　　② 顾炎武：《蒋山佣残稿》卷一《与李霖瞻》，《顾亭林诗文集》本，华忱之点校，中华书局
1983 年版，第 186 页。

二处寓□，皆友人所构。弟尚未尝经营，而又出为伊涧、嵩山、少
室、大隗之游，今已至睢州矣。

都中书至云，当俟荐局稍冷，□□来此，且三数亲知俱未赴京，
弟此行或即西旋而未东来也。□旅之□□遍天下都是我去依人，而
关中却是人来附我，□□□□或与或求，制府币交欲屈之至省城而
不得，司道至命驾山中亲访，然后答之。顷闻聘使将至，即飘然下
吴，以示不可□樊之意。看此光景，异日似可徜徉自遂，惟俟小儿
衍生姻事一定，即为向平长往之计。①

在给友人的信件中，他一方面庆幸自己免于考试，表达了安居关东的惬
意。在给李源的另一封信中，顾炎武写道：

今春荐剡，几遍词坛，虽龙性之难驯，亦鱼潜之孔炤。乃申屠
之迹，竟得超然，叔夜之书，安于不作，此则晚年福事。关中三友：
山史辞病，不获而行；天生母病，涕泣言别；中孚至以死自誓而后
得免，视老夫为天际之冥鸿矣。②

这里用魏晋之际著名诗人、思想家嵇康典故，表明自己已经彻底不用考
虑被征辟的事情。大将军司马昭欲礼聘他为幕府属官，他跑到河东郡躲避征
辟。司隶校尉钟会盛礼前去拜访，也遭到他的冷遇。好友山涛举荐嵇康，他
写下《与山巨源绝交书》，列出自己有"七不堪""二不可"，坚决拒绝出仕。
"几遍词坛，虽龙性之难驯，亦鱼潜之孔炤"，写出康熙博学鸿词科诏举之后
应试人员数量巨大，几乎是文人都在应征之列；对清朝招揽人心的目的，似
乎已经达到，"虽龙性之难驯，亦鱼潜之孔炤"写出一些遗民、处士的蠢蠢欲
动。由于自己不列入名单，所以关中三位好友对自己极为羡慕。在书信中，
他还表达了隐居华山的想法。为自己感到庆幸的同时，他也从关中好友的被
征辟中吸取教训。在《答李紫澜书》中，顾炎武写道：

---

① 顾炎武：《蒋山佣残稿》卷一《与李星来》，《顾亭林诗文集》本，华忱之点校，中华书局
1983 年版，第 186—187 页。
② 顾炎武：《蒋山佣残稿》卷一《与李星来》，《顾亭林诗文集》本，华忱之点校，中华书局
1983 年版，第 63 页。

常叹有名不如无名，有位不如无位。前读大教，谬相推许，而不知弟此来关右，不干当事，不立坛宇，不招门徒。西方之人或以为迂，或以为是。而同志之李君中孚，遂为上官逼迫，舁至近郊，至卧操白刃，誓欲自裁。关中诸君有以巨游故事言之当事，得为谢病放归。然后国家无杀士之名，草泽有容身之地，真所谓威武不屈。然而名之为累，一至于斯，可以废然返矣！或曰："君子疾没世而名不称"，何欤？曰：君子所求者，没世之名，今人所求者，当世之名。当世之名，没则已焉，其所求者，正君子之所疾也，而何俗士之难寤欤？城郭沟池以为固，甲兵以为防，米粟刍荛以为守，三代以来，王者之所不废。自宋太祖惩五季之乱，一举而尽撤之，于是风尘乍起，而天下无完邑矣。我不能守，贼亦不能据，而椎埋攻剽之徒乃尽保于山中。于是四皓之商颜，刘、阮之天姥，凡昔日兵革之所不经，高真之所托迹者，无不为戎薮盗区。故避世之难，未有甚于今日，推原其故，而艺祖、韩王有不得辞其咎者矣。读书论世而不及此，岂得为"开拓万古之心胸"者乎？①

李颙最终免于参加考试，可是历经艰辛，顾炎武称赞他是威武不屈的大丈夫，但是细思量来，"然而名之为累，一至于斯，可以废然返矣"，李颙名气过大，为当政者所注意，顾炎武反思到，如果人士如此，宁可不要名声。博学鸿词科中李颙力辞应征的事迹，促使顾炎武反思"名"的问题，提出名的分类："当世之名"与"没世之名"，从而解释长期以来遭人误解的孔子的"君子疾没世而名不称"名言。这个区分，表明顾炎武的志向与决心，不求一时之名利，但求文化图存之宏大抱负。

关于顾炎武逃过征辟一事，嗣子顾衍生说："时朝议以纂修《明史》，特开博学宏儒科，征举海内名儒，官为资送，以是年冬齐集都门候试。先生同邑叶讱庵阁学及长洲韩慕庐侍讲欲以先生名应荐，已而知先生志不可屈，乃已。于是先生绝迹不至都中。"② 说明了大致情况，但是混淆了征辟与修史的

① 顾炎武：《亭林文集》卷三，载《顾亭林诗文集》，华忱之点校，中华书局 1983 年版，第 64 页。

② 王佺：《顾炎武年谱笺释》，三晋出版社 2012 年版，第 137 页。

关系，因为应征诏书并没有提及修《明史》，康熙十八年三月考试之前征士诗文中没有修史的文字。张穆修订年谱时，依据《己未词科录》贾嵩按语，说："叶䚮庵侍郎欲举亭林，亭林固辞，致书者三，遂不列荐剡。"[1] 则疏漏了韩菼，所说的多次给叶方蔼写信，似乎是误将次年辞去《明史》馆荐举的信件混淆了。

博学鸿词科征辟人数之多，令人叹为观止。常熟吴龙锡写下："终南山下草连天，种放犹惭古史笈。到底不曾书鹤板，江南惟有顾圭年。"[2] 嘲讽隐士应征，称颂顾炎武的遗民气节。

顾炎武的遗民心理、对博学鸿词科的强烈不满与反抗在诗文创作中也有体现。康熙十七年，南宋遗民郑思肖的事迹触动了他的灵魂。在《井中心史歌》中，他讴歌咏郑思肖，借以抒写遗民情感。郑思肖在宋亡后依旧使用"德祐"年号，自称"大宋孤臣"，著《心史》。据顾炎武《序》中所述，郑思肖"日夜望陈丞相、张少保统兵外来以复土宇，至于痛哭流涕，而祷之天地，盟之大神，谓气化转移，必有一日"，将《心史》装入铁函，沉入井中，三百年后即崇祯十一年（1638），苏州人发现了《心史》，轰动一时。顾炎武说："独余不才，浮沈于世，悲年运之日往，值禁罔之逾密，而见贤思齐，独立不惧，故作此歌以发挥其事云尔。"所谓"禁罔之逾密"是指博学鸿词科，序中表明他要向郑思肖学习，独立不惧，绝不屈服。

> 有宋遗臣郑思肖，痛哭元人移九庙。
>
> 独力难将汉鼎扶，孤忠欲向湘累吊。
>
> 著书一卷称心史，万古此心心此理。
>
> 千寻幽井置铁函，百拜丹心今未死。
>
> 厄运应知无百年，得逢圣祖再开天。
>
> 黄河已清人不待，沉沉水府留光彩。
>
> 忽见奇书出世间，又惊牧骑满江山。
>
> 天知世道将反复，故出此书示臣鹄。

---

[1] 王俭：《顾炎武年谱笺释》，三晋出版社 2012 年版，第 138 页。

[2] 王俭：《顾炎武年谱笺释》，三晋出版社 2012 年版，第 138 页。

三十余年再见之，同心同调复同时。

陆公已向厓门死，信国捐躯赴燕市。

昔日吟诗吊古人，幽篁落木愁山鬼。

呜呼！蒲黄之辈何其多，所南见此当如何！①

这个版本，同样是经过潘耒修改过的。在刊刻时，潘耒将一些民族情感强烈的措辞抹去情感色彩。如《序》中，"必有一日"顾炎武原来用的是"必有一日变夷而为夏者"，诗中"厄运应知无百年"原文是"胡虏从来无百年"，"又惊牧骑满江山"，"牧骑"原来是"胡骑"，这些措辞，显示出顾炎武直至康熙十七年，民族意识依旧强烈，鄙视满清少数民族政权，坚信华夏必胜的信念。既然是"万古此心心此理"，那么生活在清朝的人们理应抗击清朝，为恢复"变夷而为夏"而努力。在顾炎武心目中，《心史》的出现，恰逢满族兴起之时，是天意让它来激励士气，"三十余年再见之"指康熙十七年又一次看到《心史》，内心与郑思肖产生了共鸣，即"同心同调复同时"。最后两句用宋末降将蒲寿庚、黄万石的典故，抒发了对投靠清朝的人的愤慨。

由于形势严峻，诗人"深居废寝兴，无计离人寰"，渴望脱离人寰，可是终究要生活，所以"素月方东生，易忍桑榆间"，这里顾炎武自注用了《淮南子》典故："圣人之处乱世，若夏暴而待暮，桑榆之间，逾易忍也。"②表明处于乱世，要忍耐，"乃悟处乱规，无营心自闲"，安贫乐道，与世无争。他讽刺那些醉心功名而赴博学鸿词科征辟的人是"触热人"，"未老毛发斑"（《夏日》）③。

康熙十八年，为同乡朱明德《广宋遗民录》作序，阐述了朱德明编纂宗旨、遗民的价值观以及对时局的看法：

　　子曰："有朋自远方来，不亦乐乎？"古之人学焉而有所得，未尝不求同志之人，而况当沧海横流，风雨如晦之日乎？于此之时，其随世以就功名者固不足道，而亦岂无一二少知自好之士，然且改

---

① 王冀民：《顾亭林诗笺释》卷五《〈井中心史歌〉序》，中华书局1998年版，第914页。
② 刘安：《淮南子集释》卷十七《说林训》，何宁集释，中华书局1998年版，第1228页。
③ 王冀民：《顾亭林诗笺释》卷五《夏日》，中华书局1998年版，第919页。

行于中道，而失身于暮年，于是士之求其友也益难。而或一方不可得，则求之数千里之外；今人不可得，则慨想于千载以上之人；苟有一言一行之有合于吾者，从而追慕之，思为之传其姓氏而笔之书。呜呼！其心良亦苦矣。

吴江朱君明德，与仆同郡人，相去不过百余里而未尝一面。今朱君之年六十有二矣，而仆又过之五龄，一在寒江荒草之滨，一在绝障重关之外，而皆患乎无朋。朱君乃采辑旧闻，得程克勤所为《宋遗民录》而广之，至四百余人。以书来问序于余，殆所谓一方不得其人，而求之数千里之外者也。其于宋之遗民，有一言一行或其姓氏之留于一二名人之集者，尽举而笔之书，所谓今人不可得，而慨想于千载以上之人者也。余既尠闻，且耄矣，不能为之订正，然而窃有疑焉：自生民以来，所尊莫如孔子，而《论语》《礼记》皆出于孔氏之传，然而互乡之童子，不保其往也；伯高之赴，所知而已；孟懿子、叶公之徒，问答而已；食于少施氏而饱，取其一节而已。今诸系姓氏于一二名人之集者，岂无一日之交而不终其节者乎？或邂逅相遇而道不同者乎？固未必其人之皆可述也。然而朱君犹且眷眷于诸人，而并号之为遗民，夫亦以求友之难而托思于此欤？庄生有言："子不闻越之流人乎？去国数日，见其所知而喜；去国旬月，见所尝见于国中者喜；及期年也，见似人者而喜矣。"

余尝游览于山之东西，河之南北二十余年，而其人益以不似。及问之大江以南，昔时所称魁梧丈夫者，亦且改形换骨，学为不似之人。而朱君乃为此书，以存人类于天下，若朱君者，将不得为遗民矣乎？因书以答之。吾老矣，将以训后之人，冀人道之犹未绝也。①

朱明德编纂《广宋遗民录》的最直接动机是受明代程敏政《宋遗民录》影响，借以寄托遗民情思。顾炎武与朱明德虽然同为苏州人，"相去不过百余

---

① 顾炎武：《亭林文集》卷二《广宋遗民录序》，载《顾亭林诗文集》，华忱之点校，中华书局1983年版，第33—34页。

里而未尝一面"，联系不多，但是他应该是极为佩服顾炎武，所以寄书给顾炎武请求作序。在这篇序里，顾炎武集中表述了自己的遗民观点。首先，朝代更迭虽然是历史的规律，但是在遗民心里却是"沧海横流，风雨如晦"，因为遗民对前朝的忠贞，所以无法接受新王朝的统治。其次，遗民对士人在新王朝求取功名的看法是，反对入仕，鄙视"随世以就功名者"，认为不值得称道，同时反对中途变节："亦岂无一二少知自好之士，然且改行于中道，而失身于暮年"，称遗民中投靠新朝的人为"失身"。再次，遗民具有艰苦卓绝的品质，不计较生存状况的恶劣，安贫乐道，虽然生活条件艰苦却关心民族与国家命运。从生存环境来看，顾炎武、朱明德虽然都年过六旬，但是"一在寒江荒草之滨，一在绝障重关之外"，条件艰苦，然而他们考虑的是"以存人类于天下"，"冀人道之犹未绝"。对立场坚定、恪守华裔之别信念的明遗民来说，清朝是"夷"变"夏"，只有在这个意义上，才能理解通过编《遗民录》"存人类""人"与"不似之人"的概念。最后，遗民所处的社会环境日趋恶化，由于新王朝的统治日渐稳固，除了遗民的凋零，还有一些人变节，因而坚守遗民气节的人日渐稀少，所以对遗民来说，都有一种感到同道日渐减少的焦虑感。就顾炎武大江南北的游历来说，"昔时所称魁梧丈夫者，亦且改形换骨，学为不似之人"。渴望同道，是朱德明编纂《广宋遗民录》的初衷。由于今人同道少，所以才尚友古人，在阅读宋遗民的诗文中与他们交流切磋。所以顾炎武说朱德明"用心良苦"。顾炎武从历史角度出发，感慨《光宋遗民录》中所搜集的人未必全是遗民，但是由于惺惺相惜的迫切，所以朱德明重视宋代遗民言行，"有一言一行或其姓氏之留于一二名人之集者，尽举而笔之书"，运用庄子越地流人思乡的典故，表达了遗民的深厚尚友情感。

写于康熙十七年的《关中杂诗》五首，是顾炎武晚年极为看重的一组诗。康熙十九年，李云霈南归，顾炎武托书信与戴笠。他在信中写道："一别廿载，每南望乡关，屈指松陵数君子，何尝不缅想林宗，长怀仲蔚，音仪虽阔，志向靡移。其如一雁难逢，双鱼莫寄，而故人良友存亡出处之间，又不禁其感涕矣！"二十年前，即顺治十八年（1661），虽然时间不长，可是对当年的松陵诸子来说，简直是历尽沧桑，恍如隔世，期间书信莫通，不知彼此境遇，顾炎武寄上《关中杂诗》，说"《关中》诗五首、《寄次耕》诗一首呈览，可以征出处大概"①，可见这几首诗在顾炎武心目中的分量。

> 文史生涯拙，关河岁月劳。幽情便水竹，逸韵老蓬蒿。
>
> 独雁飞常迅，寒鸡宿愈高。一窥西华顶，天下小秋毫。（其一）
>
> 皇汉山樊久，兴唐洞壑余。空嗟衣剑灭，但识水烟疏。
>
> 寥落三都赋，栖迟万卷书。西京多健作，傥有似相如。（其二）
>
> 谷口耕畲少，金门待诏多。时情尊笔札，吾道失弦歌。
>
> 夜月辞鸡树，秋风下雀罗。尚留园绮迹，终古重山阿。（其三）
>
> 徂谢良朋尽，雕伤节士空。延陵虚宝剑，中散绝丝桐。
>
> 名誉荪兰并，文章日月同。今宵开敝箧，犹是旧华风。（其四）
>
> 缅忆梁鸿隐，孤高阅岁华。门西吴会郭，桥下伯通家。
>
> 异地情相似，前期道每赊。请从关尹住，不必向流沙。（其五）②

这组诗作于康熙十七年博学鸿词科诏书颁布之后，顾炎武目击遗民、处士被征辟，其中一些人纷纷变节，热衷清朝给予的功名利禄，而有一些友朋已经凋零，顾炎武心中不免产生一种孤独与伤逝，然而在复杂多变的艰难岁月里，他遗民信念笃定。第一首诗抒发自己以研究学术为使命，拯救华夏文化的自信。虽然自己"拙"而"劳"，然而由于信念的烛照，即使是在简陋僻静的环境里也处处有幽情雅志，以"独雁"和"寒鸡"的形象作比喻（王冀民以为是顾炎武自喻），斗志昂扬，"天下小秋毫"显示出不凡的胸襟与抱负，王冀民以为顾炎武"不甘为辟世之士甚明"。第二首诗写关中景胜常常使他想起汉唐历史，引发思古幽情，透过深邃辽远的历史，顾炎武设定人生轨迹，志在文史，以学问自命。第三首感慨博学鸿词科中士人变节，诗人用"秋风下罗雀"，指出博学鸿词科的目的是羁系士人，顾炎武有着清醒的认识。"时情尊笔札，吾道失弦歌"，顾炎武研究文史，目的在于"道"，即民族文化复兴之道，而非文辞（"笔札"）。第四首感慨友人凋零之际，赞颂他们文章与日月同辉，表明自己志向，说坚守自己以及高尚友人的文风，不因世俗风尚而改变。第五首写自己在关中隐居，有一种如归故里的亲切，从历史上的遗

---

① 顾炎武：《顾炎武文集》卷六《与戴耘野》，《顾炎武诗文集》本，华忱之点校，第140页。

② 王冀民：《顾亭林诗笺释》卷五《关中杂诗》，中华书局1998年版，第928—932页。

民中，顾炎武获得了精神营养，以品行高洁的遗民梁鸿为行为模范，故而王冀民评价说："先生眷眷恢复，至老不衰，于此诗可以概见。"① 的确，博学鸿词科是顾炎武晚年生活中的一件大事，影响了全国士林，冲击到顾炎武本人以及友人，对其决计定居关中探寻文化救亡事业形成了极大冲击。在这个关系诗人"出"与"处"的紧要关头，顾炎武写下《关中杂诗》，表明对时局的看法，向外界表明心志，是研究顾炎武晚年生活与思想情感的重要诗篇。

有学者认为顾炎武康熙十七年尽管最终守住了作为遗民的"不臣二姓"的道德底线，但其依凭的精神力量，主要不是历来支撑了遗民们的那些基本动因：即基于君臣大义的"忠君"、基于民族大义的"夷夏大防"、源于怀旧情感的"故国之思"，以及出于人格道义的气节操守，而是对嗣母王氏的"孝"和对"先妣遗命"的庄严秉承②。从顾炎武康熙十七八年的诗文、事迹、与友人的往来来看，这种观点显然有待于修正。

不仅如此，他还鼓励友人坚守遗民气节，不与清朝合作。在王弘撰、李因笃、李颙被迫入京之前，他写下《寄同时二三处士被荐者》：

> 关塞逾千里，交游更几人。金兰情不二，猿鹤意相亲。
> 邺下黄尘晚，商颜绿草春。与君成少别，知复念苏纯。

这是一首奇特的诗歌，诗中景象与写作时间矛盾。描绘景象为春景，而王弘撰、李因笃是秋季入京，而李颙也是秋季被迫前行，十一月份成功地以绝食方式没有入京。这首诗的写作时间，王冀民说，"作此诗时，王李等虽已被荐，犹未北行，故预寄此诗以相砥砺"③。诗中流露出缺乏同道的感慨，顾炎武与众人关系密切，意气相投，都喜欢保持自然本真的遗民生活。"少别"二字表明，顾炎武坚信，即使是友人赴京应诏举，也不过是短暂的分别。邺下即河北临漳，为后赵、前燕、东魏、北齐等少数民族政权首都，顾炎武用以指代北京，含蓄表达了对清朝的敌意。京城"黄尘晚"的景象与遗民家园商山的"绿草春"景象对比鲜明，情感色彩突出，民族意识强烈。据《后汉

---

① 王冀民：《顾亭林诗笺释》卷五《关中杂诗》笺，中华书局 1998 年版，第 932—933 页。
② 孔定芳：《"博学鸿儒科"与晚年顾炎武》，《学海》2006 年第 3 期。
③ 王冀民：《顾亭林诗笺释》卷五《寄同时二三处士被荐者》笺，中华书局 1998 年版，第 913 页。

书》记载，苏纯，字桓公，"有高名，性强切而持毁誉，士友咸惮之，至乃相谓曰：'见苏桓公，患其教责人，不见，又思之。'"① 顾炎武以苏纯自喻，希望友人勿忘督责。获知李颙绝食之后，顾炎武写下《梓潼篇赠李中孚》，盛赞李颙，是一首英雄史诗：

> 益部寻图像，先襄李巨游。读书通大义，立志冠清流。
>
> 忆自黄皇腊，经今白帝秋。井蛙分骇浪，崛虎拒岩幽。
>
> 譬旨鸿胪切，征官博士优。里人荣使节，山鸟避车驺。
>
> 笃论尊尼父，清裁企仲由。当追君子躅，不与室家谋。
>
> 独行长千古，高眠自一丘。闻孙多好学，师古接娉修。
>
> 忽下弓旌召，难为涧壑留。从容怀白刃，决绝却华辀。
>
> 介节诚无夺，微言或可投。风回猿岫敞，雾卷鹤书收。
>
> 隐痛方童丱，严亲赴国仇。口饔常并日，废蓼拟填沟。
>
> 岁逐糟糠老，云遗富贵浮。幸看儿息大，敢有宦名求。
>
> 相对衔双涕，终身困百忧。一闻称史传，白露满梧秋。②

顾炎武自述典故出自《后汉书·独行传》，他是借李业讴歌李颙。李业，字巨游，广汉梓潼人。汉平帝刘衎元始年间明经中举，除为郎。去官，杜门不应州郡之命。王莽篡位后征辟，李业托病隐藏山谷。公孙述僭位后，欲征李业为博士，他坚决不出山。几年后，公孙述派大鸿胪尹融持毒酒奉诏命，如果李业应征，则授予公侯；否则，赐死。李业饮毒而死。汉武帝平定西蜀后，下诏彰其闾里。《益部纪》记载了李业的高风亮节，图画形像③。李颙与李业，都是品行高洁，身经乱世，身份上都是遗民，且数次被征辟而不从，李业宁死不屈，李颙宁可绝食也不应征。王蘧常论述这首诗的写作缘起时说："先生《答李紫澜书》云：李君中孚，遂为上官逼迫，舁至近郊，至卧操白刃，誓欲自裁。关中诸君有以巨游故事言之当事，得为谢病放归。然后国家

---

① 范晔：《后汉书》卷三十一《郭杜孔张廉王苏羊贾陆列传》第二十一《苏章》，中华书局1965年版，第1106页。

② 王冀民：《顾亭林诗笺释》卷五《梓潼篇赠李中孚》笺，中华书局1998年版，第921页。

③ 王冀民：《顾亭林诗笺释》卷五《梓潼篇赠李中孚》注，中华书局1998年版，第922页。

无杀士之名，草泽有容身之地，真所谓威武不屈。"① "当追君子躅，不与室家谋"赞颂李颙恪守遗民精神，不计较个人利益，"从容怀白刃"，宁死不屈。李颙虽然摆脱了征辟，可是备受煎熬，"白露满梧秋"描绘出肃杀的秋景，感慨历代征辟杀士，有力地讽刺了清朝诏举博学鸿词科录用人才的举措。

康熙十八年，顾炎武的学生潘耒也被荐举入京，顾炎武写下《寄次耕，时被荐在燕中》：

> 昨接尺素书，言近在吴兴。洗耳苕水滨，叩舷歌采菱。
> 何图志不遂，策蹇还就征。辛苦路三千，裹粮复赢縢。
> 夜驱燕市月，晓踏卢沟冰。京雒多文人，一贯同淄渑。
> 分题赋淫丽，角句争飞腾。关西有二士，立志粗可称。
> 虽赴翘车招，犹知畏友朋。傥及雨露濡，相将上诸陵。
> 定有南冠思，悲哉不可胜。转盼复秋风，当随张季鹰。
> 归咏白华诗，膳羞与晨增。嗟我性难驯，穷老弥刚棱。
> 孤迹似鸿冥，心尚防弋矰。或有金马客，问余可共登。
> 为言顾彦先，惟办刀与绳。②

这首诗充满了对学生应征行为的不满与责备，指出京城满是污浊之气，流露出告诫潘耒勿要沾染的关切。"关西有二士"指王弘撰与李因笃，遗民信仰坚定的顾炎武坚信二人虽然赴京应试，但一定会归还故里，坚持遗民的隐逸生活。诗里运用张翰典故，说二人的归隐之事。张翰，字季鹰，吴郡吴县（今江苏苏州市）人。西晋文学家，有清才，齐王司马囧执政，辟为大司马东曹掾。他见祸乱方兴，以莼鲈之思为由，辞官而归。顾炎武确信，如果条件允许的话，王弘撰与李因笃一定会"相将上诸陵"，去昌平拜祭明皇陵。诗抒写了自己坚决不与清朝合作的信念。说自己天性"难驯"，遗民信念老而弥坚，"孤迹似鸿冥，心尚防弋矰"以鸿鸟作比喻，说自己尚且时时提防着被网罗。年前，张勇还让儿子张云翼邀请他去兰州，还有一些其他官员想延揽，

---

① 王蘧常：《顾亭林诗集汇注》卷六《梓潼篇赠李中孚》题注，上海古籍出版社 1983 年版，第1180 页。

② 王冀民：《顾亭林诗笺释》卷五《寄次耕，时被荐在燕中》，中华书局 1998 年版，第 939 页。

这对他来说都是"弋矰"。此刻，他正思虑如何摆脱罗网。最后两句话用顾荣的典故说，如果有官员问起自己是否愿意一同为宦①，让潘耒转告自己坚决拒绝宁死不屈的态度。东晋顾荣，字彦先，"为齐王主簿，恒虑祸及，见刀与绳，每欲自杀"②。博学鸿词科诏举后，顾炎武心境一如顾荣。这种害怕被征辟的忧虑，或者是由于潘耒的应征而引发③。

出于遗民心态顾炎武拒绝博学鸿词科，还体现在他对友人王弘撰、李因笃二人的关切上。

王弘撰多次写辞考呈子却屡遭拒绝，无奈之下秋日赴京。在京师隐居荒僻的昊天寺托病不出，生尽办法力求免于考试。康熙十七年十月七日，顾炎武回到富平，得知王弘撰在京师生病的消息后，立刻写信，在《与王山史》④信中说：

> 弟以十月七日自华下回频阳，付仲和（名宜辑，山史次子。）一函，并疏廿纸，想已到。知卧疾京邸，甚善，甚善。弟冬来读易，手录苏、杨二传，待驾归，得共山中之约，将大全谬并之本，重加厘正。程、朱各自为书，附以诸家异同之说，此则必传之书也。

通常友人得病，一般会问寒问暖，而顾炎武的第一反应却是异常高兴，因为他一下子就猜透了王弘撰的心思。虽然他居住在王弘撰家，知道友人的身体情况，但是更重要的是他明白王弘撰的意图，所以只字不提病情，只是流露出喜悦。随后就与王弘撰谈起修朱子祠堂的事情：

> 建祠之所，形家谓在二泉合流之中为佳，今仲和力言欲用其竹园，乃在泉渠之北，亦无不可，须弟自往同允塞看定。此事规模亦不可太小，百堵皆兴之后，自有助者。万勿将刻疏送人募化，类僧

① 王冀民以为"金马客"两句疑指《明史》馆开局事。见王冀民《顾亭林诗笺释》卷五《寄次耕，时被荐在燕中》注，中华书局1998年版，第942页。
② 房玄龄等：《晋书》卷六十八《列传》第三十八《顾荣》，中华书局1974年版，第1812页。
③ 吴谱："以次耕强被征召，虑复强己也。"见钱邦彦《校补顾亭林先生年谱》，顾炎武《顾炎武全集》附录，华东师范大学古籍研究所整理，上海古籍出版社2011年版，第191页。
④ 顾炎武：《蒋山佣残稿》卷三《与王山史》，《顾亭林诗文集》，华忱之点校，中华书局1983年版，第215—216页。

道所为，损吾辈体面。但一二百金之事，弟能任之，亦足以筑周垣，立前堂矣。

修建朱子祠堂，推崇朱熹，发扬儒家精神，在王弘撰赴京应考之际，他坚信其不会变节，故而像唠家常一样谈论修祠具体事宜，并在信中，以德行相砥砺：

君子先行其言，而后从之，今人作事每每相反。易曰："默而成之，不言而信。"存乎德行，能无望之同志乎？

王弘撰写《秋菊》明志，顾炎武立刻写下《和王山史寄来燕中对菊诗》："雪满河桥归辔迟，十行书札寄相思。楚臣终是餐英客，愁见燕台落叶时。"[①]前两句设想王弘撰思念故乡的情形，后两句以"楚臣"自比，表明如果是自己，也是惆怅不已，看到京城落叶愁绪万千。这哪里是通常意义上进京赶考的样子？博学鸿词科应考，分明是一种痛苦。

接到王弘撰书信后，顾炎武回信中说[②]：

接来书及诗，并悉近况，甚慰。今有一诗奉和。孟子曰："是求无益于得也。"况有损乎？愿执事之益坚此志也。

明了王弘撰状况后，他非常高兴，并用孟子的话，激励王弘撰，让他坚守气节，并说：

欲以秋丁安神，而筑垣盖堂，须百五十日，塑像装饰须百五十日，尔时执事与天生定已旋里。着鞭虽在祖生之先，而成佛自居灵运之后也。

顾炎武确信来年春日王弘撰与李因笃一定会返回华山。

在获知王弘撰回陕西的消息后，顾炎武写信表示欣慰。在《与王山史》[③]

---

① 王冀民：《顾亭林诗笺释》卷五《和王山史寄来燕中对菊诗》，中华书局1998年版，第927页。

② 顾炎武：《蒋山佣残稿》卷三《与王山史》，《顾亭林诗文集》，华忱之点校，中华书局1983年版，第216页。

③ 顾炎武：《蒋山佣残稿》卷二《与王山史》，《顾亭林诗文集》，华忱之点校，中华书局1983年版，第197—198页。

中写道：

> 四月杪自曲周遣人入都至贵寓，言驾已西行数日，甚慰。自今
> 以往，以著书传后学，以勤俭率子弟，以礼俗化乡人，数年之后，
> 叔度、彦方之名，翕然于关右，岂玉堂诸子之所敢望哉？

同时，顾炎武指出，王弘撰专心著述，日后成就是翰林学士难以企及的。
这里所说的"名"，即"后世之名"，而非世俗的功名利禄。

顾炎武与李因笃也关系密切，他称赞李因笃说，"天生今通经之士，其学
盖自为人而进乎为己者也"[1]，"天生之学，乃是绝尘而奔，吾且瞠乎其后，不
意晚季乃有斯人！今虽登名荐剡，料其不出山，更未可知耳"[2]，坚信李因笃
在博学鸿词科中不会向清朝低头。在李因笃列入征士名单之后不久，他即刻
写诗劝诫。李因笃以疾病、母亲年迈为理由力图辞去征辟无果，被迫赴京，
顾炎武立马给他写信，为其筹划如何保持遗民身份，摆脱科考网罗。《答李子
德》中，顾炎武写道：

> 老弟宜将令伯《陈情表》并注中事实录出一通，携之笥中，在
> 己不待书绅，示人可以开墙面也。以不预考为上上，至嘱至嘱。此
> 番入都，不妨拜客，即为母陈情，则望门稽首，亦不为屈，虽逢人
> 便拜，岂有周颙、种放之嫌乎？

> 梁公（清标）有心人，若不得见，可上书深切恳之。外又托韩
> 元少于馆中诸公前赞成，亦可一拜。旁人佞谀之言，塞耳勿听。

> 凡见人但述危苦之情，勿露矜张之色，则向后声名，高于征书
> 万万也。

> 又同年二字，切不可说，说于布衣生监之前犹可；说于两榜之
> 前，此恨将不可解。此种风气相传百余年矣，亦当知之。

> 至都数日后，速发一字于提塘慰我。略师古人赠言之意，书扇

---

[1] 顾炎武：《亭林文集》卷一《钞书自序》，载《顾亭林诗文集》，华忱之点校，中华书局1983
年版，第30—31页。

[2] 顾炎武：《亭林余集》之《与潘次耕札》，载《顾亭林诗文集》，华忱之点校，中华书局1983
年版，第168页。

奉呈。顷与既足论及君家故事，有可以不死之巨游，而必无乞养不终之令伯。一入都门，情辞激切，如慈亲之在涂炭，则君不能留，友不能劝矣。骨肉之爱，敢不尽言，亮之。①

顾炎武再三告诫李因笃，此番入京，"以不预考为上上"，最大的成功是不参加考试。为了让李因笃达到这个目的，顾炎武殚精竭虑，替他想尽办法。首先，他让李因笃尽可能多抄李密《陈情表》，逢人便送。因为李因笃的情形和李密相似，都是高堂年事已高，借以明志，推脱考试。其次，进京后要多拜访人。通常遗民崇尚气节，不热衷交际，顾炎武却劝李因笃多与官员往来，目的是告诉他们家里情况，请求免予考试。第三，他特别嘱托李因笃前去拜访梁清标，顾炎武自己又特意写信托付韩菼在官员前为其求情。第四，顾炎武心细如发，特意又嘱咐了言辞与情感的表达，"凡见人但述危苦之情，勿露矜张之色"。并嘱咐用词上千万不要用"同年"。科举考试中，同一年应考人员按照惯例称为同年，假如这次应征使用了"同年"，岂不是意味着认可了博学鸿词科了吗？第五，从名声上说，顾炎武说虽然应征换得了世俗的荣誉，可是如果保持遗民身份，将来名声更大。第五，顾炎武说，只要入都之后，逢人"情辞激切，如慈亲之在涂炭"，一定能够全身而退。李因笃赴京后，大体上依计而行②。

此外，顾炎武还给李天馥、梁清标写信，为李因笃求情。在给李天馥的《与李湘北学士书》中，顾炎武写道：

关中布衣李君因笃顷承大疏荐扬，既征好士之忱，尤美拔尤之鉴。但此君母老且病，独子无依，一奉鹤书，相看哽咽，虽趋朝之义已迫于戴星，而问寝之私倍悬于爱日。况年逾七十，久困扶床，路隔三千，难通啮指，一旦祷北辰而不验，回西景以无期，则鲒鬵

---

① 顾炎武：《蒋山佣残稿》卷一《与李子德》，载《顾亭林诗文集》，华忱之点校，中华书局1983年版，第212—213页。

② 李因笃的研究者，在论述李因笃应付博学鸿词科时，疏忽了顾炎武的劝诫与出谋划策，如代亮《清初博学鸿儒群体的心态流变——以李因笃为中心》（《山东大学学报》2015年第4期）、高春艳《李因笃文学研究》（中国社会科学出版社2011年版）、高春燕、袁志伟《李因笃评传》（西北大学出版社2014年版）。

之耻奚偿，风木之悲何及！昔者令伯奏其愚诚，晋朝听许；元直指其方寸，汉主遣行。求贤虽有国之经，教孝实人伦之本。是用遄风即路，沥血叩阍。伏惟执事弘锡类之仁，悯向隅之泣，俯赐吹嘘，仰徼俞允，俾得归供菽水，入侍刀圭，则自此一日之斑衣，即终身之结草矣。若炎武者，黄冠蒯屦，久从方外之踪，齿豁目盲，已在废人之数，而以生平昆弟之交，理难坐视，辄敢通书辇下，布其区区，伏惟矜察。①

给梁清标的信，正文除了开头不同外，大体内容一致，《与梁大司农书》中写道：

> 谨启。关中布衣李君因笃，昔年尝以片言为介，上谒庭墀，得蒙一顾之知，遂预明扬之数。在于流俗岂非至荣？然而此君母老且病（云云，衍生注：下与李学士书同。）②

李天馥为内阁学士，李因笃博学鸿词科的推荐人之一，梁清标为户部尚书，二位位高权重。顾炎武叙述李因笃母亲年迈，听到被征后母子向隅而泣，历史上母亲年迈母子相依而又遭遇征辟的名人有李密、徐庶，晋武帝听从李密陈情让他隐居侍候高堂，刘备听从徐庶任其去留，请求二位显宦为李因笃辞去博学鸿词科帮忙。信中，他强调了自己已是"黄冠蒯屦，久从方外之踪，齿豁目盲，已在废人之数"。谎称道士、得病，正是顾炎武与家人商量的躲避博学鸿词科征辟的策略之一。

在康熙十八年博学鸿词科考试中李因笃以一等第七名录取，授翰林院检讨，命修《明史》。获知李因笃被录用消息后，顾炎武写下书信，说："鸿都待制，似不能辞，然陈情一表，迫切号呼，必不可已；即其不申，亦足以明夙心而谢浮议，老夫所惓惓者此也。"③要求李因笃立即上《陈情表》，表明不

---

① 顾炎武：《亭林文集》卷三《与湘北书》，载《顾亭林诗文集》，华忱之点校，中华书局1983年版，第50页。

② 顾炎武：《蒋山佣残稿》卷三《与梁大司农书》，载《顾亭林诗文集》，华忱之点校，中华书局1983年版，第198页。

③ 顾炎武：《蒋山佣残稿》卷三《与李子德》，载《顾亭林诗文集》，华忱之点校，中华书局1983年版，第210页。

愿仕宦之心。

三、出关，躲避地方大员

康熙十七年诏举博学鸿词科打乱了顾炎武渴望的宁静生活，他坚守遗民气节，竭力反对与清朝合作，一方面自己生办法避免被列入应征名单，得以逍遥世外，另一方面，他不断激励被征的友人，期盼他们恪守信念，不与清朝合作。在复杂多变的境遇下，顾炎武更加坚定了自己的文化救亡事业，发之以诗文创作，见之于与友朋往来的信件中。在纵览山水、缅怀古今、追慕遗民前辈中，康熙十七年顾炎武信念坚定。他虽然在关中漫游，却以华阴为中心，不出关中，他说：

> 此中山水绝佳，同志之侣多欲相留避世。愚谓与汉羌烽火但隔一山，彼谓三十年来在筑堡，一县之境，多至千余，人自为守，敌难遍攻，此他省之所无，即天下有变而秦独完矣。未知然否？①

一方面，华山地形险要，遗民友朋多，可共住此山，互相砥砺，另一方面则为了修建朱子祠堂。所以在康熙十九年给戴笠的信中，还坚持"今将卜居太华，以卒余龄"②。然而，康熙十八年三月十日，顾炎武却出关东行，游少林，经山东至曲周，秋由河南至山西，十一月才回到华阴。究竟是什么原因导致顾炎武突然离开关中外出漫游？王冀民说，三月初十日出关是回避《明史》馆开局③。周可真以为，康熙十七年冬天，顾炎武得知叶方蔼和韩菼曾经荐举顾炎武之后，便决定以游为隐的逃避办法，以"翌年春匆匆出为嵩（山）、少（林寺）之游"，并依据顾炎武《与潘次耕书》中记述潘耒劝其定居华下不入都门，认为这次出关可能与潘耒劝说有关④。事实上，此时博学鸿词

① 顾炎武：《亭林文集》卷三《与李星来》，载《顾亭林诗文集》，华忱之点校，中华书局1983年版，第63—64页。
② 顾炎武：《亭林文集》卷六《与戴耘野》，载《顾亭林诗文集》，华忱之点校，中华书局1983年版，第140页。
③ 王冀民：《顾亭林诗笺释》，中华书局1998年版，第935、948、969页。
④ 周可真：《明清之际新仁学——顾炎武思想研究》，中国大百科全书出版社2006年版，第147页。

科刚刚考试完毕，成绩三月二十九日才公布，尚未宣布《明史》馆开局的事（据陈僖《燕山草堂集》卷二《送王山史归华阴序》所言，对外公布修史是四月一日）。顾炎武何以会事先回避？潘耒劝顾炎武勿入都门、定居华下是在顾炎武出关之后游历途中所言，针对当时《明史》馆有征辟顾炎武的举措而言，况且从内容上看，潘耒是劝顾炎武回华下而非离开华下。

在与山东德州朋友李涛的信件中，顾炎武谈到了自己出关的原因：

> 弟以三月十日出关，历崤、函，观雒、汭，登太室，游大騩，域中五岳得游其四，不惟遂名山之愿，亦因有帅府欲相招致，及今未至，飘然去之。

> 鸿鹄之飞，意南而至于南，意北而至于北，此亦中材而处末流之一术矣。转历梁、宋，北至广平，距贵城三百余里，仅走伻与令兄先生相闻。今复西游林虑，未卜所税。

> 昔者郑康成以八十之年，赴袁本初之召，竟卒军中者，名为之累也。生平虽复钝拙，自知身后必有微名，若更求名，必至损名。第五伦变姓名自称王伯齐，往来河东，"陌上号为道士，亲友故人莫知其处。"心窃慕之，然亦未必不来都下也。便羽附候近祉，亲知中有问及者，烦以此告之。敝门人潘次耕名耒，想得晤言，亦可一示也。

> 附后：二月间于天生处封上富平令君一字，已彻览否？原书尚存弟处，以待后命。小儿衍生及塾师俱在华下，弟秋间即回。承不忘故人，频寄书札，此后可付陕西提塘，封在西岳庙报内。①

这封信写于康熙十八年出关以后的行程途中，交代了行踪，出崤关、函谷关，经洛水、汭水，游中岳嵩山，游大騩、开封、商丘。在河北广平，距离德州三百里的地方，写了这封信。在这封信里，顾炎武谈了三月十日出关的两点原因：第一，"遂名山之愿"，原来是早有纵游天下的愿望；第二，因为"帅府欲相招致"而躲避。其实，顾炎武虽然喜爱山水，然而此次出行的

---

① 顾炎武：《蒋山佣残稿》卷二《与李紫澜》，载《顾亭林诗文集》，华忱之点校，中华书局1983年版，第199页。

目的却不是出游，更为重要的原因和直接目的是躲避"帅府"招致。因为，这次出行是一次偶发性时间，在去年冬天，他还为在关中建造朱熹祠堂而忙碌，在与友人的信件中只字不提云游四方的规划，而他在历经博学鸿词科征辟、参透士林众生相后，决计以著述来存文化，汲汲于文化振兴事业。况且，早在康熙十六年二月十日拜祭明皇陵的时候，他已经下定决心，卜居华阴。一年间的时间，竟然走出关外？从日程安排上看，写此信时顾炎武在广平，虽然决计向西去安阳林虑，但是下一步的目的地，尚未考虑好，从而否定了游历名山的动机。顾炎武用错综的文法，点明自己出行的目的是躲避清朝权贵，故而紧接着点明这次出行是"中材而处末流之一术"，即一种为人处世的策略。他将自己比作鸿鹄，"鸿鹄之飞，意南而至于南，意北而至于北"，行踪不定，任何人也拿他没有办法。

顾炎武以郑玄和第五伦作为正反例子，表明自己愿意像第五伦那样，往来飘忽不定，绝不像郑玄那样，为袁绍所聘。康熙十七年十二月二十七，甘肃提督、靖逆侯赠少师兼太子太师张勇派儿子张云翼邀请顾炎武去兰州，不久，又有四川总督周有德欲邀请顾炎武去西安，陕西的潼商道大员、理学家胡戴仁要"聘请"顾炎武去他的官署，顾炎武都坚辞未往。最后是华阴县令迟维城亲自来请他，被顾炎武婉拒。这些人中间，所谓的"帅"应该是张勇，顾炎武"自知身后必有微名，若更求名，必至损名"，故而坚决不赴张勇的邀请。面对地方官员的不断邀请，他采取了云游四方的方式来回避。

他云游中，他也给侄子写信，简单说明情况。在《与三姪》中，他写道：

> 新正已移至华下。祠堂、书院之事，虽皆秦人为之，然吾亦须自买堡中书室一所。堡地甚贵，一间之地，价须六七金，又须买水田四五十亩，为饔飧之计。而山右行囊五百金寄戴枫仲者，为其子窃去，纳教谕之职。以此捉襟见肘，尚未有就。然秦人慕经学，重处士，持清议，实与他省不同。我在此，靖逆侯请至兰州而未往，川督周①请至西安而亦未往，华阴本邑令君（迟维城）亲来，我仅差

---

① 据钱实甫《清代职官年表》（中华书局 1980 年版），康熙十三年二月十二任四川总督，十八年二月十六日改云贵总督。

人叩头而已。此皆得之关中士大夫之指教。王、李赴京，复有刘（名泽溥，字太室。）、杨（名端本。）二绅为之地主。黄精松花，山中所产，沙苑蒺藜，止隔一水，终日服饵，便可不肉不茗。

然华阴绾毂关、河之口，虽足不出户，而能见天下之人，闻天下之事。一旦有警，入山守险，不过十里之遥；若志在四方，则一出关门，亦有建瓴之便。

今年三月乘道涂之无虞，及筋力之未倦，出崤、函，观伊、雒，历嵩、少，亦有一二好学之士闻风愿交，但中土饥荒，不能久留，遂旋车而西矣。彼中经营方始，固不能久留于外也。淮上之行，且胥后令。关中惟泾阳、三原两县人□为扬州人声气不同，故南货如纸笔之类，多不可得耳。聊作此字与三侄共观，亦可与徐氏三甥之书互看，语不重出也。寄二弟一诗并家报想已到，今有嵩山二作附书于左。[①]

这封信写出邀请他的清朝官员，出游关中的事。先写康熙十八年新年过后，在华阴忙于经营朱子祠堂，资产被友人儿子支取开销，"以此捉襟见肘，尚未有就"，忙得不可开交而又资金紧张，这种情况下出游，绝非是为了自然山水景观。两封信对读，可以明了此番出行，因为朱子祠堂"经营方始，固不能久留于外"，故而决计秋日回华阴，虽然上封信中提到行程未定。

在给李因笃的信中，他也写了自己的远行：

频阳之来，恃老弟为主人耳。老弟去，则自不能留，亦无为王留行者矣。况地处僻远，事事不便，今虽暂居华下，未为卜筑之计，且俟过江、淮，再与亲知筹之。晋事久愚，必须拔去其根，而后浩然东迈耳。秋以为期，晤言或可待也。令弟处尚少二十金，订在麦秋。愚已于三月十日出关，先向陕、洛矣。既足与小儿寓山老斋中，驾果归来，幸留书于此。如愚不即来，信使往还，便于传送也。[②]

---

① 顾炎武：《亭林文集》卷四《与三侄》，《顾亭林诗文集》本，华忱之点校，中华书局 1983 年版，第 87—88 页。

② 顾炎武：《蒋山佣残稿》卷三《与李子德》，《顾亭林诗文集》本，华忱之点校，中华书局 1983 年版，第 215 页。

　　王弘撰、李因笃赴博学鸿词科不在关中，也是一个因素。虽然王弘撰已经为他构筑新宅，可是王弘撰的长时期外出，甚至使他定居华下的决心产生了一丝游离。从他将既足及衍生留在王弘撰家，自己一人出关来看，这种思想上的波动不占上风，只是脑海偶尔闪过的一丝念头而已。事实上，王弘撰回归华阴后，他就再也没有与家人商计重新卜居的事宜。在给三侄的信中，提到了游嵩山的两首诗，是他向家人表明心迹的诗篇。顾炎武游嵩山时写作了三首诗，由于不知是顾炎武抄录了哪两首，故而全抄录如下，略做分析：

独抱遗弓望玉京，白头荒野泪沾缨。

霜姿尚似嵩山柏，旧日闻呼万岁声。（《三月十九日行次嵩山会善寺》）

峨峨五乳峰，奕奕少林寺。海内昔横流，立功自隋季。

夕构类宸居，天衣照金织。清楚切云霄，禅灯晃苍翠。

颇闻经律余，多亦谙武艺。疆场有艰虞，遣之扞王事。

今者何寂寥，阒矣成芜秽。坏壁出游峰，空庭雏荒雉。

答言新令严，括田任污吏，增科及寺庄，不同前朝赐。

山僧阙飧粥，住守无一二。百物有盛衰，回旋傥天意。

岂无材杰人，发愤起颓废。寄语惠场流，勉待秦王至。（《少林寺》）

位宅中央正，高疑上界邻。蓄波含颍汝，吐气接星辰。

二室云长拥，三呼响自臻。淳风传至德，孤隐秘灵真。

世敝将还古，人愁愿质神。石开重出启，岳降再生申。

老柏摇新翠，幽花苗晚春。岂知巢许窟，多有济时人。（《嵩山》）①

　　三月十九日为明思宗忌辰，诗歌前两句直抒胸臆，抒发了故国沦亡的感慨、对崇祯皇帝的思念、明朝的忠贞，后两句以嵩山松柏的形象作比喻，表明志气老而弥坚，"孤臣孽子之心处处可见"（王冀民《三月十九日行次嵩山会善寺》笺），流露出强烈的遗民情感。顾炎武曾抄录此诗与王弘撰、潘耒、陈锡嘏等人，《与陈介眉书》中说"同志者可共观之"，王蘧常说顾炎武传示

---

① 王冀民：《顾亭林诗笺释》卷五，中华书局 1998 年版，第 953—960 页。

此诗"盖人心浮竟之时，欲以起顽立懦也"①。

故国沦亡的哀痛在《少林寺》中也得到了体现。顾炎武用今昔对比的手法，赞颂了少林寺历史上帮助秦王李世民建立功业，明代为国立功的辉煌业绩，描绘了少林寺壮丽恢弘的景象，揭示了清朝统治下少林寺荒凉凋敝。昔日是"夕构类宸居，天衣照金织。清梵切云霄，禅灯晃苍翠"，今天是"今者何寂寥，阒矣成芜秽。坏壁出游峰，空庭雏荒雉"，对比鲜明，揭露了清统治者对中原文化的破坏，抒发了自己强烈的悲愤和民族主义情感。最后两句，"寄语惠场流，勉待秦王至"，用少林寺僧人帮助秦王攻打王世充典故，表明诗人期盼清朝政治失序的期盼，鼓励僧人忍耐以待时机。王冀民说最后两句"暗示真天子将出，少林寺僧将再次立功"②，赵俪生说："此处所用典，乃隋末王世充盘踞时期少林寺僧响应李世民，助之战败王世充的故事。在此，顾炎武几乎是露骨地煽动寺僧等候反清力量的兴起。在此三藩变乱刚刚结束，诗的作者似在期待着另一次的变乱。"③ 其实，三藩之乱尚未结束，康熙二十年（1681），清军分路攻入云南，年底破昆明，吴世璠自杀，持续8年之久的三藩之乱方告结束。顾炎武虽然明知道清朝的江山已经较为稳固，恢复明室已无指望，但是心里依旧有一种期盼。

《嵩山》一诗，歌咏嵩山自古以来就是隐士居住之地，如巢父、伯益、许由，诗人指出隐士中不乏济世安民者，事实上表明自己虽然归隐，但是并非与世隔绝，而是关心华夏文明的复兴。

总体来看，这三首诗歌，表明顾炎武以遗民自居，不与清朝合作，甚至期盼着清朝社会发生变乱。他虽然决定隐逸华山，但绝非不食人间烟火的隐士，而是不忘"济时"，以文化振兴为己任。

---

① 王蘧常：《顾亭林诗集汇注》卷六《三月十九日行次嵩山会善寺》题注，上海古籍出版社1983年版，第1211页。

② 王冀民：《顾亭林诗笺释》卷五《三月十九日行次嵩山会善寺》笺，中华书局1998年版，第958页。

③ 赵俪生：《赵俪生史学论著自选集》九《清初明遗民奔走活动事迹考略》，山东大学出版社1996年版，第337页。

四、摆脱《明史》馆征辟

顾炎武康熙十八年三月十日离开关中，是他在清朝诏举博学鸿词科加紧网罗遗民和士人的历史大背景下，躲避张勇相邀的无奈之举。三月一日，博学鸿词科考试，二十九日揭晓，李因笃以一等第七名中式，潘耒以二等第二被录用，五月十七日录用人员授予翰林，李因笃、潘耒授官检讨[①]。据毛奇龄《制科杂录》，在发榜之前的三月二十二日，恰巧为该年会试阅卷时间，上谕殿试阅卷官，让博学鸿词科上上卷、上卷入《明史》馆修史；又据陈僖记载，"四月一日，宣旨留用者编修明史，其余回籍"[②]。四月二十一日，录取人员赴《明史》馆[③]。秋日，李因笃得旨回乡。这期间（《明史》馆开局至李因笃返乡），发生了又一件在顾炎武晚年生活中产生震荡的大事，其影响的程度，甚至超过了博学鸿词科的考试征辟。

顾炎武在漫游途中，给已经授官翰林学士的潘耒写了一封信，谈及《明史》馆征辟情况。在《答潘次耕》中，顾炎武说：

> 来书北山南史一联，语简情至，读而悲之。既已不可谏矣，处此之时，惟退惟拙，可以免患。吾行年已迈，阅世颇深，谨以此二字为赠。子德书来云："顷闻将特聘先生，外有两人。"此语未审虚实？吾弟可为诇之，速寄字来。
>
> 关中人述周总督之言曰："天生自欲赴召可耳，何又力劝中孚，至诇之以利害，而强之同出，殆是蘧伯玉耻独为君子之意。"《易》曰："君子之道，或出或处，二人同心，其利断金。"彼前与我书，有勿遽割席之语，若然，正当多方调护，使得遂其鱼鸟之性耳，岂可逆虑我之有言，而迫以降志辱身哉！况鄙人情事与他人不同。先妣以三吴奇节，蒙恩旌表，一闻国难，不食而终，临没丁宁，有无

---

① 马齐、朱轼：《清圣祖仁皇帝实录》，载《清实录》第 4 册，中华书局 1985 年影印本，第 1034 页。

② 陈僖：《燕山草堂集》卷二《送王山史归华阴序》，康熙刻本。

③ 毛奇龄：《制科杂录》，载毛奇龄《西河合集》，康熙五十九年（1720）书留草堂刻本。

仕异朝之训。

　　辛亥之夏，孝感特柬相招，欲吾佐之修史，我答以果有此命，非死则逃。原一在坐与闻，都人士亦颇有传之者。耿耿此心，终始不变！幸以此语白之知交。至于"当归"① 一诗，已焚稿矣。

　　五月望黎城一札想到，是月之末，遂至西河。不意司马刘君到任甫一月，而已闭门乞休，可谓达者。其子进士君子端执弟子之礼，迎我入署，或当少留，以听消息。吾弟有书但付提塘，封入汾府报内，并示现寓何所，以便直达。原一兄弟何时入京？亦可及之。

　　前字中劝我无入都门及定卜华下，甚感此意。回环中腑，何日忘之！彼地有旧临淄杨君（衍生注：名端本，字树滋，号函东。华阴人。）与我新交，似在李、王之上。但衍生质钝，未知能读书否？以此尚未结婚。既足亦欲执经北面，吾以西席在先，须俟行时方受此礼。今欲留之关内，而身一为淮上之行，以竣五书之刻。然资斧缺乏，未卜早晚，统俟嗣音悉之。②

　　这封信写于顾炎武出关躲避张勇漫游途中，写作时间可以依据行程而确定。五月十五日在山西黎城，给潘耒一封信，月末至西河。这封信写于在西河期间，应该是五月底六月初，入主刘子端家。写信的一个缘起是因为顾炎武收到李因笃的来信，说《明史》馆准备征辟包括顾炎武在内一共三人参与修史。顾炎武立即写信，亮明态度，采取措施规避此事。信中他告诉潘耒，一定要查明情况，速速写信告诉自己。从关中传来的消息看，李因笃曾写信劝说李颙参与修史，他感到万分愤慨，认为这是拉人下水，为自己垫背。因而看到李因笃来信，他立马产生了警觉，疑心李因笃也要拉自己入《明史》馆。他说，作为好友"正当多方调护，使得遂其鱼鸟之性耳，岂可逆虑我之

_____

　　① "当归"一诗，没有保留下来。王弘撰《寄亭林先生》："衰晚幽栖十载余，行藏到此岂堪疏。故人自寄当归草，何处能容却聘书。"（沈岱瞻《亭林先生同志赠言》，顾炎武《顾炎武全集》附录，华东师范大学古籍研究所整理，上海古籍出版社2011年版，第249页）"当归草"即此诗。据此，"当归"一诗是顾炎武康熙十七年九月之后寄给在京应征同道和潘耒的诗，意在劝归。得知潘耒授官翰林，顾炎武焚烧诗稿，可见愤怒和失望之情。

　　② 顾炎武：《亭林文集》卷四《答潘次耕》，《顾亭林诗文集》，华忱之点校，中华书局1983年版，第77—78页。

有言，而迫以降志辱身哉"，即多方呵护，使自己免于被征辟，怎么会因为害怕顾炎武劝阻而主动出击，预先施展手段使当局征辟呢？他接着列举了自己不能应征的原因：第一，母亲受到明朝旌表，国难中绝食而亡，临终告诫其"无仕异朝"，不能在清朝为官。第二，早在康熙十年，熊赐履就想让顾炎武辅助修史，他以死相拒绝。如今，依旧坚持不修史。顾炎武让潘耒将辞去熊赐履邀请的事陈述给京城知己，让他们明白自己心迹，全其志节。他打探徐乾学是否进京，让潘耒告诉他拒绝征辟的态度与决心。似乎在《明史》馆征辟之事兴起前，潘耒即已经有所预感，迅即写信告诫恩师"无入都门及定卜华下"，他深有同感说："回环中腑，何日忘之！"

李因笃欲使当局征辟顾炎武的做法，令他极度失望，气愤之中，他竟然说新交的朋友杨端本①，与他的交情也在李因笃、王弘撰之上。在这种内心的激荡中，他忽然又想改变秋日回华阴的计划，临时兴起"一为淮上之行，以竣五书之刻"的念头。在刘子端处临时起了"或当少留，以听消息"念头。顿起的对挚友的评价、临时决定去淮上刻书、不确定的暂时停留与计划的突变，显示出《明史》馆征辟对顾炎武的巨大冲击。

愤怒中的顾炎武立即给李因笃写信，他在《答子德书》中毫不客气地指责李因笃：

> 接读来诗，弥增愧侧，名言在兹，不害口出，古人有之。然使足下蒙朋党之讥，而老夫受虚名之祸，未必不由于此也。韩伯休不欲女子知名，足下乃欲播吾名于今日之士大夫，其去昔贤之见，何其远乎？"人相忘于道术，鱼相忘于江湖"，若每作一诗，辄相褒诵，是昔人标榜之习，而大雅君子所弗为也。愿老弟自今以往，不复挂朽人于笔舌之间，则所以全之者大矣。
>
> 先妣当年大节，照耀三吴，读行状之文，有为之下泣者，老弟亦已见之矣。他人可出而不孝必不可出，老弟其未之思耶？

---

① 杨端本（1628—1694），字树滋，号函东，室名潼水阁。陕西潼关人。顺治十二年进士。官临淄知县。能诗文。《晚晴簃诗汇·诗话》评曰："函东生明季，值岁饥兵乱，诗多忧时愍祸之言。其音促数，其辞质直，所谓乱世之音。入国朝登第入官，诗亦渐归和雅。"著有《潼水阁文集》八卷、《补遗》一卷。

昔年对孝感之言，老弟尝述以告关中之人矣，平生之言，岂今日而忘之邪？若果有此举，老弟宜力为我设沮止之策，并驰书见示，勿使一时仓卒，而计出于无聊也。

至于敝乡之人有微词不可者，此如张南溟之于马右实，乃莫大之恩人，而老弟又断断与之争，岂非又一右实邪？

关中人述周制府（衍生注：字彝初）之言曰："天生自欲赴召可尔，何又力劝中孚，至诔之以利害，殆是蘧伯玉耻独为君子之意。"窃谓足下身蹑青云，当为保全故交之计，而必援之使同乎己，非败其晚节，则必夭其天年矣。易曰："君子之道，或出或处，二人同心，其利断金。"吾于老弟乎望之！①

言辞激烈，近乎指责，从措辞语气来看，当是收到李因笃"逆虑我之有言，而迫以降志辱身"之信。由于缺乏文献资料，不知道李因笃信中的诗作，故而开头谈论李因笃诗作内涵不知，但是四字一顿，语气急促，气氛紧张。从下文分析似乎该诗有颂扬顾炎武某首诗作的内容，当是与李因笃在京师颂扬顾炎武有关。顾炎武指出，这种做法，一是给人以朋党的感觉，对李因笃不利，二是可能殃及自己，在当下的语境中，就是指被清政府笼络，欲招揽入《明史》馆。据皇甫谧《高士传》载："韩康字伯休，一名恬休，京兆霸陵人。常采药名山卖于长安市，口不二价三十余年。时有女子从康买药，康守价不移。女子怒曰：'公是韩伯休那，乃不二价乎？'康叹曰：'我本欲避名，今小女子皆知有我，何用药为？'乃遁入霸陵山中。"② 顾炎武用来说自己本来是逃避清朝网络，却遭遇到李因笃的揄扬，指责李因笃与古代圣贤相差甚远。顾炎武指出写诗便称颂是文人标榜的恶习，大雅君子所不齿，他甚至对至交说，"愿老弟自今以往，不复挂朽人于笔舌之间"，似乎有点断交的意味，其目的是为了保全遗民身份，躲避史馆征辟，即"所以全之者大矣"。

顾炎武拒绝向清朝屈服的一个重要因素，源自母亲。顾炎武说，因为母亲的因素，他人可以为宦而自己绝对不可以。信中提及张鹏（张鹏，字抟万，

---

① 顾炎武：《亭林文集》卷四《与李子德》，载《顾亭林诗文集》，华忱之点校，中华书局 1983年版，第 75—76 页。

② 皇甫谧：《高士传》，上海古籍出版社 2014 年版，第 245 页。

清初丹徒人，顺治进士，吏部左侍郎）、马右实的"微词"，似乎是二人评论顾炎武的缺点，顾炎武却说是自己"莫大之恩人"，反对李因笃为自己做辩护。其出发点即在于免于被征辟。

信中指责李因笃欲引荐李颙的事，指出李因笃为官之后应该保全故交，否则"非败其晚节，则必夭其天年"，顾炎武反复强调，李因笃应阻止《明史》馆的对他的征辟。

这封信，正如论者所说，一方面从中可以看出顾炎武焦虑万分的心情，另一方面也反映了顾炎武的坚定信念①。

在期盼外甥徐乾学迅速进京的同时，他又向《明史》总裁叶方蔼写信，陈述自己不能应征的情况。《与叶讱庵书》中，顾炎武说：

> 去冬韩元少书来，言曾欲与执事荐及鄙人，已而中止。顷闻史局中复有物色及之者。无论昏耄之资，不能黾勉从事，而执事同里人也，一生怀抱，敢不直陈之左右。先妣未嫁过门，养姑抱嗣，为吴中第一奇节，蒙朝廷旌表。国亡绝粒，以女子而蹈首阳之烈。临终遗命，有"无仕异代"之言，载于志状，故人人可出而炎武必不可出矣。《记》曰："将贻父母令名，必果；将贻父母羞辱，必不果。"七十老翁何所求？正欠一死！若必相逼，则以身殉之矣！一死而先妣之大节愈彰于天下，使不类之子得附以成名，此亦人生难得之遭逢也。伏待台命。临书哽切，同馆同乡诸公并乞示之。②

顾炎武开宗明义，直接点明这封信意图：免于征辟。其实，在康熙十七年清廷诏举博学鸿词科之后，叶方蔼就打算与韩菼联名举荐顾炎武，顾炎武的意图以及徐乾学的努力，其间的复杂情况涉及人情世故多方因素，顾炎武虽然只是轻描淡写地说了一句"已而中止"，但蕴含的丰富内容叶方蔼心知肚明。故而顾炎武就针对《明史》馆欲征辟自己，再次强调宁死不屈的坚强意志，期盼叶方蔼玉成。他说自己不在清朝为官是谨遵母命，否则的话讲给母亲带来羞辱，

---

① 顾炎武：《顾炎武文选》，张兵选注，苏州大学出版社2001年版，第263页。

② 顾炎武：《亭林文集》卷三，载《顾亭林诗文集》，华忱之点校，中华书局1983年版，第53页。

故而对征辟宁死不从。鉴于自己的身份，以及自己的动机，这里他自然不能提及自己的民族仇恨与其他方面强烈的遗民意识。母亲受明朝旌表，在吴中士林人所共知。他以此为借口，表示宁死不屈，已经足以让人动容。"同馆同乡诸公并乞示之"是请求叶方蔼告诉馆中同乡，帮助他阻止征辟。

在等待徐乾学解决问题之前，顾炎武打算以死抗拒，绝不仕清；可是经人相劝，他想到了躲避起来的策略。在《与苏易公》一信中，他写道：

> 接教以来，忽已半载，想道履弥胜。比者人情浮竞，鲜能自坚，不但同志中人多赴金门之召，而敝门人亦遂不能守其初志。惟李中孚、应嗣寅、魏冰叔与彪翁，可为今日之四皓矣。即青主中书一授，反觉多此一番辛苦也。都下书来，言史局方开，有议物色及弟者，弟述先妣遗命，以死拒之。或谓弟东西南北之人，不在元籍已久，自有介推、颜阖故事，何必求死？
>
> 今者西河司马之公子执门人礼事弟，迎入署中，而司马已具文乞休。意欲来扬邑，恳台台谋之彪翁，寻乡村寺院，潜踪一两月，裹粮而至，不费主人，待舍甥入都，必有调停之法。彪翁既同雅操，必不见拒，又喜素非识面，亦未尝信宿扬城，都人士之所不料也。便人寄此，并候起居。报音乞付汾曲东关中书王宅。如荐剡得寝，弟便于七夕后回华山，一宿而行可也。率尔手疏，不必向外人言之，并祝。①

从文中"西河司马之公子执门人礼事弟，迎入署中"可知，这封信写于居住在刘子端家，已经写完给潘耒、李因笃、叶方蔼前引三封信，等候京城消息，等候徐乾学入都。焦虑中他对刘子端的尊敬产生警觉，怕引起人们注意。从"述先妣遗命，以死拒之"来看，最初顾炎武原来是打算以死抵抗，但是有人说他"东西南北之人，不在元籍已久，自有介推、颜阖故事，何必求死"，即顾炎武多年飘荡在外，不在原籍，历史上介子推、颜阖都是隐逸的前例。于是，顾炎武想起了"逃"，写信给苏易公，让他与范镐彪生办法，

---

① 顾炎武：《蒋山佣残稿》卷三，载《顾亭林诗文集》，华忱之点校，中华书局 1983 年版，第 206—207 页。

"寻乡村寺院，潜踪一两月，裹粮而至"，隐蔽起来①，他将希望寄托在外甥徐乾学身上，急切希望徐乾学早日入京。

信中流露出对博学鸿词科之后士林变化的不满："人情浮竞，鲜能自坚，不但同志中人多赴金门之召，而敝门人亦遂不能守其初志。"同道中多有变节者，尤其是学生潘耒的变节，使他深受打击。

为了摆脱《明史》馆征辟，顾炎武竟然施展"诈术"，他给潘耒写信说：

> 吾之行止，悉如前札所言。今已尽取安德书装西入壶口。吾弟见人不妨说吾将至都下，盖此时情事，不得不以逆旅为家，而燕中亦逆旅之一，非有所干也。若块处关中，必为当局所招致而受其笼络，又岂能全其志哉！今在晋中固为□然□书思之，反是一途耳。②

顾炎武的行踪与定居关中的想法，潘耒早已知晓。可是他却让学生潘耒说将要赴京城，生怕自己居住关中为官员所知，"必为当局所招致而受其笼络"，这也表明他尚未从京城得到免于征辟的消息。他深知目前摆脱境遇只有四处漂泊，"不得不以逆旅为家"。然而声东击西、前往都城的谎言，并尽力让谎言尽可能扩大范围，真是匪夷所思。

这期间，《明史》馆已经上书推荐七人，五人愿意入史馆修史，二人拒绝。友人劝顾炎武先任凭人举荐，推荐了不出山，名气不就更大了吗？顾炎武《与人书》中写道：

> 造府多扰，谢谢。顷史局已疏荐七人，其欲出者五人，不出而姑为此一荐者二人。前者东方友人书来，谓弟盍亦听人一荐，荐而不出，其名愈高。嗟乎！此所谓钓名者也。今夫妇人之失所天也，从一而终，之死靡慝，其心岂欲见知于人哉？然而义栢之里，称于

---

① 罗正钧《船山师友记·顾处士炎武》引《南疆绎史》载："丁巳，六谒思陵，始卜居陕之华阴。时有巨公方任史事，以书来招，答曰：'愿以一死自谢，最下则逃之方外。'戊午鸿词科诏下，诸巨公争欲致之，以死辞，得免。"说顾炎武逃避史局征辟是给"巨公"（应为叶方蔼）写信，以死或"逃"相拒绝。这个说法应当由《与苏易公》演绎而来，因为此时友人劝顾炎武还有一条"逃"的选择；而且将史馆开局、诏举博学鸿词科时间弄颠倒了。转引自顾炎武《顾炎武全集》附录，华东师范大学古籍研究所整理，上海古籍出版社2011年版，第307页。
② 顾炎武：《亭林文集》卷四《与潘次耕》，《顾亭林诗文集》，华忱之点校，中华书局1983年版，第78—79页。

国人，怀清之台，表于天子，何为其莫之知也？若曰：必待人之强
委禽焉而力拒之，然后可以明节，则吾未之闻矣。念知己中唯先生
可与言此，聊布区区。①

从友人劝他"盍亦听人一荐，荐而不出，其名愈高"来看，顾炎武的一
切措施是阻止列入举荐名单，友人之所以如此劝他，是因为历史上有前例。
顾炎武竭力反对，认为这是沽名钓誉之举。他的目标和去岁博学鸿词科征辟
一样，不被征辟，不列入疏荐名单。

顾炎武的多方筹划，各种手段的使用，达到了预期目的。随即他给好友
王弘撰写信，在《与王山史》中，顾炎武说：

> 弟今年涉伊阙，出辕辕，登嵩山，历大騩，将有淮上之行，而
> 资斧告匮，复抵西河暂憩，未获昕夕一堂，奉教左右，良为怃然！
>
> 前寄次耕诗，有关中二臣语，及三月十九日嵩山绝句，度已呈
> 览。项子德有札来云："闻将特聘先生，外有两人。"弟遂作一书与
> 叶讱庵，托为沮止。今则纂修之事，属之舍甥，似可免于物色。其
> 书仍付既足录上，与关中同志观之。
>
> 既足英年好学，今在尊府，朝夕得领训诲，弟尝惓惓以究心经
> 术、亲近老成为嘱。小儿衍生虽极鲁钝，尚未有南方骄慢习气，幸
> 待之以严，勿作外人视也。弟在此待祁县之物，西来之期，未卜早
> 晚。六令弟并仲和不及另柬，统此不悉。②

从信中提及修史事情"属之舍甥，似可免于物色"来看，顾炎武已经心中
有数，因为外甥的出现，自己会免于征辟，信中也提到自己已经给叶方蔼写信，
"托为沮止"。此时他不再是等待京城消息，而是"在此待祁县之物"。他又一次
提及自己游嵩山所做诗篇，他希望关中同道阅览，知道他坚持遗民的决心。

李因笃即刻回信，陈述自己京城情况，顾炎武回信道：

① 顾炎武：《亭林文集》卷四《与友人书》，《顾亭林诗文集》，华忱之点校，中华书局1983年
版，第98页。
② 顾炎武：《蒋山佣残稿》卷二《与王山史》，《顾亭林诗文集》，华忱之点校，中华书局1983年
版，第197—198页。

戴凤回，接二札，甚慰。愚所寄曲周书尚未到，可遣人索之王中翰名郧字文益处。老弟虽上令伯之章，以吾度之，未必见听。昔朱子谓陆放翁能太高，迹太近，恐为有力者所牵挽，不得全其志节，正老弟今日之谓矣。但与时消息，自今以往，别有机权；公事之余，尤望学《易》。

吾弟行年四十九矣，何必待之明岁哉？更希余光下被，俾莫年迂叟得自遂于天空海阔之间，尤为知己之爱。梨州、晚村，一代豪杰之胤，朽人不敢比也。

自洺上至壶口，适别驾李君家有人北上，附此申候。既足与小儿衍生托允塞兄（衍生注：名弘辉，王山史弟。）照管，今山史已归，可无西顾之虑。目下将往汾阳，借王中翰郊园度暑，距祁不里，便于遣人往来。所论再入都门，因荐局未冷，稍欲自重。必不得已，乃为此行，亦须借一名色，容俟续报。

次耕叨陪同事，愿加提挈。昨有札来问吾史事，语以昏耄善忘，一切不记。同榜之中相识几半，其知契者，愚山（衍生注：施闰章）、荆岘（汤斌）、钝庵（汪琬）、竹垞（朱彝尊）、志伊（吴任臣）、阮怀（高咏）、荪友（严纯荪）。以目病不能多作字，旅次又无人代笔，祈为道念。①

从行程上看，顾炎武已经进入山西，将要去汾阳。从顾炎武对李因笃的满意语气里可以推断，李因笃已经不再在人前赞扬顾炎武，似乎不再有推荐其入史馆的念头，顾炎武也不再忧虑《明史》馆征辟的事情。因而话题转到李因笃的告辞还乡。李因笃虽然上了陈情表，但是顾炎武断定李因笃这次上书辞官未必会得到允许。历史上朱熹曾经说陆游名气太大，难保晚节，这里他委婉地批评李因笃没有坚守遗民气节，晚节不保，不过，对友人经历的复杂环境，顾炎武报以深切的同情，竟然谈论起做官的注意事项："与时消息，自今以往，别有机权；公事之余，尤望学《易》。"并且让李因笃在官场照顾

---

① 顾炎武：《亭林文集》卷四《答李子德》，载《顾亭林诗文集》，华忱之点校，中华书局1983年版，第74—75页。

学生潘未。书信中提及被录取为翰林的友人，也许是为了缓和一下自己的严厉措辞。

的确，这封信的内容极其矛盾，显示出顾炎武的内心复杂与无奈：一方面，自己坚持不与清朝合作，拒绝李因笃邀请前往京城的请求，以行踪不定来拒绝《明史》馆的征辟，同时告诫李因笃不要再在他人面前提及自己，"希余光下被，俾莫年迁叟得自遂于天空海阔之间，尤为知己之爱"，竭力保全遗民身份。另一方面，他却又不得不接受挚友与弟子在清朝从政的现实，不得不表示宽容和支持。从连接二札来看，近期李因笃与顾炎武书信往来频繁。书信中李因笃提出让顾炎武入都，显示出李因笃的困惑与游移不定，一方面想辞官不做，另一方面，则似乎没有立即返回故里的倾向。接到顾炎武这封信不久，李因笃继续连连上书请求还乡，先后上书三十七次，最后在冒着违制的罪名，午门外跪三日，最终康熙十八年秋日得旨返乡。

顾炎武本打算秋日回华阴，可是遭遇盗贼，迟迟到十一月才回到华阴。在《与陈介眉》中写道：

　　弟今年得一诣嵩山少室，天下五岳已游其四，遂至河东，岁莫始还华下。天生西来，知地震之前，台庄已归四明，弟有一书并《诗本音》一部留力臣处，想未彻览也。旋接惠札，如承謦欬。当此世道横流之日，不有一二君子，何以挽颓风而存绝学？所示万君《学礼质疑》二卷，疏壅释滞，诚近代所未见，读之神往，知浙东有人。然其一卷所论如秦时夏正飙不韦始，未敢遽信；至二卷宗法、昭穆诸论，真足羽翼经传，垂之千古，已录入《五经绪论》中。更有续刻暨贵地学者近著，愿悉以赐教。比因修史之举，挈下诸公复有欲相荐引者，不知他人可出，而弟必不可出也。先姚王氏未嫁守节，（云云至"涕之沾襟也"，与馆中诸公书同。）今秋始得拮据百金，付侄洪慎建一石坊于冢前，曰：旌表某人妻某氏之墓。而适当史局将开，则列女之传似宜甄录，用是具书于词林相知者数君，而驺从已行，此书又未达也。年近七旬，旦莫入地，先慈遗训，依然在耳。誓墓之情，知己可以谅之矣。黄先生弟前年曾通一书，未知得达否？承示庭诰叶安人志铭，诵之既深景仰，复重感伤，此心此理，臣子所共。今附关中、嵩下诗，同志者可共观之。并讯贞一兄近况。①

这封信写于岁末，恰好把顾炎武一年的遭遇的大事一一回顾，出关行踪、《明史》馆征辟、自己对征辟的态度、与李因笃的返乡、为母亲立碑、请求史馆为其立传等。还谈论了自己拯救文化的信念，"当此世道横流之日，不有一二君子，何以挽颓风而存绝学"，目所处社会为沧海横流世风颓败，有一种使命感。对清朝的妥协与文化自救信念的坚守，如同该信中所列举的，一方面力辞《明史》馆征辟，一方面恳请史馆诸公为母亲立传，如此不可思议地交织在一起，警示后世研究者问题的复杂性，绝非片面而静止地视角能烛照历史真相。

第三节 顾炎武遗民思想的变化

康熙十七年博学鸿词科诏书的颁布、十八年的科考、《明史》馆的开局，打破了顾炎武宁静的生活，对顾炎武产生了深远的影响。虽然他成功地摆脱了博学鸿词科和《明史》馆征辟，坚守不仕清朝的遗民底线，但是面临严峻的社会现实，同道的出仕，尤其是学生潘耒的为宦，挚友李因笃的变化，内心产生了一股凄凉与无奈，在思想观念上最终表现出对清朝一定程度的认可。变化出现的标志是顾炎武康熙十八年出游途中，赴汾阳路上写给李因笃的信。信中，他除了交代友人李因笃如何为宦外，竟然嘱托他提掖潘耒。此时，他内心因极其矛盾而呈现混乱状态，体现在潘耒"昨有札来问吾史事，语以昏耄善忘，一切不记"，也体现在嘱托李因笃向"同榜之中相识几半，其知契者"施闰章、汤斌、朱彝尊、汪琬等人问候②。

这种对清朝态度的变化也体现在愿意为《明史》馆提供修史咨询与请求

①　顾炎武：《蒋山佣残稿》卷三《与陈介眉》，《顾亭林诗文集》，华忱之点校，中华书局1983年版，第211页。

②　顾炎武：《亭林文集》卷四《答李子德》，《顾亭林诗文集》，华忱之点校，中华书局1983年版，第74—75页。

《明史》馆翰林在《明史》里为母亲立传。他给汤斌写信，《复汤荆岘书》载：

> 子德西归，拜读手札。复有一牍具陈先姚节烈，及前朝旌表之概，求入史传，当已彻台览矣。承问史事，弟年老遗忘，不敢臆对。但自万历以来，是非之涂，樊然殽乱，姑以目所尝见之书，其刻本则如《辛亥京察记事》《辽事实录》（王公在晋），《清流摘镜》（王岳），《傃庵野抄》《同时尚论录》（二书并蔡某，忘其名），《悫书》（蒋公德璟），《恸余杂记》，抄本则如《酌中志》（刘若愚，即汪钝庵集中所谓远志之苗），《幸存录》（夏君允彝）、《恸余杂记》（史君惇）之类皆不可阙，而遽数之不能终也。搜罗之博，裁断之精，是在大君子而已。弟近二十年精力并用之音韵之学，今已刻之淮上，惟待自往与张君力臣面加订改。今年至睢，值淮西饥荒，又乏资斧，不果前行，明春当再裹粮东去。适马氏暂有所约，或于贵地暂有旬月之留，先此附闻。并有马宅一字，烦为寄往。率尔布候，不尽瞻驰。①

这封信写于康熙十八年七月，李因笃辞官返乡，二人相遇于汾阳天宁寺②。据"子德西归，拜读手札"，应该是汤斌让李因笃带回，在天宁寺交给顾炎武。此时，对汤斌问询修《明史》一事，他不再是"昏耄善忘，一切不记"，而是详细解答，提出注意事项。在写这封信之前，他就给史馆写信，请求将亡母列入《明史》。该信应为《与史馆诸君书》：

> 视草北门，紬书东观，一代文献，属之巨公，幸甚幸甚。列女之传，旧史不遗，伏念先姚王氏未嫁守节，断指疗姑，立后训子，及家世名讳并载张元长先生传中。崇祯九年巡按御史王公（一鹗）具题，奉旨旌表。乙酉之夏，先姚时年六十，避兵于尝熟县之语濂泾。谓不孝曰："我虽妇人，身受国恩，义不可辱。"及闻两京皆破，

① 顾炎武：《亭林文集》卷三《复汤荆岘书》，载《顾亭林诗文集》，华忱之点校，中华书局1983年版，第52页。
② 顾炎武《子德自燕中西归，省我于汾州天宁寺》诗有"秋到雁行初"句，见王冀民《顾亭林诗笺释》卷五，中华书局1998年版，第974页。

绝粒不食，以七月三十日卒于寓室之内寝。遗命炎武读书隐居，无
仕二姓。迄今三十五年，每一念及，不知涕之沾襟也。当日间关戎
马，越大祥之后，乃得合葬于先考文学之兆。今将树一石坊于墓上，
藉旌门之典，为表墓之荣。而适当修史之时，又得诸公以卓识宏才
膺笔削之任，共姬之葬，特志于《春秋》，漆室之言，独传于中垒，
不无望于阐幽之笔也。炎武年近七旬，旦暮入地，自度无可以扬名
显亲，敢沥陈哀恳，冀采数语存之简编，则没世之荣施，即千载之
风教矣。①

开篇赞颂修史翰林事务"视草北门，紬书东观"，修《明史》的荣誉与责
任为"一代文献，属之巨公"。接着便叙述亡母生平大概，求列入史传：断指
疗姑、立后训子在明朝受到表彰，以及明清动荡之际绝食而死得壮烈，按照
史传惯例，应该列入《列女传》。

促使顾炎武秋日请求史馆为母亲立传的一个原因是，自己年过七旬，对
亡母的感情日益加深，"今将树一石坊于墓上，藉旌门之典，为表墓之荣"。
不久前，他得百金，让侄子洪慎为亡母立碑建坊、祠堂②。其实，在康熙十七
年春，他就给潘耒写信，表达了立碑旌表先妣的想法。年龄的问题加之偶然
得病，引发为先妣立碑旌表的事情，"近来实病，似亦不能久于人世，所萦念
者，先妣大节未曾建坊"。不过，去年他是将母亲事迹"存此一段于集中，以
待河清之日，自有人为之表章"③；虽然已经将母亲事迹写成文字，但是只是
期待着未来清朝灭亡后有人来表彰，丝毫没有想到通过清朝当局来旌表。如
此看来，请求《明史》馆为母亲列入《列女传》说明，不过一年间，在顾炎
武的脑海里，发生了多少波澜起伏。

研究者以顾炎武辅助修《明史》作为他对清朝敌对情绪松懈的一个体现，
无疑是正确的，然而却忽视了一个问题，即如何分析顾炎武早就参与过清朝

① 顾炎武：《亭林文集》卷三《与史馆诸君书》，载《顾亭林诗文集》，华忱之点校，中华书局
1983 年版，第 53—54 页。
② 周可真：《顾炎武年谱》，苏州大学出版社 1998 年版，第 513 页。
③ 顾炎武：《亭林余集》之《与潘次耕札》，《顾亭林诗文集》本，华忱之点校，中华书局 1983
年版，第 168—169 页。

修史。据周可真《顾炎武年谱》统计，顺治十六年（1659），顾炎武于山东邹平参与修订《邹平县志》；康熙十二年（1673），顾炎武在山东德州参与修订《德州志》；八月，顾炎武在山东济南参与修订《山东通志》。王士禛对《山东通志》的质量极其不满意。在《居易录》卷二十六中说："《山东通志》修于癸丑。当时既视为具文，秉笔者又卤莽灭裂，不谙掌故。如'人物'一门，竟将曹县李襄敏秉、单县秦襄毅纮、沂州王恭简景三钜公姓名、事实，削去不存一字，其余可概见矣。时方伯施泰瞻天裔主其事，聘吴郡顾炎武在局，而不一是正，可惜也。今方修《一通志》，似当以旧通志为蓝本。"① 其实，这是因为王士禛不明白顾炎武为何参与修地方志的原因。在给颜光敏的信《与颜修来手札》中，顾炎武说：

> 弟今年寓迹半在历下，半在章丘。而修志之局，郡邑之书颇备，弟得藉以自成其《山东肇域记》。若贵省之志，山川古迹稍为刊改，其余概未经目，虽抱素餐之讥，幸无芸人之病。然以视令叔先生，则真鲁之两生不敢望后尘矣。汶阳归我，治之四年，始得皆为良田。今将觅主售之，然后束书西行，为入山读书之计。所刻座右语一通并《音学五书》面叶呈教。近日又成《日知录》八卷，韦布之士，仅能立言，惟达而在上者为之推广其教，于人心世道，不无小补也。②

信中提及自己修志的原因，只是因为通志局藏书甚多，便于自己阅览与著述。山东省志"山川古迹稍为刊改，其余概未经目"，其实是不太负责任的。期间，他在济南通志局完成《山东肇域记》，一心扑在《日知录》《音学五书》撰写中。对这种现象，研究者感到不可思议③，有人试图将它解释为，或迫于当局者之意图或修志之人良莠不齐亦或是其他因素，顾炎武仅对通志

---

① 王士禛：《居易录》卷二十六，王士禛《王士禛全集》，袁世硕主编，齐鲁书社 2007 年版，第 4190 页。

② 顾炎武：《亭林佚文辑补·与颜修来手札》，顾炎武《顾亭林诗文集》，华忱之点校，中华书局 1983 年版，第 230 页。

③ 张维华：《顾炎武在山东的学术活动及其与李焕章辩论山东古地理问题的一桩学术公案》，《山东大学学报》1962 年第 4 期。

中山川古迹方面进行过修订。出于现实的无奈，顾炎武未能尽心完成修志工作；顾炎武在山东三次参与修志事宜，然多是校订、刊改的细微工作①。这种解释显然流于表象。其实，顾炎武参与修史与王弘撰参与修《陕西通志》有类似的地方。王弘撰修史，基于自己遗民心理，具有敷衍的成分，说："此书繁芜，实无足观。"② 敷衍修方志在清初遗民修志中比较普遍。具体到顾炎武，"抱素餐之讥"，一方面是因为遗民的内心深处的自发抵触，另一方面利用书局书完成自己文化拯救事业。修志与自己著述，孰轻孰重，在给颜光敏的信中交代得很清楚。对是否参与修史，不是断定遗民对清朝认同的依据。

可是到了康熙十八年秋，六七月份，顾炎武则发生了变化，认真对待修史，给史馆编纂者提建议，并请求将母亲列入《列女传》。从这个意义上才能说，顾炎武参与修史（提建议、提供咨询）是其思想情感上对清朝态度变化的一个重要体现。据光绪《昆新两县续修合志》卷二十六《人物》记载："明年开《明史》馆，时炎武甥徐元文为监修官，发凡起例、引据累朝事实，出炎武酌定者为多。当时馆阁名儒既海内士大夫语及真实学问，无不敛衽称亭林先生。"③ 写出顾炎武对《明史》编纂人员关系、对修史的体例以及细节方面的支持与重要意义。

顾炎武在给外甥徐元义的信《答徐甥公肃书》中写道：

> 幼时侍先祖，自十三四岁读完《资治通鉴》后，即示之以邸报，泰昌以来颇窥崖略。然忧患之余，重以老耄，不谈此事已三十年，都不记忆。而所藏史录奏状一二千本，悉为亡友借观，中郎被收，琴书俱尽。承吾甥来札惓惓勉以一代文献，衰朽讵足副此！既叨下问，观书柱史，无妨往还，正未知绛人甲子，郯子云师，可备赵孟、叔孙之对否耳。
>
> 夫史书之作，鉴往所以训今。忆昔庚辰、辛巳之间，国步阽危，方州瓦解，而老成硕彦，品节矫然。下多折槛之陈，上有转圜之听。思贾谊之言，每闻于谕旨；烹弘羊之论，屡见于封章。遗风善政，

---

① 王雁栋：《顾炎武山东经历考述》，东北师范大学硕士论文，2011年。
② 康乃心：《王贞文先生遗事》，《王山史五种》本，光绪廿二年华阴敬义堂刊本。
③ 金吴澜、李福沂：《昆新两县续修合志》卷二十六《人物》五，光绪敦善堂藏版。

迄今可想。而昊天不吊，大命忽焉，山岳崩颓，江河日下，三风不儆，六逆弥臻。以今所觇国维人表，视昔十不得二三，而民穷财尽，又倍蓰而无算矣。身当史局，因事纳规，造膝之谟，沃心之告，有急于编摩者，固不待汗简奏功，然后为千秋金镜之献也。

关辅荒凉，非复十年以前风景，而鸡肋蚕丛，尚烦戎略，飞刍挽粟，岂顾民生。至有六旬老妇，七岁孤儿，挈米八升，赴营千里，于是强者鹿铤，弱者雉经，阖门而聚哭投河，并村而张旗抗令，此一方之隐忧，而庙堂之上或未之深悉也。吾以望七之龄，客居斯土，饮瀣餐霞，足怡贞性，登岩俯涧，将卜幽栖。恐鹤唳之重惊，即鱼潜之非乐，是以忘其出位，贡此狂言，请赋祈招之诗，以代麦丘之祝。不忘百姓，敢自托于鲁儒；维此哲人，庶兴哀于周雅。当事君子倘亦有闻而叹息者乎？东土饥荒，颇传行旅，江南水旱，亦察舆谣。涉青云以远游，驾四牡而靡骋，所望随时示以音问，不悉。①

康熙十八年五月，清廷任命丁忧在家的内阁学士徐元文为《明史》监修总裁，九月徐元文赴任，次年年底升迁他职②。似乎是在康熙十八年九月赴任之初③，徐元义写信给顾炎武请求协助修史，所谓"惓惓勉以一代文献"。顾炎武虽然语气谦虚，可是却颇为自负，从家学和读书经历说明对明代文史的熟稔，表示提供咨询。他除了告诫外甥为官、修史之道外，还针对关中民生问题，提出建议，这绝非一个遗民所为，正所谓"忘其出位"。

康熙二十年，病中，他给京城官员写信，在《病起与蓟门当事书》中，他说：

> 天生豪杰，必有所任，如人主之于其臣，授之官而与以职。今日者拯斯人于涂炭，为万世开太平，此吾辈之任也。仁以为己任，

---

① 顾炎武：《亭林文集》卷六，《顾亭林诗文集》本，华忱之点校，中华书局1983年版，第138—139页。

② 王嘉川：《徐元文与明史纂修》，《史学史研究》1995年2期。

③ 《顾炎武年谱》系年于康熙十九年，见王俊《顾炎武年谱笺释》，三晋出版社2012年版，第147页。据《圣祖实录》卷八十一，康熙十八年五月己未，圣祖任命丁忧在家的内阁学士徐元文为《明史》监修总裁，张穆误作二月。

死而后已，故一病垂危，神思不乱。使遂溘焉长逝，而其于此任已不可谓无尺寸之功，今既得生，则是百姓保留而□玺书之勉劳者也，又可怠于其职乎？今有一言而可以活千百万人之命，而尤莫切于秦、陇者，苟能行之，则阴德万万于于公矣。请举秦民之夏麦秋米及豆草一切征其本色，贮之官仓，至来年青黄不接之时而卖之……①

无论如何，向当朝权贵讲述责任与义务，绝非遗民所为，也是康熙十八年前顾炎武想都没想到的。不过"拯斯人于涂炭，为万世开太平，此吾辈之任"，他关心的不是一己之私利，而是长久宏大的愿望。结合李因笃出仕后顾炎武的论述"君子之道，或出或处，二人同心，其利断金"（《答潘次耕》），仕宦的李因笃应该保全自己遗民身份来分析，顾炎武自己坚守文化存亡不仕清朝的同时，在内心深处，认可了清朝官员"拯斯人于涂炭，为万世开太平"的职责与义务。这也是顾炎武心灵世界、思想观念发生巨变的一个体现。

顾炎武卜居关中，本来想安度晚年，在关中钻研学术，与同道砥砺志气，但是在客观上帮助了他免于博学鸿词科征辟，虽然这不是主要因素。博学鸿词科的诏举及开设《明史》馆，不仅打破顾炎武的晚年计划，影响到他的生活、内心感受、思想认识；他虽然竭尽全力保持了遗民身份，恪守了"不仕清朝"的信念，但是顾炎武对清朝政权的认识已经发生了巨大变化。这个变化始于康熙十八年六七月份，标志是《答李子德》，随后具体体现对《明史》编纂的支持，请求母亲入《明史》②，对官员谈论责任与具体民生问题。从这个意义上说，任何时期的遗民都是一定时期内的历史现象，存在与特定的历史时空，而每一个遗民的存在，都有其独特的经历、复杂而多变的生命曲线，只有透过繁复多变甚至矛盾交织的现象，才能深入其内心，揭示社会重大事件的历史印迹。

---

① 顾炎武：《亭林文集》卷三，载《顾亭林诗文集》，华忱之点校，中华书局1983年版，第49页。

② 有观点认为，顾炎武向其外甥史馆总裁徐元文提出修史的有益建议，却又保持与官方的距离，声称"此虽万世公论，却是家庭私语"，表明与官方无关。见谢贵安《中国史学史》，武汉大学出版社2012年版，第405页。这种观点显然是忽略了顾炎武晚年思想的复杂变化。

第六章 博学鸿词科中潘耒的
转变与其诗歌创作的变化

清初诗人潘耒长于音韵、史学,在康熙博学鸿词科中,与李因笃、朱彝尊、严绳孙一道,以布衣授官翰林,人称"四布衣"①。四布衣中,潘耒生于清朝定鼎中原之后,中式时年岁最小,只有 33 岁,同时也是录取的五十位翰林中年岁最小的②。博学鸿词科考试是潘耒一生中的大事,不仅仅在于它改变了潘耒的布衣身份,而且入《明史》馆修史,对其个人史学抱负的实现及《明史》的修纂都具有重要意义,潘耒的诗文创作因而也发生了巨大变化。单就博学鸿词科对清初诗人影响角度来分析,这次科考引发了布衣诗人潘耒在心态、人生观念等方面的巨变。潘耒最初拒绝参加博学鸿词科,之后被迫赴京参加考试,也期盼落榜;录取为翰林后,他上书请求辞官;后来他的人生选择较之前出现重大反差,他勤于修史,恪守职责,参加中枢事务,又为乡试主考官。在潘耒的人生轨迹中,博学鸿词科无疑是一个分水岭。考试前后潘耒的人生发生了巨大变化,在思想情感上他对清朝由疏离到认同,并参与王朝文化建设与社会事务,而这正是康熙皇帝诏举博学鸿词科的目的所在。

---

① 陈康祺《郎潜纪闻初笔》卷九《四大布衣》:"康熙朝掷开大科,时秀水朱彝尊、无锡严绳孙、富平李因笃、吴江潘耒,皆以白士入史馆,世称四大布衣。"见晋石点校本,中华书局 1984 年版,第 206—207 页。

② 郑方坤《国朝名家诗钞小传》中《遂初堂诗钞小传》:"岁己未,公卿论荐鸿博之士,御试拔五十人列禁近,稼堂以布衣进,齿最少。"引转自钱仲联主编《清诗纪事》康熙朝卷《潘耒》,凤凰出版社 2004 年版,第 695 页。

目前学界关于潘耒的研究，侧重于史学、学术渊源及影响等方面[1]，从时间段上侧重于博学鸿词科之后的研究；博学鸿词科对潘耒的人生和文学创作产生的重大影响及意义，虽有一定的探讨，但尚未有系统的专门论述。本章拟阐述潘耒在博学鸿词科前后政治态度转变的过程、原因，及博学鸿词科对潘耒的思想情感、创作心态、诗歌风格等方面的影响。

第一节 潘耒对博学鸿词科的态度

潘耒出生于清朝而拒绝博学鸿词科，这在当时是极为罕见的现象，这与其家庭出身有关。

潘耒（1646—1708）是清初著名诗人、学者、史学家，字次耕，又字稼堂，晚年自号止止居士，吴江（今江苏苏州）人。潘耒幼孤，天资敏慧，读书过目不忘。曾师事遗民徐枋、王锡阐、顾炎武，为顾炎武最为器重的及门弟子[2]。康熙朝举博学鸿词，授翰林院检讨，纂修《明史》。不久充日讲起居

---

[1] 主要论文有吕长生：《陈恭尹行草书赠别潘耒七言律诗轴》，《文物》1997年第9期；朱永慧：《清代诗人潘耒未刊诗稿考》，《古籍整理研究学刊》2002年第6期；赖玉芹：《试论潘耒对顾炎武学术的师承》，《中南民族大学学报》2009年第1期；吴航：《清初学人潘耒述论》，云南师范大学硕士论文，2008年；吴航：《论潘耒的治史主张》，《云南民族大学学报》2009年第3期；吴超：《屈大均、潘耒与石濂交往关系论考》，《东方论坛》2010年第3期；赵曼：《潘耒行年简编》，《魅力中国》2010年第3期；武勇：《潘耒的学术渊源与文献学成就》，中南民族大学硕士论文，2012年；吴超：《潘耒史学思想探源》，《东方论坛》2012年第3期；吴航：《潘耒佚文四篇辑释》，《文献》2013年第6期；杨长锁：《潘耒对清初学风改变的影响》，《兰台世界》2014年24期；陈洁：《〈明史〉前期传记（卷122—212）修纂研究》，南开大学博士论文，2014年。而大量的论述，尤其是潘耒与顾炎武的关系，散见于顾炎武的研究论述中，兹不列举。

[2] 据谢国桢《亭林弟子及其传人》，顾炎武著籍弟子有潘耒、陈芳绩、毛今凤、王太和，其中，潘耒、陈芳绩为遗民家庭出生，长辈与顾炎武志同道合，毛今凤康熙十八年于关中向顾炎武拜师，王太和资料阙如，见谢国桢《顾亭林学谱》，商务印书馆1957年版，第207页。王冀民说："然先生亦未尝无门人，贤如潘耒，次如李云沾（衍生之师），又次如毛今凤（自吴中负笈北来），及此诗所指朱烈、王太和，其初俱称私淑而不为禄利，不开讲堂，而先生终一一门人之。"见王冀民《顾亭林诗笺释》卷四《得伯常中尉书，却寄，并示朱烈、王太和二门人》，中华书局1998年版，第704页。据此，顾炎武门人有潘耒、陈芳绩、毛今凤、王太和、李云沾、朱烈，而潘耒能传其学，知名度最高，今人甚至误以为潘耒为顾炎武唯一及门弟子，如赖玉芹《试论潘耒对顾炎武学术的师承》（《中南民族大学学报》2009年第1期）。

注官，纂修《实录》《圣训》，又充会试同考官。潘耒擅长诗文，又素好山水，遍游天下，多山水之作。诗质朴畅达，蕴含丰腴，被称为清初别有特色的诗人，于唐、宋诗风之外自成一家。曹溶将其诗与李因笃并称，称"北李南潘"①，也有人将他的诗与严绳孙、朱彝尊并举，称"无锡严荪友宫允绳孙之《秋水集》诗文，与朱竹垞、潘次耕辈齐名"②。诗文创作而外，潘耒博通经史及历算、音学，是著名的史学家和音韵学家。著有《遂初堂集》《类音》等。

潘耒出生于吴江望族、文化世家。曾祖父潘志伊，字伯衡，号嘉征。明嘉靖四十四年（1565）进士，历官定州知州、刑部侍郎、九江知府、江西按察副使、广西布政司右布政。著有《山东问刑条议》《不遇纪事》等。祖父潘锡祚，字永甫。明万历三十九年（1611），荫袭为抚宁卫经历，后任湖广布政司理问，著有《南阳答问》。他熟谙边事，乾隆《吴江县志》称其"策辽事如指掌"。父潘凯（1606—1651），字仲和，一字岂凡，号贻令，少有文名，受到名士张采、张溥的赞许，为复社重要成员之一。清兵入主中原后，潘凯参加江南地区抗清斗争，兵败后，回到故里。虽然家徒四壁，但潘凯始终歌咏不辍，借以纾解故国之思。著有《平望志》《本草类方》《复社或问》等③。

潘耒长兄潘柽章（1627—1663），字圣木，号力田，聪颖过人。九岁时，始从父习文，过目不忘。崇祯十四年（1641），十五岁，补生员。明亡后弃诸生，隐居韭溪，不仕清廷，肆力于学。柽章综贯百家，对地理、天文、《皇极》《太乙》之学无不通晓。明清鼎革之后，他以遗民自居，加入遗民诗社惊隐诗社，尤致力于明史，以表达和抒发故国情思。与同邑吴炎商定"当成一代史书，以继迁、固之后"④。他仿照司马迁《史记》的体例，记述明朝二百余年史事而成《明史记》。在撰述《明史记》和《今乐府》的同时，潘柽章还仿效司马光的《资治通鉴》，著《通鉴考异》《国史考异》，与《明史记》相为表里。康熙二年（1662）二月，清廷惩治庄廷鑨明史案，潘柽章、吴炎被凌

---

① 潘耒：《遂初堂集》诗集卷二《少游草》下《曹秋岳先生招饮倦圃作四首》其四"南北两生惭对李"句注："先生谬以耒诗可当关中李天生，有北李南潘之目。"康熙刻本。
② 徐珂：《清稗类钞》艺术类，中华书局 2010 年版，第 4089 页。
③ 潘耒家世参武勇《潘耒的学术渊源与文献学成就》，中南民族大学硕士论文，2012 年。
④ 顾炎武：《亭林文集》卷五《书潘吴二子事》，顾炎武《顾亭林诗文集》本，华忱之点校，中华书局 1983 年版，第 116 页。

迟处死，潘耒嫂子沈氏因有孕在身被发配东北，十八岁的潘耒护送北行。途中，沈氏"赍药自随，既免身，至广宁所，生子又死，即日饮药自杀"①。自此，潘耒一度避难，康熙五年（1666）为避难一度改名吴琦，字开奇。

虽然潘耒是入清后出生成长的一代，但是在明清更替的特殊背景下，文化世家、遗民家庭的出身、兄长潘柽章卷入明史案的惨痛，以及师友中多遗民的氛围，让他对清王朝有一种刻骨的仇恨。

康熙十七年（1678）正月举办博学鸿词科诏书颁布之后，左春坊谕德卢琦、刑部主事谢重辉联名推荐潘耒。闰三月十九日，潘耒被举荐的公文下达。据陆陇其《三鱼堂日记》卷四记载，闰三月十九日，"始接荐举命下之报，见邱近夫、潘次耕同在举中，此可喜也"②。当时潘耒在曹溶家做客。曹溶也在被征之列，征书到日，二人都表示辞去荐举。潘耒诗《曹秋岳先生招饮倦圃作四首》其三写道：

> 促席深杯待明月，鲸鱼掣海兴纵横。鸿蒙天地留文献，辽落江山见老成。虚有蒲轮来草土，也同樵子避弓旌。五株杨柳千株橘，安稳菟裘足此生。③

古代征聘之礼，用弓招士，用旌招大夫。《左传·昭公二十年》载："昔我先君之田也，旃以招大夫，弓以招士。"④后遂以"弓旌"泛指招聘贤者的信物，借指延聘。蒲轮指用蒲草裹轮的车子，转动时震动较小。古时常用于封禅或迎接贤士，以示礼遇。颈联写虽然清廷礼聘征士，可是自己却不愿应征。诗句"也同樵子避弓旌"，潘耒自注："先生（曹溶）守制不赴召，余亦以病辞荐举。"曹溶是清朝大员，守制期间，自然不能应荐。潘耒说自己辞去征辟的原因是疾病。

潘耒在诗中自称身份是樵夫，并用陶渊明五柳先生以及菟裘的典故，传达了终身归隐的信念。菟裘为地名，在今山东省泗水县，历来为归隐的典故。《左传·隐公十一年》记载："羽父请杀桓公，以求大宰。公曰：'为其少故

---

① 戴笠：《松陵文录》卷十五《潘力田传》，康熙三十二年刻本。
② 陆陇其：《三鱼堂日记》卷四，同治九年浙江书局刻本。
③ 潘耒：《遂初堂诗集》卷二《曹秋岳先生招饮倦圃作四首》，清刻本。
④ 洪亮吉：《春秋左传诂》卷十七昭公二十年，中华书局1987年版，第745页。

也，吾将授之矣.'使营菟裘，吾将老焉。"①虽然曹溶是清初的开明官员，与不少遗民多有往来，顾炎武、朱彝尊曾为其幕客，但是他毕竟是清朝官员，故而潘耒只是以病作为推辞科考的理由。陶渊明于身丁时归隐，也正值晋宋更替，他的诗文创作以甲子系年，含有不仕新朝、甘作遗民、不与新朝合作的因素，潘耒用陶渊明的典故，也隐含着自己对清朝的疏离态度。

潘耒拒绝应征，除了以自己身体不适为理由外，还推说母亲年迈。据《清史稿》记载："耒有至性，初被征，辞以母老，不获命，乃行。"②所谓"至性"，是说他对母亲的孝顺，的确，这也是一个因素。

他写了《写怀十首》，表达被征辟后的内心波澜与情感态度：

> 纬萧抱瓮一闲身，忽报征书访隐沦。
>
> 客到定知传语误，牒来方讶姓名真。
>
> 雕笼岂得呼高鸟，芳饵何当近逸鳞。
>
> 闭户芫然成独笑，南山翠色正嶙峋。（其一）
>
> 土木形骸卧竹根，一生无梦到金门。
>
> 梁鸿早岁耽栖遁，何点中年薄宦婚。
>
> 栎以不材留作社，瓠因无用取当樽。
>
> 少微那得关星象，错比柴桑处士村。（其二）
>
> 攻文未敢薄雕虫，精锐销亡旧学空。
>
> 讵有七篇传邺下，谁能三箧补河东。
>
> 悲歌总挟清商气，掘笔都无典丽风。
>
> 枚马掞天才不少，因何搜采到岩中。（其三）
>
> 攒攻百病药无灵，忧患生年实饱经。
>
> 簸荡心如悬确杵，瞳胧眼似抹云星。
>
> 魂伤废垄哀风树，泪滴秋原痛鹡鸰。
>
> 如此人身堪出否，谁云惜嫁为姆婷。（其四）
>
> 多谢云霄鹓鹭行，联翩推毂有封章。

---

① 洪亮吉：《春秋左传诂》卷五隐公十一年，中华书局1987年版，第208页。

② 赵尔巽：《清史稿》列传二百七十一《文苑》一，中华书局1977年版，第13343--13344页。

只言牛铎堪谐律，讵料铅刀已挫铓。

元子曾闻荐谯秀，巨源终不强嵇康。

此情可待披襟说，欲寄蒲笺鸟路长。（其五）

昔贤心迹太分明，蹈海焚山事可惊。

桑树挂书人不见，羊裘把钓水长清。

吾生岂得孤行意，隐去何当复啖名。

只合从容求放免，林泉深处好偷生。（其六）

凌兢病骨强扶持，怀牒陈情控所司。

屡典春衫干从事，频伸纸尾署邻医。

长官省识支离态，幕府哀怜痛切辞。

早晚乌私蒙特达，巢林从此得安枝。（其七）

事关胸臆绝沉吟，谁似山家逸趣深。

绵上母偏愁捧檄，鹿门妻不美怀金。

沉冥早得闲居乐，恬淡弥坚学道心。

留此须眉对松柏，风霜岁晚共千寻。（其八）

万事都缘不耐饥，卖文作活计全非。

定僧岂合持斋钵，处女何当办嫁衣。

橘弹千林霜带屋，鱼苗十斛水平矶。

逍遥云路餐风好，莫逐光音拾地肥。（其九）

烂溪斜引霅溪流，一派香风菡萏秋。

早韭晚菘园客舍，绿蓑青笠水仙舟。

识时何物称龙凤，混俗从人唤马牛。

遮断白云三十里，莫教空谷有鸣驺。（其十）①

这十首诗大致以时间为序，写出诗人最初听到消息后的反应及自己拒绝征辟的理由与措施。第一首诗形象地写出诗人听到消息后的感受，从将信将疑到惊讶的情感变化。潘耒遗民家庭的出生、兄长在清廷获极刑，无论如何也想象不到清廷竟然征辟自己为博学鸿儒、备帝王顾问。征辟通常被看作一

---

① 潘耒：《遂初堂集》诗集卷三《梦游草》上《写怀十首》，康熙刻本。

种恩典与荣誉，平民为天子所知，所谓升泥入云，是可望不可及的喜事。可是在潘耒看来，博学鸿词科却是羁绊与网罗，朝廷向他投放的诱饵；"雕笼岂得呼高鸟，芳饵何当近逸鳞"表明，他绝不想参加考试。拒绝博学鸿词科征辟也就成为这组诗的主题。第二首点出"一生无梦到金门"，说明自己平素没有待招金马门的念头，并连用梁鸿、何点、陶渊明三位隐士的典故，表达自己隐居不出的志向。东汉梁鸿家贫好学，不仕，与妻孟光隐居霸陵山中，以耕织为业。南朝何点，祖父何尚之，宋时任司空。父亲何铄，任宜都太守，宋世征为太子洗马，不就。隐居东离门卞望之墓侧。陶渊明归隐柴桑，故而诗人称"柴桑处士"。这三位是历史上著名的隐士，潘耒以他们为楷模，"土木形骸"与劣质木材的比喻，说自己是无用之才，回应诏书所称"奇才硕彦、学问渊通、文藻瑰丽可以追踪前哲者"①，不惜以自我贬低的方式拒绝征辟。第三首写自己没有文采，文风凄凉，不符合典雅的应制文体。第四首从家世写起，"忧患生年实饱经"，虽然没有点明家国仇恨，可是"泪滴秋原痛鹡鸰"，运用典故，写长兄潘柽章的不幸遭遇。《诗·小雅·常棣》云："脊令在原，兄弟急难。"后以鹡鸰比喻兄弟。"如此家世堪出否"，从家族出身与长兄际遇角度，表明自己不能应征。

第五首写作对象是荐举人。感谢左春坊谕德卢琦、刑部主事谢重辉的举荐，"鸂鹭行"称赞二人在朝为官，说二人把自己当作人才来举荐，事实上自己如同铅刀，已经材质顽劣，无甚用途。借用晋代隐士谯秀和嵇康的典故，诗人表明隐逸的志向，他坚信只要坦诚地陈述自见，荐举人也会谅解自己。

第六首是说自己辞去应征，不是为了博得虚名，而是"只合从容求放免，林泉深处好偷生"，只是请求官府应允。第七首写到官府乞求免于征辟的情形，描绘了诗人衰病、困顿，母亲年迈，"长官省识支离态，幕府哀怜痛切辞"，前者指当地官员，幕府是指当地延揽幕客的军政大员，写出自己的情况得到当地大员的同情。晋李密《陈情事表》："臣密今年四十有四，祖母刘今年九十有六，是臣尽节于陛下之日长，报养刘之日短也，乌鸟私情，愿乞终

---

① 玄烨：《圣祖仁皇帝圣训》卷十二，《文渊阁四库全书》影印本，史部第411册，上海古籍出版社1989年版，第272页。

养。"乌私为孝养父母典故。潘耒用李密的典故，说明辞去征辟的理由中有奉养母亲的因素。由于得到了同情，他似乎看到了一丝希望。第八首写一家人都有隐居的念头，用了介子推和庞德公的典故。绵上在今山西省介休县东南四十里介山之下，介子推隐居绵山；鹿门山在今湖北省襄阳县，东汉庞德公携妻子登鹿门山，采药不返。两地都用来指代隐士所居之地。第九首追忆自己为谋生计写文章的生活，他懊悔因写文章而获得声誉，导致今日被荐举。最后一首写自己决计归隐，不希望在为权贵所知。

这十首诗歌从身份上说，涉及自己、母亲、荐举人、执政者诸多方面，推辞理由有疾病、自身才智、家世、兄难、奉养母亲、陈情书文辞凄苦的感染性等方面，表明自己宁可隐逸也不应荐的决心。按照常规来看，似乎不去赴考不算什么难事，文辞中也体现了这一点。可是事与愿违，官府又来催促。吏部将情况报呈康熙之后，康熙下令急速入京。法式善《陶庐杂录》卷二记载：

> 吏部题：各省题荐人员，原令其作速起程，今陕西李颙、王弘撰、江南汪琬、张九征、周庆曾、彭贵、潘耒、嵇宗孟、张新标、吴元龙、蔡方炳，直隶杜越、范必英，浙江应撝谦，山西范鄗鼎，江西魏禧，并以疾辞。陕西李因笃以母老辞，相应咨催赴京。得旨，李因笃等，既经诸臣以学问渊通、文藻瑰丽荐举，该督抚作速起送来京，以副朕求贤至意。①

潘耒陈情虽然得到地方官员的同情，可是却遭到康熙皇帝的拒绝，被迫上京。这种情形在《后写怀十首》中得到了反映：

> 稳卧东皋分息机，吏人何事欸柴扉。
> 不蒙汉诏停瘿病，重遣虞旌访侧微。
> 断木在沟终见采，冥鸿有翼可能飞？
> 寻常只是无闻好，才到藏名愿已违。（其一）
> 謏荡天门束帛征，有司敦迫苦频仍。

---

① 法式善：《陶庐杂录》卷二，涂雨公点校，中华书局1959年版，第27页。

惟看墨牒催千纸，却少柴车送一乘。

扣阁上书愁见抵，牵裾雨泪肯相矜。

从容进退前人事，叹息吾侪便不能。（其二）

天地为笼网四维，飙轮风马逝安之。

牺将断尾嗟何及，路到临岐最可悲。

实愧田畴称节士，方知梅福是男儿。

鸥鹄啼彻南楼夜，卧听禽言有所思。（其三）

衮衮锋车上北辰，樵夫亦遣逐清尘。

为言腾达飞黄地，可用敧崎历落人。

夺我竹林呼小草，与他灰洞作劳薪。

辞家正是思家候，满地秋风动紫莼。（其四）

芒鞋昔别蓟门秋，誓作农师守故丘。

正尔高歌紫芝曲，无端重着黑貂裘。

神仙海上留双凫，宰相山中画两牛。

一往孤怀今得否，茫茫此日始言愁。（其五）

干戈未定羽书催，驿路频听画角哀。

割面风沙晨猎猎，胶轮冰雪昼皑皑。

还思疏广投簪去，岂意严遵出肆来。

未了三生尘土梦，蹇驴重踏灞桥回。（其六）

版筑奇才得见无，漫夸文采握灵珠。

不淹丘索难名博，未贯天人讵作儒。

侧想异同雠虎观，预愁词赋拟鸿都。

苍生前席如劳问，可有监门出绘图。（其七）

茵溷参差总落红，忍于此内论穷通。

悬知径笑终南捷，毕竟人愁双相空。

往日观爻明损益，近时解老悟雌雄。

心清不作槐根梦，白昼僵眠雪片中。（其八）

谁教出处两无成，飘荡身如一叶轻。

高价但闻嗤李渤，虚声谁肯恕樊英。

> 玉居璞内方为宝，泉出山来定减清。
>
> 良酝三升宁足恋，白云一片不胜情。（其九）
>
> 松锁书堂竹护关，暂随飞鞚到人间。
>
> 乘春海燕聊辞社，出岫孤云只恋山。
>
> 元直会骑苍鹿去，廉夫须乞白衣还。
>
> 封书寄向渔樵侣，玉柱金庭好共攀。（其十）

第一首诗歌写自己的拒绝陈词遭到回绝，朝廷不听从自己的陈述，再次派人催促。山沟里的断木被人捡起，飞鸟插翅难逃，引发了他的焦虑，他已经明白自己无法摆脱朝廷征辟。在对待名气的看法上，他的价值观发生了变化，平素求名，而今名气却是祸患。这十首诗一开始，便气氛紧张，感情压抑。这是因为拒绝应聘面临的难题超出了他的想象。第二首写形势严峻，有司频繁催促，"墨牒催千纸"，自己进退失据，即使"牵裾雨泪肯相矜"，苦苦哀求也无济于事。第三首"飙轮风马"隐含出走以逃避征辟。事实上，潘耒的确携带母亲逃入山中。康熙十七年春日，顾炎武给友人写信，谈道：

> 敝门人潘耒字次耕，谢病之后，遂奉母入山，不知所往。干木
> 踰垣之志，介推偕隐之风，昔闻晋国，今在吴门矣。①

信件中，"谢病"指潘耒以疾病为托词拒绝博学鸿词科，随后携母亲躲入大山。从这封信中可以看出，他赞赏潘耒的行为。"谢病之后，遂奉母入山，不知所往"，通常都是令人焦虑之事，他赞不绝口，称颂隐逸之风在吴门，将潘耒与历史上的段干木、介子推相提并论。因为他明知潘耒的初衷在于躲避博学鸿词科，疾病也只是一个托词。但是对潘耒来说，最终还是无法实现自己的愿望。"天地为笼网四维"，由于帝王的命令，地方官员严加防范，天地之间无处可逃。听到人称赞自己是节士，感到惭愧；深夜鹈鹕的鸣叫声，警示着他只有隐居的生活才是正途，可是他却做不到。于是，他"衮衮锋车上北辰"，被迫入京（第四首诗）。不过，"辞家正是思家候"，北上之际，他期盼的是早日回家。"利落"是说他狂放不羁，不愿意为官场即"腾达飞黄地"

---

① 顾炎武：《蒋山佣残稿》卷二《与苏易公》，《顾亭林诗文集》本，华忱之点校，中华书局1983年版，第199—200页。

改变个性，挂念的是家乡的竹林与莼菜。"满地秋风动紫莼"运用的是张翰归隐的典故①。

第五首写秋日前往京师途中，想起昔日曾经发誓躬耕陇亩，不料却应聘来京，心中发愁。南朝梁陶弘景隐居于句容句曲山（即茅山，在江苏省西南部），梁武帝时礼聘不出，常前往咨询，时人称为"山中宰相"；诗人一心想隐居，可是却形势严峻。

从第六首诗可以看出，诗人赴京应考出发得很晚，秋日出发，冬日尚在途中。诗人用疏广和严遵的典故，表明不仕清朝的决心。疏广，西汉东海兰陵人（今山东苍山）人，字仲翁，好学，善《春秋》，任太子太傅，其侄疏受时任少傅。在任五年，皆称病还乡。后世合称为"二疏"。严遵，字君平，西汉隐士，蜀（治今四川成都）人。成帝时，卜筮于成都市，日得百钱即闭门讲授《老子》，著书十余万言。一生不愿做官，为当时著名文学家扬雄所敬重。著有《道德真经指归》（《隋书·经籍志》作《老子指归》）十三卷。诗人三生夙愿就是像二人一样，隐居不出。这首诗中点出三藩之乱战争不息，朝廷举办博学鸿词科，将博学鸿词科考试与吴三桂叛乱联系起来。尽管对二者关系，潘耒没有流露出明确看法②，但是他写"割面风沙晨猎猎，胶轮冰雪昼皑皑"，路途苦寒，不愿意在朝廷为官。第七首是对应征人员的总体评价，指出应征人员中大概很少人具有傅说那样的经世之才。因为京师征士相聚，难免有文人雅集，诗词唱和，而潘耒是一心归隐，因而对这种现象不满，指出他们既不"博"，又不"儒"。这是一首讽刺诗篇，从侧面写出对博学鸿词科的厌倦。在第九首诗中，诗人抒发了懊悔和进退失据的情感。入京应征，对隐士来说便不名一文，"飘荡"写出身份不固定与隐居者身份的变化，"身如一叶轻"点明已经不为人所齿。"白云"在古典诗歌中常常是思乡、念母的情愫表达，无论如何，美酒也无味，所念在故里。最后一首诗回应第一首诗人以海燕和出山云做作比喻，写出自己虽然离开家乡，到了京城，可是隐居

① 房玄龄等《晋书》卷九十二《列传》第六十二《文苑·张翰》载："翰因见秋风起，乃思吴中菰菜、莼羹、鲈鱼脍，曰：'人生贵得适志，何能羁宦数千里以要名爵乎！'遂命驾而归。"中华书局1974年版，第2384页。
② 潘耒的老师顾炎武《二月十日有事于攒宫》中有"及今撵甲兵，无复图宗社"诗句，表明对吴三桂不抱期望。见王冀民《顾亭林诗笺释》卷五，中华书局1998年版，第879页。

的志向不变，依旧期盼着归隐。金庭是传说中天上神仙所居之处，这里与玉柱连缀，表示隐逸所在。

《写怀十首》与《后写怀诗十首》写作于康熙十七年，是潘耒应征入京过程的写照与心灵史诗，从中可以看出潘耒获知自己被征，从拒绝征辟到被迫入京的情形。即使到了京城，他心中所想，依旧是故乡的隐居生活。在《与颜光敏书》中，潘耒将自己想法和盘托出："烟波钓徒，一竿自足。忽尘启事，骇若爱居，移病不从，敦迫就道。本拟暂踏京尘，便行拂袖。……不自意见系于此，被断木以青黄，资越人以章甫。不习不堪，当可奈何？"①

据毛奇龄在《〈佳山堂诗集〉序》中所述："既余以应召来京师，会天子蕃时机，无暇亲策制举，得仿旧例，先具词业缴丞相府，予因得随侪众谒府门下。"② 按照朝廷规定，博学鸿词科应征人员来京后先到文华殿大学士冯溥处报到，潘耒抵京后却是冯溥先到寓所，这是消极态度的体现。潘耒《寿冯益都相公》写道："礼数绝蓬茅，未敢通名状。咨询猥见及，一物采无长。"③潘耒自注："耒抵京辱公先赐顾。"

康熙十八年（1668）三月一日，博学鸿词科考试时，虽然试题是《省耕诗》和《璿玑玉衡赋》（并序），无非是一诗一赋，本来对自小学习诗文的封建士子来说并不算难，况且潘耒长于诗赋，且考试时间宽松。中午赐宴，体仁阁设 50 张桌子，200 把椅子，每张桌子"设馔十二簋，皆大碗高攒。赐茶二通，时果四色。后用馒首、卷子、红绫饼、粉汤各二套，白米各一大盂。……时陪宴者大宰满汉二员、掌院学士满汉二员"④。宴罢复就试，不限答卷时间，使"从容握管，文完者先出；未完者给烛，至漏二下始罢"⑤。但是潘耒却不太认真。他虽然擅长诗文，精于音韵，《省耕诗》却"以冬韵出宫

① 颜光敏：《颜氏家藏尺牍》卷二，《丛书集成初编》第 2973 本，商务印书馆 1935 年版，第 66 页。

② 毛奇龄：《〈佳山堂诗集〉序》，冯溥《佳山堂诗集》卷首，清刻本。

③ 潘耒：《遂初堂集》诗集卷三《梦游草》上，康熙刻本。

④ 毛奇龄：《制科杂录》，毛奇龄《西河合集》，康熙五十九年（1720）书留草堂刻本。刘廷玑《在园杂志》载赐宴后开始答卷，误。今多有失考，因袭其误者。

⑤ 王应奎：《柳南随笔》卷四，王彬、严英俊点校，中华书局 1983 年版，第 64 页。

字"①，这是一个启人疑窦的事。潘耒在《上吏部牍》中说，"私冀试事告竣放归"②，他原本不期待中式，不惜以"答错题"的方式，实现返乡愿望。然而张榜后，潘耒为二等第二名，授官翰林。本来录用为翰林官是人生一大喜事，可是他却请求辞职。

第二节 潘耒力辞博学鸿词科的原因

生于清朝定鼎中原之后的潘耒，为何会力辞博学鸿词科呢？从写作时间上看，《写怀十首》《后写怀十首》与《上吏部牍》是当下情境中所写，尤其是两组连贯的诗歌，反映了诗人获知消息、拒绝、应征途中、抵京的感受与思想，是探讨潘耒对博学鸿词科考试的最基本文献。

通过组诗细致解读，可以确定，潘耒拒绝参加博学鸿词科考试，原因有以下几点。

第一，出身与家族问题。潘耒出生于文化世家、官僚世家、遗民家庭。父亲为复社名流，长兄为惊隐诗社重要成员，都是遗民，一度参加过抗清斗争；对明朝忠贞不二，仇视清政府（"天地为笼网四维"）。即使失败以后，他们依旧将故国之思发为诗文。如此遗民家庭的出身，他才会把博学鸿词科视为网罗，有"雕笼岂得呼高鸟，芳饵何当近逸鳞"的信念（《写怀十首》其一）。贯穿于这二十首诗歌中的隐逸思想，其实就是遗民思想的体现。诗中的介子推、梁鸿、陶渊明等遗民形象一再出现，并作为自我形象的比照，表明潘耒的遗民（逸民）思想③。

第二，母亲养育之恩深厚、教诲之情殷殷，母亲教育他淡泊名利，鼓励拒绝应征。潘耒父亲去世时，潘耒才六岁，母亲有孕在身，抚养一家人，"长养教诲，备尝艰辛。不孝始就外傅，有言：'家酷贫，附他塾读书，可省费

---

① 毛奇龄：《制科杂录》，毛奇龄《西河合集》，康熙五十九年（1720）书留草堂刻本。
② 潘耒：《遂初堂集》文集卷四，康熙刻本。
③ 从年龄上看，他出生于清朝，一般不能把他归类为遗民，确切地说，即使是逸民，一般情况下也是经历了朝代更替。从这个意义上讲，探讨博学鸿词科对潘耒的人生意义具有特殊意义。

者。'太孺人执不可，特开家塾，延师训之，至鬻簪珥供束修膏火。或言：
'不如稍置田产。'太孺人指不孝示之曰：'此吾庄也。是庄若熟，吾何患贫？
不然，即田连阡陌，其能守乎？'"① 故而潘耒从小就"以通经学古不呕呕干
时"，无意科举。"太孺人绝不以为迂，曰：'吾教儿读书，但欲其识道理成
人，不坠先业，何尝冀其千禄利，与时竞哉？'"正是由于母亲的教诲，"以
故不孝读书二十余年，未尝一应有司之试。"康熙二十二年，在回忆博学鸿词
科考试以及仕宦经历的时候，潘耒写道：

> 又数遭坎轲，贫困益甚，流离转徙，一岁数迁。尝移家荒山中，
> 破屋数椽，不蔽风日，或日旰未举火。太孺人未尝有戚容。既而不
> 孝登荐书，自度才识谫陋，又迂疎不堪世用，欲辞，太孺人深以为
> 然，遂辞诸当事。比征书再下，乃行。②

潘耒母亲有远见、不慕功名利禄，从小教育儿子成才而非为猎取功名，
虽然潘耒长兄受难后全家一再流转各地避难，但是她不以为苦。正是在她的
教诲熏陶下，潘耒才不参加清朝科考，拒绝博学鸿词科也得到她的支持。当
然，写这篇文章的时候，潘耒已经在朝为官，故而也隐去了家庭因素中遗民
抗争的成分。有研究者以为，潘耒母亲年迈，潘耒又是一位孝子，为了养家
糊口，潘耒出仕③，这显然是一个错误的论断。因为母亲一直反对潘耒入仕，
即使是官翰林而后，还是不断地劝潘耒归隐。在获知潘耒博学鸿词科考试录
取后，她没有露出喜悦之情，也拒绝来京，期盼着儿子的归来。潘耒写道：

> 既被殊恩，授官清秘，称贺者踵门，太孺人亦不色喜。尝遗书
> 京邸，戒不孝曰：自布衣入翰林，古今异数。儿何德以堪之？且汝
> 父兄，皆绩学高材而不遇。汝不逮前人远甚，而骤致通显，吾且喜
> 且惧，儿其慎之。不孝数迎请北来，太孺人辄辞，以性乐闲寂、不
> 愿居嚣喧之地，世味可略，尝不可久耽；吾北来不若儿早归为善。④

---

①　潘耒：《遂初堂集》文集卷十八《先妣封太孺人吴氏行述》，康熙刻本。
②　潘耒：《遂初堂集》文集卷十八《先妣封太孺人吴氏行述》，康熙刻本。
③　武勇：《潘耒的学术渊源与文献学成就》，中南民族大学硕士论文，2012 年。
④　潘耒：《遂初堂集》文集卷十八《先妣封太孺人吴氏行述》，康熙刻本。

　　第三，长兄的教诲以及不幸遭遇。兄长因庄廷鑨明史案受牵连，有孕在身的嫂子流放；嫂子自杀后，他又一度侍奉母亲，居无定所。潘耒《文心从兄六十寿序》记载四处播迁情况：

> 吾宗故居莺湖平望里，宗人自高祖而分，皆近属。当崇祯朝，三吴无事，吾伯父、吾父以文章行谊负盛名，聚子弟于家塾而教督之，诸兄并英年蕲蕲见头角。遭罹兵燹，宗党散析，吾家始葺故宅以居，诸昆弟稍稍来集。吾生最晚，嬉游诵读处，犹能记忆也。已复散去，旧宅遂毁，吾始依长兄于韭溪。比长兄遭变，吾奉母依三兄于烂溪。既而转徙不常，益困顿。久之，卒归溪上。①

　　潘耒家第一次搬回故居，是因为明朝灭亡，战乱迭起。以后，因为兄长罹难，长期漂泊避难。这就是所谓的"又数遭坎轲，贫困益甚，流离转徙，一岁数迁"（《先妣封太孺人吴氏行述》）。因而，虽然潘耒出生时清朝已经入主北京，但是他却对清朝有一种家国之恨，这也是母亲不允许他参加科考的原因。潘耒的政治态度是一个特殊情形，故而有观点以为潘耒"生于满人入关以后，故不仕清朝之信念缺乏深厚遗民感情为其根基，只靠后天教育，其出仕清朝亦与此有关"②。这是一个有待于修正的错误论断。

　　第四，师友中多为遗民，尤其是顾炎武的竭力反对。在博学鸿词科诏书下达之后，顾炎武即刻采取措施，使自己免于征辟。康熙十七年闰三月前，顾炎武给潘耒写信，论及"昔有陈亮工者，与吾同居荒村，坚守毛发，历四五年，莫不怜其志节。及玉峰坐馆连年，遂忘其先人之训，作书来蓟，干禄之愿，几于热中"，感慨友人坚守民族气节，而其后人竟然热衷仕宦。其实，陈芳绩祖、父两世俱以明遗民没世，陈芳绩苦节三十余年，顾炎武为其祖梅撰墓志铭时称其"训蒙自给"，这里说他"作书来蓟，干禄之愿，几于热中"，言辞激烈。王冀民说："芳绩年辈略晚于先生，于朱明本无瓜葛，先生厚责其'忘先人之训'，盖预诫潘耒勿赴鸿博"③。顾炎武将陈芳绩改变气节的原因归

---

①　潘耒：《遂初堂集》文集卷十《文心从兄六十寿序》，康熙刻本。
②　武勇：《潘耒的学术渊源与文献学成就》，中南民族大学硕士论文，2012年。
③　王冀民：《顾亭林诗笺释》卷二《酬陈生芳绩》笺，中华书局1998年版，第330页。

结于坐馆。顾炎武对潘耒坐馆极为不满，充满忧虑，信中说："今吾弟又往矣，此前人坠坑之处也！杨恽所云'足下离旧土，临安定，而习俗之移人者'，其能自保乎？"而据潘耒《遂初堂集》文集卷八《摘藻堂集序》所载，"以其地偏远，四方之士罕至，休宁汪子季青筑别业读书其中，名其堂曰摘藻之堂。岁在戊午，余客斯堂者半载。与汪子唱和诗近百篇，乐其山川，将结邻以隐。会征书再下，不得已舍去之都门。"潘耒坐馆应在汪文柏摘藻堂。这封信，应该坚定了潘耒力辞博学鸿词科的信念，这一点上，有学者已经指出顾炎武这封信对潘耒的影响，但是说潘耒"因而对顾炎武的来信马上作出反应，表示拟坚隐不出"①，则是错误的。在获知潘耒携母亲躲避后，他大为赞赏，自得之意溢于言表②。

以上是主要原因，此外，潘耒推辞的理由还有：第五，疾病；第六，材质不行，没有才华，不配当博学鸿儒；第七，母亲年迈多病；第八，生活困顿。

上述八种原因，由于潘耒在特定情形下表述时，故意把次要的理由陈述出来，主要的因素却以诗的形式，委婉含蓄地表达出来，所以不经辨析一般人难以区分哪些是主要因素、哪些是次要因素。

录用为翰林后，潘耒在《上吏部牒》中，表达了告老还乡的愿望：

> 特念老母年迫桑榆，宿疾沈绵，偃卧床褥。弟昆连丧，惟孤嫠之仅存；家业屡空，恒爨烟之不继；加耒目生翳障，心患怔忡，书数行而昏花，吟五字以晕眩，岂堪怀铅握椠，陪厕英贤？随将母老患病情由具呈本县，转详司府，叠经查验，巡抚慕天颜移咨会题在案。续奉恩纶，作速催送，檄牒到门，急于星火，勒限就道，不得停留。
>
> 辞家已来，迄今八月。屡得书问，知老母衰困转增，每胸腹病作，酸楚颠连，气息才属。溢米不进，动辄淹旬。耒在三千里外，

---

① 陈祖武、朱彤窗：《旷世大儒——顾炎武》第十一章《顾亭林致潘次耕书札考证》，河北人民出版社2000年版，第194页。

② 顾炎武：《蒋山佣残稿》卷二《与苏易公》，《顾亭林诗文集》本，华忱之点校，中华书局1983年版，第199—200页。

倾耳不闻呻吟之声，瞠目不睹委顿之状，有口不能尝药，有手不能调羹。每一念至，抢地呼天，裂肝堕胆。私冀试事告竣放归有日，何图谫劣亦预甄收，重蒙天恩，例受职衔，纂修明史，脱布褐而飘华缨，出田间而登史馆，其于人世已极光荣，顾在微躯，转深悚惧，实以母子二人相依为命，一留京邸，便涉暌离，空囊悬罄，子迎养而不能伏枕支床，母就养而不得。白云一片，倚闾之望无穷，鸟路三千，啮指之悲何及？又况史才最难，史职至重，雕虫末技，初无预于三长？汗简穷年，亦宁辞于八谬？非尧臣之博达，曷佐欧阳；乏原父之精详，讵参司马。加之痼疾在身，与年俱笃，心神恍惚。既姓名爵里之旋忘，目力蒙胧，亦亥豕乌焉之莫辨？不克虔恭职事，岂宜滥费餐钱？

伏惟圣朝孝治天下，凡在廷之臣，家无次丁，尚许终养，况未未登仕籍，合赐矜怜。方今杨马盈廷，班陈在列，厕一人于五十人之内，不见其多；汰一人于五十人之中，不见其少。不胜至愿，仰吁圣慈，乞沛特恩放还田里，俾得晨餐夕膳，报顾复之劬劳；凿井耕田，效康衢之歌舞；旁求多士，既彰圣主作人之光；曲遂物情，复弘兴朝教孝之典。揆诸公私，实为恩使。蚁忱迫切，庶上格于天心。禁陛尊严，恐难通于宸听。敢祈大部准，与代题进，既邀夫旷恩，退亦何妨破例。任出云之归岫，荣甚宣麻；放思鸟以投林，恩逾启事。①

这封请求信件中，潘耒回顾了自己应征以来的态度、进京考试的原因、参加考试的动机，表明自己返乡照顾母亲的愿望。结合这封申请，以及潘耒此后仕宦情况、家庭情况、文学成就、史学成就来分析，就很容易辨别哪些是主要因素，哪些是次要因素，或者仅仅是托词。其中提及母亲生病"年迫桑榆，宿疾沈绵，偃卧床褥"，事实上，潘耒在史馆任职期间，母亲一直在家生活，直到康熙二十年春潘耒入起居注馆，"太孺人知其未能遽归也，乃治装

---

① 潘耒：《遂初堂集》文集卷四，康熙刻本。

北上"①，可见母亲即使生病，也不太严重，因而第七条"母亲年迈多病""老母衰困转增，每胸腹病作，酸楚颠连，气息才属。溢米不进，动辄淹旬"均是托词。说自己生活困顿（第八条），"弟昆连丧，惟孤婺之仅存，家业屡空，恒爨烟之不继"，不是理由，因为仕宦的话正好可以改善这种困顿境遇。说自己"目生翳障，心患怔忡，书数行而昏花，吟五字以晕眩，岂堪怀铅握椠，陪厕英贤"，"痼疾在身，与年俱笃，心神恍惚"，是以疾病做推辞（第五条），因为他不仅参加了考试，而且入仕后勤勉有加。"谫劣""雕虫末技""姓名爵里之旋忘"的自我贬低（第六条）也与事实不符。故而，断定第五、六、七、八均为次要因素，确切地说应该是托词，并非原因。

本来是朝廷招聘高级人才，况且帝王顾问是历代读书人期盼的梦想，然而不仅遗民中有一些人力辞（如顾炎武、李颙、李因笃、王弘撰），甚至是出生于清朝的年轻一辈，也有人不惜以种种理由来拒绝，视为罗网。这表明，政治与文化演化轨迹未必相同，政权的取得与文化领域内的主导权获得往往不同步。虽然入关后清朝已经走过了 36 个年头，遗民在社会文化领域内的影响依旧深远，一些出生于清朝的年轻人也深受影响。这从另一方面说明诏举博学鸿词科的必要性与紧迫性。

人们对潘耒拒绝博学鸿词科考试主要原因的忽视，使得潘耒拒绝博学鸿词科的历史真相被遮蔽，从而该事件背后的政治、文化深层矛盾因素隐而不彰。如沈彤《征仕郎翰林院检讨潘先生耒行状》说："康熙十七年征博学鸿词之士，左谕德虑琦、刑部主事谢重辉以先生名上，先生以母老固辞，终不获命。"②《清史稿·潘耒传》记载："耒有至性，初被征，辞以母老，不获命，乃行。"③《清儒学案》小传解释潘耒力辞征辟时说："康熙己未，以布衣召试博学鸿词，授翰林院检讨。被征时，以母老辞，不获。除官后，以独子请终养，格于议，始就职。"④潘耒拒绝博学鸿词科的原因仅仅归结于第七条母亲年迈。而当时官方文件《清实录》将潘耒的理由叙述为"疾病"：

① 潘耒：《遂初堂集》文集卷十八《先姚封太孺人吴氏行述》，康熙刻本。
② 钱仪吉：《碑传集》卷四十五《翰詹》上之下，靳斯校点，中华书局 1993 年版，第 1258 页。
③ 赵尔巽：《清史稿》列传二百七十一《文苑》，中华书局 1977 年版，第 13343 页。
④ 徐世昌：《清儒学案》卷七《亭林学案》下《亭林弟子》，中华书局 2008 年版，第 321 页。

部题：各省题荐人员，原令其作速起程。今陕西李颙、王弘撰、江南汪琬、张九征、周庆曾、彭桂、潘耒、嵇宗孟、张新标、吴元龙、蔡方炳、直隶杜越、范必英，浙江应撝谦，山西范鄗鼎，江西魏禧并以疾辞。陕西李因笃，以母老辞。①

而专门记载博学鸿词科史料的《己未词科录》则忽视了潘耒拒绝的经历，说："潘耒，字次耕，号稼堂，江南吴江人，布衣，由左春坊谕德卢琦、刑部主事谢重辉荐举，授检讨。"② 对潘耒入仕，管庭芳说："稼堂先生之兄柽章，以庄氏史祸惨死，而稼堂不焚弄笔砚，仍应鸿词，入史馆，则甘与砚田为守终其身者也。所撰诸铭措辞典丽，尚存台阁气象，谅铿铿者亦不屑与之赠言也。"③ 看到了潘耒身上的家国仇恨，但是对当时历史情境缺乏了解而对潘耒要求过于苛刻。

处于乱世的陈去病说："（潘柽章先生之妇沈）孺人北徙之际，力田异母弟稼堂先生实从之行，年才十六耳。间关千里，备尝厥艰。孺人既殉，卒护其丧以还。乃变姓名为吴开琦，避地西山，从徐俟斋游。又北至太原，受业于亭林之门，故所学益恢闳纯粹。厥后，虽举鸿博，而遂初早赋，其志亦可谅矣。"④ 因为时代的原因，陈去病肯定了潘耒的家国之恨与气节，鉴于潘耒所处境遇，他对潘耒出仕清朝予以谅解，不过，他说潘耒最后赋归，是"遂初早赋"，这是一个错误，是因为不了解潘耒出仕前后的政治倾向变化所致。

今人的研究视野中，有人以为在清廷特开博学鸿词科，延揽天下名士之际，潘耒于困顿之余以布衣膺荐⑤。当然，也有人注意到了潘耒的家国之痛，拒绝应聘的复杂性⑥。

① 马齐、朱轼：《清实录·圣祖实录》卷七十五"康熙十七年七月"条，中华书局年影印本，第966页。
② 秦瀛：《己未词科录》卷三，周俊富辑《清代传记丛刊》本，明文书局1985年版，第158页。
③ 管庭芬：《渟溪日记》咸丰十年庚申七月十四日，虞坤林整理，中华书局2013年版，第26页。
④ 陈去病：《陈去病诗文集》卷六《五石脂》，殷安如、刘颖白编，社会科学文献出版社2009年版，第576页。
⑤ 吴航：《潘耒佚文四篇辑释》，《文献》2013年第6期。
⑥ 吴航：《清初学人潘耒述论》，云南师范大学硕士论文，2008年。

第三节 潘耒的人生转型

康熙十八年博学鸿词科考试之后，潘耒被任命为翰林检讨，由于遗民家庭的出身和兄长罹难带来的切身体会，以及其他种种原因，他对清朝有一种家国仇恨。授官翰林后，潘耒就写下辞呈。不过在他的内心深处，对清朝已经有了认同感，他的思想感情随之发生了巨大的变化。

该年秋日，李因笃得旨辞官归隐，潘耒写诗赠别。赠诗中，已经体现出潘耒的这种变化。《送李天生还关中》追忆了二人来京后的情形，提供了研究潘耒思想情感发生变化的依据。

在《送李天生还关中》① 诗中，潘耒写道："中朝渴求才，搜访到岩穴。鹤书并见征，虚声愧所窃。高堂有老亲，温清未宜缺。陈情各致辞，异地同一辙。"说自己与李因笃一同被征辟，这里直接称颂朝廷，不从官吏、有司逼迫的角度抒写，不再用"雕笼""芳饵"字样，一个"渴"字，和次句"搜访到岩穴"，赞颂了朝廷求贤若渴的形象。这种抒情角度、措辞、感情基调与去年拒绝博学鸿词科时所写的《写怀十首》《后写怀十首》大有不同。他去岁来京是"作速催送，檄牒到门，急于星火，勒限就道，不得停留"，诗中"终然遭敦迫，后先赴京阙。握手风雪中，欣喜复悲咽"写的便这种景象。在二人来京之际，都渴盼能够躲避考试。诗人用比喻手法，说"游鱼待泮冰，鼓鬣春江活。何期一上竿，掉尾不得脱"，入京后陷入困境，无法摆脱。一笔带过二人考试中式、授官翰林，接着称颂李因笃：

> 美君胆坚刚，壮君气勇决。洒涕尚书省，银台屡排突。
> 十上十不收，究乃叩紫阙。上云母龙钟，下云身单孑。
> 金石开精诚，风雨助悲切。天高而听卑，炯炯见识察。
> 恩诏许还山，归志竟莫夺。譬若独流泉，到海经百折。
> 又如养由矢，射甲必彻札。国士信无双，于此见奇崛。

---

① 潘耒：《遂初堂集》卷三《梦游草》上《送李天生还关中》，康熙刻本。

这几句诗写李因笃十次上书陈情，终于获旨还乡。这里写李因笃辞去职位是因为母亲年迈和身体单薄，将真实的原因（遗民情结尤其是在顾炎武的影响下，李因笃已经有为官的意思，但是在与顾炎武的书信往来中，他最终作出辞职还乡的决定）隐去，为官与遗民的矛盾转化为忠孝矛盾，——而这正是封建社会意识形态话语中的核心内容之一。"天高而听卑，炯炯见识察"是立场明确的表达，表达了对康熙帝的称颂。对李因笃的称呼，也用了一个"国士"，这是一年前无论如何都不会使用的词语，表明已经将李因笃列入清朝"士"的行列；而明亡后，士人不惜裂衣冠，以怪异的行为方式刻意显示与士阶层的背离与叛逆①。正是由于对清朝认同的价值观念转化，所以去岁坚持不与清朝合作的潘耒，虽然写了辞呈，但自己心中也游移不定：

> 我亦草疏章，怀之字磨灭。不能叫九阍，俯惭气疲薾。
>
> 属有载笔事，朋侪相牵掣。史牒足坠闻，雅志愿补裰。

《上吏部牍》虽然已经写就，但是迟迟没有上交，"怀之字磨灭"生动传神地写出了潘耒的犹豫不决，反复翻看辞呈，字迹都模糊了。随着字迹消失的，还有那份对清朝的仇恨之情，自己已经无法抗拒清朝官员的任命，故而在前面称赞李因笃"胆坚刚""气勇决"。在史馆同僚的影响下，他愿意参与修史工作。所以他就考虑自己的职责问题："但愁绪如麻，是非中胶轕。南董邈难追，縻禄肠内热。"说道归隐，是完成修史任务后，"我须史书成，沧江鼓归枻。兴到西入关，岳图佩如玦。铁锁攀千寻，扪天弄明月"。南董是春秋时代齐史官南史、晋史官董狐的合称，出现在诗中，说明此刻潘耒的人生定位已经由隐士变为史臣。

---

① 王汎森：《清初士人的悔罪心态与消极行为——不入城、不赴讲会、不结社》，载氏著《晚明清初思想十论》，复旦大学出版社2004年版，第230页。陈瑚《文介石先生为吾党师帅，十年于兹矣。近黄孝子寻亲归，述滇南有路可达，先生遂有归志。此邦之人将于谁而问道乎？乃赋诗六首，以尼其行》（其一）："独有孤忠老博士，焚冠和泪写新诗。"见陈瑚《确庵诗稿》卷二，汲古阁刻本。文祖尧（1589—？），字心传，号介石，云南呈贡（今昆明）人，清初遗民。文祖尧《焚冠》："纱帽风霜历几时，庄严当日汉官仪，一朝倒置谁知惜，几处欢弹我自悲，懒挂东都同俗变，化为清气与云随，从兹历历冲霄去，涂炭休教得浼之。"载陈瑚辑《离忧集》卷二，昆山赵氏峭帆楼校刻本。屈大均《明四朝成仁录》卷十二载："刘长庚，字醉白，同州增广生员。崇祯十六年冬，贼破潼关，即约众城守。比西安陷贼，游兵薄同州，官民逃迎者各半。长庚往辞先师庙，焚冠。下阶曰：'长庚誓不敢以夫子之身失之于贼也。'"民国《广东丛书》本。

　　这首诗，写出潘耒康熙十七年来京到康熙十八年博学鸿词科考试后精神世界的变化。来的时候，拒绝与清朝合作；如今，已经决意修史，任职翰林检讨。诗中，虽然提及去岁博学鸿词科的征辟人才，但是由于政治身份、思想情感的变化，感情的态度已经发生变化。在潘耒的生命里，已经有了官员的职责与修史的使命感。这次被征为翰林，在事后的追忆中，真是人生盛事，当朝盛典："当戊午己未间，天子旁求渊雅宏达之士，征诣京师……当是时，同召试入词曹者五十人，先生与朱子锡鬯、严子荪友及耒四人者，则以布衣入禁林，为古今旷典。"① 叙述语气中，潘耒以被征、布衣身份任命翰林而自豪。

　　在研究关于潘耒出仕这个问题时，有研究者注意到了潘耒兄长遇难的因素，提出因为潘耒害怕再次打击，"畏惧之心甚于仇恨之心"，他固然畏惧清朝之残酷，但更担心"家庭重担由谁负担"。固然，母亲、养家是潘耒面临的问题，可是依据潘耒诗文分析，他在第一时刻想到的是拒绝征辟，并得到母亲的支持，生计问题不在考虑之内。同时，认为潘耒出仕还有保存资料意图，显然是错误的。"分析潘耒学术之重心亦有助于了解其出仕原因。潘耒治学以考据、经世并重。考据贵资料博洽准确，故他亦极重文献搜集。其出仕之时曾数次上书请除禁书之令。"② 保存文献和是否入仕没有直接关系，潘耒的哥哥潘柽章以及老师吴炎，虽然是遗民，但是从事修史保存明朝文献的事业。潘耒修史、保存前朝文献的主要活动和成就，发生于康熙十八年他的政治态度转变之后。

　　为何潘耒人生中会发生如此变化呢？这是因为博学鸿词科对征士的尊重与优待，涉及进京供给、月给俸禄、考试中的赐宴、考试时间的宽松、录用标准的宽松，以及授予官职的优厚等多个方面。比潘耒年长的、一度从事抗清斗争的朱彝尊，被录取后自豪地写道：

　　　康熙十有七年春，天子法古，制科取士。诏在廷诸臣既外督抚
　　大吏，各举博学之彦，毋论已仕未仕，征诣阙，月给太仓禄米。明

---

　　① 潘耒：《遂初堂集》文集卷八《李天生诗集序》，康熙刻本。
　　② 武勇：《潘耒的学术渊源与文献学成就》，中南民族大学硕士论文，2012 年。

年三月朔，召试太和殿。发题，赋、序、诗各一首。学士院散官纸，光禄布席，赐燕体仁阁下。于时无锡严君绳孙成《省耕》一诗，而退赋序置不作也。天子擢五十人纂修明史，部议分资格，进士出身者以馆职用，余给待诏衔，俟史成日授官。诏下，五十人齐入翰苑，布衣与选者四人，除检讨。富平李君因笃、吴江潘耒、予及严君也。严君文未盈卷，特为天子所简，尤异数云。未几，李君疏请归田养母，得旨去。

三布衣者，骑驴入史局，卯入中出，监修总裁交引相助。越二年，上命添设日讲官，知起居注八员，则三布衣悉与焉。是秋，予奉命典江南乡试，严君亦主考山西。比还，岁更始，正月几望，天子以逆藩悉定，置酒干清宫，饮燕近臣，赐坐殿上。乐作，群臣以次奉觞上寿，依汉元封柏梁台故事。上亲赋升平嘉燕诗，首唱"丽日和风被万方"之句，严君与潘君继和，御制序文勒诸石。二月潘君分校礼闱卷。三布衣先后均有得士之目，而馆阁应奉文字，院长不轻假人，恒属三布衣起草。[①]

第一段叙述了录用前博学鸿词科的种种优厚待遇，第二段叙述任官之后的礼遇。本来，儒家思想的核心是承担社会责任，所谓"学而优则仕"，在社会公共事务中担当起义务与责任。君王的礼遇，朝廷的恩典，感化了士人，包括参加考试的官员、一度赋闲在家闲散官员、布衣甚至遗民，如布衣王嗣槐对清朝认识发生了巨大变化，毛奇龄由遗民转化为拥护清朝的官员，王弘撰、顾炎武、李因笃对清朝的敌视态度发生了变化。由于康熙十七年诏举、次年开考的博学鸿词科考试，士林思想情感发生巨大变化。身处其中的潘耒，在清朝的态度上也自然发生了巨变。朱彝尊记载了潘耒仕宦经历与父母受封的情况："康熙十有七年春，天子有诏征文学之士，吴江潘君耒被荐。明年召试体仁阁下，赋最工，以布衣除翰林院检讨。越二年，充日讲官知起居注。其冬，云南平，天子推恩及臣下。于是君之考处士贞靖先生得赠日讲官、起

---

① 朱彝尊：《曝书亭集》卷七十六《程德郎日讲官起居注右春坊右中允翰林院编修严君墓志铭》，《曝书亭全集》本，王利民等点校，吉林文史出版社 2009 年版，第 721 页。

居注、翰林院检讨，征仕郎君之妣章氏赠孺人，母吴氏封太孺人。又明年试天下士，君与分校，得人最。"①康熙十八年，潘耒授官翰林院检讨，入史局修《明史》；二十年，充日讲官知起居注；二十一年，为乡试考官。潘耒自己的升迁以及父母受封，这既是无上荣誉，也表明潘耒的称职。充任考官，甄别人才公正无私，便是其中的一个例子。

任何政策的执行与实现，都需要一定的人员来落实。幸运的是，清朝有一批合适的人，执行康熙的博学鸿词科文化政策，有力地促使了文治的顺利完成。具体到潘耒而言，抵达京师后，刑部尚书、文华殿大学士冯溥与翰林院掌院学士叶方蔼对其礼遇有加。同时，在他的转变过程中，知音王士禛也起了重要作用。

康熙十七年十二月五日，为冯溥七十大寿，京师的官员、布衣、遗民纷纷祝贺。潘耒写了《寿冯益都相公》，赞颂冯溥重视人才、礼贤下士：

大厦罗群材，缔构资一匠。济济国多贤，采纳惟元相。
相业岂在多，有容德靡尚。吐握美姬公，广集称葛亮。
晶莹日光辉，廓落天度量。劳谦义久微，云霄隔尘坱。
车厩改平津，翘材没无双。巍巍益都公，业冠韦平上。
虚己特含弘，居高弥退让。集壤山穹窿，吞流海溁瀁。
门墙半槐棘，巍立孙曾行。犹然下白屋，折节到穷巷。
寸长必存录，片善靡遗忘。聆音辨焦桐，望气披干将。
客恣吐茵狂，礼容长揖抗。士气始一伸，短褐还神王。
由来转鸿钧，耳目须昭旷。况当挞伐秋，宵衣烦甲帐。
三边方用师，万里犹转饷。迢遥黄睡粟，历落云台仗。
苑马渴青刍，河堤走高浪。杼轴困大东，缗钱输左藏。
庙算须从容，前筹贵精当。古称将相门，英俊宜蓄养。
草泽多奇才，弆驾或倜傥。一一蒙延揽，时时垂咨访。
岂伊掇华采，庶用资拜扬。鄙生伏穷岩，行歌聊拾橡。

①　朱彝尊：《曝书亭集》卷七十六《赠日讲官起居注翰林院检讨征仕郎贞靖潘先生墓志铭》，《曝书亭全集》本，王利民等点校，吉林文史出版社 2009 年版，第 717 页。

窥豹无一班，蜡屐有几緉。把钓且栖迟，凿坏敢骄尤。

揭来逐征车，天门开荡荡。礼数绝蓬茅，未敢通名状。

咨询猥见及（未抵京辱公先赐顾），一物采无长。虚声愧魏野，雅志惭种放。

归梦落鉴湖，客心悬雁宕。敢慕锥处囊，所希马脱鞅。

台阶炳中天，龙门峻千丈。黄发何番番，元老猷方壮。

勋看勒鼎钟，宠必锡圭爵。深宫拜丹书，大廷扶玉杖。

何用祝冈陵，无劳餐瀣沆。留邺自为伦，蓬瀛遥在望。①

清代沿袭明朝官职，没有设宰相一职，大学士类似于宰相。诗歌开篇用周公和诸葛亮赞颂冯溥，胸怀天下，求贤若渴。"车厩改平津，翘材没无双"，借用汉丞相、平津侯公孙弘起客馆开东阁延揽士人的典故，指代康熙十七年秋，博学鸿词科应征人员汇集京师，冯溥多方延揽，一些人住在冯溥家里。如"关中李天生因笃、仁和吴志伊任臣俱寓益都相国邸中"②，还有一些人博学鸿词科诏举之前就住在冯溥家，如胡渭在康熙十六年就馆冯溥家③。这些都是四方名流，给年轻的潘耒开了眼界。冯溥虚怀若谷，潘耒说"虚己特含弘，居高弥退让"，人有一言一行之善，牢记在心。这是冯溥在清初给人的深刻印象。李光地比较清初名相之后，对冯溥赞不绝口："北相惟冯益都有些意思。不以人之亲疏为贤否，不计利害之多寡为恩怨，又留心人才。南相吴汉阳可比宝坻，而如益都者尚少。"④ 在潘耒看来，冯溥"聆音辨焦桐，望气披干将"，善于鉴别人才；"客恕吐茵狂，礼容长揖抗"，用《汉书·丙吉传》典故和西汉郦食其典故⑤，赞颂冯溥容得下文人的缺点，即使是狂妄之士，也以礼相待。"士气始一伸，短褐还神王"，形象地写出冯溥人格魅力与对士人的发

①　潘耒：《遂初堂集》诗集卷三《梦游草》上，康熙刻本。

②　徐锡龄、钱泳：《熙朝新语》卷五，顾静点校，上海书店出版社2009年版，第77页。

③　夏定域：《德清胡胐明先生年谱》，台湾商务印书馆1978版，第5—8页。

④　李光地：《榕村续语录》卷九《本朝人物》，中华书局1995年版，第680页。

⑤　"吐茵"典见班固《汉书·丙吉传》："吉驭吏耆酒，数逋荡，尝从吉出，醉欧丞相车上。西曹主吏白欲斥之，吉曰：'以醉饱之失去士，使此人将复何所容？西曹地忍之，此不过污丞相车茵耳。'"班固：《汉书》卷七十四《魏相丙吉传》，中华书局1962年版，第3146页。"长揖"为郦食其见刘邦事。班固《汉书·高帝纪》载："沛公西过高阳，郦食其为里监门，曰：'诸将过此者多，吾视沛公大度。'乃求见沛公。沛公方踞床，使两女子洗。郦生不拜，长揖曰：'足下必欲诛无道秦，不宜踞见长者。'"班固：《汉书》卷一上《高帝纪》第一上，中华书局1962年版，第18页。

自肺腑的尊重，感化了士人，产生了自豪感。"草泽多奇才，要驾或偶觊"，写由于征士中不少遗民或者如同潘耒那样的布衣，本来就无意与清朝合作，加之一些人性格独特，故而桀骜不驯，但是却"一一蒙延揽，时时垂咨访"，受到冯溥礼遇。

正是由于冯溥的人格魅力与礼贤下士，不少文人人生发生了巨大变化。年近七旬的布衣王嗣槐本来对诗坛创作没有多大热心，在冯溥的感召下，他积极地呼吁唐诗风尚，并向王士禛提出批评①。毛奇龄则由遗民转变为清朝官员，热衷于讴歌清朝盛世文治。对潘耒来说，"鄙生伏穷岩，行歌聊拾橡。窥豹无一班，蜡屐有几緉"，想着自己与冯溥身份的差异，"礼数绝蓬茅，未敢通名状"，没有去拜访。谁料到"未抵京辱公先赐顾"，"咨询猥见及，一物采无长"，冯溥百忙中到潘耒的住处，问寒问暖。写这首诗的时候，潘耒虽然依然拒绝考试，渴望返回故乡，可是文华殿大学士冯溥的礼遇，使他内心萌发了一种自豪与受到尊重的惬意，所谓"士气始一伸，短褐还神王"，内心对清朝的抵触不再那么强烈。在考试前后，他又多次参加冯溥的燕集，陪侍左右。如冯溥《佳山堂诗集》卷三有《秋日，王仲昭、毛大可、吴志伊、陈其年、汪舟次、潘次耕、胡胐明小集西斋，和其年重阳登高见忆之作原韵》。

康熙十七年潘耒来京之后，翰林院掌院学士叶方蔼也对潘耒进入仕途产生了巨大影响。他对潘耒恩重如山。潘耒说叶方蔼：

> 惟吾师宽弘善诲，教思无穷，凡在门墙，孰不感德，而耒自以为受知独深，荷恩独厚，敢沥血衔哀，略陈本末。

> 耒本岩穴之人，器识短浅，非有高才异能发闻当世也。尝游京师，而吾师方家居；尝馆于昆，而吾师在都，未得夙奉教诲也。比应召入都，蒙枉高轩先辱惠存。未逾日报谒，亦未得见。既而置酒延诸文士，耒在末坐，一接谈而已。自惟谫劣，初无心于仕进。屏居萧寺，待毕事而归里。岂意吾师拔之泥涂之中，跻之青云之上，独赏应制诗赋，擢置第五。既而名次稍后，犹为之惋怅弥日。不知竟何以得此于吾师也？

---

① 张立敏：《宋诗风运动中的王嗣槐》，《中国社会科学院研究生院学报》2008年第6期。

既授官留京师，遂得时时晋谒。院长事繁，稀对宾客，而耒到未尝留门。数日不见，辄问比者一何间阔也？寓舍至湫隘，吾师时时辱临。笔墨之事，每以见属，数称之于先达巨公。既而有诏添设讲官，复以耒名入荐，得预珥笔之列。耒愚戆性成，不谙世故，酒酣耳热转喉触讳，往往获罪于先生长者。吾师独提携奖饰之不遗余力。有短耒于吾师者，吾师一不听。遇之愈厚，有铄金之毁，而无投杼之嫌。

呜呼，士生于世，最难得者知己。古来烈士，尝有一言之奖，一字之褒，而终身感激，愿为之死者。耒之名，吾师实成就之；耒之身，吾师实护持之。其衔感图报当何如乎？乃恩重于丘山而无毫毛之效力，德深于沧海而无涓埃之酬答！①

叶方蔼为江苏昆山人，与顾炎武外甥徐元文同榜进士。潘耒"尝游京师，而吾师方家居；尝馆于昆，而吾师在都，未得夙奉教诲也"，曾经两次想拜访而未果。这次入京，"蒙枉高轩先辱惠存"，也是叶方蔼先来看望潘耒。后来虽然多次参加叶方蔼的宴会，"耒逾日报谒，亦未得见。既而置酒延诸文士，耒在末坐，一接谈而已"，但是由于人才济济，潘耒感到关系也一般，其实不然。博学鸿词科考试，潘耒被录取，是叶方蔼慧眼识珠。最初录潘耒为一等五名，后来被确认为二等二名（潘耒的诗，因为有"无心于仕进。屏居萧寺，待毕事而归里"的念头，有不合韵的地方），叶方蔼竟然是"怅怅弥日"。第二段写潘耒走上仕途后叶方蔼的关照、提挈，不遗余力。所以他出仕后他对叶方蔼感恩戴德，甚至在叶方蔼驾鹤归天后，深感落魄无依。

冯溥和叶方蔼为主考官、阅卷官，二人之外，王士禛对潘耒也十分关照。其实之前，潘耒就与王士禄、王士禛兄弟关系非同一般，王士禄是潘耒知音。据王士禛《王考功年谱》所载，康熙十年，"海内文章之士游辇下者，以不识先生颜色为耻。吴人潘耒年少，博雅好古，奄通经学五音，诗尤沉郁，游京师，未为人知。先生首折节交之，由是名噪公卿间"②。由于王士禄的赏识，

---

① 潘耒：《遂初堂集》文集卷二十《祭叶文敏公文》，康熙刻本。
② 王士禛：《王士禛全集》杂著《王考功年谱》，袁世硕主编，齐鲁书社 2007 年版，第 2512 页。

潘耒由名不见经传到声名鹊起。康熙十七年，潘耒应考来京后，写有《赠王阮亭侍读》[①] 一诗，其中有诗句：

> 往岁来京华，我年始弱冠。君家吏部公（西樵），一见谬称叹。
>
> 谓我工五言，灿若金出锻。君从淮浦还，同声复相赞。

写潘耒在京城受到王士禛的兄长吏部考功员外郎王士禄（1626—1673）推扬，五言诗受到赏识；从"题诗远见怀"来看，王士禛对潘耒的诗也有唱和，由此声名大振。王士禛在撰写王士禄年谱的时候，把王士禄与潘耒的关系记载其中，潘耒读后异常感动，说："微名载编年，雪涕不能看"，自注："阮亭作西樵编年行状，载余受知一节。"

关于潘耒康熙十七年入京后的情况，诗中写道自己夙愿和被迫入京："鄙性慕幽栖，况复更多难。支离善病躯，甘老渔樵伴。征书谬见加，野马愁羁绊。"渴慕隐逸生活看似是性格倾向，但是所说的"多难"则是家国之悲痛，对刚到京城的潘耒来说，博学鸿词科考试依旧是束缚。此刻，他期盼返乡。在京师，由于四方文人荟萃，而王士禛素好交游，故而经常有文人聚会，每次王士禛都召集潘耒前去。潘耒写道："从游盛如云，造请惭疏慢。雅量垂矜怜，酌酒每相唤。"据王昊《雪后，偕秦中李子德、云间董苍水、毘陵邵子湘、宛陵梅耦长、松陵潘次耕，集家阮亭太史寓斋，以王右丞"积素广庭闲"五字为韵，各分赋五言古体五章》，潘耒与众征士与王士禛互相唱和[②]。这对促进潘耒政治倾向的改变有一定影响。

不仅如此，潘耒还参与京师文人的其他燕集，比如据徐釚《花朝前一日，曹正子招同李天生、孙豹人、邓孝威、尤悔庵、彭羡门、李屺瞻、陈其年、汪舟次、朱锡鬯、李武曾、王仲昭、陆冰修、沈融谷、陆云士、杨六谦、李渭清、顾赤方、吴大章、潘次耕、董苍水、田髯渊、吴星若诸君燕集园亭二首》[③]，康熙十八年二月，他与朱彝尊、王嗣槐、徐釚、李因笃、彭孙遹、邓汉仪、董俞等人唱和。相对于王弘撰的隐居僧寮闭门不出，潘耒参与文会，

① 潘耒：《遂初堂集》诗集卷三《梦游草》上，康熙刻本。
② 王昊：《硕园诗稿》卷三十五，清五石斋钞本。
③ 徐釚：《南州草堂集》卷六，康熙三十四年刻本。

不管与清朝大员唱和还是与应征人员唱和,都显示出内心对清朝的敌对态度
已经削弱。

潘耒是一个急性子,虽然出生于文化世家,但是遗民家庭的特殊性和长
期在困顿中颠簸流离,使他不太懂得人情世故,处理事情时常常有一些不妥
当行为。在日常社会中,这无疑会增加人际交往的不适。如李光地叙述自己
向潘耒学习数学,"某天资极钝。向曾学筹算于潘次耕,渠性急,某不懂,渠
拂衣骂云:'此一饭时可了者,奈何如此胡涂!'其言语又唧啾不分明,卒不
成而罢。"① 身居要职的冯溥、叶方蔼,王士禛以及其他官员文士,并没有因
为潘耒性格的急躁和言行不得体而疏远,而是表现出对潘耒才华的重视和人
性的关怀与尊重,考试以及考试后朝廷对他更是体现了当时历史条件下在制
度上的最大尊重。马斯洛的人生需要层次学说揭示,人的需求依次为生理需
求(physiological needs)、安全需求(safety needs)、爱和归属感(love and be-
longing)、尊重(esteem)和自我实现(self-actualization)五类。潘耒在京师,
得到了充分的"尊重",故而政治态度发生变化,人生的自我实现新目标也就
变得清晰明确。陈廷敬说:"其与修明史也,谓搜罗博而考证当精,职任分而
义例当一,秉笔直而持论当平,岁月宽而卷帙当简。予方预史事,是其言。
洪武及宣德五朝具有成稿,多次耕编纂之力也。"②

第四节 潘耒的诗歌创作变化

"诗言志"(《尚书·尧典》),既然诗歌是诗人内心情感和意志的表达,
那么诗歌的内容、形式、风格便与诗人的情感、意志与创作心态关系密切,
伴随着诗人主体情志变化而变化。康熙十七年博学鸿词科的征辟与次年考试,
对潘耒产生了巨大冲击。录取为翰林检讨,嗣后进入《明史》馆,标志着他
已经认同清朝政府。从创作主体角度来看,潘耒经历了一个由遗民心态转变

---

① 李光地:《榕村续语录》卷十六,陈祖武点校,中华书局 1995 年版,第 775 页。
② 钱仲联:《清诗纪事》,江苏古籍出版社 2004 年版,第 2770—2771 页。

为官员心态的巨大变化。由于内心情感与意志的巨大变化，潘耒的诗歌创作在内容、形式风格方面发生了变化。

在诗歌内容上，其一，最为突出的变化是任翰林之后出现了歌颂盛世政治与应制诗歌。如《内苑阅武》《滇南告捷》《赐宴瀛台诗》《雪后观瀛台四首》《从观温泉应制四首》《经筵恭纪》《赐果二首》等。这类诗歌讴歌清朝的文治武功，抒写自己侍从君王的恩宠与感激，典雅华贵，景象宏阔。如《内苑阅武》：

> 闽海初传檄，蛮荒乍廓清。已欣文治洽，复庆武功成。
> 归马天王意，销锋率土情。六飞仍训练，九伐在师贞。
> 上苑商飚肃，华林辇路平。载修司马法，大简羽林兵。
> 地拥龙蛇阵，天开鹅鹳营。戈鋋星错落，组练雪光晶。
> 突骑娴穿札，材官习射生。翘关夸力健，超距试身轻。
> 万马腾空疾，双雕饮羽惊。先鞭稍月窟，余勇斩长鲸。
> 七萃威棱壮，中权节制精。指麾森在握，开合静无声。
> 赫赫看荼火，悠悠想旆旌。劳军卑细柳，习战陋昆明。
> 天讨原无敌，王师亦有征。何烦虎旅奋，直见鼎鱼烹。
> 帝用三驱礼，人为万里城。车攻能作颂，吉甫嗣鸿名。①

这首诗写观看内苑练兵感受，叙写演练原因、场景、文臣歌咏，赞颂了平叛的胜利，再现了内苑演练的威武与精彩，讴歌了康熙皇帝文韬武略，虽用兵而以仁慈为本，点明文治武功关系。单就拿开篇写演兵原因来说，潘耒写得规整有序，波澜老成，涉及面广，内容全面，呈现出一种整饬美。这次演兵是因为福建平叛胜利，"蛮荒乍廓清"，将练兵与波澜壮阔的战争结合起来，因而意义不同凡响。"已欣文治洽，复庆武功成"，前句是说博学鸿词科的成功，文治武功喜事连连，因而这次演兵洋溢着激动、兴奋、喜悦气息。君王的本意是在休养生息，可是因为云南未平，依旧需要用兵。部队演练之意，一起三伏，神完意足，体现诗人构思缜密，用语严谨。诗歌大量运用典故而融合无间，如"归马天王意，销锋率土情"，"归马"即放马归山用《尚

---

① 潘耒：《遂初堂集》诗集卷三《梦游草》上，康熙刻本。

书》典故，"销锋"用秦始皇销毁兵器典故；"天王"春秋时期称天子，这里指康熙，"率土"用《诗经》典故，含有"率土之滨，莫非王臣"（《诗经·小雅·北山》）之意。

其二，诗歌内容上，诗中出现诗人翰林与史官意识。康熙十八年秋，在《送李天生还关中》中，潘耒写出自己史官的责任与使命，说自己"属有载笔事，朋侪相牵掣。史牒足坠闻，雅志愿补裰"①，齐史官南史、晋史官董狐出现在诗中，成为他人生的典范。他自我价值实现的目标成了修史、帝王顾问。身份的自我认同体现在他与博学鸿词科中式翰林称谓上"同年"一词的使用，如《送同年钱越江归省》《送同年毛允大乞假归省》《年范秋涛假归二首》《送同年汪舟次奉使琉球》《送同年徐电发假归》《尤悔庵假归二首》，而该词语的使用曾一度为他的老师顾炎武所反对。这种史官意识在诗歌中也多有体现，如康熙十八年他在《徐立斋学士见示途中寄两总裁暨诸同馆诗，用韵奉和四首》其一中写道：

> 哲王镜囊古，兴衰究天人。近代尤密切，后车逐前尘。
> 所以胜国史，汲汲垂讨论。贞观归马日，洪武橐弓辰。
> 应时诏编纂，册府辉千春。前明三百载，治忽何纷纶。
> 今朝所仪鉴，典章况相因。迄兹无成书，文献日以沦。
> 我皇敷文教，制作超无伦。旁求访幽仄，穷岩贲蒲轮。
> 宠以载笔任，东观开嶙峋。群工仰英匠，众器资鸿钧。
> 总领既巨儒，监督仍宗臣。千载一嘉会，光华烛天垠。
> 逢时长才奋，吐气直笔伸。振衣蹑南董，高步追班陈。
> 庶成不刊则，持以献枫宸。②

这首诗中写道修史的"应时"、紧迫、《明史》的资政功能，曾经拒绝的博学鸿词科一下子转变为君王为了修史而"旁求访幽仄，穷岩贲蒲轮"求贤，歌颂了文教之功。谈到自己入史馆修史是"逢时长才奋，吐气直笔伸"，志满意得，"振衣蹑南董，高步追班陈"，一心向前代史学家看齐。论及明朝，用

---

① 潘耒：《遂初堂集》诗集卷三《梦游草》上，康熙刻本。
② 潘耒：《遂初堂集》诗集卷三《梦游草》上，康熙刻本。

"胜国""前明"，谈论当下，则是"今朝""我皇"，王朝归属明确。诗歌写得豪迈昂扬，一种自我目的确定后的奋发精神跃然纸上。

其三，在京为官期间，出现与其他官员、同僚的唱和其他官员生活的篇章。如《和田纶霞移居诗》《次惠元龙韵送宋叔邃归溧阳》《施愚山侍读惠敬亭绿雪茶赋谢》《题陶云湖画白雁》《送临清推使》《送陆天涛之官郏县》《送江辰六令益阳》，这些诗歌是文官生活的反映。虽然在康熙十七年前潘耒也有与官员唱和的诗篇，但是与同僚的诗歌中包含了以前所没有的彼此之间相同的官场经历，如"同赋长扬步玉除"（《送陆天涛之官郏县》），"献赋曾同上玉堂"（《送江辰六令益阳》），因而呈现出不同面貌。

其四，这种因诗歌创作主体的转变而引发的变化体现在诗歌的抒情表达中。在抒怀诗篇中，潘耒有三组诗同样以辞去官场为抒情主题，即《写怀十首》《后写怀十首》和《续写怀六首》，前二者写于康熙十七年清廷诏举博学鸿词科，潘耒力辞征辟，后者写于康熙二十三年潘耒以浮躁降调归里之时。潘耒入史馆后，虽然一度受到康熙帝赏识，但因为敢于直言，得罪不少人。如陈廷敬曾经给李光地说："当日潘次耕、朱锡鬯在南书房，与高澹人不过诗文论头略不相下，澹人便深衔之。"[1]据潘耒自述，"果中蜚语镌秩，太孺人处之怡然，曰：'儿第省愆思过，慎无一言自白。吾日夜思乡土，儿亦每欲告归。今更不须补官，第返田间，守素业，焉知非福？儿勿谓吾有所不乐也'"[2]。因为得罪人（据陈廷敬所述，得罪了高士奇），母亲又告诉他不要自己申诉，又因为母亲思念故乡，所以他降级后也就没有白冤，而是遵循母亲意愿返乡。《续写怀六首》即是潘耒返乡前写的诗歌。在辞官和回归故乡主题上，这三组诗有一致的地方。然而前两组诗是博学鸿词应征抒怀，这组诗是官员辞官抒怀，因而便呈现出不同的面貌。

潘耒《续写怀六首》写道：

> 野夫何事点朝班，竟岁劳劳尘土间。
>
> 报国早知才薄劣，趋时长恨质踈顽。

---

[1]　李光地：《榕村续语录》卷十五《本朝时事》，陈祖武点校，中华书局 1995 年版，第 758 页。

[2]　潘耒：《遂初堂集》文集卷十八《先妣封太孺人吴氏行述》，康熙刻本。

蹉跎归计愁衰鬓，烂漫春花忆故山。

深谢故人相料理，飞章催送鹿车还。（其一）

栖迟少小在长林，酒盏书签托兴深。

傲岸不嫌豪士态，清狂微会古人心。

作官岂得行胸臆，处世应知贵陆沉。

莫问弹章出谁手，勤攻吾短是良箴。（其二）

承明清切傍天居，僚友金兰谊不疏。

昨日蝺坳犹执简，今朝蓬户已焚鱼。

世情信有羊肠险，宦迹真成鸿爪虚。

未必芬芳比兰草，当门先已被芟锄。（其三）

鹤影炉烟讲席重，传宣长在掖门东。

三年趋走纡天盼，一日推排割圣衷。

旧识蛾眉惊画笔，未捐团扇奈秋风。

青蒲传得咨嗟语，肠断孤臣泣转蓬。（其四）

亦知独立理难全，受命其如不可迁。

鹤性自来难笼络，松身宁解学缠绵。

行藏岂免随流俗，面目终须对古贤。

铩翮剪翎非所惜，无过使我不冲天。（其五）

不束朝绅已涉旬，居然林泽得闲身。

掩关正好看山色，缄口无妨近酒人。

万古功名棋上劫，百年身世隙中尘。

老亲一笑浑无事，屈指归期此度真。（其六）①

　　如果说前两组诗歌中，在情感基调上，潘耒因遗民家庭出生、兄长被难、饱受奔波流离之苦而骨子里对清朝怀恨在心，故而考试与为宦在诗人看来是网罗与囚禁，此处这种情感早已经消失殆尽。"点朝班"（其一）、"作官"（其二）、"宦迹"（其三）、"讲席"（其四）、"受命"（其五）、"朝绅"（其六）在诗作中不断闪现，表明诗人认可的身份是官员，与之相对应的是"报国"（其一)、"良箴"(其二)、"僚友""执简"(其三)、"掖门""圣衷"(其四)"无过"(其五)"功名"、(其六),官员的职责、日常事务,任翰林、起居注讲官的经历在诗歌中如盐溶于水。他以官员的身份来写归隐心态,涉及才能、秉性、受诬告的冤屈、宦海的人情冷暖,故而诗中处处离不开官员的影子。诗人对离开京城,心中也是矛盾重重:一方面说"莫问弹章出谁手,勤攻吾短是良箴"(其二),不计较何人暗算自己①;另一方面却又是"肠断孤臣泣转蓬"(其三),心中难以释怀。这是一组反映诗人内心冲突与苦闷的诗。诗人解决内心凄苦的途径是认命("才薄劣""质疎顽",其一)、以古代圣贤激励("古人",其二;"古贤",其五),认可世事险恶、世态炎凉("羊肠险",其三)、"坏人陷害,不与计较"("良箴",其二),最后,诗人终于揭开内心的疙瘩,悟到"万古功名棋上劫,百年身世隙中尘"(其六)。

由于侧重于抒写内心的矛盾,与前两组诗相比较,归隐的故乡在诗中所占的比重小,只有"故山"(其一)、"长林"(其二)两处,表现得就不那么丰富了。而前两组诗中,诗人除了大量景色描绘,如"南山翠色"(《写怀十首》其一)、"竹根"(其二)、"岩中"(其三)、"风树""秋原"(其四)"林泉"(其六),甚至还用了比较华丽的词汇"玉柱金庭";此外潘耒用了大量隐士的典故,突出归隐的重要性。

其五,从艺术形式上来看,康熙十八年之后,潘耒诗歌由于在内容上的巨大变化,带来不同形式的诗歌美,应制诗雍容典雅、华丽整饬,文官生活的篇章平和娴雅,即使是情感激烈的抒情,也在化解内心矛盾中趋向清旷淡雅,如"万古功名棋上劫,百年身世隙中尘"(《续写怀六首》其六)。虽然他明明知道自己蒙冤受屈,可是最终不是起诉、陈述,而是自我反省,参化人生,激励自己。诗歌创作体现了儒家"温柔敦厚"诗教原则。

潘耒诗风的一个变化是由沉郁变为平和。潘耒的诗歌创作在早年就名闻遐迩,钱澄之《赠潘次耕》说:"松陵才子早知名,握手燕台气不平。未受国恩甘避世,偶谈家难为伤情。诗篇半是尊前就,史学偷从帐里成。顾叟不归

---

① 关于于潘耒因为"浮躁降调",史志明以为,潘耒上书乞放还再三,结果没有被允许,好在机会降临,有人诬陷他,是对这首诗歌的误读,潘耒返乡的误判。见史志明:《盛世华音——清代顺康雍乾诗人山水诗论》,凤凰出版社 2017 年版,第 359 页。

余亦老，江东此事属潘生。"① 盛赞诗歌、史学成就，称为江东才俊。关于潘耒的诗歌，钱澄之指出由于潘耒"未受国恩甘避世，偶谈家难为伤情"，他的诗歌"气不平"，充满哀怨和愁绪，这与王士禄、王士禛兄弟看法相同。王士禛在《王考功年谱》中说"潘耒年少，博雅好古，奄通经学五音，诗尤沉郁"②。而后期的诗歌变得平和雅正，符合传统诗教，"所为诗若文，多扶树风节，裨于治道，卓然有立"③。这个诗歌创作上的巨大变化，发生于康熙十七年清廷诏举博学鸿词科之后。

袁景辂《国朝松陵诗征》评价潘耒各体诗歌特点时，说：

> 太史诗以气胜，而七古又气之盛者。《汴河行》《烈士行》诸作，如天马行空，纵横如意；神龙掉尾，变化无端。而其骨之坚凝处，又如黄山三十六峰，蠢立云海中，云虽变幻，山终挺然不动也。予尝论本朝七古宗李、杜、韩、苏者，首推渔洋，太史足以配之。宗唐初者，首推梅村，汉槎足以配之。后有论定，应不以予言为阿好也。太史五古比唐人则发露太尽，视宋人则气局又大。七律思雄笔健，声响格正，宗法在大历十子间。五律与绝句非作者经营惨淡处。④

潘耒的诗歌，朱庭珍说"潘次耕诗足算一家"⑤，曹寅将他与李因笃相提并论，是一位在清初有影响的诗人。陈文述《颐道堂集》诗选卷九《古今体诗》有《题潘次耕遂初堂诗后》："诗坛谁大敌，第一遂初堂。古体森芒角，长篇接混茫。蛟龙争起蛰，鸾凤自孤翔。莫信袁丝达，天才独擅场。"⑥ 以潘耒诗歌创作对他人"影响的焦虑"出发，写其才华横溢。他的创作变化，反映了清初诗歌发展的基本脉络，是康熙诗坛演变的具体体现。

---

① 钱澄之：《田间诗文集》诗集卷二十二《客隐集》，清刻本。
② 王士禛：《王士禛全集》杂著《王考功年谱》，袁世硕主编，齐鲁书社 2007 年版，第 2512 页。
③ 钱仪吉：《碑传集》卷四十五《翰詹》上之下，靳斯校点，中华书局 1993 年版，第 1258 页。
④ 钱仲联：《清诗纪事》，江苏古籍出版社 2004 年版，第 2770 页。
⑤ 朱庭珍：《筱园诗话》卷二，光绪十年刻本。
⑥ 陈文述：《颐道堂集》诗选卷九古今体诗，嘉庆十二年刻道光增修本。"莫信袁丝达"句原注："随园颇毁次耕故云。"

第七章 博学鸿词科对王弘撰
的影响及其应对措施

　　清初关中声气领袖王弘撰在多个学术领域都受到关注，除了行实、易学、理学研究、金石、书法受到重视而外，散文、诗歌及诗学地位，学界也有一些探索①，然而在王弘撰人生际遇的一个关键时期，即博学鸿词科期间的研究，则显得薄弱。他是否参加考试、如何脱离仕宦之网；既然王弘撰是遗民又为何是太学生生员的身份冲突问题，也是遗民中的罕见现象，尚未有人揭示。

　　康熙十七年（1678）清廷诏举博学鸿词科，四方文人雅士麇集京师，诗酒唱和辉映一时。入京后，王弘撰隐居寺寮，拒绝拜访名宦大员，尽管应征之前他与清朝官员多有往来，曾受官方委托主持关中书院，参与编纂《陕西通志》。从拒绝为冯溥写寿辞到写出洋洋洒洒的贺词，从回绝与故交王士禛的交往到二人把玩文物，赋诗唱和，王弘撰应试期间的人生境遇、心态与人际交往方式，显示了一位底线受到挑战的遗民的无奈与坚守，彰显了诏举博学

---

　　① 　王弘撰的行实研究有赵俪生《王山史年谱》（载《顾亭林与王山史》，齐鲁书社 1986 年版，据嵇文甫序该书初稿完成于 1947）、马明达《读〈王山史年谱〉札记》（《西北大学学报》1994 年第 2 期）、高美茹《关中声气之领袖：王弘撰》（《西北社会科学》2009 年第 5 期）、卫华《清初的关中学者领袖王弘撰》（《收藏界》2002 年第 9 期）、常新《清初关中遗民生存境域与文学生态——以游幕、隐居、结社为例》（《甘肃社会科学》2010 年第 5 期），诗歌方面的研究有张兵《清初关中遗民诗群的构成与王弘撰、李柏的诗歌创作》（《兰州大学学报》2000 年第 3 期）、蒋寅《清初关中理学家诗学略论》（《求索》2003 年第 2 期）、冉耀斌《清代三秦诗人群体研究》（南京师范大学博士论文，2012 年）、张修龄《清初散文论稿》（复旦大学出版社 2010 年版），理学方面的研究李立宏《西安传统哲学概论》（西安出版社，2007）、唐华《王弘撰理学思想探微》（《科学大众》2016 年第 2 期）、高馨《王弘撰思想初探》（河北师范大学硕士论文，2006 年），金石碑帖方面的研究有白林坡《王弘撰金石书画交游及书学研究》（西安美术学院硕士论文，2007 年）、陈大利《华山碑与清代碑学》（南京艺术学院博士论文，2011 年）。

鸿词科的意义，而科考前后与官员交际方式变化、康熙十七之前的官员交际情况对照考察，也为解读清初遗民与官员交往现象提供了一种思路。

在还原历史脉络的基础上，本章指出，王弘撰之所以参加博学鸿词科考试，是他在百般拒绝无效后的无奈举措，他抓住冯溥诞辰时机，应试之前与冯溥达成协议，在确保布衣身份前提下参试。在入京应考的特殊境遇中，他实现了彻底摆脱清廷功名羁绊的夙愿，确定了此后的人生规划。王弘撰为保留遗民身份而应试的特例，不仅表明立场坚定的遗民与清朝官员交往中，始终保持遗民底线，必要时告知对方这一交际限定，在极其特殊的情况下甚至会采取非常措施，在人际交往中的"和而不同"中恪守信念、确保遗民身份。而对清朝官员来说，封建士大夫"重吾道"与"重朝廷"的意义同构，是清初官员尊重遗民、广交遗民的根本原因。

第一节　王弘撰是否参加考试

王弘撰（1622—1702），字无异，又字文修，号山史，一号砥斋，又号待庵、鹿马山人，陕西华阴人，明兵部侍郎王之良子。王弘撰少攻举子业，为廪膳生员。入清后隐居华山，筑读易庐，潜心治学。他探研经史，博雅能文，酷好金石，擅长书法，与李颙、李柏、李因笃被誉为关中四君子，为关中学者声气领袖。他敦实学，崇气节，顾亭林自称"好学不倦，笃于朋友，吾不如王山史"[①]。勤于著述，有《周易筮述》八卷、《正学隅见》一卷、《山志》六卷、《砥斋集》十二卷、《十七帖述》一卷、《孔子生卒考》一卷、《北行日札》《待庵日札》《西归日札》等。

康熙十七年正月二十三日，在吴三桂叛乱尚未平息之际，康熙帝鉴于"自古一代之兴，必有博学鸿儒，振起文运，阐发经史，润色词章，以备顾问著作之选"，颁布求贤诏书，"凡有学行兼优、文词卓越之人，不论已仕未

---

① 顾炎武：《顾亭林诗文集》本《亭林文集》卷六《广师》，华忱之点校，中华书局1983年版，第134页。

仕"，令"在京三品以上及科道官员，在外督抚布按，各举所知"①，亲自考试录用，传达了对知识分子的尊崇。次年康熙帝临轩考试，录用人员授予翰林，入《明史》馆修史。这次科考是清朝空前的一次人才选拔考试，也是中国科举史上的盛举，而应征人员多为博学鸿儒一代名士。仅从对录取人员重视程度来讲，历代科考"进士一科，鼎甲而外，最重馆选"②，而录用人员授官翰林，给予空前荣誉。这次特殊的科考史称康熙博学鸿词科，在当时和以后的历史上甚至在海外也产生了深远的影响。朝鲜人洪翰周论及朝鲜科举弊端，称可以借鉴康熙博学鸿词科："如欲实行别科，如清世康熙己未之博学鸿词，则自朝家先饬京外官，使求博学鸿词一世所推之人，各荐一二人，给马来赴，以博学鸿词分题试取，亦或一道也。"③ 举办博学鸿词科的诏书颁布后，经大理寺卿张云翼等人推荐④，王弘撰极不情愿地赴京。

　　学界通常认为，王弘撰没有参加康熙十八年的博学鸿词科考试，如早期的邓之诚《清诗纪事初编》和赵俪生的《王山史年谱》都称他"以老病不预试放归"⑤；近来的张兵《清初关中遗民诗人孙枝蔚的交游与创作》说"王弘撰虽至京，但亦托病拒上考场"⑥，张亚权《康熙博学鸿儒科研究》、高馨《王弘撰思想初探》也说"王弘撰以老、病为辞，没有参加来年的考试"⑦。清史委员会编《砥斋集》小传因袭了这种说法，说他"征举博学鸿儒，以老病不与试"⑧。

　　① 玄烨：《圣祖仁皇帝圣训》卷十二，《文渊阁四库全书》影印本，史部第411册，上海古籍出版社1989年版，第272页。

　　② 叶梦珠：《阅世编》卷二"科举"四，来新夏点校，中华书局2007年版，第49页。

　　③ ［朝鲜］洪翰周《智水沾笔·科举》，蔡美花、赵季编《韩国诗话全编校注》，人民文学出版社2012年版，第8345—8346页。

　　④ 李因笃：《续刻受祺堂文集》卷二《王征君山史六秩序》，道光刻本。

　　⑤ 邓之诚：《清诗纪事初编》卷二，上海古籍出版社1984年版，第168页；赵俪生：《王山史年谱》，载《顾亭林与王山史》，齐鲁书社1986年版，第181页。赵俪生引王士禛没有参加考试的说法，又见氏著《日知录导读》（《赵俪生文集》第三卷，兰州大学出版社2002年版，465页），说三月份返乡，返乡时间也是错误的。

　　⑥ 张兵：《清初关中遗民诗人孙枝蔚的交游与创作》，《宁波大学学报》2000年第1期。

　　⑦ 张亚权：《康熙博学鸿儒科研究》，南京大学博士论文，2003年；高馨：《王弘撰思想初探》河北师范大学硕士学位论文，2006年。

　　⑧ 王弘撰：《砥斋集》，《清代诗文集汇编》本，纪宝成主编，集部第81册，上海古籍出版社2010年版，第500页。

　　认为王弘撰因年龄和疾病因素没有参加考试甚至是没有赴京参试的看法由来已久，甚至经历了博学鸿词科考试的同代人也持有这种看法。清代博学鸿词科的专门研究文献如李集《鹤征录》记载王弘撰"老病，辞不入试"，秦瀛《己未词科录》将王弘撰与纪昺列入"到京称疾不与试者"一类①。此外，卓尔堪《明遗民诗》称"以博学宏词征，不就"②。徐鼒《小腆纪传》说"国朝康熙戊午，以鸿博征，不赴。初与李因笃同学，甚密，及因笃就征，遂与之绝。"③因为李因笃赴京参加考试而与李因笃断交的错误也为《清史稿·隐逸传》所采纳。其他如李放《皇清书史》卷十六普遍采纳了这种看法（"以疾辞"）。最不可思议的是王弘撰同时代的好友、当时在京任职翰林院亲历其境的康熙朝诗坛盟主王士禛的记述。他说："山史，博物君子也……以博学鸿儒征至京师，居城西昊天寺，不谒贵游，以老病辞不入试，罢归，在关中盖张芸叟一流人。"④除了以疾病为借口以外，当时还有一种说法，说他为了逃避考试前往江南⑤。

　　其实，王弘撰参加了康熙十八年的考试。博学鸿词科的应征人员陈僖（字蔼公，清初诗人，王士禛弟子）来京后，与王弘撰过往密切。王弘撰《山志》初集卷五记载了二人交往的经历：

　　　　戊午秋，予入都，遣僮寻一幽僻僧房作寓，乃至昊天寺。明日，陈蔼公来顾，盖先寓于其旁舍。予尝闻蔼公名于汪苕文所，然不深知之。时予闭门养疴，虽同寓不数数见也。久之，始与之谈，渐得读其所著书，挑灯瀹茗，往往至子夜不休。蔼公以世家子，风雅自命，又多游公卿间。每与客集，议论风生，间杂以诙谐，四座为惊，人以是称其才，或见为广交游，敦意气，或见为综载籍，工文章，

---

　　① 李集、李富孙、李遇孙：《鹤征录》，周俊富辑《清代传记丛刊》本，明文书局1985年版，第546页；秦瀛：《己未词科录》卷五，周俊富辑《清代传记丛刊》本，明文书局1985年版，第336页。

　　② 卓尔堪：《明遗民诗》，中华书局1961年版，第344页。

　　③ 徐鼒：《小腆纪传》卷四十八，中华书局1958年版，第601页。

　　④ 王士禛：《居易录》卷九，《王士禛全集》，齐鲁书社2007年版，第3842页。

　　⑤ 全祖望：《鲒埼亭集》外编卷四十七"王山史不应词科荐逃之江南八年"条，"山史何尝逃江南，真大诬也。"见全祖望《全祖望集会校集注》，朱铸禹校注，上海古籍出版社2000年版，第1772页。

而抑知其有所以立言行事之本而之死而不可夺之故耶？[①]

原来王弘撰住在昊天寺，陈僖寓所紧邻，两人都喜欢荒凉少人的地方，相识之后，因为都是出身文化世家又投缘，他们常常彻夜长谈，关系密切。在《燕山草堂集》卷二《送王山史归华阴序》中，陈僖写道：

> 康熙十七年戊午春，皇帝诏举博学宏才，内外诸大臣于已、未出仕及山林隐逸，共举得一百八十六人，阅明年己未春三月一日，御试于体仁阁，得一百四十三人，又三十日抵四月一日，宣旨留用者编修明史，其余回籍。当诸君久集辇下，既试而未宣旨也，物议沸腾，几于齿冷。时论惜之。余谓是役也，迫之而来，脱然而去，成其为有道君子者，得三人焉。一则太原傅青主先生山，一则容城杜紫峰先生越，一则华阴王山史先生弘撰也。傅卧病不起，杜行年八十，吏部验实具题，未与试。山史先生以病呈吏部，求具题，不允。不得已与试。其应制《省耕诗》有"素志怀丘陇，不才愧稻粱"之句，得旨回籍，欣然曰："余今归去，宁敢言高，所幸者庶几得免无耻二字焉。"[②]

博学鸿词科诏书颁布以及考试前后，由于清朝采取一系列怀柔措施，对文人礼遇有加，被选应征和参加科考成为一种荣誉受到重视，甚至致仕在家的大学士魏裔介都羡慕不已，坦诚地说："吾不羡东阁辅臣，而羡公车征士。"[③] 在京城，民间还出现"博学鸿词，清歌妙舞"[④] 的对偶。所以考试后等候结果期间，不少人满怀期望，一心希望中式，而这种追逐名利的行为，为一些淡泊名利的人所不齿，尤其是在那些坚决不出仕力图逃脱考试的人和信仰坚定的遗民看来，这种行为被视为醉心功名，是极为可耻的事，"既试而未宣旨也，物议沸腾，几于齿冷"，说的就是这种情况。当时希望考中的人不

---

① 王弘撰：《山志》初集卷五"陈蔼公"条，何本方点校，中华书局 1999 年版，第 130 页。

② 陈僖：《燕山草堂集》卷二《送王山史归华阴序》，康熙刻本。

③ 佚名：《啁啾漫记·纪康熙博学鸿词科》，《清代野史》第 7 辑，巴蜀书社 1988 年版，第 380 页。

④ 傅山：《傅山全书》卷四十二杂记六《博学宏词》，山西人民出版社 2016 年版，第 3 册，第 252 页。

少，而应征人员都是博学鸿儒，品学兼优，不禁让有遗民情结的人扼腕叹息。王弘撰在考试答题过程中，写下"素志怀丘陇，不才愧稻粱"诗句，表明不愿出仕为宦的心迹，终于得以脱网。同时成功地解脱仕途之网的还有傅山、杜越，一位是卧病不起，一位是年过八旬，没有参加考试。王弘撰最初以生病作为借口求不参加考试，没有达到目的，迫不得已参加了考试。虽然参加了考试，但是心迹与二人相同，所以他们三人被称为有道君子。这种脱离入仕方法和结果受到敬重和赞扬，王弘撰对外界评论的反应是不值得称赞，让他感到欣慰的无非就是免于耻辱罢了，——这次应征参加博学鸿词科考试在他看来，无异是一种耻辱。

第二节 王弘撰进考场与归隐策略

王弘撰抵达京城后隐居僧寮托病闭门不出，甚至说字都不能写，不与官员往来，为何考试时反而病好了没有影响参加考试？就考试本身来说，这次考试试题并不难，不过是一诗一赋，士人熟悉的文体和基本素养；从录取试卷来看，录取并不严格，有落韵的、内容不合时宜的，甚至有内容上表现出对清朝不满的[①]。王弘撰为关中学者声气领袖，答卷中表明归隐园林的思想措辞并不激烈，为何落选了呢？另外，据《清会典》记载，这次考试"未取人员内年老者，授内阁中书，听其回籍"[②]；按照李因笃的说法，"时奉恩纶年六十许，许官中舍，先生计齿当在所授九人之列，而先生不待也"[③]，依照官方文件，即使没有中式，也赐官中书舍人，朝廷却没有赐予功名；即使是朝廷"听其回籍"，他也没有接受，而是提前回家，既参加考试，又表现出对科举功名的厌弃。

就博学鸿词科考试来说，首先肯定的是王弘撰是一个坚定的拒绝与反对

---

① 考官拟用的卷子中，严绳孙卷子只写了《省耕诗》，还有些语句不通顺；彭孙遹《赋》语句滞涩，胆大的毛奇龄更是写出"日升于东，匪弯弓所能落；天倾于北，岂炼石之可补"富有政治隐喻色彩的句子，见毛奇龄《制科杂录》，毛奇龄《西河合集》，康熙五十九年（1720）书留草堂刻本。
② 托津、曹振镛等：《清会典》嘉庆朝卷二十六"吏部仪制清吏司"七，清刻本。
③ 李因笃：《续刻受祺堂文集》卷二《王征君山史六秩序》，道光刻本。

者。康熙十七年清廷颁布施行博学鸿词科考试后,一些征士春日就上路入京应考,王弘撰是秋日才迟迟离乡。临行前写下两首诗,《戊午秋日北征留别亲串》中写道:

> 疋马黄尘里,秋风白露时。所亲惊遽别,问我欲何之。
> 好鸟归林早,高云下洞迟。莲华犹在眼,已觉鬓成丝。
> 惜别天将暮,留欢酒不辞。谁为扪虱客,独忆坠驴时。
> 懒性违高卧,余生怜老痴。莫教岩壑诮,终许慰幽期。①

诏书早已下达,博学鸿词科考试中王弘撰被荐举在当地应该是广为人知,而临行前亲友却感到惊讶,不知道远行的目的地。"所亲惊遽别,问我欲何之"不是因为不知道被荐举参加考试这回事,而是亲友们素知王弘撰的内心真实想法和果断态度,与出仕为官相比,他渴慕的是隐居生活。"莫教岩壑诮,终许慰幽期"运用孔稚珪《北山移文》的典故,表明了对考试的不合作态度。在《即次却寄》中,他写道:」

> 秋风吹长陌,白日被古道。凄泪嗟行役,悠悠耿怀抱。
> 触物靡所慰,衰林间野草。芳华日以歇,颜色安可保?
> 蔼蔼连理枝,栖栖比翼鸟。故心终不移,明誓鉴苍昊。
> 相期展燕婉,与子以偕老。②

正常情况下,赴京应试是一个令人欣慰充满期待和幻想、联结美好未来的行程,而王弘撰行途中感受到的却是一片萧杀凄厉景象,没有一丝欣喜。他向苍天发誓"故心终不移",表明不改初心,不入仕途。凋零的花儿警示着生命不可逆转的衰老节拍,渴望功名的人从中领会到时间的紧迫性,尽可能地抓住一切机会,奋发图强,寻求新变,而王弘撰却是恪守稳定坚持节操,绝不在业已统治了四十多年的清朝为官。

其实早在接到赴京应试命令之后,他曾四次给县令写"告病呈子",托病请求不入京考试。《华阴县告病呈子》③第一次写于康熙十七年闰三月二十

---

① 王弘撰:《北行日札》,康熙刻本。
② 王弘撰:《北行日札》,康熙刻本。
③ 王弘撰:《北行日札》附录,康熙刻本。

七日：

> 弘撰元系本县儒学廪膳生员，康熙八年原任巡抚陕西兵部尚书贾汉复为援例入国子监。时值弘撰有胃痛之疾，虽已入监，实未坐监，故未敢领咨赴部。今蒙诏访学行兼优之人备顾问著作之选，谬列荐牍，遂尘宸听。窃念弘撰草茅下士，章句腐儒，虽外有虚名，实中无一得。兼以素患胃痛，作止无时，血气既衰，耳目渐废，无才不堪以克侍从，有病不能以效驰驱，空伤公卿知人之明，致汙朝廷求贤之典。不胜踧踖，是用逡巡。祈贤侯备察愚悃，转申宪府，免令赴京，得安畎亩之身，庶保桑榆之景。从此有生之日皆戴德之年也。

因为张云翼的荐举是说他身份是监生，通常科举的程序是层层科考，不可逾越，连生员都不是的人如何能进京赶考呢？所以他特意强调自己监生身份其实是有名无实，企图从程序上请求免于考试。针对诏书中的内容，他说自己外强中干空有虚名，此外还时不时地犯胃病，眼睛耳朵都不够用，如此情形怎能备帝王顾问呢？按说这样的理由十分充分，在情感上，他说自己惶恐不安，怕愧对荐举人和朝廷，而一旦能够免于赴京，毕生感恩戴德，情真意切，感人至深。

即使如此，这次还是没有获准，得到的却是催促赴考的谕令。于是，四月二十二日第二次上书，这一次他明白了监生身份辩白的无效，从而强调自己的才疏学浅、疾病：

> 弘撰一介书生，谬叨荐举，恭逢盛典，心切观光，但孤陋寡闻，本非致用之才，而年衰多病，应守拙愚之分。前奉文谕令赴部，已具呈，据实陈情。今复蒙宪檄严催，何胜惶悚，极知薄劣不庸妄自希荣，实非假诬，岂敢辄为规避。伏祈慈鉴，俯察真情，仍据前词上覆，倘得准免赴京，俾养草木之年，永荷怜恤之德矣。

谁料还是没有获得批准，县令奉命促使他早日赴京，于是五月十五日第三次上书，称忽然旧病复发，不能起床，行走不便：

> 弘撰以不才谬蒙荐举，屡奉宪檄严催，正具呈仰肯回文间，不
> 意宿疾顿发，昼夜呻吟，不离床褥，又蒙本府差提守催，展转悚慌，
> 手足无措。今方延医调制，以药饵为饮食，实不能匍匐前往，并无
> 规避情弊，肯祈慈台据呈转申，倘得准免领文赴部，仰荷洪造，不
> 啻再生矣。

不能行走，自然是无法进京，如果免于赴京，大恩如同再造父母。可是
催促赴京赶考的命令又来了。四日后，五月十九日，王弘撰第四次上书，请
求委曲求全：

> 弘撰仰奉檄催领文赴部，乃宿疾触发，方延医诊治，又奉宪牌
> 取结，委系真情，非敢规避，肯祈慈台再为转申，得遂调摄之愿，
> 永荷曲全之仁矣。

一方是不断请求免于应考，一方是不断催促。这种现象在科举考试中出
现极为罕见，这表明康熙博学鸿词科考试绝非一般意义上的科考。考试的目
的并非一般意义上的录用人才。在争取免于赴京的请求不断遭到拒绝后，王
弘撰被迫秋日赶考。九月二十一日到京城，寻找荒凉僻静的昊天寺，一方面
托病不出门，一方面抓紧给吏部上书，请求不参加考试。《吏部告病呈子》主
旨是"乞怜衰病准赐代题以便回籍调理"：

> 弘撰草野书生，谬叨荐举，奈年逾六十，须白齿摇，两目昏花，
> 不能远视，兼有胃痛之疾，时时举发，僵卧呻吟，动经旬日。本县
> 知县素知其状，故敢据呈申详本省巡抚转咨大部，嗣蒙严催不准。
> 又奉圣旨切谕，是以不敢迟违，力疾赴京，于八月初七日行至山西
> 赵城县地方，前疾有作，童仆无措，告赴本县。知县吕维杆亲自验
> 视，遣医生李蔚美调治。至二十六日方获小愈，勉强就道。兹于九
> 月二十一日已到京城，劳顿困苦，饮食废减，至今不瘳。所有陕西
> 巡抚咨文并赵城县印结，随投大部。
> 祈伏念衰庸之人，不堪应诏，又不幸身有风疾，作发无时。见
> 今病卧床褥，药饵罔效，目昏神愈，不能读书写字，栖迟旅邸，病
> 势日增，将不保其微躯，终必负乎大典。故敢哀泣上控，肯祈俯察

真情，准行代题。俾得回籍调理，苟延余生，仰荷明德，永矢不
忘矣。

王弘撰本年五十七岁，这封上书吏部的呈文里，他说了年过六十，无非
是突出年迈体弱，衰顿无用，重病在身且发作无时，病情日益严重。按说仅
不能读书写字这一条就该免于考试，行走不便、不能答卷，如何能考试呢？
奇怪的是尽管如此，清廷依旧让他参加考试。因为，洞悉王弘撰内心想法的
清朝主事者已经明了他的初衷，以为王弘撰的陈述无非是托词，所以无论叙
述的病情如何严重，王弘撰的呈文一再遭到回绝。在这一点上，顾炎武看得
十分清楚。他给王弘撰的信中写道：

> 弟以十月七日自华下回频阳，付仲和（案：名宣辑，王弘撰次
> 子）一函，并疏廿纸，想已到。知卧疾京邸，甚善甚善。弟冬来读
> 《易》，手录苏杨二传，待驾归，得共山中之约，将《大全》谬并之
> 本，重加厘定。①

王弘撰一生三次到京师，一次是崇祯七年（1634）十三岁随父亲居住京
城，崇祯十一年（1638）随父亲出任南赣州。第二次是康熙七年（1668）秋
入都为陕西巡抚贾汉复课子，次年秋返乡。第三次即博学鸿词科应征入京②。
康熙七年三月至十月，顾炎武在山东牢狱中，次年正月入都。从时间上看，
这封书信写于康熙十七年。此外，从内容上看，顾炎武晚年在华阴与王弘撰
谋建朱子祠堂，康熙二十年（1681）七月动工，冬日建成，他撰写《华阴县
朱子上梁文》③。这封信中还写到修建朱子祠堂的一些细节问题："建祠之所，
形家谓在二泉合流之中为佳。今仲和力言，欲用其竹园，乃在泉渠之北，亦
无不可，须弟自往，同允塞看定。此事规模亦不可太小，百堵皆兴之后，自
有助者，万勿将刻疏送人募化，类僧道所为，损吾辈体面。但一二百金之事，
弟能任之，亦足以筑周垣立前堂矣。"康熙十七年十月，顾炎武刚从华下回到

---

① 顾炎武：《顾亭林诗文集》文集《蒋山佣残稿》卷三《与王山史》，华忱之点校，中华书局
1983 年版，第 215—216 页。

② 据赵俪生《王山史年谱》统计，该谱认为康熙十六年（1677）随顾炎武到昌平拜祭明思宗，
误。王冀民《顾亭林诗笺释》卷五《二月十日有事于攒宫》注释已经辨别错误，可惜采纳者不多。

③ 周可真：《顾炎武年谱》，苏州大学出版社 1998 年版，第 538、545 页。

频阳，通常获知友人得病，都会表示悲切和关怀，顾炎武却不然，获知王弘撰在京师得病的消息却是欣喜过望。

二位好友有着许多相似的地方。顾炎武曾祖父和王弘撰的父亲都做过明朝的南兵部侍郎，二人不仅身世相似，而且对明朝忠贞不渝，都曾积极地参加反清复明事业，到过昌平鹿马山下明思宗的陵墓拜祭。在学术上，他们都是综合性的学者，以经学闻名，又擅长诗词，文学修养高，而且兴趣广泛，对金、石、书、画都很有研究，所以康熙二年（1663）顾炎武到达西北后，曾长期住在王弘撰家，并在那里安度晚年。因为对王弘撰相知甚深，出门回来后顾炎武一下子就明白了王弘撰得病的奥妙，所以书信中对身体情况带过，反而谈起学术、朱子祠堂选址、经费筹备等细节问题。

康熙十七年，四方名士汇集京师后，自然是少不了文酒风流、诗词唱和，如文华殿大学士冯溥（博学鸿词科阅卷官）的别业佳山堂就常常是雅集不断，成为一道靓丽景观。由于王弘撰的声望、平生广交好友，不少名宦，如魏象枢、王士禛邀请他赴宴，他以重病在身为理由一一推辞。在推辞魏象枢的盛情邀请的信中，王弘撰写道：

> 尊者之召，不速而至，礼也。况夙仰模范，亲炙有藉，而却足不前，亦非情也。但弘撰以衰疾掩关，废友朋往来，若不拜客而赴席，恐开罪于人不浅，当亦长者之所不取也。捧绎华简，书斋叙谈，元不比寻常燕集，然其迹近之矣。用是敢辞。①

魏象枢（1617—1687），字环溪，号庸斋，晚称寒松老人，蔚州（今河北省蔚县。在清康熙三十二年以前隶属于山西省大同府治）人，顺治三年（1646）进士，选翰林院庶吉士，康熙十七年任都察院御史，次年转刑部尚书，是清初廉吏、理学家，有《寒松堂集》。从礼节上看，尊长相邀理应即刻前往，从情感上看，魏象枢为理学前辈，王弘撰渴慕已久，他说自己因病闭门，不与外界往来，如果这次赴会了，无形中得罪了一大批人。虽然信中也提到"衰疾掩关，废友朋往来"，但不再是强调病情的严重，而"若不拜客而赴席，恐开罪于人不浅"的借口则耐人寻味，暗含着虽然可以去但是不能去

---

① 王弘撰：《答总宪环溪魏公》，载《北行日札》，康熙刻本。

的这一层意思。魏象枢曾与孙奇逢、魏裔介等理学名家书信往来，共商程、朱之学，为清初理学名家，想必他也是断定王弘撰的病无非是一个借口。

他一心期盼着返回家乡，早在赴京途中的《得驹骃家书口占寄示》诗中写道：

> 旅馆栖迟时序更，霜黄露白雁归声。
>
> 三秋作客书才寄，几夜还家梦不成。
>
> 休拟腊花看上苑，定随春燕返柴荆。
>
> 牵衣稚子应欢笑，野菜盈盘斗酒清。

旅馆客居，倍感漂泊无依，南飞的大雁召唤着诗人的回归，于是梦里想返回家乡却几次连梦里都没有到家里。看着童仆送来的家书，他说自己根本没有打算在京城赏梅花，一心想着是如何才能春天回家；这引发他想起来春返家时儿子的欣喜与家人庆祝的情形。霜用黄色修饰，发人所未发，事实上是写树叶经霜打枯萎变黄，词语的新奇用法生动形象地写出诗人真切感受到生命力是如何被摧毁的，而衰落枯萎的景象传来大雁的哀鸣，渲染了诗人的凄苦心境。这是一首表现抱定返乡念头拒绝参加考试的篇章，于凄苦之中展望未来景象。真挚感人，连梦都做不好的情形，与"霜黄露白"的感知体验，显示出王弘撰寻求摆脱考试办法的苦闷、焦虑。

他果断地辞谢了故人王士禛的邀请，说：

> 承召即赴者，本心也。病体不任，遂敢方命。他日西归有期，定当奉过，领高谈，作不速之客也。病夫不出寺门，左右所知。既忝宗谊，自可垂谅。即不允辞，弘撰亦终不至也。勿罪。①

病得不轻，不出住所，是客观情形让人难以勉强，况且是同姓宗亲；既然如此为何却用决绝的假设语气说即使是一定要让他去，也坚决不去？既然病不堪行（"不任"），为何又假设前往拜访作"不速之客"？这里，王弘撰提到关键之处，"西归有期"，只要能放还故乡，病与病无关紧要。这封信里，王弘撰对王士禛表达了拒不入仕、隐居而终的愿望。

---

① 王弘撰：《答阮亭太史》，载《北行日札》，康熙刻本。

康熙十七年十二月五日，为冯溥七十岁寿诞。冯溥希望王弘撰撰写寿词，托山东老乡赵执信祖父辈赵进美，传达意图。赵进美与王弘撰为世交，赵进美父亲为王弘撰父亲王之良同年好友，平日相处王弘撰以兄事之。赵进美前往昊天寺看望他，王弘撰了解情况之后没有立即答复，而是反复琢磨后写下《与赵韫退大参》书信：

> 昨承执事枉驾，以贵乡诸先生之命，属为贺相国冯公寿文，且云本之相国之意，又述相国尝称弘撰之文，为不戾于古法，似欲跻诸一时作者之林。此虽弘撰所惶悚不敢当，而知己之宜，则有中心藏之而不忘者。即当欣跃操觚，竭其所蓄，直写相国硕德伟抱、辅世长民之大略，以求得相国之欢。然而审之于己，度之于世，皆有所不敢。敬陈其愚，唯执事详查焉。

> 弘撰以衰病之人，谬叨荐举，尝具词控诸本省抚军转咨吏部，不允。嗣又奉旨严催，不得已强勉匍匐以来京师。复具词，令小儿抱呈吏部，又不允。借居昊天寺僧舍，僵卧一塌。两月以来，未尝出寺门一步，即大人先生有忘贵惠顾者，皆不能答拜，特令小儿持一刺请门称谢而已。须白齿危，两目昏花，不能做楷书，意欲临期尚复陈情，冀幸于万一蒙天子之矜怜而放还田里。

> 夫贺相国之寿，非细故也。诸先生或在翰苑，或在台省，或在部司，皆闻望素著，人人属耳目焉。公为屏障以为相国寿，则其文必传视都下，非可以私藏巾笥者也。弘撰进而不能应天子之诏，乃退而作贺相国之寿之文，无论学疏才短，不能揄扬相国之德，即朝廷宽厚之恩，亦未必以此为罪；而揆之以法，既有所不合；揣之于心，亦有所不安。甚至使不知者以弘撰于相国素不识面，今一旦为此文，疑为夤缘相国之门，希图录用，欺世盗名，将必有指摘之及。不但文不足为相国重，而且重为相国累。此弘撰之所以逡巡而不敢承也。即执事代为弘撰筹之，亦岂有不如是者哉？不然，相国操天下文章之柄，为天子教育人才，天下之士望之如泰山北斗，伏谒门下者，咸思得邀相国之一盼为荣，其间负有名望而擅词华者，固繁有徒，而相国独属意于贱子。身非木石，岂有不心识此义者？而顾

推委而不为，有此人情也乎？所谓韩愈亦人耳。所行如此，欲以何求耶。是用直布腹心，唯执事裁之谅之，并乞上告相国之前。倘邀惠于相国，得归老华山，为击壤之民，以遂其畎晦作息之愿，午夜一灯，晓窗万字，其不能忘相国之德，将以传之记载，而形之歌咏者，必有在矣。燕山易水，共闻斯语，唯执事图之。①

临朐冯氏为文化世家，明清两代名人辈出，如冯惟讷、冯惟敏，其中冯溥居官显要，为文华殿大学士，博学鸿词科考试中是康熙帝的得力助手，在京师万柳堂大会文人，显示了对文人、饱学之士的尊重。就个人修养来说，他为人坦荡刚正不阿，潜心理学，重视道德修养，虽然官位日隆却淡然思退，多次向康熙帝上书请求告老还乡。按理说，冯溥的寿文自然不乏人选，他又不是一个个性张扬的人，可是他偏偏邀请据说是病得不能出门甚至连字都不能写的人。他的真实想法无文献可征不得而知，其中应该有试探王弘撰心迹的因素。不管如何，这都是对王弘撰为人为文的莫大肯定，对王弘撰来说自然有一种知遇之恩。而双方传递消息中间人的选择，表明冯溥的慎重与深思熟虑。这种情况下如果拒绝撰写，那可真是不近人情。由于冯溥为康熙帝倚重，王弘撰从寿文撰写中看到了达到隐居目的的一线生机。之前一而再再而三地要求不参加考试遭到拒绝，给人的感觉是朝廷一定要让自己获取功名。给赵进美的信中，他表明自己所求只是隐居不仕，开出写祝寿文的前提条件：归老华山，保持遗民身份。"燕山易水，共闻斯语"，带有明显的盟誓意味。

从不能写、写不了的种种理由到一夜挥笔万字的转换与巨大反差，突出了保持遗民身份的坚强意志与坚定信念。冯溥如何回复，没有材料记载，无文献可考，但是王弘撰撰写了寿词，并让儿子奉上，来年三月参加了考试。

从王弘撰让赵进美给冯溥的传话，结合前面所引写给王士禛的书信，可以断定，在康熙十七年十二月初五日之前，冯溥与王弘撰达成了默契或者一项"协议"，核心内容是，冯溥保证王弘撰不被录取，王弘撰撰写祝寿词，并参加考试。这是一个对王弘撰和清廷来说都是双赢的合约。王弘撰参加考试，揭示出康熙博学鸿词科笼络人心、收天下遗民入彀的独特性，同时也显示出

---

① 王弘撰：《与赵韫退大参》，载《北行日札》，康熙刻本。

冯溥在这次科举考试中的重要性。这是一件极其隐秘的事情，即使是经常促膝长谈彻夜不眠的陈僖也一无所知。关于王弘撰的应试，陈僖说：

> 傅卧病不起，杜行年八十，吏部验实具题，未与试。山史先生以病呈吏部，求具题，不允。不得已与试。①

而王弘撰的记载，则是轻描淡写，说自己为冯溥写寿辞纯属应酬，抹去痕迹：

> 予在都门日，赵韫退为其里人索予文、书屏，贺相国冯公寿。韫退先君与先司马为同年好友，予尝兄事韫退。辞之再三不得，勉拟一稿。及相国寿辰，予不往，亦不以一刺往，盖安愚贱之分耳。其文之当意与否遂置之不问。后闻司其事者不喜予文，别倩人作，相国闻之使语曰，吾喜王子文。司事者不得已，复用之。阎百诗、李屺瞻过予寓，皆为言如此。②

因而王弘撰摆脱博学鸿词科考试便成为一个谜团，连当时的人也多不了解情况，王士禛甚至以为王弘撰根本就没有参加考试。王冀民说，博学鸿词科本网罗为胜国遗民，王弘撰朋友中多数遭遇荐举，然而"山史竟临崖而免，岂非幸耶"③，将之归结为运气。

第三节 遗民信念、生员身份及交往官员

一般而言，在改朝换代之际参是否出仕、参加新王朝科考被认为是断定遗民身份的一个标准，因为出仕而外，科考与科举制度系统中的各种身份，显示着对新王朝的认同。王弘撰显然是一个极为特殊的例外，他恪守遗民信念，却又参加了博学鸿词科考试，同时具有生员的身份。不仅如此，与遗民

① 陈僖：《燕山草堂集》卷二《送王山史归华阴序》，康熙刻本。
② 王弘撰：《山志》二集卷三"应酬诗文"条，何本方点校，中华书局1999年版，第220页。
③ 王冀民：《顾亭林诗笺释》卷五《和王山史寄来燕中对菊诗》注释，中华书局1998年版，第928页。

交往密切的同时，他与清朝官员也多有交往，还参与当地文化建设。如此不可思议的现象该如何解释？

康熙十七年，张云翼以生员身份荐举王弘撰，在第一次写的辞考呈文《华阴县告病呈子》中，王弘撰说自己虽然名义上是监生但实际上没有在国子监读过书："弘撰元系本县儒学廪膳生员，康熙八年原任巡抚陕西兵部尚书贾汉复为援例入国子监。时值弘撰有胃痛之疾，虽已入监，实未坐监。"①

李因笃《王征君山史六秩序》，交代了具体过程，评价了王弘撰遗民身份问题：

> 尚书贾公来抚秦，会纂通志，念秦士无出先生右者，敦聘以董其成。旋都，延教其子若婿，犹恐先生之去也，为援入国子监。当康熙八年秋，适试于乡，而先生竟归。初，未受业期满，未取咨。自兹以还，荏苒十五载，并未有请急一刺，亦不复预试。盖先生入太学，即弃诸生之日，譬之泰伯让国，有托而逃，故无得而称也。②

原来是康熙六年（1667）陕西巡抚贾汉复编纂《陕西通志》时，鉴于王弘撰在当地的声望，便邀请他参与，次年贾汉复升迁回京任职时带他到北京辅导子婿辈。大概是看出王弘撰不愿意长期辅导，贾汉复心生一计，康熙八年（1669）在国子监给他报名，但是王弘撰以胃病推辞，当年秋在考试的季节回山西故里，不再参与科考，在京期间还在崇祯忌日到昌平鹿马山拜祭陵墓，写下《谒思陵祭告文》，自称："臣幺麽下士，僻处西陲，未遂哭临，罪当万死。兹来燕冀，特谒园陵。敢及讳辰，恭修祀事。爰陈俎豆，祇荐溪毛。念十七年覆载之恩，心惭书剑；尽三千里草茅之悃，泪洒河山。"③扬州遗民李沂为赋《鹿马山人歌》，而鹿马山人的字号显示了对以明思宗为象征的明王朝的深切感情。

弘撰在明朝为生员，学习大家名家八股文经典，留心国家治乱，而在清朝名字列入国子监，清朝监生身份获得的同时，他毅然摒弃了生员身份。

---

① 王弘撰：《北行日札》附录，康熙刻本。

② 李因笃：《续刻受祺堂文集》卷二《王征君山史六秩序》，道光刻本。

③ 王弘撰：《砥斋集》卷十一《谒思陵祭告文》，《清代诗文集汇编》本，纪宝成主编，集部第81册，上海古籍出版社2010年版，第682页。

这种摒弃，不是一般意义上的淡泊名利，而是源自王弘撰强烈的遗民意识。对灭亡已久的明朝，王弘撰保持着赤胆忠心，至死不渝。康乃心《王贞文先生遗事》记叙康熙四十一年（1702）春王弘撰临终前的情形和他写的两首绝命诗：

> 先生疾且革，以先朝图画三事、绝笔诗二首授其子。诗曰：

> > "负笈江南积岁年，归来故里有残编。
> > 自从先帝宾天后，万事伤心泣杜鹃。"

> > "八十衰翁沮溺徒，祖宗积德岂全孤。
> > 平生不作欺心事，留与子孙裕后谟。"①

此时距离清兵入主北京已经 59 年，81 岁的老人视若性命的是前朝图画，绝命诗第一首中"自从先帝宾天后，万事伤心泣杜鹃"，表达了崇祯皇帝升天后的无尽哀思和凄楚，杜鹃啼哭的典故运用表明了对明朝的心灵归属。第二首"沮溺徒"运用《论语·微子》中楚国隐士长沮和桀溺典故，显示出自己遗民身份坚守。②

但是作为遗民，王弘撰与清朝官员多有交往。依据《王山史年谱》以及王弘撰诗文集记载，交往密切的有张云翼（袭封靖逆侯，福建陆路提督，著有《式古堂集》等）、曹溶（广东右布政使，有《静惕堂诗集》等）、汤斌（工部尚书，有《汤子遗书》等）、王士禛（刑部尚书，有《带经堂集》等）、汪琬（刑部郎中，有《尧峰诗文钞》等）、孙承泽（吏部右侍郎，有《研山斋集》等）、叶方蔼（刑部侍郎，博学鸿词科四个阅卷官之一）。据康乃心所述，王弘撰"恬淡寡欲营，不以私干公，不事请谒。士大夫式庐造访，则修宾主礼。或久坐则供园蔬漉旧醅，泊素之风不异古人，督抚如白公、贾公、周公、鄂公、希公、布公、贝公、皆敦布衣之交"③，与不少地方大员，如督抚白如

---

① 康乃心：《王贞文先生遗事》，《王山史五种》本，光绪廿二年华阴敬义堂刊本。
② 康熙九年三兄逝去后，王弘撰曾自焚书稿，其于《山志》卷一"自励"条下云："予昔日好声伎，三兄尝以为戒。今每忆及，不禁泣数行下。"孔定芳误以为这是他遗民情结松动的一个表现。见氏著《清初遗民社会——清汉异质文化整合视野下的历史考察》，湖北人民出版社 2009 年版，第 204 页。
③ 康乃心：《王贞文先生遗事》，《王山史五种》本，光绪廿二年华阴敬义堂刊本。

梅（陕西总督）、周有德（两广总督、四川总督、云贵总督）、鄂善（山西陕西总督、甘肃巡抚）、希福（内弘文院大学士，二等甲喇章京）、贝和诺（户部侍郎）、狄敬（陕西布政使司参议）交情笃厚。

不仅如此，他还参与了清朝的文化建设。康熙五年（1666），受西安知府叶承桃邀请，受聘主持关中书院，讲授科举文章。叶承桃在西安任职四年间，"闲于政事，以讲学明道为己任"，"檄诸郡邑拔士之尤者，肄业书院。兼金嘉币，先及小子撰，俾司厥事。撰谢不敢承，公下书让之。词切直，撰弗敢固守其私。"这次讲授科举文体，其出发点自然是为了科考储备人才，然而对当地文化建设实有裨益，所以王弘撰最终接受聘任。在讲授科举文过程中，王弘撰提倡诚信、坦诚，文风上提倡简洁。他说："窃谓人品不一，以诚为主；文格不同，以简为贵。"①

最初王弘撰不情愿主持书院，但是考虑到关中书院的建设有利于当地士人，创建目的的善意、知府品行高洁与盛情相邀，所以他不再固守己见，出来主持书院。不"固守其私"，传达的是在不触及遗民底线基础上的变通，综合各种情况之后的超脱个人荣辱的举措。

次年，陕西巡抚贾汉复（1606—1677）聘他纂修《陕西通志》。这部通志和贾汉复之前纂修的《河南通志》被朝廷列为志书的典范。康熙十一年（1672），清廷谕旨全国各省修志，颁布修志条例，贾修通志体例随即流行各地。关于这次修志书，康乃心说：

> 巡抚贾公修通省志，闻先生名，聘之入局，先生辞之不得，乃奏记贾公，润色讨论，广集群英，笔削予夺，实仰宏裁，请从校雠之列，不任是非之衡。庶乎谤讟不作，而订定可期，公报日如议。其后剞劂告毕，先生不以为善也。答友人书云：此书繁芜，实无足观。其中予夺，悉秉当事有居之以为己力者。小人欺人耳。②

迫不得已，参与校雠文字，从对得到清廷认可的这部方志的不满来看，

① 王弘撰：《砥斋集》卷一下《关中书院制义序》，《清代诗文集汇编》本，纪宝成主编，集部第81册，上海古籍出版社2010年版，第530页。
② 康乃心：《王贞文先生遗事》，《王山史五种》本，光绪廿二年华阴敬义堂刊本。

王弘撰在修志时不够积极。这两件事，都是当地文化建设的大事乃至在全国都产生了重大影响，按照王弘撰的本心，他不愿意参与，鉴于它们不会改变遗民身份，所以王弘撰最终还是参与其中。

与官员交往中，王弘撰始终保持着遗民的底线，必要时告知对方这一交际限定，在人际交往中的"和而不同"中恪守信念。就以王弘撰与贾汉复的交往来说，地方大员贾汉复仰慕王弘撰学术与为人，邀请他编纂通志，又邀请辅导子婿。从王弘撰跟随他进京来看二人关系非同一般，然而贾汉复让王弘撰进入国子监，这就意味着对清朝科举仕宦的认同，王弘撰立即托病返乡，不再担任家庭教师。

康熙博学鸿词科考试，王弘撰被迫入京，期间与京城官吏的交往和书信往来，展示了一个面临人生绝境的遗民在人生出处关键时刻的境遇与抉择。在京师，他考虑的是如何在清朝作为一个遗民安度晚年。他向官员传递不仕朝廷、永作遗民的信念，并以此作为交往前提条件。

王士祯为清初名宦，康熙朝诗人领袖，与王弘撰相交甚深。康熙七年（1668）八月，王士祯在京任礼部仪制司员外郎，王弘撰在贾汉复家辅导子婿，王士祯为王弘撰独鹤亭赋诗。康熙十一年（1672），户部清吏司郎中王士祯赴任四川主考官，过黄河时有诗寄给王弘撰[①]。从《河上寄山史》中的诗句"前年君往兰溪道，金花洞中拾瑶草"看，二人熟稔，王士祯对王弘撰行踪极为了解。即使如此，康熙十七年王弘撰赴京参加博学鸿词科考试，王士祯邀请他去家里，王弘撰果断地拒绝，并提出如果能够以布衣身份返乡，定然拜访。于是在十二月，王士祯与施闰章、陈僖到昊天寺拜访王弘撰，欣赏王弘撰携带的定武兰亭未损本、唐子华水仙图等名迹，王士祯有诗纪事[②]。次年返乡时，王士祯又为王弘撰饯行，而临别前，康熙十八年五月十七日[③]，王弘撰因为替李因笃说情先拜访叶方蔼，因为叶方蔼不在家，就拜访王士祯。在王士祯的建议下，他给叶方蔼写了一封信，让王士祯转交[④]。王弘撰返乡不久，

① 蒋寅：《王渔洋事迹征略》，中国社会科学出版社 2014 年，第 164、193 页。
② 蒋寅：《王渔洋事迹征略》，中国社会科学出版社 2014 年，第 235 页。
③ 高春燕、袁志伟：《李因笃评传》附录《李因笃生平活动年表》，西北大学出版社 2014 年版，第 238 页。
④ 蒋寅：《王渔洋事迹征略》，中国社会科学出版社 2014 年，245 页。

王士禛又写信评论康熙博学鸿词科考试。随后的岁月中，二人也常有书信往来。

从交往效果上看，恪守遗民信念的交际预设并不成为交往的障碍，反而加强了双方的亲密关系。王士禛曾经写信，表达了对王弘撰的在京行为的肯定与敬意：

> 顷征聘之举，四方名流，云会辇下，蒲车玄纁之盛，古所未有。然自有心者观之，士风之卑，惟今日为甚。如孙樵所云："走健仆，囊大轴，肥马四驰，门门求知者，盖十而七八。"其自重以重吾道、重朝廷者，厪有之矣。独关中四君子，卓然自挺于颓俗之表。二曲贞观丘壑，云卧不起。先生褐衣入都，屏居破寺，闭门注《易》，公卿罕识其面。焦获迹在周行，情耽林野。频阳独为至尊所知，受官之后，抗疏归养，平津阁中，独不挂门生之籍。四君子者出处虽不同，而其超然尘壒之表，能自重以重吾道、重朝廷则一也。此论藏之胸中，惟一向蔚州魏环溪、睢阳汤荆岘两先生言之，不敢为流俗道也。①

闭门不拜谒的崇尚气节，虽然是体现在政治倾向截然不同的遗民身上，却得到清朝官员的认可，所以王士禛邀请王弘撰前往即使是吃了闭门羹却也毫不在意。相反，在某种意义上，这种为人处世的方式却赢得了王士禛的尊重。遗民的坚定信念与气节，是儒家文化熏陶孕育下士人在朝代更替特定历史时期的一种理想境界与行为方式，即"重吾道"；在王士禛看来，它与"重朝廷"一致。"重吾道"与"重朝廷"同构的意义阐释，从清朝官员层面解释了为何清初官员乐于结交遗民，例如龚鼎孳、曹溶、冯溥门下遗民众多，而不是势同水火。

同时，在王士禛给王弘撰的这封信中，提到博学鸿词科考试前后名流云集京师，亘古未有；荟萃京师的文人名士多奔赴于权贵之家，投门子、求谒见风气为人不齿。文人尤其是一些遗民从清高自持到主动向政权靠拢，恰恰说明了博学鸿词科举措的成功，到达了消弭遗民对新王朝的仇恨、增强文人

---

① 王弘撰：《山志》二集卷五《外大吏》，何本方点校，中华书局1999年版，第280—281页。

王朝认同感从而增强了政权凝聚力的目的。

遗民与官吏的交往，正如谢正光所言，通常有三种形式，有的是通过官吏的慕名访求；有的是遗民的主动干谒；有的是通过师友、同年、同乡、姻亲、世好关系而建立起来①。然而如何解释政治倾向上不同者交往的可能性呢？此外，人们往往以是否与清朝官员交往作为标准判断政治倾向，这种做法，显然过于独断而无法解释丰富复杂的历史现象。康熙十八年参加博学鸿词科考试，是王弘撰作为一个遗民在人生出处大关节的一次无奈之举，标志着他最终彻底逃脱清朝的科举与仕宦网络。考试前后王弘撰与清朝官员的交际方式的变化以及双方往来前提的设定，解释了信仰坚定的遗民何以与官员往来以及参与新王朝文化建设。

博学鸿词科考试前后中，王弘撰对科举仕途的决绝态度与气节，赢得了人们的尊重，时人将他与傅山、杜越并举，而同列关中四君子的李因笃，虽然被授予翰林后辞归，却声望下降，以致民间有"天卑山高，生沈史标"的说法②。屈大均与王弘撰约定华山之游，称他与李颙为华山布衣，而把李因笃排除在外③。

这在遗民群体中极为罕见，李因笃称其为"通隐"：

> 士君子立身之大闲，仕隐二者而已，而隐之义亦有二：嘉遯林岩，遗世以为高，甚则离其天属，躬膂困瘁而罔顾，所谓固隐也；无意圭组，而不为诡激戾俗之行，亦不必岸然自绝于常世之君大夫，究之史册，书为处士而无遗议，所谓通隐也。夫固隐者，不可及矣。夫子之论逸民，既非一致，而孟子于段干木、泄柳、申详、于陵仲子皆讥其过。况未能度其身与其时之可否，而硁径慕空名，履危机，至于洁己自全，陷于凶德，非吾道所贵矣。且夫君子不得志，则蓬累而行，此无关于世之治乱也。以四皓焉避暴，何以处采薇之仁人？以务光焉不事易姓之君，彼巢、许何据焉？然则善藏而不诡于正，

---

① 谢正光：《顾炎武与曹溶交往始末——明遗民与清初大吏交往初探》，氏著《清初诗文与诗人交游考》，南京大学出版社 2001 年版，第 221 页。

② 谢正光、范金民：《明遗民录汇辑》，南京大学出版社 1995 年版，第 82 页。

③ 屈大均：《翁山文外》卷二《寿王山史先生序》，康熙刻本。

其通隐乎？

在朝代更替之际，一般认为除了死难烈士志士而外，最有气节的是遗民。其中一些人隐居于深山老林，高蹈遗世，洁身自好。可是个体毕竟生存于复杂的社会网络体系中，无法隔断社会关系，具体到王弘撰"赋遂初焉布衣焉，圭组不及其身，而究未尝有庆俗之行，显绝乎君大夫，庶乎通隐者耶"！①

从获知被征到参加博学鸿词科考试之前，王弘撰深刻地反思人生出处，"天下之事，以先为贵，唯进之事，不可先也；天下之事，处后则吉，唯退之事，不可后也"②，决定日后像陶渊明那样，躬耕田园③，潜心学《易》，同时"访希夷之迹，而求道德之微言，将必更有进于是者，亦终不失其为真逸之徒也"④。人生规划设定之后，不断向清朝官员传达"何日承明诏，归与作外臣"⑤"长途不是驽骀事，敢向君王乞华山"⑥的期盼，在权衡出处大节之后，与冯溥达成协议后他竟然参加考试，以此顺利逃脱仕宦羁绊，保持了"真逸之徒"身份。从此，果如他在康熙十七年秋到十八年五月在京期间所规划的那样，虽然心系明朝，但是彻底放弃了采取反抗行动的措施，以布衣自居，潜心于理学研究，通过游历山水、访问旧友纾解遗民的哀思。

---

① 李因笃：《续刻受祺堂文集》卷二《王征君山史六秩序》，清刻本。《李因笃文集》整理本题目作《王征君史六秩序》（第177页），一时疏误。断句参《王弘撰集》整理本附录（第1096—1098页）、《李因笃文集》整理本。

② 王弘撰：《己未元日试笔》，载《北行日札》，康熙刻本。

③ 王弘撰：《对菊有怀》："御水桥边秋叶黄，一枝寒菊度重阳。临风每忆陶元亮，恐负东篱晚节香。"载《北行日札》，康熙刻本。

④ 王弘撰：《田雪崖寿诗序》，载《北行日札》，康熙刻本。

⑤ 王弘撰：《病卧昊天寺僧舍述怀，遂呈李书云、张南溟、余伫庐、姚濮阳诸掌科、张幼男廷尉》，载《北行日札》，康熙刻本。

⑥ 王弘撰：《马》，载《北行日札》，康熙刻本。

第八章 博学鸿词科对王岱诗学的影响

康熙博学鸿词科是在清初文化与政治历史演进不同步的境遇下，清廷采取的制科考试与文化政策，其目的是在军事、政治占据主导地位（统治权与话语权）之后，实现文化与意识形态领域内的主导地位（话语权）。博学鸿词科不仅增强了清朝官员的王朝认同感，激发士子与民众对博学鸿词应征人员的倾慕，即使是遗民群体也发生裂变，一些遗民加入清朝文官行列，一些意志坚强的遗民虽然采取多种措施拒绝考试，但是在思想情感上也发生巨大变化，增强了社会凝聚力，从而实现了清朝在文化意识形态领域的统治地位。作为文化艺术门类之一的诗歌，随之也发生变化，体现在诗人人生境遇、创作心态、诗歌内容、诗学主张与诗学理论等领域。博学鸿词科应征落选的王岱便是一个案例，它表明即使是在落选下层官员身上，康熙博学鸿词科引发的变化也清晰可见，显示出强大的影响力。

王岱为明朝举人，入清后科举不顺利，一度为教谕。在失意落魄的人生境遇中，王岱思想渐次消极，承认人生的命运，淡泊自守。在诗歌内容方面，除了一些揭露社会弊端的内容以外，不乏反映人生愁苦凄凉的作品。清廷诏举博学鸿词科之后，消沉的诗人变得斗志昂扬，甚至萌发了整饬诗坛的念头。在随后的县令生活中，王岱积极地投入地方治理与文化建设，受到当地好评，身后入祀名宦祠。在中外贸易与文化交流的国际背景下，王岱在海外获得了一定知名度。他的诗文集，因为有龚鼎孳的序和一些早期诗文情感倾向问题，在乾隆朝曾被列入禁书，不过不久又被收入《四库全书总目》。列入四库存目丛书，显示出诗人的地位与意义①。王岱为康熙博学鸿词科湖南籍唯一征士，

---

① 柯愈春：《王岱〈了庵集〉释禁始末》，《高校图书馆工作》1991 年第 4 期。

当时盛有诗名，其独特的诗论、词论在明清之际文学史上的意义受到关注[①]，但是专题研究不多，有两篇论文，一篇论述禁毁问题，一篇以王岱为例，着眼于"文如其人"命题的阐述。还有一篇硕士论文，论述粗疏，从大的方面来说，既然王岱为县令，却依旧以遗民论述；在诗坛地位上，将王岱与王士禛并肩，评骘过高又没有把立论建立在诗歌史演进的参照体系中；在生平行实方面，所附年谱简编，多综合前人成果，且错误不少[②]。总体而言，王岱的诗文生平行实与成就依旧有待于进一步研究，尤其是博学鸿词科对其诗歌创作与人生影响，尚属空白。这里拟梳理王岱生平与诗文创作、文学观念的不同，展示博学鸿词科影响下诗坛的涌动与波澜。王岱重新燃起整饬诗坛的信念，表明伴随博学鸿词科而起的清朝诗歌领域内的整饬，符合诗歌演进潮流，而博学鸿词科之所以取得成功，正是因为它顺应了历史演进潮流。发生在王岱身上的诗学变化，既体现了博学鸿词科的诗坛意义，又是明清之际诗歌演变的一个生动体现，展示出诗歌演变的鲜活脉络。

第一节　康熙十七年前王岱的人生境遇与思想

王岱（1625？—1686）[③]，字山长，一字九青，号可庵，一号石史，又号戈山、了庵，湖南湘潭（今湖南湘潭）人，清初诗人、书画家。明崇祯十二年（1639）举人。入清，屡试不第，选安乡县教谕，康熙五年（1666）迁随州学正，擢顺天府武学教授。康熙十八年（1679）举博学鸿词科，与试不第。康熙二十二年（1683），由举人任澄海县令。在县令任上，王岱清谨自持，捐赀积粟备饥荒。邑多旷土，王岱招徕垦辟，又兴修水利，戢奸禁暴。"在任数年，裁猾吏，抑强宗，厘奸剔弊，兴学造士，风俗为之一新"，"公署、学宫、

　　① 蒋寅：《清初诗坛对明代诗学的反思》，《文学遗产》2006 年第 2 期；胡建次：《清代词集序跋中的诗词体性之异论》，《社会科学研究》2015 年第 2 期。

　　② 贺正举：《"文如其人"的三个特征——以明末清初作家王岱为例》，《中南大学学报》2016 年第 3 期；叶诗：《湘潭王岱文学研究》，湘潭大学硕士论文，2016 年。

　　③ 江庆柏：《清代人物生卒年表》，人民文学出版社 2005 年版，第 24 页。

祠庙及堤岸、津梁久圮者，俱以次修复"①。殁后，举祀名宦祠。著有《了庵全集》三十五卷（《了庵诗集》二十卷，文集十卷，乾隆十二年刻本）、《溪上草堂诗集》三卷、《燕邸日录》三卷、《且园近集》四卷、《且园近诗》五卷、《浮槎诗集》六卷、《了庵词》一卷，编有《澄海县志》二十二卷、《白云集》等②。

王岱生卒年，向无人考。康熙二十六年（1687）孙铢有《再哭山长》，因为去岁孙铢尚为王岱《浮槎诗文集序》做序，没有提到去世之事，柯愈春据以推断为该年。而对王岱生年的推断，据王岱《了庵诗文集》诗集卷十四《次赵孟迁赋别韵》，有"七旬过二鬓垂丝"句，柯愈春推断为万历三十四年（1606）或稍前③。其实，王士禛《山长先生诗文集跋》④中，指出去世于丙寅即康熙二十五年十月。

细考《次赵孟迁赋别韵》诗意，"七旬过二鬓垂丝"未必是王岱写自己经历。该诗收入《且园近诗》卷三，所引诗句出自组诗第三首："七旬过二鬓垂丝，历尽中原海岳奇。怒骂笑啼真我法（孟迁一字我法），醉醒庄谑岂思维。王生结袜非无谓，赵壹孤怀别有诗。乞相后生应不识，阿婆三五少年时。"⑤前四句应该是写赵孟迁的经历。据该诗第二首有"已分悲歌燕市尽，那堪畏路孟门过。山阴故里林峦好，鸠杖持归访薜萝"，注释"孟迁将往晋中"，赵孟迁由京师前往山西，王岱赠别。赵孟迁又字我法，山阴人，为张岱同乡，也是张岱好友。康熙五年，张岱为赵孟迁诞辰作《丙午长至为赵我法七十三初度》，中有诗句："我法离家已七年，晋赵韩燕都历遍。归来七十才三龄，初度日为添一线。"⑥赵孟迁康熙五年（1666）七十三岁，由山西返回故里，恰好为生日，此前在外已经七年。他由京师前往山西，应该是去年的事情，

①　李书吉：《澄海县志》卷二一《王岱传》，嘉庆二十年刻本。

②　寻霖、龚笃清：《湘人著述表》，岳麓书社2010年版，第64页。

③　柯愈春：《王岱〈了庵集〉释禁始末》，《高校图书馆工作》1991年第4期。

④　王岱：《了庵文集》附录，乾隆刻本，《四库禁毁书丛刊》影印本，集部第91册，北京出版社2000年版，第716页。

⑤　王岱：《且园近诗》卷三，《黄周星集王岱集》合刊本，马美著校点，岳麓书社2013年版，第271页。

⑥　张岱：《张岱诗文集》卷三，夏咸淳辑校，上海古籍出版社2014年版，第78页。

王岱《次赵孟迁别诗韵》即作于康熙五年；康熙五年王岱七十二岁是不可思议的事情。因为康熙十八年博学鸿词科应征时，即使他没有考中，而据《清会典》记载，这次考试"未取人员内年老者，授内阁中书，听其回籍"①；按照李因笃的说法，"时奉恩纶年六十许，许官中舍"②，而王岱不在其列。康熙十八年（1679），王岱年岁尚未及六十，即应生于万历四十八年（1620）后。《了庵文集》卷十四《母万孺人状略》记载："岁在乙亥，母亡，季男岱髫齿呱泣无文，越五岁侧贤书。"崇祯八年（1635），母亲万孺人去世时，他尚"髫齿呱泣"，髫齿是幼年的代称，呱泣是婴儿哭泣的常见用语，说明王岱处于幼年。即以十岁来推算，他生于天启五年（1625）或略前。

王岱在明末清初久负盛名，据崇祯十二年举人李道济在《了庵文集序》中所述："王山长先生，济同年友也。先生负海内龙门之望垂三十年。海内操觚之士、识文墨解读书者，无不知有王先生也。"③作为博学鸿词科中唯一的湖南籍征士，受到当地推崇，后世人们将王戬与他并称"楚中二王"④。王岱创作不懈，诗学主张鲜明突出。此外，据肇庆府教授陈王猷《哭王山长明府》中诗句"民犹行古道（澄民皆缟素），天已丧斯文。书史生前业，声名海外闻"⑤，王岱深受当地人爱戴，在海外广有影响。孙錄也在《遥哭王山长先生》其四中写道："细楷隶书空海内，零统残墨到波斯。"注明"时海市初通，得公片纸以为宝"⑥。

王岱的一生，《"文如其人"的三个特征——以明末清初作家王岱为例》将其分为三个阶段，即少年读书时期、溪上草堂隐居时期、入仕时期。第二时期，指1644年清兵入湘，湖南战火燃烧十余年，他的家族也深受战乱之祸。为躲避战祸，王岱从外地游学归来，在湘潭乡下建溪上草堂。这种分期

---

① 托津、曹振镛等：《清会典》嘉庆朝卷二十六"吏部仪制清吏司"七，清刻本。

② 李因笃：《续刻受祺堂文集》卷二《王征君山史六秩序》，道光刻本。

③ 李道济：《了庵文集序》，王岱《了庵文集》卷首，康熙四年刻本，《四库全书存目丛书》影印本，集部第199册，齐鲁书社1997年版，第3页。

④ 佚名：《清史列传》卷七十《文苑传》一《王戬》，王钟翰点校，中华书局1987年版，第5750页。

⑤ 周硕勋：《（乾隆）潮州府志》卷四十二，光绪十九年重刊本。

⑥ 王岱：《了庵诗集》附录，《清代诗文集汇编》，纪宝成主编，上海古籍出版社2010年版，第324页。

其实是以明清王朝更替为界分为前后两期，又以是否为宦将入清之后生活分为两个时间段。因为对身丁明清变革的士大夫来说，王朝更替无疑是影响到每一个人的重大事件，除此而外，仕宦也是人生经历中的大事。这种分期无疑具有合理性，大体符合王岱一生的基本面貌。由于该论文关注点在于古代文论中"文"与"人"关系的讨论，王岱的生平事迹与诗歌创作，尚有许多需要充实的地方。事实上，作者并没有考出具体入仕时间，所以第二、三时间段划分也是错误的。对王岱影响深远的博学鸿词科事件，由于论述视角因素所限，该论文也没有论列。

据《了庵文集》卷十四《母万孺人状略》记载："岁在乙亥，母亡，季男岱鬔齿呱泣无文，越五岁侧贤书。"他生于天启五年（1625）或略前，崇祯十二年，十五六岁中举，可谓少年得志。如果出生在盛世，年少中举似乎预示着仕途不可限量。他和邑人郭金台创办岸花诗社，编选《白云集》作为示范文本①，显示出年轻人罕见的才华与抱负。

然而在明清更替的社会文化背景下，王岱人生坎坷。据王岱自述，"庚辰计偕不第，癸未至白门，闻寇警，躯车而返，即绝意仕进幕府中"②。庚辰为崇祯十五年（1642），进士考试失利，次年经历社会动乱，王岱决意不再参加科考，转而入湖南幕僚。一年后清兵定鼎京师，"甲乙之际，湖南城屠，山人兄弟族姻死亡尽，偕妻子潜山谷仅免，而园庐劫尽，食草衣木，埋名遁迹"③。王岱一家饱经战乱，父亲、两兄长、姻亲凋零亡故，生活一度无着落。在《祭继室周氏文》中，他写道：

> 丁亥（案：顺治四年，1647）兵难，劫掠三日夜，余与汝仅免以身，衣寒腹馁，涕泣槁草中。……戊子（案：顺治五年，1648）冬，又遭丧乱，夫妻子母局蹐山泽，严霜切肌，寒月照泣，遍走村落。滑蕨蒿莱嚼啮几遍，始免生掳兵亡饥毙之苦。屈指内外兄弟宗

---

① 政协湘潭市委员会组：《湘潭历代诗词选》，文鸣辑注，湘潭大学出版社 2013 年版，第 175 页。岸花诗社，可参何湘《清代湖湘文人社群研究》，苏州大学博士论文，2015 年。

② 王岱：《了庵文集》卷七《弋山人传》，康熙四年刊本，《四库全书存目丛书》影印本，集部 199 册，齐鲁书社 1997 年版，第 149 页。

③ 王岱：《了庵文集》卷七《弋山人传》，康熙四年刊本，《四库全书存目丛书》影印本，集部 199 册，齐鲁书社 1997 年版，第 149 页。

族沦亡都尽，眼前生人，独汝与妹外母儿女侄女数人耳。己丑（案：顺治六年，1649）兵凶相继，穷窘无告，盐酪不继。庚寅（案：顺治七年，1650）后稍治庐舍，谋耕圃，儿侄方就塾，女侄方就聘。然兵革之患日久，生业初完，避居江左，谋升斗为终焉计，岂意志未就而汝长逝乎。余命孤辰，无可比数。先慈早背发室中摧。丙戌（案：顺治三年，1646）而严君逝，己丑而两兄卒，马姑并叔并亡。戊子一侄一妹一丧，乙酉（案：顺治二年，1645）一丧，丁亥（案：顺治四年，1647），举目蒿里荒塚相望。[1]

这段文字记载了明清王改朝换代背景下，自顺治二年至六年，王岱一家在战乱中的家庭变故与凄惨生活。王岱父王命宣，字玄申，号荷云，三子，长子王载，次子王蒙，王岱行三。据这段文字记述，《湘潭王岱文学研究》中关于王命宣晚年生活、王岱境遇、参加清朝科考的论述，"明朝灭亡后，王命宣很是自保，只求安定，于是四方优游讲学，后来又退居湘潭，不问世"；王岱"身处明末清初之际，命途虽不至于坎坷多舛，其人生境遇却也比较苦闷"；在清朝的统治日益稳定，"山长似乎感觉到明王朝真正是大势已去，于是积极适应，入世应考"[2]，都是错误的。

虽然王岱在明末就已近厌倦科举，又饱经战乱之苦，可是入清后，依旧参加了科举考试。经柯愈春考察，王岱曾经三次科考。第一次为顺治十二年，第二次为顺治十五年，第三次为康熙六年（1667）[3]，为研究者所采纳[4]。其实，第一次参加进士考试是顺治九年。王岱《了庵文集》卷二《制义自序》中写道：

> 余谓安石以青苗毒愚者，以八股毒智者。夫天下智谋奇崛之士，皆销精耗志于钉饳之中，非今者黜，近古者屏。不仅聪明才智无所设施，并古今载籍皆不暇博涉，不知世界之大矣。……余弱冠思废

① 王岱：《了庵诗文集》文集卷十四《祭继室周氏文》，乾隆刻本，《四库禁毁书丛刊》影印本，集部第 91 册，北京出版社 2000 年版，第 690 页。
② 叶诗：《湘潭王岱文学研究》，湘潭大学硕士论文，2016 年。
③ 柯愈春：《王岱〈了庵集〉释禁始末》，《高校图书馆工作》1991 年 4 期。
④ 叶诗：《湘潭王岱文学研究》附录《王岱年谱简编》，湘潭大学硕士论文，2016 年。

举子业，一意稽古。先大人强令试。癸未梦断春明，于是者十年至壬辰，又迫公令计偕。……呜呼！遇合有命，岂在文哉！如果以文，则余癸丑闱卷既已入觳，复因孟义遗缴句见屏。……癸卯（案：康熙二年）广文南平。①

癸未为崇祯十六年（1643），壬辰为顺治九年（1652），间隔十年。这次应考，他说是"迫公令计偕"，《弋山人自传》中说"壬辰迫新令，复梦春明，浮沉公车"②，这表明顺治九年参加进士考试是因为官方逼迫。廖元度辑《楚诗纪》卷二王岱小传说王岱"足迹遍天下，至则览名胜交异人。国朝壬辰奉诏起隐滞，乃勉上公车"③，其实也有经济困顿谋生的需要，这在《了庵文集》卷二《燕游草引》中，也有交代：

入山十年，已为寒灰槁木，尚复役身车马，龟手雪霜，岂得已哉！父母久逝，昆季中摧，诸孤满前，婚嫁未毕，兼遭丧乱，故业荒芜，改头换面，行不免矣。呜呼，何不幸哉！独是都会十年，故交忽复聚首，约略如昨，又何幸哉。是役也，直可日游而已。作《燕游草》。④

依据《制义自序》，"癸丑闱卷既已入觳，复因孟义遗缴句见屏"，顺治十八年，王岱参加了考试，本来应该录取，却没有被录取。除此而外，他又分别于顺治十二年、十五年、康熙六年应试，在清朝一共五次参加进士考试。顺治十二年进士考试，柯愈春依据王岱与友人交往推断，实则是王岱文集中有记载。顺治十二年考试，见《了庵文集》卷三《冬夜旅集》："乙未，公车

---

① 王岱：《了庵文集》卷二《制义自序》，康熙四年刊本，《四库全书存目丛书》影印本，集部199册，齐鲁书社1997年版，第50页。
② 王岱：《了庵文集》卷七《弋山人传》，康熙四年刊本，《四库全书存目丛书》影印本，集部199册，齐鲁书社1997年版，第149页。
③ 廖元度：《楚风补校注》末编，湖北省社会科学院文学研究所校注，湖北人民出版社1998年版，第1412页。
④ 王岱：《了庵文集》卷二《燕游草引》，康熙四年刊本，《四库全书存目丛书》影印本，集部199册，齐鲁书社1997年版，第51页。

长安。"① 参加科举是对王朝认可的一个体现，因而将王岱视为遗民是不妥当的②。

就对科考的态度来看，王岱即使是在明代也厌恶科举八股文。从源头上看，认为是王安石毒害读书人的手段，"夫天下智谋奇崛之士，皆销精耗志于钉铛之中，非今者黜，近古者屏。不仅聪明才智无所设施，并古今载籍皆不暇博涉，不知世界之大矣"。读书人因为八股文才华耗尽，见识狭隘。可见王岱少年时期人生目标的远大，格局不凡。明代因为父亲的逼迫而科考，入清以后，官府逼迫和谋生需求，五次参加考试而不中。后来任教谕、学正、教授，也是长期得不到升迁，仕途不顺。

柯愈春虽然指出王岱最初任安乡教谕，但是没有说明时间，《湘潭王岱文学研究》定其时间为顺治初年，没有论述材料，其实是错误的③。王岱好友郭金台撰《石村诗文集》诗集卷中《寄慰王山长之安乡学博》三首：

> 才归湘上宅，复下洞庭西。行笈诸僧任，浮官一水栖。
> 才经帝子泣，诗向屈平题。应有关心梦，春花障旧溪。（其一）
> 闻道千金市，何人不购君。斯文真贾谊，此恨竟刘蕡。
> 湖上春江撼，燕山白日曛。还登岳阳望，万里净浮云。（其二）
> 溪上闲门掩，宜园草阁寒。老生酬市井，才子屈微官。
> 衰忆青精饭，名跻玉笋班。归来今赋就，何日寄长安。④

其二题注"是年春闱山长已得复失"，考中而落选即王岱自述"癸丑闱卷既已入彀"，可见顺治十八年，王岱落选后被任命为安乡教谕。第一首中"才归湘上宅，复下洞庭西"，点出从京城返乡不久即赴任，因为是官职卑微，所以友人说他屈才了。据此，《"文如其人"的三个特征——以明末清初作家王

① 王岱：《了庵文集》卷三《冬夜旅集》，《四库全书存目丛书》影印本，集部199册，齐鲁书社1997年版，第68页。

② 佚名：《皇明遗民录》卷二，谢正光、范金民《明遗民录汇辑》，南京大学出版社1995年版，第48页。

③ 王闿运《湘潭县志》卷八之三《王命宣列传》"王岱"条记载："顺治初，安乡教谕，迁随州学正、京卫教授。"清光绪十五年刻本。

④ 郭金台：《石村诗文集》诗集卷中《寄慰王山长之安乡学博》，陶新华点校，岳麓书社2010年版，第106页。

岱为例》将居住溪上草堂的十年定为第二阶段，显然是错误的。康熙二年
（1663），任南平教谕（《制义自序》）。康熙五年，转随州学正①，"于兹九
载"，直至康熙十四年仍在随州学正任上。大概是康熙十五或十六年升任京卫
武学教授（即顺天府武学教授），所以方象瑛说"湘潭王山长，能诗文，官京
卫府学教授。十余年不迁，泊如也。善严司农，策蹇往来，萧然寒素"②，写
出王岱康熙十七年博学鸿词科诏举之时王岱冷宦境遇与淡泊名利的品节。

康熙十三年（1674），王岱在随州学正任上写的《且园记》，是王岱心境
的写照：

> 且者何？闻之《春秋》书次明乎？徐而不疾也，婉而不遽也，
> 且则有次之义。又公子荆居室之善，每称苟明乎？知足不侈，知止
> 不盈也，且则有苟之义。又物之不备，仪之不饰，为简且，则有简
> 之义。又暂而非久，权而非经，为姑且，则有姑之义。

王岱以"且"名园，引经据典，指出有四层意思，即"次""苟""简"
"姑"。"次"即"徐而不疾也，婉而不遽"，雍容崇和。《春秋》记叙事件次序
分明，从容不迫，就以自己经历来说：

> 夫余壮发事制举，公车者四十年，其间③运会之否泰，朝代之隆
> 替，人事之通塞，风景之盛衰，以及存亡、聚散、流离、颠沛、患
> 难、饥寒，不知其几，而始受此一毡之席。无论同学少年，登崇秩
> 陟显枢，久已告老悬车。即后生辈出，蹑清华踞高位者，亦已功成
> 身退，是不独跃冶躁进，无须此数十年之久。即优游仕宦者，进退
> 绰然有余，而余止受此一毡。其为不疾不遽，庶几近之，此有取于
> 次之义也。

王岱科考四十年，历经王朝更替、人间颠沛流离，历经"存亡、聚散、

---

① 王岱《了庵诗文集》文集卷七《重修随州学碑记》记载："余自康熙五年司铎是州。"《四库禁
毁书丛刊》影印本，集部第91册，北京出版社2000年版，第566页。

② 方象瑛：《松窗笔乘》，转引自秦瀛《己未词科录》卷十二，天津图书馆历史文献部编《三十
三种清代人物传记资料汇编》第43册，齐鲁书社2009年版，第697页。

③ "间"《王岱集》点校本作"问"，误。

流离、颠沛、患难、饥寒"，同年甚至晚辈多进高位，而自己职位卑微、进士也没考中，困顿不堪，通常是牢骚满腹，而经过了人生磨难超越了哀叹（他的确有这个时期）之后，他欣然接受了生活，笃定自如，认为这是社会发展与个人际遇的应有节拍。"次"，强调的是人生的节奏，不求"疾""遽"。

在王岱看来，如果说"次"是人生节奏的认可与自我控制（如不急进，不采取干谒权贵、刻苦攻读八股文以加快节拍），"苟"指"知足不侈，知止不盈也"，是对生命演进历程的心理调适，无可无不可。即以典故而论，公子荆为卫国贤人，孔子称赞他："善居室。始有，曰：'苟合矣。'少有，曰：'苟完矣。'富有，曰：'苟美矣。'"（《论语·子路篇》）结合自己经历，王岱说：

> 当龙战之会，青紫满涂，缨情好爵者，阴鸣相和，灶下中郎、烂羊廷尉，如拾芥折枝，而余仅守毡寒，菜根败絮，茹檗饮冰，立廉隅而励劲节。我用我法，吾爱吾鼎，不以改吾陶咏之适，可谓知足知止，此有取于苟之义也。

不因外界而改变，"知足知止"，这就是"苟"。当然，这不是苟且，而是在他人竞进之时反思自己人生价值取向，不因他人名利富贵而跟进，而是笃定信念，咬定青山不放松。孔子说"学而优则仕"，人类社会的理想境界是才、德、位、财相符。可是在一个复杂的社会中，四者往往呈现出一种复杂的关系，即以科考与仕途来说，经常出现小人得志、才不获聘的官场逆向淘汰情形，因而操练考试技艺、刻苦钻研八股文就成为猎取功名者常见行为，所以"当龙战之会，青紫满涂，缨情好爵者，阴鸣相和"为习见情形。王岱既然视八股文为读书人的枷锁，故而瞧不起靠八股文起家而无学识的人，称他们为"灶下中郎、烂羊廷尉"，虽有位而无才、德。与这些显贵相比，自己"仅守毡寒，菜根败絮，茹檗饮冰"，可是自己既不羡慕他们，又不走他们那样的捷径，而是坚守德、才本位。"我用我法，吾爱吾鼎"，显示出贫寒境遇中的闲适惬意与坚贞不屈。

从字面意义上讲，"简"指"物之不备，仪之不饰"，前者指生活简陋，不求奢侈，后者指待人接物、处世原则的简单。他说：

余生平穷约，又久经丧乱，千金散尽，一钱留看。首蓿本已无盘，茅屋支难一木，余诛莱削棘，填堑平墟，向之沮洳隘塞者，遂坦然而舒，宽然而衍，既容架筑，复可艺植。室无轩澜，止蔽风雨。榱椽檐桷，雕琢不施。垣牖户庭，丹彩不设。楮留旧木，渐荫成阴，竹植新竿，久因丛发。花无名贵，草止菊萱，可谓不备不饰，此有取于简之义也。

在他的人生观念中，财富是次要的因素，故而"千金散尽，一钱留看"也在所不惜。而生活困顿不堪时，他也能"坦然而舒，宽然而衍"。追求奢华与炫耀是他人的事，自己淡泊自守，其要诀在于一个"简"字。

"姑"即"暂而非久，权而非经，为姑且"，是一种动态的认识论，关于暂时与永恒的通识。他解释道：

至于官舍如邮，无容张老之祝；林谷易变，宁效平泉之痴。李氏之东园，汉东今不知其地，况其他乎？则余之官既冷，席园尤草莱，可谓暂而非久。夫广文之官，多桑榆向暮。升斗是沾，倾颓一隅，妻孥百指，糟床醋瓮，牧豕祝鸡，锐者计锱铢、营子母，因热釜沾余，沥亲炙手，借奥援衰者，与碌碌子衿，幸幸胥隶，日衔杯酒，结殷勤欢，此近代广文之经也。若夫辟闲园，架幽室，左经右史，琴书精良，笔砚古洁，雅流高衲，清言佳咏，可谓权而非经，此有取于姑之义也。①

一切财富都是暂时的，只不过是历史长河中的一滴浪花，虽则当时熠熠生辉而日后如云消雾散，因而自己的且园更是暂居之所。据王岱所言，当时教谕的日常生活，是读书人人生尽头的征兆，通常是往来于应酬场中，这是"经"，而他则不然，"辟闲园，架幽室，左经右史，琴书精良，笔砚古洁，雅流高衲，清言佳咏"，寻一个冷僻处，涵养性情，阅读经典。

一个"且"字，王岱演绎出如此丰富的内涵，生命的节奏、执着追求中的知足常乐、简单生活、甘于寂寞的淡泊。这种人生境遇，正如王岱《画小

① 王岱：《且园近集》卷一，王岱《王岱集》，马美著校点，黄周星、王岱《黄周星集王岱集》合刊本，岳麓书社 2013 年版，第 327—328 页。

景寄刘杜三》中所描绘："一壑一丘高枕闲，经年无事不开关。那知门外秋冬换，黄叶庭前积满山。"① 这是一位曾经的青年才俊阅尽沧桑后在逆境中的淡泊自守与人生智慧。人生旅途中，哪怕有什么风浪起伏、喧嚣与躁动，他只是平静、惬意地走自己的路，坚定、执着，"我用我法，吾爱吾鼎"，不求闻达，目光不投向喧闹嘈杂的人生竞技场。这既是他康熙十七年前生活境遇的写照，也是思想情感与人生价值的体现。方象瑛所述"善严司农，策蹇往来，萧然寒素"，严司农指户部侍郎严沆（1617—1678），描述的是任京卫教授时的景象，与《且园记》体现的景象与精神面貌一致。

第二节　王岱的诗学主张与诗歌创作

在明末清初诗坛上，王岱是一位极具个性的重要诗人，不仅诗歌创作有个性，而且在诗学理论上有自己独到的见解。据王晫《今世说》卷八记载，"能诗文，兼工书画，嵚崎磊落，以气节自命。发甫燥，名满海内"②，王岱多才多艺，品质高尚，成名早。

康熙五年，魏禧给曾任江西学政、选拔自己为诸生的郭都贤③写信，叙述自己康熙一二年间行踪，结识王岱，以及读到王岱诗文集的感受：

壬、癸之际（案：康熙一二年间），私念闭户自封，不可以广己造大，于是毁形急装，南涉江、淮，东踰吴、浙，庶几交天下之奇士。行旅无资，北不及燕、秦，南不得至楚，遂反山中。又以衣食无聊，授徒于建昌之新城，因得交湘潭王山长。山长才气俯视一世，真楚风也。读《了庵集》，见其与先生往还书，禧不觉正襟肃兴，如

① 王岱：《了庵诗集》卷十八《画小景寄刘杜三》，乾隆刻本，《清代诗文集汇编》影印本，纪宝成主编，集部第 23 册，上海古籍出版社 2010 年版，第 260 页。
② 王晫：《今世说》卷八《简傲》，中华书局 1985 年版，第 90 页。
③ 郭都贤（1599—1672），字天门，号些庵，湖南益阳人。明天启二年（1622）进士。历任吏部稽勋、验封司、考功司、主事、文选司员外郎和江西巡抚等官职。明亡束发入益阳浮邱观修道，号顽道人，又号些庵先生，后削发为僧。

对典型。①

他足迹遍及江南，几乎结识天下名士，因而对王岱的评价就有一个全国范围内的参照范围。王岱才气过人、傲视群雄，《了庵集》如同典型，阅读时魏禧不由自主地正襟危坐，敬意油然而生。

王岱诗学主张体现在三个方面，即对诗歌的重视，从而强调诗歌的个性、倡言性情、诗歌史眼光。

顺治十八年（1661），王岱游济南，章贞（字含可，浙江会稽人，顺治十二年进士，山东寿光县知县。）为诗集求序，王岱在《章含可诗序》中，提出《诗经》是"四经所主"的观点：

> 诗之兴也，古著为经。经有五，诗居其一。故《易》以道阴阳，《书》以道政事，《礼》以明等杀，《春秋》以言治乱，《诗》以道性情。然兴观群怨，贞淫惩劝，往往风移俗易。太史以之观民，圣人以之致志，唯诗入人之深。是四经之所主，又皆不外诗者。不惟列四经，且统四经而贯之。自世递降，视为学士家言，无益经世大务，岂是古所谓诗哉？②

五经在传统文化中地位崇高，文体、内容、功能不一，因而通常论述《诗经》《尚书》《礼》《易》《春秋》只不过说是并列关系，王岱却从诗歌的社会功能与情感熏染角度出发，提出"四经之所主"，五经都是诗，在五经中"统四经而贯之"。诗人论断建立于儒家经典诗教论之上，"兴观群怨，贞淫惩劝，往往风移俗易"，写诗歌功能；"太史以之观民，圣人以之致志"，则将其他四经的功能（"道阴阳""道政事""明等杀""言治乱"）纳入情志的范畴之内，"唯诗入人之深"，又显示出诗歌的独特魅力。《诗经》为五经之主，统摄四经而贯穿四经，这是一个大胆的表述。王岱认为，《诗经》无非是早期的诗歌，因而他不过是以论经典的话题阐述诗歌的重要性，指出当下诗歌的弊

---

① 魏禧：《魏叔子文集》外篇卷六《上郭天门老师书》，胡守仁、姚品文等点校，中华书局2003年版，第266页。

② 王岱：《了庵文集》卷一《章含可诗序》，康熙四年刻本，《四库全书存目丛书》影印本集部第199册，齐鲁书社1997年版，第24页。

端是无关经世大务，偏离诗歌的经典创作原则。

明代诗学盛行格调论，通常被误认为是形式主义时代，在格调论影响下，诗歌的模拟与复古主义盛行。王岱则不然，突出诗歌的个性与独创性，他创造性地将侧重于音律技巧的"调"转化为艺术风貌概念，通过论述"调"即艺术风格的差异，强调诗歌艺术个性。顺治十三年，在《徐伯调诗序》中，王岱说：

> 诗之不同调也，自有声诗已然。《三百篇》中风则多姿，雅则多质，颂则多奥，风雅颂不同调也。《大风》之壮，《垓下》之悲，汉诗不同调也。魏武之武，魏文之文，父子不同调也。李杜齐名，一本乎天，一本乎人，不同调也。元轻白俗，郊寒岛瘦，不同调也。夫古人调异，不强之同。今日调不同，则攻其异。今古不相及哉，岂真径庭哉？抑所谓异同者，其人非真能诗；真能诗自有殊途同归之处，安有相强而相攻乎？余束发为诗歌几三十年，所交诗人半天下。至于诗，每略不深论。一时自称壁垒者，皆挥扇避之，且议我居高而视下，见余诗，亦诧为河汉，少见多怪。轻浅者讪笑，甚者呵责。①

"调"是明代格调论诗学常用术语，也是明清诗学的核心概念之一，"调"侧重于音律声调层面，"格"通常指涉风格范式含义。这里，王岱论述的诗调的种种不同：（一）内容体式不同而产生的不同，如《诗经》中的风雅颂，"风则多姿，雅则多质，颂则多奥"，风雅颂不同调；（二）时代同调不同，如《大风歌》与《垓下》；（三）父子不遗传，如曹操与曹丕；（四）齐名诗人调不同，如李杜、元白。而（五）不同时代调不同隐然若现。所举的"调"的种种不同，"姿""质""奥"，"壮""悲"，"武""文"，"天""人"，"轻""俗"，"寒""瘦"，显然不是音律形式技巧的范畴，而是风格，通过这些风格迥异的例证，诗人借以强调诗歌的独创性，指出古人重视诗歌个性，不求雷同。进而他反对因艺术主张不同而党同伐异的现象，"其人非真能诗，真能诗

---

① 王岱：《了庵文集》卷一《徐伯调诗序》，康熙四年刻本，《四库全书存目丛书》影印本集部第199册，齐鲁书社1997年版，第17页。

自有殊途同归之处，安有相强而相攻乎"，揭示这种行径是不懂诗歌艺术的表现。王岱在三十多年的诗歌创作中，对诗坛党同伐异深恶痛绝，尽量躲避，坚持自己的个性，即使是遭人嘲笑与呵斥，也不稍为改变。甚至在人们以诗为耻辱极端的情况下，如他在《雷简书序》中所说："芝城言诗者不数人，议者以为世俗，耻言诗，间有言者，辄遭群吠，致人有志斯道者，屡由是非毁誉中止。"① 这显示出诗人对诗歌独创性的执着。在《月廊二集》序中，王岱又提出（六）地域不同风格不同："风气有趋避，格调有南北"，并说"世但别户分门，我自任情适性，莫把古人来比我，同床各梦不相干"②，反对门户之见，反对厚古薄今。

重视诗歌、注重诗歌个性，必然指向对诗歌真性情的讴歌。王岱在《谢岳生诗序》说：

> 昔人论诗，谓黄河之水泥沙并下，此深洞原委之言也。盖诗之为物，以道性情。故《三百篇》中，大都皆忠臣孝子义士思妇之言，下及里谣巷歌，皆触口而发，不暇思议，非若后世文人劳心研思，雕言择句者比。然质奥微妙，波澜老成，令人一唱三叹，咀味不穷，而文人劳心研思，雕言择句，愈真愈远，真诗反失。始知真诗不在一字一句一篇之中，使于一字一句一篇之中求工，遂失真诗。诗即工，何益也？然文人之习终不可改。说者谓气运升降使然，不知气运固能升降，诗之工拙不能升降。人之性情真，则诗即真矣。③

这里，诗"言志"转化为"道性情"，虽然性情也是"志"的应有之义，但通常后者侧重于涉及政治与国家、区域治理方面的情思，性情则相对来说倾向于个人的情感。黄河水泥沙俱下的比喻，说明情感的表达自然顺畅，触口而发，不假思索，王岱借以反对雕琢模拟。从作品质量上看，泥沙俱下的

① 王岱：《了庵文集》卷二，康熙四年刻本，《四库全书存目丛书》影印本集部第 199 册，齐鲁书社 1997 年版，第 60 页。

② 王岱：《了庵文集》卷二，康熙四年刻本，《四库全书存目丛书》影印本集部第 199 册，齐鲁书社 1997 年版，第 49 页。

③ 王岱：《了庵文集》卷二，康熙四年刻本，《四库全书存目丛书》影印本集部第 199 册，齐鲁书社 1997 年版，第 75 页。

作品，"质奥微妙，波澜老成，令人一唱三叹，咀味不穷"，而文人字句模拟之作，"于一字一句一篇之中求工，遂失真诗"。对比之下，他提出性情真诗就真的命题。

王岱对诗歌个性的重视，不仅体现在他对诗坛弊端的认识，更体现在他对诗歌史的熟稔，论述建立在不同时代诗歌的比较基础之上。王岱在《张螺浮晨光诗序》中写道：

> 夫诗之有近体也，始于唐也。唐以后无唐音，无唐音而益学唐音。学者益似，似者益伪。为宋，为元，为明，唐音终不可见，不可见而唐诗亡矣。宋诗亡于理，元诗亡于词，明之何、李亡于笨，七子亡于冗，公安亡于谑，天池亡于率，竟陵亡于薄。石仓，竟陵之优孟；云间，七子之优孟。后生辈出，标榜云间，贡高自大，土饭尘羹，馁鱼败肉，合器煎烹，使人败肠而吐胃，并云间故步亦亡矣。……夫唐之音，清而厚，俊而浑，其入也深，无削弱之色，无叱咤之响。①

这一段论述唐以后诗歌创作与唐的关系，指出宋元明清学习唐诗的原因是因为唐诗在近体诗方面的创始地位。按照作者的观点，时代不同诗不同，虽然号称学习唐诗，但是事实上唐诗随着唐朝的灭亡而消失，诗歌呈现的面貌只能是"为宋，为元，为明"。明诗盛行模拟唐诗，提倡"诗必盛唐"②，王岱却旗帜鲜明地反对这种诗论，"唐以后无唐音，无唐音而益学唐音。学者益似，似者益伪"，从根本上否定了人们这种观念。不仅如此，在宋元明诗的宏观视野中，他冷静历史地回顾诗歌史，指出宋诗的弊端在于"理"，即过度议论；元诗则从诗词关系论述，明代大家则一一指出弊端，加深了人们对明代诗歌创作与诗学流弊的认识，多侧面、多层次的反思和批评由此展开。这是个尚未见人讨论的问题③。

---

① 王岱：《了庵文集》卷一，康熙四年刻本，《四库全书存目丛书》影印本集部第199册，齐鲁书社1997年版，第22页。
② 张廷玉：《明史》卷二百八十六《列传》第一百七十四《文苑》二《李梦阳》，中华书局1974年版，第7348页。
③ 蒋寅：《清初诗坛对明代诗学的反思》，《文学遗产》2006年第2期。

在《辩诗》中，在诗歌史演变中的创新与流弊阐述基础上，王岱进一步论述真性情与独创的关系：

> 自《三百篇》温厚和平，其弊为桑间濮上靡靡之音。汉魏救之以雄杰，其弊为杂霸叱咤之响。晋救之以清润淹雅，其弊流为六朝纤巧琐碎之调。唐救之以大雅典正，不善学者为痴重平衍。是以长吉郊岛诸人，不食本分之草，乃跋扈为奇危瘦削骨重神寒之句，遂开中晚弱调。宋人救之以理，则有理障。元人救之以词，则为陈言，去风雅远矣。国初，何李诸公，用心振挽，救以典实。继之王李七才子辈出，渐多冗尘，不善学者遂有算数点鬼学究之诮。其中原紫气套语，真有如公安、竟陵所讥者，故王李之弊，如庙中木偶，全无生趣。公安因以趣救之，然牛鬼蛇神、打油钉铰出焉。竟陵又以高洁简贵救之，不为无见。不善学者，模拟太过，虚字太多，遂觉不必读书，不必养气……
>
> 虽然，救弊终是攻人，攻人莫若自攻。……性情不朽之物，随时变通者也，惟识自己真性情所在，然后历古今之变而斟酌损益之，以自成一家言，则兔颈鹤胫，莫容断续，鸟语花香，莫容造作，庶几乎与古人之意合焉。[①]

在推崇诗歌源头的复古主义古典诗学话语中，王岱说"诗之为变，与世道相推，后人止有救弊而无创见"，诗歌史演变其实是一种在前代诗歌影响下形成的有机整体，每一个时代、每一个诗人都与前代、同代诗人、诗歌密切相关，是前代经典与同代诗人影响焦虑之下的产物，因而一部诗歌史其实就是改进缺点与产生错误的历史。诗歌史为拯救弊端历史的概括，反映出王岱对诗歌现状改变的决心和魄力。王岱论述了自《三百篇》以降至明代的诗歌拯救工作与产生的弊端。在此基础上，他提出"救弊终是攻人，攻人莫若自攻"，既广泛汲取前人精华，又不步趋前贤，追求情感的真实，提出只有认识到自己的真性情，才是关键。

---

① 王岱：《了庵文集》卷九，康熙四年刻本，《四库全书存目丛书》影印本集部第199册，齐鲁书社1997年版，第187页。乾隆刻本《了庵文集》文字多有不同。

王岱与施闰章关系尤为密切。在《王山长集序》①　中，施闰章赞颂了王岱诗歌创作的独创性追求、风格特点以及诗歌面貌形成原因。他说："海以内恢奇博雅能文之士，大率多吾友也；不则，亦尝闻姓字，寓书往来者也。"对清初著名诗人施闰章而言，几乎天下有名的文人雅士他都熟悉，至少有书信往来，因而熟悉全国诗文创作情况，对当前诗文创作弊端了然于胸，即：

> 诗古文辞，固莫盛于今日，才性所限，各以区分：规摹古人者，貌附响臻，千百人若出一手；或憔悴苦吟，迟巧速拙，片言有余，连牍不足；间有负才好事者，踯躅鞅掌，沈顿于手版簿领之间，号称得志，其拂郁滋甚，神耗力愈，不得究其所欲言，作者用希。

虽然表面上作者不少，数量惊人，似乎是一派繁荣景象，可是冷眼人看来，流于模拟，千篇一律，偶有佳构，但是数量不多。和魏禧一样，在全国诗人和诗坛创作面貌中，施闰章从创作主体才气、学识、经历、性格方面论述王岱诗歌的独创性：

> 潭州王君山长，挟轶才，不甚得志。其为人也，博涉群籍，卓荦自负，不随俗俛仰。好奇服、金石、图书之属，放游山水，所至与贤豪交欢，用气谊，相然诺。与之言，侃侃穷日夜，四坐莫能难，非其所心服，虽名公巨卿，不苟推许。意有所取，凡山人野老方伎浮屠之流，往往狎游，相颠倒。至于一事之长，一言之撰述，声名未立，亟为推引，尽其力乃止。其为人也如此。

"文人合一"在古代是一个普遍的观念，诗歌创作既然是诗人内心情感与志趣的表达，那么诗歌创作必然与创作者主体情志、性情相关。王岱才气过人，喜读书汲取历史文化精华，日常行为上标新立异，好穿奇异服装，善谈善辩论，常常终夜侃侃而谈，人莫能诎。又不以身份作为是非标准，"非其所心服，虽名公巨卿，不苟推许。意有所取，凡山人野老方伎浮屠之流，往往狎游，相颠倒"，真是一个绝世奇人。如此不肯依傍随和他人，个性独特的王岱，论诗自然强调独抒机杼。施闰章记下了王岱的诗论：

---

①　施闰章：《施愚山集》文集卷四，何庆善、杨应芹点校，黄山书社 1992 年版，第 82—83 页。

尝与予论文都门，慨然曰：士贵各言所志耳，若执笔随古人，
谓某似某篇，某似某什，是古人之役也，安用我为？故其为诗古文
也，多自成杼柚，不假绳削。朝脱于腕，夕镂于板，终日累数千百
言。怒嬉歌哭，笔墨淋漓。或以为愤世嫉俗，而不知其胸中郁结积
累使然也。风之始发也，调调习习耳；及其郁极而怒号，发林木，
扬沙石，摧山堙谷，砉然作雷霆剑戟之声，风岂有意为
之哉？蒙庄云大辩不言，而其所著书，洸洋无范，曼衍以穷年，殆
自谓也。山长弱冠上公车，连不得志，故其言多骚怨而激楚。向使
山长早岁释褐，浮沈于手版簿领之间，求如此之穷愁著书，岂可得
哉？然则山长虽数奇，亦未为不得志也。

传统诗文理论中，强调复古与模拟，王岱却主张诗人各言其志，反对模
拟，把形似古人看作是受古人奴役，缺乏个性的体现，因而他的诗歌创作有
个性且数量众多，恰好弥补诗坛了弊端。这篇序言中，施闰章指出王岱诗风
格是哀怨激楚，这也是身世经历所致。

王岱自幼喜爱诗歌，七八岁能诗，"余束发于兹，思驾屈宋杜孟而上，自
成一家言"（《程子周诗序》）[1]，诗歌抱负远大，又喜爱议论，然而随着社会
变化与人生境遇的变化，逐渐地不太爱议论诗歌。他说："时至今日，真不乐
与人说诗矣。大抵作者隐隐欲售，不暇读书养气，阅者人人赞誉，不暇古道
相成，作者无作者之益，阅者无阅者之益，即说之何裨也。"[2] 诗歌创作，"时
语绮情艳，时枯木灰死"[3]，"为诗歌古文辞，顿挫沉郁"[4]。王岱在《了庵诗
集自序》叙述说：

余少心志旷达，精力勇锐。自兵甲相寻后，百折之身，万死仅

---

① 王岱：《了庵文集》卷三《程子周诗序》，康熙四年刻本，《四库全书存目丛书》影印本，集部
第 199 册，齐鲁书社 1997 年版，第 68 页。

② 王岱：《了庵文集》卷三《程生诗序》，康熙四年刻本，《四库全书存目丛书》影印本，集部第
199 册，齐鲁书社 1997 年版，第 78 页。

③ 王岱：《了庵文集》卷七《弋山人传》，康熙四年刊本，《四库全书存目丛书》影印本，集部
199 册，齐鲁书社 1997 年版，第 149 页。

④ 龚鼎孳：《王山长〈了庵集〉序》，王岱《了庵诗集》卷首，乾隆刻本，《清代诗文集汇编》影
印本，纪宝成主编，集部第 23 册，上海古籍出版社 2010 年版，第 2 页。

免，乃消磨于技艺，种类繁杂，诗其一端也。错和尚评余诗云高而
拔天倚地，大而抱海包山，号风掣电，细分毫末，淡绝烟火，幽入
无间，沐浴古人，自成创调，惟不合时格耳。呜呼，事久论定，古
人既往，千百年始为旁参而广索之，未可问可否于目前也。今于旧
诗中择其近时调者，汇成一册，梓以示人，要之，孤行侧出，我用
我法，敢言诗哉！①

这段话除了写自己坚持诗歌独创性艺术追求，轻易不许人的大错和尚赞
语之外，写出了自己写作诗歌的境遇与心境变化。经历了明清更替的社会巨
变，经历了家国之痛，少年志气已经变得消沉，诗歌只是消磨时光的一种手
段，甚至在一段时间内，在乱离中，正如《唐魏子草间十纪引》所述："客
岁，余与魏子同处乱离，余方潜声职影，塚笔焚砚，非惟不欲目我为诗文人，
并不欲人目我为识字人。盖以时至今日，犀象之齿，祇以招焚；山鸡之羽，
终常被铩。惟硁然默足，以容一语。"② 往昔整饬诗坛、参与诗坛建设的壮志
豪情不见了。

第三节 康熙十七年后王岱的心境与诗歌变化

康熙十七年，顾景星应博学鸿词科征辟入京③，在《拨闷柬王山长》（其
二）中，称赞王岱为"诗伯"，然而沉居下僚：

> 潭州王岱今诗伯，仕路浮沈感二毛。
> 弟子曾持三鳝献，门墙兼集五陵豪（王官武学教授）。
> 自知啸傲怜予共，莫以身名哂尔曹。

---

① 王岱：《了庵诗集》卷首，乾隆刻本，《清代诗文集汇编》影印本，纪宝成主编，集部第 23
册，上海古籍出版社 2010 年版，第 6 页。
② 王岱：《了庵文集》卷三，康熙四年刻本，《四库全书存目丛书》影印本集部第 199 册，齐鲁
书社 1997 年版，第 79 页。
③ 秦瀛《己未词科录》卷五载顾景星称病不就，误，今人多因之。考证详后文。

南望长沙春色远，三湘风物且旌旂。①

次联写弟子多居高位，三鳝即三鳣，典出《后汉书·杨震传》，指登公卿高位的吉兆。作为一名在诗歌方面有才华而抱负远大的文人来说，武学教授难免有一种失落，所以顾景星说"自知啸傲怜予共"，虽然王岱追求旷达与闲适。如果不是康熙十七年博学鸿词科的诏书与王岱应征，这位诗坛老将，已经仅仅把诗歌视为颐养性情的消遣手段。

方象瑛《像赞》三写道："漫道寒斋四壁虚，汉庭争荐马相如。雄才不羡凌云赋，门掩残灯自著书。"② 指出康熙十七年时局与王岱的境遇。博学鸿词科的诏举，礼遇寒门，四壁空空的贫寒之家，也有可能升泥入云，受到帝王重用。末句点明王岱已经几乎不关心门外的繁华。此时的王岱，已经无意于荣华富贵，虽然穷苦，却一心投入到学术中去。在这样的境况下，京卫武学教授王岱被荐举为征士，成为湖南唯一的一位。对科举有着复杂情感与人生经历的王岱，日益感受到朝廷对文人的空前礼遇，内心世界发生了巨大的变化。

首先，人生态度变得积极起来。在李念慈应征入京后，王岱写下《都门赠李屺瞻》二首，第一首为："崆峒崛起后，斯道遂中微。赖有泾阳出，方能大雅归。诗穷应宦薄，才大贵知稀。耋晚当前席，苍生问莫违。"③ 李念慈，字屺瞻，号笏庵，一名念兹，陕西泾阳人。顺治十五年进士，有《谷口山房诗集》等。钱谦益、王士禛、施闰章等极其称赏其诗，可惜仕途不顺。前四句从明代诗史出发，称赞友人诗歌才气大。传统文论中"穷而后工"命题，隐含着"诗能穷人"观念，即"文章憎命达"（杜甫《天末怀李白》），"昔人谓诗能穷人，或谓非止穷人，有时而杀人"（周必大撰《文忠集》卷四十七《题罗炜诗稿》），王岱依据该论断，表面上陈述李念慈仕途不顺，其实是颂扬他才气大。接着笔锋一转，用李商隐《贾生》"可怜夜半虚前席，不问苍生

① 顾景星：《白茅堂集》卷二十《拨闷东王山长》其二，康熙刻本。
② 方象瑛：《像赞》，王岱《了庵诗集》附录，乾隆刻本，《清代诗文集汇编》影印本，纪宝成主编，集部第 23 册，上海古籍出版社 2010 年版，第 309 页。
③ 王岱：《了庵诗文集》诗集卷十《都门赠李屺瞻》，乾隆刻本，《四库禁毁书丛刊》影印本，集部第 91 册，北京出版社 2000 年版，第 242 页。

问鬼神"典故，表达了坚信李念慈一定会受到君王重用。虽然是赠送友人，带有祝福成分，却客观上蕴含着对"诗能穷人"的反驳。

李澄中应征入都后，以诗相赠。王岱在和诗《李渭清应征入都赠诗次韵》中以诗明志：

> 偃蹇风尘里，无由赋遂初。一生戎马地，百折计谐书。
>
> 老骥惊时顾，名场逐世余。故园空在望，未敢忆吾庐。（其一）①

这首诗点名自己生平坎坷，历经战乱，曾经多次参加科考。顺天府武学教授是下级官员，因而说自己境遇是"偃蹇风尘里"。康熙博学鸿词科被荐举参加考试，出人意料，故而说"惊时顾"。虽然他思念故里，却没有隐居乡里的打算。潘耒在《后写怀十首》（其四）中说"辞家正是思家候，满地秋风动紫莼"（潘耒《遂初堂集》诗集卷三《梦游草》上），在康熙十七年的征士眼中，故乡一般是归隐的目的地，王岱却说"故园空在望，未敢忆吾庐"，表明了自己愿意为国家效劳的愿望。博学鸿词科对文人的尊重，激励了他们，即使是困顿落魄的下层文人，也燃烧起积极用世的热忱。

其次，随着积极用世思想复苏，诗人跳出个人修身养性的小天地，不再是萧然自适，又开始关注诗坛创作大局，针对诗歌弊端，激发了整饬诗坛扭转时弊的豪情。在《金会公赠诗次答》中，王岱写道：

> 绝调郢中曲，高标南郡楼（公官郢中学博，王粲楼在其郡）。
>
> 即今推董贾，端不骛钱刘。
>
> 济世称三策，传鲭耻五侯（公素古处，耻事干谒）。
>
> 古人真未远，岂谩逐时流。（其一）
>
> 诗说来匡鼎，诸人自解颐。
>
> 世风升降日，斯道替隆时。
>
> 砥柱心同苦，回澜责敢辞。

---

① 王岱：《了庵诗文集》诗集卷十《金会公赠诗次答》，乾隆刻本，《四库禁毁书丛刊》影印本，集部第 91 册，北京出版社 2000 年版，第 243 页。

感怀思古哲，韩杜岂新知。（其五）①

这组诗为酬和金德嘉而作。金德嘉（1630—1707），字会公，号蔚斋，湖北广济人。康熙二十一年（1682）进士，官检讨，与修《明史》，分撰《一统志》。据组诗第三首"勍敌相酬唱，诗人历下亭"句王岱自注"己未，会公车来京，时舒康伯、顾赤方同集余宫赋诗"②，诗作于康熙十八年，参与集会的为舒逢吉、顾景星。舒逢伯，字康伯，广济人。诸生，官浏阳教谕。顾景星（1621—1687），字赤方，号黄公，别号金粟道人，蕲州（今湖北蕲春）人。明末贡生。南明弘光朝时考授推官。入清后，屡征不仕。

第一首中末联"古人真未远，岂谩逐时流"，表明诗人不愿意随波逐流，一心以古代贤哲为榜样。第五首用《汉书·匡衡传》："无说《诗》，匡鼎来；匡说《诗》，解人颐。"③ 写燕集诸人纵谈诗歌的欢欣。谈论的话题是当下正值风云际会，大家愿意承当中流砥柱，"回澜责敢辞"点明诗坛振兴责无旁贷。

最后，康熙十七年，清廷诏举博学鸿词科之后，随着诗人心境的变化，作为封建士子即国家文官体系中一份子（虽然是下层文官），王岱重新获得了希冀；作为一位对诗歌史、诗坛有着清醒认识而又期盼改变诗歌弊端的一员，王岱心中重新燃起了责任心，因而诗歌变得富于激情，充满昂扬之气。这在康熙十七十八年所写赠友诗中表现得尤其明显。在给《赠高念祖世兄》的诗中，王岱表现出对未来的希冀，诗中洋溢着奋发向上的豪情：

> 大器严廊见夏瑚，扶摇应自有南图。
>
> 天人正欲资三策，感慨无嗟长百夫。
>
> 古道贻谁知扑满，加餐赠岂用文无。

---

① 王岱：《了庵诗文集》诗集卷十《金会公赠诗次答》，乾隆刻本，《四库禁毁书丛刊》影印本，集部第 91 册，北京出版社 2000 年版，第 246—247 页。

② 秦瀛《己未词科录》卷五记载康熙十七年应博学鸿词科顾景星称病不就征召来京，据此注，是错误的。顾昌撰《皇清征君前授参军顾公黄翁府君行略》载："康熙戊午，诏求鸿儒六科。公荐府君，称其专心诵读雅擅诗文，品行端方，兼精字学，论者以府君为无愧云。府君力以病辞，巡抚疏请，不允，再奉温旨，有'着督抚作速咨送来京，以副朕求贤至意'等语。檄文敦迫，乃扶病就道。明年，给检讨俸米。三月朔，入觐保和殿，赐坐、赐茶、赐馈，再以病恳，既放还。杜门息影修然遗世，颜其堂曰'白茅'，取《易》'无咎'之义也。南北往来，录舆中所得诗为《三草》，曰'征车'，曰'长安'，曰'还山'。"见顾景星《白茅堂集》卷一，康熙刻本。

③ 班固：《汉书》卷八十一《匡衡》，颜师古注，中华书局 1962 年版，第 3331 页。

> 君家世业唯忠孝，莫厌频经古帝都。（其一）
>
> 名家余韵自清萧，岂为栖迟叹寂寥。
>
> 采藻已探周石鼓，读书须上汉圜桥。
>
> 青云不附终南捷，华胄无过樵李遥。
>
> 问罢诗篇三世咏，飒然身觉置层霄。（其二）①

　　高佑釲（1629—1713），字念祖，号怀寓主人，浙江秀水人，贡生。细玩"莫厌频经古帝都"句，似乎高佑釲来京是应康熙十七年的科考，王岱写诗相激励。其一首句写朝廷重用人才，志士应当能够如大鹏展翅，实现抱负。康熙十七年正月二十三日，康熙帝谕吏部举办博学鸿词科考试，诏书中说："自古一代之兴，必有博学鸿儒，振起文运，阐发经史，润色词章，以备顾问著作之选。朕万几余暇，游心文翰，思得博学之士，用资典学。"②次联内容正好与诏书内容相对应。次联用董仲舒典故写皇帝需要人才备顾问（汉代董仲舒以《天人三策》，为武帝所赏识，任为江都相），劝友人不要嗟叹怀才不遇。即使暂时没有中式，也要坚持来京考试。第二首更是一首歌颂科举考试的诗篇。首联写不要因栖迟不遇而落寞，次联写读书求学志存高远，语句遒劲豪迈，"飒然身觉置层霄"更是卓尔不群，只有高度自信或者内心为一种崇高而美好的愿望所激荡，才能写出如此飘逸豪放洒脱的诗句。

　　在《陶五徽来都门见赠有诗次韵》（其二）中有诗句"名传第五岂须官，万里冥鸿路尽宽"③，写出前途广阔，在赠送博学鸿词科征士邓林梓的《答郑肯崖来韵》④组诗中，王岱表达了朝廷举办博学鸿词科给士人带来发挥才干的机会，如第一首：

---

① 王岱：《了庵诗集》卷十五《赠高念祖世兄》，乾隆刻本，《清代诗文集汇编》影印本，纪宝成主编，集部第 23 册，上海古籍出版社 2010 年版，第 222 页。

② 玄烨：《圣祖仁皇帝圣训》卷十二，《文渊阁四库全书》影印本，史部第 411 册，上海古籍出版社 1989 年版，第 272 页。

③ 王岱：《了庵诗集》卷十五《赠高念祖世兄》，乾隆刻本，《清代诗文集汇编》影印本，纪宝成主编，集部第 23 册，上海古籍出版社 2010 年版，第 222 页。

④ 邓林梓，一名琳梓，字肯堂，号玉山，江南常熟人，布衣。明孝廉文度曾孙。康熙博学鸿词被荐入都，卒。林梓生而颖异，年十三作《空谷诗》，见赏于松园老人，呼为"邓空谷"。既除诸生籍，益肆力于诗歌，唱酬皆一时胜侣。著有《玉山诗文集》。

> 绝学今重见白沙，飘飘犹未改风华。
>
> 黄金自合招如郭，白雪宁同和属巴。
>
> 莫惜夜游时秉烛，好随春景泛流霞。
>
> 太邱已是星辰聚，异日频宣五色麻。①

这首诗写出博学鸿词科考试前征士的兴奋、惬意，酣畅明快，充满希冀。白雪与巴人的对比，表明博学鸿词科应征人员境界要求与诗歌理论自觉、自信。

邓显鹤《沅湘耆旧集》卷四十六记载王岱康熙二十二年首诗集《浮槎集》时说：

> 《浮槎集》大半应酬语多，盖已不复能唱渭城矣。②

邓显鹤熟悉王岱的生平及创作情况，从知人论世的视角出发，注意到了经历与创作的关系，并正确地指出后期诗集《浮槎集》与前期的区别。所谓"大半应酬语多，盖已不复能唱渭城"，即从内容上看，《浮槎集》以官员日常生活的应景唱和为主，不仅不再有揭露社会尖锐矛盾的篇章，乱离时期的遗民思想，而且个人失意的抒写也消失了，从情感基调上看凄苦的内容没有了，诗歌变得平和温厚。这个变化，发生于康熙十七年，其契机即博学鸿词科。

张亮采在《赠澄邑宰王山长》写道：

> 隆万以前真风雅，才名七子倾天下。
>
> 隆万以后崛起谁，许可竟陵与友夏。
>
> 独怪钟谭趋中晚，顿将汉魏如土苴。
>
> 嗣有牧斋执牛耳，梅村芝麓樽堪把。
>
> 愚山荔裳并阮亭，一驱中原空冀马。
>
> 湘潭夫子号山长，吮毫不作伧父想。
>
> 纵横八极气弥劲，胸储四库神益爽。
>
> 偶然寄啸南海封，止凭墨瀋时孤往。

---

① 王岱：《了庵诗集》卷十五《答郑肯崖来韵》，乾隆刻本，《清代诗文集汇编》影印本，纪宝成主编，集部第 23 册，上海古籍出版社 2010 年版，第 226 页。

② 邓显鹤：《沅湘耆旧集》卷四十六，岳麓书社 2007 年版，第 3 册，第 47 页。

> 悬鱼留牍等闲事，风清月白襟开朗。
> 陶铸今古漱湘灵，吞吐日月振遗响。
> 五十年来声藉甚，千秋艺苑归君掌。[①]

作为酬赠诗，该诗难免有过誉的地方，比如称赞王岱"五十年来声藉甚，千秋艺苑归君掌"，无疑与事实不符，言过其实，王岱一直没有作为全国性的诗坛盟主，虽然其诗论在当时受人瞩目。诗坛盟主的出现，不仅仅是个人才具与使命意识的事，还有复杂的主客观社会因素。不过，作者从明清诗歌史演变的视野，论列王岱的地位，却是有道理的。这不仅因为王岱活跃诗坛四十多年，年轻时组织诗社，与诗坛名流多有交往，熟悉诗坛情况，而且熟悉诗歌史，在理论上有清醒的认识和独到的见解。并且直到晚年，在博学鸿词科的影响下，自觉地担负起改变诗坛的任务，力图以自己的理论和创作实践，影响和改变诗歌创作局面。

其实，不仅是王岱深受康熙博学鸿词科的影响，思想情感、创作心境与诗歌内容、情感基调发生了巨大变化，朝野文士，大多都感受到了来自朝廷的重视，对趋于上升阶段的国家和自己的未来充满希冀。正如王岱在《愚山应征来都有诗见赠次韵》中所述：

> 盈廷近喜尽缁衣，捧檄应同出钓矶。
> 此日逢场忘故我，晚年克己悟昨非。
> 斯风已靡空思救，大道无传孰与归？
> 敢向知音犹讳疾，古来狂狷世原稀。[②]

首联典故出自《诗·郑风·缁衣》和严光，据《礼记·缁衣》记载："子曰：'好贤如《缁衣》，恶恶如《巷伯》。'"据郑玄注，"《缁衣》《巷伯》皆《诗》篇名也……此衣缁衣者贤者也。"这里缁衣指贤人，即博学鸿词科应征人员。因为东汉严光隐居于钓鱼台，所以钓矶这里指代遗民隐逸生活。应征人员聚集朝廷，一些遗民将出仕，这是一种历史上少见的盛况。征士们的内

---

① 周硕勋：《（乾隆）潮州府志》卷四十二《艺文》下，光绪十九年重刊本。
② 王岱：《了庵诗集》卷十六《愚山应征来都有诗见赠次韵》，乾隆刻本，《清代诗文集汇编》影印本，纪宝成主编，集部第 23 册，上海古籍出版社 2010 年版，第 233 页。

心变化，简直是脱胎换骨，"悟昨非"表明诗人们将告别过去；"克己"显示出他们是在道德修为上严格要求自己，恢复到儒家思想的正统道路上。在颈联中诗人呼吁整顿颓风，一心拯救靡烂诗风，这岂不是王岱早年的雄心壮志吗？"大道无传孰与归"？一种整饬诗坛的责任与豪情跃然纸上。博学鸿词科诏举之后，在诗坛认识与诗歌功能上，王岱不再局限于自我消遣，而是勇敢地站出来，公开表达自己的责任与使命。

第九章 遗民与征士之间的相互影响
——以顾炎武、潘耒为例

康熙十七年（1678）正月清廷诏举康熙博学鸿词之后，围绕着这次科考，遗民与清廷之间形成了一种错综复杂的角力，出现了辞考与强制征辟现象。这种角力，不仅体现在遗民与清廷之间，而且在遗民之间，尤其是遗民、应征人员之间，也产生了巨大的影响。目前学界对博学鸿词科的研究视角，仅限于遗民、清廷之间的错综关系，如李颙的以死相抗，绝食数日，清廷的催促，而后一种视角则少有人注意。顾炎武与潘耒在这次考试中的相互关系以及影响是一典型个案。一方面，顾炎武力图阻止潘耒参加考试，潘耒也力辞科考。在顾炎武施加的压力之下，即使是被录为翰林检讨之后，潘耒依旧有辞官的念头；踌躇再三而后，潘耒决计接受检讨，参与修史。潘耒入仕对顾炎武来说是一个巨大冲击，他迫不得已接受这个事实，并请求友人提携潘耒。成功地逃脱科考与史馆征辟的顾炎武，最终改变了对清朝的敌对态度，在这种转变中，潘耒入仕是诸多因素中的一个重要因素。

康熙十七八年间顾炎武与潘耒之间相互关系及其影响，展现了博学鸿词科对遗民的渗透与遗民的抗争，其过程及最终的结局，显示出博学鸿词科的巨大影响与历史意义。

第一节 顾炎武对潘耒的厚爱与期许

清初诗人、史学家潘耒为顾炎武最为器重的及门弟子①，顾炎武对潘耒期许甚高。潘耒长兄潘柽章与顾炎武为莫逆之交，明亡后顾炎武、潘柽章二人以遗民自居，都是惊隐诗社成员。二人志同道合，都有修史的志向。顾炎武曾将自己的史书慷慨借给潘柽章助其修史②；为声援顾炎武，潘柽章与同仁联名发起《为顾宁人征天下书籍启》。顾炎武一生"不坐讲堂，不收门徒"③，却收潘耒为弟子，这与二人之间的密切关系有关④。

康熙二年（1663），潘柽章因庄廷鑨《明史》案受极刑，顾炎武为潘耒写下《寄潘节士之弟耒》，这是顾炎武写给潘耒的第一首诗，也是今存文献中二人交往的最早材料。诗中写道："笔削千年在，英灵此日沦。犹存太史弟，莫作嗣书人。门户终还汝，男儿独重身。裁诗无寄处，掩卷一伤神。"⑤慨叹潘柽章夭折，盛赞其史学著作万古流芳，哀悼之余为潘耒没有受到株连而感到庆幸。"嗣书人"为《左传》典故。鲁襄公二十五年（公元前448年），齐崔杼弑其君齐庄公，立其弟齐景公，"太史书曰：'崔杼弑其君。'崔子杀之。其

---

① 据谢国桢《亭林弟子及其传人》，顾炎武著籍弟子有潘耒、陈芳绩、毛今凤、王太和，其中，潘耒、陈芳绩为遗民家庭出生，长辈与顾炎武志同道合。毛今凤康熙十八年于关中向顾炎武拜师，王太和资料阙如。见谢国桢《顾亭林学谱》，商务印书馆1957年版，第207页。王冀民说："然先生亦未尝无门人，贤如潘耒，次如李云沾（衍生之师），又次如毛今凤（自吴中负笈北来），及此诗所指朱烈、王太和，其初俱称私淑而不为禄利，不开讲堂，而先生终一一门人之。"见王冀民《顾亭林诗笺释》卷四《得伯常中尉书，却寄，并示朱烈、王太和二门人》，中华书局1998年版，第704页。据此，顾炎武门人有潘耒、陈芳绩、毛今凤、王太和、李云沾、朱烈，而潘耒能传其学，知名度最高，今人甚至误以为潘耒为顾炎武唯一及门弟子，如郗玉芹《试论潘耒对顾炎武学术的师承》（《中南民族大学学报》2009年第1期）。

② 顾炎武：《顾亭林文集》卷四《与次耕书》，《顾亭林诗文集》，华忱之点校，中华书局1983年版，第79页。

③ 顾炎武：《亭林余集》之《与潘次耕札》，《顾亭林诗文集》，华忱之点校，中华书局1983年版，第168页。

④ 潘耒与顾炎武交往情况及考证，参考陈祖武、朱彤窗《旷世大儒——顾炎武》第十一章《顾亭林致潘次耕书札考证》，河北人民出版社2000年版，第176—207页。

⑤ 王冀民：《顾亭林诗笺释》卷四《潘节士之弟耒》，中华书局1998年版，第622页。

弟嗣书，而死者二人"①。顾炎武用这个典故来告诉潘耒谨慎从事，保重身体，以支撑门户为首要大事。潘耒侍奉嫂夫人沈氏前往关外流放地，经过淮阴，当时顾炎武虽然在太原，但是因顾炎武的关系，潘耒得以拜见王略。同样是因为顾炎武的关系，王略将女儿嫁给潘耒。顾炎武在《山阳王君墓志铭》中写道：

> 当余在太原，而余友潘力田死于杭，系累其妻子以北。少弟耒年十八，子身走燕都，介余一苍头以见王君。王君曰："我固闻之。宁人尝与我言，潘君力田，贤士也，不幸以非命终。而宁人之友之弟，则犹之吾弟也。"迎而舍之。比其归也，则曰："家破矣，可奈何！吾有女年且笄，将婿子。"间二年，耒遂就昏。王君与耒非素识也，特以宁人之友故，而余在远，弗及为之从臾也。②

潘耒"数遭坎轲，贫困益甚，流离转徙，一岁数迁。尝移家荒山中，破屋数椽，不蔽风日，或日旰未举火"③。郑方坤说："稼堂以屠童，惨酷几无生理。顾念覆巢破卵之余，计惟奋志读书，庶可亢宗名世。时顾亭林先生通经博古，蔚为儒宗。则负笈从之游。"④ 困顿中的潘耒奋发读书，拜顾炎武为师。在收徒之前，顾炎武以古人名节相激励，说"古人于患难之余，而能奋然自立，以亢宗而传世者，正自不少，足下勉，毋怠"⑤。康熙七年（1668），顾炎武在黄培诗案结案之后，收到潘耒渴求拜师的来信后，写信回复：

> 接手书，具感急难之诚，尤钦好学之笃。顾惟鄙劣，不足以裨助高深，故从游之示，未敢便诺。今以天下之大，而未有可与适道之人。如炎武者，使在宋、元之间，盖卑卑不足数，而当今之世，友今之人，则已似我者多，而过我者少。俗流失，世坏败，而至于

---

① 洪亮吉：《春秋左传诂》卷十三襄公二十五年，李解民点校，中华书局 1987 年版，第 574 页。

② 顾炎武：《顾亭林文集》卷五《山阳王君墓志铭》，《顾亭林诗文集》本，华忱之点校，中华书局 1983 年版，第 117 页。

③ 潘耒：《遂初堂集》文集卷十八《先妣封太孺人吴氏行述》，康熙刻本。

④ 郑方坤：《国朝名家诗钞小传·遂初堂诗钞小传》，转引自钱仲联主编《清诗纪事》，凤凰出版社 2004 年版，第 695 页。

⑤ 顾炎武：《亭林文集》卷六《与潘次耕》，《顾亭林诗文集》本，华忱之点校，中华书局 1983 年版，第 140 页。

无人如此，则平生一得之愚，亦安得不欲传之其人，而望后人之昌
明其业者乎？

　　凡今之所以为学者，为利而已，科举是也。其进于此，而为文
辞著书一切可传之事者，为名而已，有明三百年之文人是也。君子
之为学也，非利己而已也，有明道淑人之心，有拨乱反正之事，知
天下之势之何以流极而至于此，则思起而有以救之。不敢上援孔、
孟，且六代之末，犹有一文中子者，读圣人之书，而惓惓以世之不
治，民之无聊为亟。没身之后，唐太宗用其言以成贞观之治，而房、
杜诸公皆出于文中子之门。虽其学未粹于程、朱，要岂今人之可望
哉。仰惟来旨，有不安于今人之为学者，故先告之志以立其本。惟
愿刻意自厉，身处于宋元以上之人与为师友，而无徇乎耳目之所濡
染者焉，则可必其有成矣。①

之所以没有即刻答应收潘耒为门徒，是因为顾炎武对潘耒要求严格，期
望高，期盼他志存高远，以传统儒家理想中的君子为自我价值实现的楷模。
顾炎武品评当世之人，认为"以天下之大，而未有可与适道之人"，指出自己
在宋元之际不算什么人才，而在当今之世则算是翘楚。他指出当前治学的弊
端，首先在于志向不高，不过为利（应科举）和名（为文辞著书）而已，顾
炎武对潘耒的要求是超越这两个世俗层面，以君子之学相许，即："非利己而
已也，有明道淑人之心，有拨乱反正之事，知天下之势之何以流极而至于此，
则思起而有以救之。"君子之学，超脱个人私利，目的在于明道淑人、拨乱反
正。在古代圣贤中，顾炎武列出的榜样是隋末文中子王通，这或许是自己所
处的时代与王通相似（朝代更替）。即顾炎武在《与黄太冲书》中所说："天
下之事，有其识者未必遭其时，而当其时者，或无其识。古之君子所以著书
待后，有王者起，得而师之。"② 王通的学术著作为后代君王治理天下提供参
考，实现了救世淑人的目的，顾炎武最为看重的《日知录》，"意在拨乱涤污，

① 顾炎武：《亭林余集》之《与潘次耕札》，《顾亭林诗文集》本，华忱之点校，中华书局1983
年版，第166—167页。
② 顾炎武：《亭林佚文辑补》，《顾亭林诗文集》本，华忱之点校，中华书局1983年版，第238
页。

法古用夏，启多闻于来学，待一治于后王"①。在信中，顾炎武谆谆告诫潘耒，要志存高远，取法古人，"身处于宋元以上之人与为师友"，即多读古人宋元以上人之书，尚古友贤；超越当世学者境界，"无狥乎耳目之所濡染者"。

随后给潘耒的信中，顾炎武甚至自曝其缺点，说："读书不多，轻言著述，必误后学。吾之跋《广韵》是也。虽青主读书四五十年，亦同此见。今废之而别作一篇，并送览以志吾过。平生所著，若此者往往多有，凡在徐处旧作，可一字不存。"② 在徐乾学兄弟处存留的著作一概不存，可见他以身作则、严于律己。顾炎武为人坦荡，对自己要求严格而又虚怀若谷，这对潘耒产生了深远影响。

顾炎武对清朝的政治倾向也给潘耒带来了直接而深远的影响。康熙十三年（1674），居京已逾四载的潘耒离开京师，顾炎武写下《潘生次耕南归寄示》："知君心似玉壶清，未肯缁尘久雒京。若到吴阊寻旧迹，五噫东去一梁生！"正如王冀民先生说，这首诗旨在勉励潘耒离京归吴，不复北上。首联以"玉壶"与"缁尘"对比，亟赞潘耒之高举，全系明说；末联用梁生过雒东去，终老吴阊事，全系暗喻，冀潘耒咀嚼自知。"盖先生素恶清之京师，以其风尘污人，可使素衣化缁，可使志士易节，可偶游而不可久居。"③ 称许潘耒有一颗冰清玉洁的心灵，期盼他保持志士气节，这是顾炎武严"夷夏之防"遗民情结的具体体现，也是其"君子之为学也，非利己而已也"治学思想的具体体现④。

顾炎武对潘耒的厚爱与期望，也体现在他处理徐乾学欲延揽潘耒的方法与态度上。徐乾学是自己的外甥，顾炎武的许多复杂事宜，如山东黄培诗案、山东庄园田产，乃至于摆脱博学鸿词科与《明史》馆征辟，都依赖徐乾学兄

---

① 顾炎武：《亭林文集》卷六《与杨雪臣》，《顾亭林诗文集》本，华忱之点校，中华书局1983年版，第139页。

② 顾炎武：《亭林余集》之《与潘次耕札》，《顾亭林诗文集》本，华忱之点校，中华书局1983年版，第169页。

③ 王冀民：《顾亭林诗笺释》卷五《潘生次耕南归寄示》笺，中华书局1998年版，第837页。

④ 陈祖武、朱彤窗：《旷世大儒——顾炎武》第十一章《顾亭林致潘次耕书札考证》，河北人民出版社2000年版，第189页。

弟的襄助。康熙十六年（1677）春，徐乾学乞假南归，欲延潘耒于家①。获知情况后，顾炎武立即写信给潘耒：

> 原一南归，言欲延次耕同坐。在次耕今日食贫居约，而获游于贵要之门，常人之情鲜不愿者。然而世风日下，人情日谄，而彼之官弥贵，客弥多，便佞者留，刚方者去，今且欲延一二学问之士以盖其群丑，不知薰莸不同器而藏也。吾以六十四之舅氏，主于其家，见彼蝇营蚁附之流，骇人耳目，至于征色发声而拒之，乃仅得自完而已。况次耕以少年而事公卿，以贫士而依庑下者乎？夫子言吾死之后，则商也日益，赐也日损。子贡之为人，不过与不若己者游，夫子尚有此言，今次耕之往，将与豪奴狎客朝朝夕夕，不但不能读书为学，且必至于比匪之伤矣。孟子曰：“饥者甘食，渴者甘饮，是未得饮食之正也，饥渴害之也。”今以百金之修脯，而自侪于狎客豪奴，岂特饥渴之害而已乎？荀子曰：“白沙在泥，与之俱黑。”吾愿次耕学子夏氏之战胜而肥也，“吾驾不可回”，当以靖节之诗为子赠矣。②

顾炎武极力反对潘耒前往徐乾学家，对此事的处理，超越了家庭伦理与亲情关系层面的考量，而是出于人才成长与对潘耒的厚爱，呵护弟子的这种情况古今罕见。虽然从经济状况来说潘耒“食贫居约”，徐乾学官职显要，能到徐家是一般人所渴望以求的事情，可是客于其家对潘耒成才不利。对外甥的评价，顾炎武说，“彼之官弥贵，客弥多，便佞者留，刚方者去”，其延客的目的无非是“欲延一二学问之士以盖其群丑”。虽然顾炎武没有直说徐乾学人品如何，但是客人品节情况以及遮丑目的揭示，已经是言辞激烈，几乎是不近情理。就自己在京城居住其家的经历来看，“蝇营蚁附之流，骇人耳目”。如果不是因为徐乾学想延请潘耒，这些评价大概顾炎武不会说出来的。近朱者赤近墨者黑，顾炎武说潘耒如果去徐乾学家，“将与豪奴狎客朝朝夕夕，不

---

① 周可真：《顾炎武年谱》，苏州大学出版社 1998 年版，第 450 页。
② 顾炎武：《亭林余集》之《与潘次耕札》，《顾亭林诗文集》本，华忱之点校，中华书局 1983 年版，第 167 页。

但不能读书为学，且必至于比匪之伤矣"。基于这种考虑，顾炎武期望潘耒要以圣贤子夏为楷模，并以陶渊明诗句相激励，劝他不要丧失本性。陶渊明《饮酒二十首》之十中有诗句"纡辔诚可学，违己讵非迷！且共欢此饮，吾驾不可回"①，以与近邻对话的形式表明自己坚持本心，不沾染世间污浊之气。顾炎武以这首诗相赠潘耒，用意明显。

在人生目标设定、为学著述、个体修为、政治理想（政治态度包含在内）等方面，顾炎武对学生潘耒呵护有加，期盼殷切，潘耒为人刚正坦诚，淡泊名利，不畏权势，为清初著名的诗人、史学家，在金石、音韵、算学等方面成就斐然，继承顾炎武衣钵，离不开顾炎武的厚爱、期盼与教诲。

第二节　顾炎武劝阻潘耒

康熙十七年正月，为了网罗士人、遗民，增强清王朝凝聚力，康熙帝诏举博学鸿词科，全国范围内大举征辟。人生出处、民族大义问题又一次摆在遗民面前。

在陕西的顾炎武立即采取周全而详尽的措施，避免列入应征名单。在给潘耒的信中，他和盘托出自己的筹划：

> 但荐举一事，得超然免于评论否？如其行取，必在元籍。今已作字令犹子具呈，以伯父行年七十，弃家入道为词。必不得已，遣一家人领批前来寻访，道路申病，详具三徐札中。然近来实病，似亦不能久于人世，所萦念者，先妣大节未曾建坊，存此一段于集中，以待河清之日，自有人为之表章。②

如果是被荐举的话，应该在原籍举荐，故而他托付故乡的侄子给地方官写了呈文，强调自己七十岁了，已经为道士。从身份上看，道士自然不能是

---

① 陶渊明：《陶渊明集》卷三《饮酒二十首》，逯钦立校注，中华书局 1979 年版，第 92 页。
② 顾炎武：《亭林余集》之《与潘次耕札》，《顾亭林诗文集》本，华忱之点校，中华书局 1983 年版，第 168—169 页。

"博学鸿儒";如果官员不应允,就让家乡族人带着县吏前来关西验证,途中再说自己病重,——"道路申病"而并非一开始就托病,可见其心思缜密。顾炎武精明过人之处在于,他同时走上层路线,把计划告诉位居高位的徐元文、徐秉义、徐乾学徐氏三兄弟;"详具三徐札中",说明他给三兄弟的信中,写得具体、详尽、态度鲜明。由于未雨绸缪,征辟之初虽然"诸公争欲致之"①,内阁学士叶方蔼、翰林院侍讲韩菼皆欲推荐炎武参加考试,但是在徐氏兄弟的周旋下,最终顾炎武免于被荐举。他在《与同邑叶讱庵书》中写道:"去冬韩元少书来,言曾欲与执事荐及鄙人,已而中止。"② 说的就是这件事。在康熙十七年三月份,顾炎武得知自己计划成功,徐氏兄弟成功地阻止了自己的征辟,写下《春雨》一诗:

> 平生好修辞,著集逾十卷。本无郑卫音,不入时人选。
> 年老更迂疏,制行复刚褊。东京耆旧尽,羸瘵留余喘。
> 放迹江湖间,犹思理坟典。朝来阅征书,处士多章显。
> 何来南郡生,心期在轩冕。幸得比申屠,超然竟独免。
> 春雨对空山,流泉傍清畎。枕石且看云,悠然得所遣。
> 未敢慕巢由,徒夸一身善。穷经待后王,到死终黾勉。③

这首诗回顾了自己的经历、对眼前征士行为的评价,自己的理想抱负和自己免于荐举的庆幸。"朝来阅征书,处士多章显"写出清朝对明遗民的留心与刻意网罗,"幸得比申屠,超然竟独免"点出自己没有被征举。他对李颙说:"不预荐牍,为第一可喜事。"④

顾炎武康熙十七年闰三月之前给潘耒的信,论及"昔有陈亮工者,与吾同居荒村,坚守毛发,历四五年,莫不怜其志节。及玉峰坐馆连年,遂忘其先人之训,作书来蓟,干禄之愿,几于热中",感慨友人坚守民族气节,而其

---

①　全祖望:《全祖望集汇校集注》卷十二《亭林先生神道表》,朱铸禹校注,上海古籍出版社2000年版,第231页。

②　顾炎武:《亭林文集》卷三《与叶讱庵书》,《顾亭林诗文集》本,华忱之点校,中华书局1983年版,第53页。

③　王冀民:《顾亭林诗笺释》卷五《春雨》,中华书局1998年版,第908页。

④　顾炎武:《蒋山佣残稿》卷一《与李霖瞻》,《顾亭林诗文集》本,华忱之点校,中华书局1983年版,第186页。

后人竟然热衷仕宦。其实，陈芳绩祖、父两世俱以明遗民没世，陈芳绩苦节三十余年，顾炎武为其祖梅撰墓志铭时称其"训蒙自给"，这里说他"作书来蓟，干禄之愿，几于热中"，言辞激烈。王冀民说："芳绩年辈略晚于先生，于朱明本无瓜葛，先生厚责其'忘先人之训'，盖预诫潘耒勿赴鸿博"①。顾炎武将陈芳绩改变气节的原因归结于坐馆。顾炎武对潘耒坐馆极为不满，充满了忧虑，信中说："今吾弟又往矣，此前人坠坑之处也！杨恽所云'足下离旧土，临安定，而习俗之移人者'，其能自保乎？"而据潘耒《遂初堂集》文集卷八《摛藻堂集序》所载，"以其地偏远，四方之士罕至，休宁汪子季青筑别业读书其中，名其堂曰藻之堂。岁在戊午，余客斯堂者半载。与汪子唱和诗近百篇，乐其山川，将结邻以隐。会征书再下，不得已舍去之都门。"潘耒坐馆应在汪文柏摛藻堂，也是志存隐逸。即便如此，顾炎武还是放心不下。这封信，应该坚定了潘耒力辞博学鸿词科的信念，在这一点上，有学者已经指出顾炎武这封信对潘耒的影响，但是说潘耒"因而对顾炎武的来信马上作出反应，表示拟坚隐不出"，则是错误的②。

信中继而谈起李因笃，盛赞其为学为人，世所罕见，断定李因笃并不会出山，也是借以激励潘耒，期盼他坚守遗民气节，不与清朝合作。他告诫潘耒，"时归溪上，宜常与令兄同志诸友往来讲论，一暴之功，犹愈于十日之寒也"③，多与遗民往来，砥砺气节。

博学鸿词科的举办，激发了顾炎武的遗民斗志，他不断鼓励友人坚守遗民气节，"穷经待后王，到死终黾勉"④，不与清朝合作。在王弘撰、李因笃、李颙被迫入京之前，他写下《寄同时二三处士被荐者》：

> 关塞逾千里，交游更几人。金兰情不二，猿鹤意相亲。
> 邺下黄尘晚，商颜绿草春。与君成少别，知复念苏纯。

① 王冀民：《顾亭林诗笺释》卷二《酬陈生芳绩》笺，中华书局 1998 年版，第 330 页。
② 陈祖武、朱彤窗：《旷世大儒——顾炎武》第十一章《顾亭林致潘次耕书札考证》，河北人民出版社 2000 年版，第 194 页。
③ 顾炎武：《亭林余集》之《与潘次耕札》，《顾亭林诗文集》本，华忱之点校，中华书局 1983 年版，第 168 页。
④ 王冀民：《顾亭林诗笺释》卷五《春雨》，中华书局 1998 年版，第 908 页。

这是一首奇特的诗歌，诗中景象与内容矛盾。描绘景象为春景，而王弘撰、李因笃是秋季入京，而李颙也是秋季被迫前行，十一月份成功以绝食方式没有入京。这首诗的写作时间，王冀民说，"作此诗时，王李等虽已被荐，犹未北行，故预寄此诗以相砥砺"①。诗中流露出缺乏同道的感慨，与众人关系的亲密，意气相投，都是喜欢保持自然本真的遗民生活。"少别"二字表明，顾炎武坚信，即使是友人赴京应诏举，也不过是短暂的分别。邺下即河北临漳，为后赵、前燕、东魏、北齐等少数民族政权首都，顾炎武用以指代北京，含蓄表达了对清朝的敌意。北京的"黄尘晚"景象与遗民家园商山的"绿草春"景象对比鲜明，情感色彩突出，民族意识强烈。据《后汉书》，苏纯，字桓公，"有高名，性强切而持毁誉，士友咸惮之，至乃相谓曰：'见苏桓公，患其教责人，不见，又思之。'"②顾炎武以苏纯自喻，希望友人勿忘督责，拒绝应征。

康熙十七年清廷诏举博学鸿词科之后，左春坊谕德卢琦、刑部主事谢重辉联名推荐潘耒。闰三月十九日，潘耒被举荐的公文下达③，潘耒力辞，说"雕笼岂得呼高鸟，芳饵何当近逸鳞"④，视博学鸿词科为羁绊与网罗，并逃避山中。获知消息后，顾炎武给友人写信称赞说：

> 敝门人潘耒字次耕，谢病之后，遂奉母入山，不知所往。干木踰垣之志，介推偕隐之风，昔闻晋国，今在吴门矣。⑤

"谢病之后，遂奉母入山，不知所往"，在通常都是令人焦虑之事，他赞不绝口，称颂隐逸之风在吴门，因为他明知潘耒的初衷在于躲避博学鸿词科。

潘耒由于遗民家庭的出身（父、兄均为遗民）、长兄惨遭极刑、母亲的教

---

① 王冀民：《顾亭林诗笺释》卷五《寄同时二三处士被荐者》笺，中华书局1998年版，第913页。

② 范晔：《后汉书》卷三十一《郭杜孔张廉王苏羊贾陆列传》第二十一《苏章》，中华书局1965年版，第1106页。

③ 陆陇其《三鱼堂日记》卷四（同治九年浙江书局刻本）记载，闰三月十九日，"始接荐举命下之报，见邱近夫、潘次耕同在举中，此可喜也"。

④ 潘耒：《遂初堂集》诗集卷三《梦游草》上《写怀十首》其一，康熙刻本。

⑤ 顾炎武：《蒋山佣残稿》卷二《与苏易公》，《顾亭林诗文集》本，华忱之点校，中华书局1983年版，第199—200页。

诲，以及包括顾炎武在内的遗民师长的教诲，顾炎武多年的厚望与期盼，他以身体多病、材质不行才华不配当博学鸿儒、母亲年迈多病、生活困顿等理由为借口，极力想摆脱科举考试①。只是"天地为笼网四维"②，由于帝王的命令，地方官员严加防范，天地之间无处可逃，最终还是被迫赴京应试。临行时，潘耒说"辞家正是思家候，满地秋风动紫莼"③，表明此行只不过是应景，自己绝对不会在清廷为宦。

康熙十八年，获知潘耒入京后，顾炎武写下《寄次耕，时被荐在燕中》：

> 昨接尺素书，言近在吴兴。洗耳苕水滨，叩舷歌采菱。
> 何图志不遂，策骞还就征。辛苦路三千，裹粮复赢縢。
> 夜驱燕市月，晓踏卢沟冰。京雒多文人，一贯同淄渑。
> 分题赋淫丽，角句争飞腾。关西有二士，立志粗可称。
> 虽赴翘车招，犹知畏友朋。傥及雨露濡，相将上诸陵。
> 定有南冠思，悲哉不可胜。转盼复秋风，当随张季鹰。
> 归咏白华诗，膳羞与晨增。嗟我性难驯，穷老弥刚棱。
> 孤迹似鸿冥，心尚防弋矰。或有金马客，问余可共登。
> 为言顾彦先，惟办刀与绳。④

这首诗充满了对学生应征行为的惊讶、不满、失望与责备，指出京城污浊之气，告诫潘耒勿要沾染。"分题赋淫丽，角句争飞腾"指京师诗人诗酒唱和，顾炎武极为不满，希望潘耒少参加文人聚会。"关西有二士"指王弘撰与李因笃，遗民信仰坚定的顾炎武坚信二人虽然赴京应试，但一定会归还故里，保持遗民的隐逸生活。顾炎武确信，如果条件允许的话，他二人一定会"相将上诸陵"，去昌平拜祭明皇陵。诗抒写了自己坚决不与清朝合作的信念。说自己天性"难驯"，遗民信念老而弥坚，"孤迹似鸿冥，心尚防弋矰"句以鸿鸟作比喻，说自己尚且时时提防着被网罗。最后两句话用顾荣的典故说，如

---

① 潘耒的应征与入仕问题，参第六章《博学鸿词科中潘耒的转变与诗歌创作变化》。
② 潘耒：《遂初堂集》诗集卷三《梦游草》上《写怀十首》其三，康熙刻本。
③ 潘耒：《遂初堂集》诗集卷三《梦游草》上《后写怀十首》其四，康熙刻本。
④ 王冀民：《顾亭林诗笺释》卷五《寄次耕，时被荐在燕中》，中华书局1998年版，第939页。

果有官员问起自己是否愿意一同为宦①，让潘耒转告自己坚决拒绝宁死不屈的态度。东晋顾荣，字彦先，"为齐王主簿，恒虑祸及，见刀与绳，每欲自杀"②。博学鸿词科诏举后，顾炎武心境一如顾荣。这种害怕被征辟的忧虑，或者是由于潘耒的应征而引发③。他力图以自己坚强的信念和友人的榜样促使潘耒拒绝入仕，早日返乡。

潘耒入京后，曾一度避免参加文人聚会。据毛奇龄在《〈佳山堂诗集〉序》中所述："既余以应召来京师，会天子蓄时机，无暇亲策制举，得仿旧例，先具词业缴丞相府，予因得随侪众谒府门下。"④ 按照朝廷规定，博学鸿词科应征人员来京后先到文华殿大学士冯溥处报到，潘耒抵京后却是冯溥先到寓所。潘耒《寿冯益都相公》写道："礼数绝蓬茅，未敢通名状。咨询猥见及，一物采无长。"⑤潘耒自注："耒抵京辱公先赐顾。"在《祭叶文敏公文》中说，"自惟谫劣，初无心于仕进。屏居萧寺，待毕事而归里"⑥。王士禄、王士禛兄弟对潘耒有知遇之恩，据王士禛《王考功年谱》，康熙十年，"海内文章之士游辇下者，以不识先生颜色为耻。吴人潘耒年少，博雅好古，奄通经学五音，诗尤沉郁，游京师，未为人知。先生首折节交之，由是名噪公卿间"⑦。由于王士禄的赏识，潘耒由名不见经传到声名鹊起。博学鸿词科应征入京后，王士禛大举诗酒文会，按照常理，潘耒应该积极主动地参加。可是据潘耒《赠王阮亭侍读》"从游盛如云，造请惭疏慢"⑧，潘耒最初也并不积极主动。这是顾炎武平素对潘耒的教诲的结果，也与此番顾炎武对京师文人宴会的态度一致。

---

① 王冀民以为"金马客"两句疑指《明史》馆开局事。见王冀民：《顾亭林诗笺释》卷五《寄次耕，时被荐在燕中》注，中华书局1998年版，第942页。

② 房玄龄等：《晋书》卷六十八《列传》第三十八《顾荣》，中华书局1974年版，第1812页。

③ 吴谱："以次耕强被征召，虑复强己也。"见钱邦彦《校补顾亭林先生年谱》，顾炎武《顾炎武全集》附录，华东师范大学古籍研究所整理，上海古籍出版社2011年版，第191页。

④ 毛奇龄：《〈佳山堂诗集〉序》，冯溥《佳山堂诗集》卷首，清刻本。

⑤ 潘耒：《遂初堂集》诗集卷三《梦游草》上，康熙刻本。

⑥ 潘耒：《遂初堂集》文集卷二十《祭叶文敏公文》，康熙刻本。

⑦ 王士禛：《王士禛全集》杂著《王考功年谱》，袁世硕主编，齐鲁书社2007年版，第2512页。

⑧ 潘耒：《遂初堂集》诗集卷三《梦游草》上，康熙刻本。

第三节 潘耒入仕对顾炎武的影响

康熙十八年（1679）三月一日，博学鸿词科考试。二十九日揭晓，潘耒以二等第二名被录用；四月二十一日，奉命赴《明史》馆[①]；五月十七日，潘耒授官检讨[②]。尽管由于诸多原因，如遗民家庭的出身、家庭际遇、母亲言传身教、众多遗民师友的教诲，顾炎武的期盼与责备、激励，但是潘耒来京后受到一系列的从制度到官员的高度认可，内心对清朝的态度发生了转变。虽然打算辞职，但是最终接受了清朝的任命，认同了清朝官员的身份与职责。

潘耒出仕对顾炎武来说是一个意外而沉痛的打击。其实早在四月份，他在曲周接到潘耒中式的消息后，顾炎武说"曲周接取中之报，颇为惜之"，"不记在太原时，共与读寅旭书中语乎？"又在信中提及潘耒远戍塞外的嫂侄，"当寻一之信与嫂侄相闻，即延津在系，亦须自往一看"，提醒潘耒勿忘家仇，"并附《嵩山》一绝"[③]，即《三月十九日行次嵩山会善寺》诗："独抱遗弓望玉京，白头荒野泪沾缨。霜姿尚似嵩山柏，旧日闻呼万岁声。"三月十九日为明思宗忌辰，诗歌前两句直抒胸臆，抒发了故国沦亡的感慨、对崇祯皇帝的思念、明朝的忠贞，后两句以嵩山松柏的形象作比喻，表明志气老而弥坚，"孤臣孽子之心处处可见"（王冀民《三月十九日行次嵩山会善寺》笺），流露出强烈的遗民情感。顾炎武曾抄录此诗与王弘撰、潘耒、陈锡嘏等人，在《与陈介眉书》中说"同志者可共观之"，王蘧常说顾炎武传示此诗"盖人心浮竟之时，欲以起顽立懦也"[④]。抄录此诗的用意，是让潘耒勿忘家国仇恨。在另一封信中，顾炎武写道：

---

① 毛奇龄：《制科杂录》，载毛奇龄《西河合集》，康熙五十九年（1720）书留草堂刻本。

② 马齐、朱轼：《清圣祖仁皇帝实录》，载《清实录》第4册，中华书局1985年影印本，第1034页。

③ 顾炎武：《蒋山佣残稿》卷三《与次耕》，《顾亭林诗文集》本，华忱之点校，中华书局1983年版，第210—211页。

④ 王蘧常：《顾亭林诗集汇注》卷六《三月十九日行次嵩山会善寺》题注，上海古籍出版社1983年版，第1211页。

于天空海阔之中，而一旦为畜樊之雄，既已不可谏矣。虽然，无变而度，无易而虑，古人于远别之时，而依风巢枝，勤勤致意，愿子之勿忘也。昔日欲糊口四方，非炫其才华不可，今日当思中材而涉末流之戒，处鐏守拙。鲍照为文，常多累句，务令声名渐减，物缘渐疎，则不至为龚生之夭夭年矣。若夫不入权门，不居闲公事，是又不待老夫之灌灌也。①

强调遗民生活是海阔天空，仕宦是"畜樊之雄"，战国赵武灵王相国肥义"无变而度，无异而虑，坚守一心"②，不避灾祸，顾炎武在此用以告诉潘耒，虽然走上仕途，可是不要忘记远大志向，不要沾染京师缁尘，劝他不干禄，守拙，毋求名声。顾炎武与潘耒身处两地，谈不上话别，在此信中却忽然插入古人话别情境，大概是指政治倾向不同的两种人生道路上的告别，是一种象征寓意的表达。所谓送别的殷切、伤感，"依风巢枝，勤勤致意"，大概有政治上临歧路而话别之意。从对昔日潘耒的评价来说，其实他早已看出当年潘耒有"炫耀才华"的弊端，只是出于潘耒生活境遇的考虑，顾炎武一直没有明确指出，而是在各种场合对他提出要求，树立人生志向与标杆，甚至暴露自己的缺点。谁料挚友之弟、如此期盼的学生竟然走向了自己政治倾向的对立面。

潘耒入仕，顾炎武极为懊丧、沉痛。他说，"来书北山南史一联，语简情至，读而悲之"。潘耒来信具体内容无法考知，但是应该是就其多方逃避征辟、赴京应考情况，向恩师陈述自己出仕的经历与缘由。顾炎武说，"既已不可谏矣，处此之时，惟退惟拙，可以免患。吾行年已迈，阅世颇深，谨以此二字为赠"③，以自己阅世经验告诉潘耒如何避祸。此刻史馆开局，《明史》馆欲征辟顾炎武，又给予顾炎武极大冲击，而此事又与好友李因笃相关。

现存关于顾炎武被《明史》馆征辟的最早材料就出现在顾炎武的这封回

---

① 顾炎武：《亭林文集》卷四《与潘次耕》，《顾亭林诗文集》，华忱之点校，中华书局1983年版，第78—79页。

② 苏辙：《古史》二，曾枣庄、舒大刚主编《三苏全书》第4册，语文出版社2001年版，第88页。

③ 顾炎武：《亭林文集》卷四《答潘次耕》，《顾亭林诗文集》，华忱之点校，中华书局1983年版，第77页。

信中。在《答潘次耕》中，顾炎武说：

> 子德书来云："顷闻将特聘先生，外有两人。"此语未审虚实？吾弟可为调之，速寄字来。

> 关中人述周总督之言曰："天生自欲赴召可耳，何又力劝中孚，至诉之以利害，而强之同出，殆是蘧伯玉耻独为君子之意。"《易》曰："君子之道，或出或处，二人同心，其利断金。"彼前与我书，有勿遽割席之语，若然，正当多方调护，使得遂其鱼鸟之性耳，岂可逆虑我之有言，而迫以降志辱身哉！况鄙人情事与他人不同。先姚以三吴奇节，蒙恩旌表，一闻国难，不食而终，临没丁宁，有无仕异朝之训。

> 辛亥之夏，孝感特束相招，欲吾佐之修史，我答以果有此命，非死则逃。原一在坐与闻，都人士亦颇有传之者。耿耿此心，终始不变！幸以此语白之知交。至于"当归"① 一诗，已焚稿矣。

> 五月望黎城一札想到，是月之末，遂至西河。不意司马刘君到任甫一月，而已闭门乞休，可谓达者。其子进士君子端执弟子之礼，迎我入署，或当少留，以听消息。吾弟有书但付提塘，封入汾府报内，并示现寓何所，以便直达。原一兄弟何时入京？亦可及之。

> 前字中劝我无入都门及定卜华下，甚感此意。回环中腑，何日忘之！彼地有旧临淄杨君（衍生注：名端本，字树滋，号函东。华阴人。）与我新交，似在李、王之上。但衍生质钝，未知能读书否？以此尚未结婚。既足亦欲执经北面，吾以西席在先，须俟行时方受此礼。今欲留之关内，而身一为淮上之行，以竣五书之刻。然资斧缺乏，未卜早晚，统俟嗣音悉之。②

---

① "当归"一诗，没有保留下来。王弘撰《寄亭林先生》："衰晚幽栖十载余，行藏到此岂堪疏。故人自寄当归草，何处能容却聘书。"（沈岱瞻《亭林先生同志赠言》，顾炎武《顾炎武全集》附录，华东师范大学古籍研究所整理，上海古籍出版社 2011 年版，第 249 页）"当归草"即此诗。据此，"当归"一诗是顾炎武康熙十七年九月之后寄给在京应征同道和潘耒的诗，意在劝阻。得知潘耒授官翰林，顾炎武焚烧诗稿，可见愤怒和失望之情。

② 顾炎武：《亭林文集》卷四《答潘次耕》，《顾亭林诗文集》，华忱之点校，中华书局 1983 年版，第 77—78 页。

康熙十八年三月十日顾炎武离开关中，躲避张勇相邀。这封信写于顾炎武出关躲避张勇的漫游途中。五月十五日顾炎武在山西黎城，给潘耒写了一封信，月末至西河。这封信写于在西河期间，应该是五月底六月初，入主刘子端家。写信的一个缘起是李因笃来信说《明史》馆准备征辟包括顾炎武在内一共三人参与修史。顾炎武立即写信，亮明态度，采取措施规避此事。他在信中告诉潘耒，一定要查明情况，速速写信告诉自己。从关中传来的消息看，李因笃曾写信劝说李颙参与修史，他感到万分愤慨，认为这是拉人下水，为自己垫背。因而看到李因笃来信，他立马产生了警觉，疑心李因笃也要拉自己入《明史》馆。他说，作为好友"正当多方调护，使得遂其鱼鸟之性耳，岂可逆虑我之有言，而迫以降志辱身哉"，使自己免于被征辟，怎么会因为害怕顾炎武劝阻而主动出击，预先施展手段使当局征辟呢？他接着列举了自己不能应征的原因：第一，母亲受到明朝旌表，国难中绝食而亡，临终告诫其"无仕异朝"，不能在清朝为官。第二，早在康熙十年，熊赐履就想让顾炎武辅助修史，他以死相拒绝。如今，依旧坚持不修史。顾炎武让潘耒将辞去熊赐履邀请的事陈述给京城知己，让他们明白自己心迹，全其志节。他打探徐乾学是否进京，让潘耒告诉他拒绝征辟的态度与决心。似乎在《明史》馆征辟之事兴起前，潘耒即已经有所预感，立即写信告诫恩师"无入都门及定卜华下"，他深有同感地说："回环中腑，何日忘之！"

面对潘耒翰林检讨的任命，顾炎武感到内心凄凉，又颇为无奈。而李因笃的欲使当政者征辟自己的做法，让他极度失望，气愤之中，他竟然说新交的朋友杨端本[①]，与他的交情也在李因笃、王弘撰之上。这种内心的激荡中，他忽然又想改变秋日回华阴的计划，临时兴起"一为淮上之行，以竣五书之刻"的念头。在刘子端处临时起了"或当少留，以听消息"念头。顿起的对挚友的评价、临时决定去淮上刻书、不确定的暂时停留与计划的突变，显示出《明史》馆征辟对顾炎武的巨大冲击。

① 杨端本（1628—1694），字树滋，号函东，室名潼水阁。陕西潼关人。顺治十二年进士。宫临淄知县。能诗文。《晚晴簃诗汇·诗话》评曰："函东生明季，值岁饥兵起，诗多忧时愍祸之言。其音促数，其辞质直，所谓乱世之音。入国朝登第入官，诗亦渐归和雅。"著有《潼水阁文集》八卷、《补遗》一卷。

愤怒中的顾炎武立即给李因笃写信，他在《答子德书》① 中毫不客气地说："愿老弟自今以往，不复挂朽人于笔舌之间，则所以全之者大矣。"似乎有点断交的意味，其目的是为了保全遗民身份，躲避史馆征辟，即"所以全之者大矣"。

顾炎武拒绝向清朝屈服的一个重要因素，源自母亲。顾炎武说，因为母亲的因素，他人可以为宦而自己绝对不可以。信中指责李因笃欲引荐李颙的事，指出李因笃为官之后应该保全故交，否则"非败其晚节，则必夭其天年"，顾炎武反复强调，李因笃应阻止《明史》馆对他的征辟。这封信，正如所说，一方面从中可以看出顾炎武焦虑万分的心情，另一方面也反映了顾炎武的坚定信念②。

在期盼外甥徐乾学迅速进京的同时，他又向《明史》总裁叶方蔼写信，陈述自己不能应征的情况。《与叶讱庵书》中，顾炎武调宁死不屈的坚强意志，期盼叶方蔼玉成。他说自己不在清朝为官是谨遵母命，否则的话将给母亲带来羞辱，故而对征辟宁死不从，"七十老翁何所求？正欠一死！若必相逼，则以身殉之矣！一死而先妣之大节愈彰于天下，使不类之子得附以成名，此亦人生难得之遭逢也"③。鉴于自己的身份，以及自己的动机，他自然在这里不能提及自己的民族仇恨与其他方面强烈的遗民意识。母亲受明朝旌表，在吴中士林人所共知。他以此为借口，表示宁死不屈④，已经足以让人动容。"同馆同乡诸公并乞示之"是请求叶方蔼告诉馆中同乡，帮助他阻止征辟。

在等待徐乾学解决问题之前，打算以死抗拒，绝不仕清；可是经人相劝，他想到了躲避起来的策略。在《与苏易公》一信中，他写道：

> 接教以来，忽已半载，想道履弥胜。比者人情浮竞，鲜能自坚，不但同志中人多赴金门之召，而敝门人亦遂不能守其初志。惟李中

---

① 顾炎武：《亭林文集》卷四《与李子德》，载《顾亭林诗文集》，华忱之点校，中华书局 1983 年版，第 75—76 页。

② 顾炎武：《顾炎武文选》，张兵选注，苏州大学出版社 2001 年版，第 263 页。

③ 顾炎武：《亭林文集》卷三，载《顾亭林诗文集》，华忱之点校，中华书局 1983 年版，第 53 页。

④ 母亲在顾炎武力辞博学鸿词科中的重要性得到了充分重视，如孔定芳《"博学鸿儒科"与晚年顾炎武》(《学海》2006 年第 3 期)。

孚、应嗣寅、魏冰叔与彪翁，可为今日之四皓矣。即青主中书一授，
反觉多此一番辛苦也。都下书来，言史局方开，有议物色及弟者，
弟述先妣遗命，以死拒之。或谓弟东西南北之人，不在元籍已久，
自有介推、颜阖故事，何必求死？

　　今者西河司马之公子执门人礼事弟，迎入署中，而司马已具文
乞休。意欲来扬邑，恳台台谋之彪翁，寻乡村寺院，潜踪一两月，
裹粮而至，不费主人，待舍甥入都，必有调停之法。彪翁既同雅操，
必不见拒，又喜素非识面，亦未尝信宿扬城，都人士之所不料也。
便人寄此，并候起居。报音乞付汾曲东关中书王宅。如荐剡得寝，
弟便于七夕后回华山，一宿而行可也。率尔手疏，不必向外人言之，
并祝。①

从文中"西河司马之公子执门人礼事弟，迎入署中"可知，这封信写于
居住在刘子端家，已经写完给潘耒、李因笃、叶方蔼前引三封信，等候京城
消息，等候徐乾学入都。焦虑中他对刘子端的尊敬产生警觉，怕引起人们注
意。从"述先妣遗命，以死拒之"来看，最初顾炎武原来是打算以死抵抗，
但是有人说他"东西南北之人，不在元籍已久，自有介推、颜阖故事，何必
求死"，即顾炎武多年飘荡在外，不在原籍，历史上介子推、颜阖都是隐逸的
前例。于是，顾炎武想起了"逃"，写信给苏易公，让他与范镐彪想办法，
"寻乡村寺院，潜踪一两月，裹粮而至"，隐蔽起来②，他将希望寄托在外甥徐
乾学身上，急切希望徐乾学早日入京。

信中流露出对博学鸿词科之后士林变化的不满："人情浮竞，鲜能自坚，
不但同志中人多赴金门之召，而敝门人亦遂不能守其初志。"同道中多有变节

---

　　① 顾炎武：《蒋山佣残稿》卷三，载《顾亭林诗文集》，华忱之点校，中华书局1983年版，第
206—207页。

　　② 罗正钧《船山师友记·顾处士炎武》引《南疆绎史》载："丁巳，六谒思陵，始卜居陕之华
阴。时有巨公方任史事，以书来招，答曰：'愿以一死自谢，最下则逃之方外。'戊午鸿词科诏下，诸
巨公争欲致之，以死辞，得免。"说顾炎武逃避史局征辟是给"巨公"（应为叶方蔼）写信，以死或
"逃"相拒绝。这个说法应当由《与苏易公》演绎而来，因为此时友人劝顾炎武还有一条"逃"的选
择；而且将史馆开局、诏举博学鸿词科时间弄颠倒了。转引自顾炎武《顾炎武全集》附录，华东师范
大学古籍研究所整理，上海古籍出版社2011年版，第307页。

者，尤其是学生潘耒的变节，使他深受打击。

为了摆脱《明史》馆征辟，顾炎武竟然施展"诈术"，让潘耒在京城实施"障眼法"。他给潘耒写信说：

> 吾之行止，悉如前札所言。今已尽取安德书装西入壶口。吾弟见人不妨说吾将至都下，盖此时情事，不得不以逆旅为家，而燕中亦逆旅之一，非有所干也。若块处关中，必为当局所招致而受其笼络，又岂能全其志哉！今在晋中固为□然□书思之，反是一途耳。①

顾炎武的行踪与定居关中的想法，潘耒早已知晓。可是他却让学生潘耒说将要赴京城，生怕自己居住关中为官员所知，"必为当局所招致而受其笼络"，这也表明他尚未从京城得到免于征辟的消息。他深知目前摆脱境遇只有四处漂泊，"不得不以逆旅为家"。然而声东击西、前往都城的谎言，并尽力让谎言尽可能扩大撒播范围，真是匪夷所思。

这期间，《明史》馆已经上书推荐七人，五人愿意入史馆修史，二人拒绝。友人劝顾炎武先任凭人举荐，推荐了不出山，名气不就更大了吗？顾炎武《与人书》中写道："必待人之强委禽焉而力拒之，然后可以明节，则吾未之闻矣。"从友人劝他"盍亦听人一荐，荐而不出，其名愈高"来看，顾炎武的一切措施是阻止列入举荐名单，友人之所以如此劝他，是因为有前例。顾炎武竭力反对，认为这是沽名钓誉之举。他的目标和去岁博学鸿词科征辟一样，不被征辟，不列入疏荐名单②。

随着事态的发展，他又给王弘撰写信，在《与王山史》中，顾炎武说：

> 顷子德有札来云："闻将特聘先生，外有两人。"弟遂作一书与叶讱庵，托为沮止。今则纂修之事，属之舍甥，似可免于物色。其书仍付既足录上，与关中同志观之。
>
> 既足英年好学，今在尊府，朝夕得领训诲，弟尝惓惓以究心经

① 顾炎武：《亭林文集》卷四《与潘次耕》，《顾亭林诗文集》，华忱之点校，中华书局1983年版，第78—79页。
② 顾炎武：《亭林文集》卷四《与友人书》，《顾亭林诗文集》，华忱之点校，中华书局1983年版，第98页。

术、亲近老成为嘱。小儿衍生虽极鲁钝，尚未有南方骄慢习气，幸
待之以严，勿作外人视也。弟在此待祁县之物，西来之期，未卜早
晚。六令弟并仲和不及另柬，统此不悉。①

从信中提及修史事情"属之舍甥，似可免于物色"来看，顾炎武已经心
中有数，因为外甥的出现，自己会免于征辟，信中也提到自己已经给叶方蔼
写信，"托为沮止"。此时他不再是等待京城消息，而是"在此待祁县之物"。
他又一次提及自己游嵩山所做言志诗篇，希望关中同道阅览，知道他坚持遗
民的决心。

接到顾炎武措辞严厉的信件后，李因笃即刻回信，陈述自己在京城的情
况，顾炎武回信道：

戴凤回，接二札，甚慰。愚所寄曲周书尚未到，可遣人索之王
中翰名郧字文益处。老弟虽上令伯之章，以吾度之，未必见听。昔
朱子谓陆放翁能太高，迹太近，恐为有力者所牵挽，不得全其志节，
正老弟今日之谓矣。但与时消息，自今以往，别有机权；公事之余，
尤望学易。

吾弟行年四十九矣，何必待之明岁哉？更希余光下被，俾莫年
迂叟得自遂于天空海阔之间，尤为知己之爱。梨州、晚村，一代豪
杰之胤，朽人不敢比也。

自洺上至壶口，适别驾李君家有人北上，附此申候。既足与小
儿衍生托允塞兄（衍生注：名弘辉，王山史弟。）照管，今山史已
归，可无西顾之虑。目下将往汾阳，借王中翰郊园度暑，距祁不里，
便于遣人往来。所论再入都门，因荐局未冷，稍欲自重。必不得已，
乃为此行，亦须借一名色，容俟续报。

次耕叨陪同事，愿加提挈。昨有札来问吾史事，语以昏耄善忘，
一切不记。同榜之中相识几半，其知契者，愚山（衍生注：施闰
章）、荆岘（汤斌）、钝庵（汪琬）、竹垞（朱彝尊）、志伊（吴任

---

① 顾炎武：《蒋山佣残稿》卷二《与王山史》，《顾亭林诗文集》，华忱之点校，中华书局1983年
版，第197—198页。

臣)、阮怀(高咏)、荪友(严纯荪)。以目病不能多作字,旅次又无人代笔,祈为道念。①

从行程上看,顾炎武已经进入山西,将要去汾阳。从顾炎武对李因笃的满意语气里可以推断,李因笃已经不再在人前赞扬顾炎武,似乎不再有推荐其入史馆的念头,顾炎武也不再忧虑《明史》馆征辟的事情。因而话题转到李因笃的告辞还乡。李因笃虽然上了陈情表,但是顾炎武断定李因笃这次上书辞官未必会得到允许。历史上朱熹曾经说陆游名气太大,难保晚节,这里他委婉地批评李因笃没有坚守遗民气节,晚节不保,不过,对友人经历的复杂环境,顾炎武报以深切的同情,竟然谈论起做官的注意事项:"与时消息,自今以往,别有机权;公事之余,尤望学易。"并且让李因笃在官场照顾学生潘耒。书信中提及被录取为翰林的友人,也许是为了缓和一下自己的严厉措辞。

的确,这封信的内容极其矛盾,显示出顾炎武的内心复杂与无奈:一方面,自己坚持不与清朝合作,拒绝李因笃邀请前往京城的请求,以行踪不定来拒绝《明史》馆的征辟,同时告诫李因笃不要再在他人面前提及自己,"希余光下被,俾莫年迂叟得自遂于天空海阔之间,尤为知己之爱",竭力保全遗民身份。另一方面,他却又不得不接受挚友李因笃与弟子潘耒在清朝从政的现实,不得不表示宽容和支持。从连接二札来看,李因笃急于向顾炎武做解释,书信往来频繁。书信中李因笃提出让顾炎武入都,显示出李因笃的困惑与游移不定,一方面想辞官不做,另一方面,则似乎没有立即返回故里的倾向。接到顾炎武这封信不久,李因笃继续连连上书请求还乡,先后上书三十七次,最后在冒着违制的罪名,午门外跪三日,最终于康熙十八年秋日得旨返乡。这表明,在李因笃辞职这件事上,顾炎武的态度起了重要作用。

顾炎武本打算秋日回华阴,可是遭遇盗贼,迟迟到十一月才回到华阴。在《与陈介眉》中写道:

> 弟今年得一诣嵩山少室,天下五岳已游其四,遂至河东,岁莫

---

① 顾炎武:《亭林文集》卷四《答李子德》,载《顾亭林诗文集》,华忱之点校,中华书局1983年版,第74—75页。

始还华下。天生西来，知地震之前，台旌已归四明，弟有一书并
《诗本音》一部留力臣处，想未彻览也。旋接惠札，如承謦欬。当此
世道横流之日，不有一二君子，何以挽颓风而存绝学？所示万君
《学礼质疑》二卷，疏壅释滞，诚近代所未见，读之神往，知浙东有
人。然其一卷所论如秦时夏正緜不韦始，未敢遽信；至二卷宗法、
昭穆诸论，真足羽翼经传，垂之千古，已录入五经绪论中。更有续
刻暨贵地学者近著，愿悉以赐教。比因修史之举，辇下诸公复有欲
相荐引者，不知他人可出，而弟必不可出也。先姊王氏未嫁守节，
（云云至"涕之沾襟也"，与馆中诸公书同。）今秋始得拮据百金，付
侄洪慎建一石坊于冢前，曰：旌表某人妻某氏之墓。而适当史局将
开，则列女之传似宜甄录，用是具书于词林相知者数君，而驺从已
行，此书又未达也。年近七旬，旦莫入地，先慈遗训，依然在耳。
誓墓之情，知已可以谅之矣。黄先生弟前年曾通一书，未知得达否？
承示庭诰叶安人志铭，诵之既深景仰，复重感伤，此心此理，臣子
所共。今附关中、嵩下诗，同志者可共观之。并讯贞一兄近况。①

这封信写于岁末，恰好一一回顾了顾炎武一年遭遇的大事，出关行踪、
《明史》馆征辟、自己对征辟的态度、李因笃的返乡、为母亲立碑、请求史馆
为其立传等。还谈论了自己拯救文化的信念，"当此世道横流之日，不有一二
君子，何以挽颓风而存绝学"，目所处社会为沧海横流世风颓败，有一种使命
感。对清朝的妥协与文化自救信念的坚守，如同该信中所列举的，一方面力
辞《明史》馆征辟，一方面恳请史馆诸公为母亲立传，如此不可思议地交织
在一起，警示后世研究者问题的复杂性，绝非片面而静止的视角能烛照历史
真相。顾炎武自己坚持不入史馆，对潘耒却报以同情的理解，虽然内心沉痛，
既显示出顾炎武责己严、待人宽，又显示出对潘耒的厚爱。从另外一个角度
来说，即使是顾炎武的高足，也难免入仕清朝，好友也企图将自己纳入史馆。
博学鸿词科诏举一年间发生的事情，确实是让人感到不可思议。

---

① 顾炎武：《蒋山佣残稿》卷三《与陈介眉》，《顾亭林诗文集》，华忱之点校，中华书局 1983 年
版，第 211 页。

第四节　遗民思想的变化

　　康熙十七年博学鸿词科诏书的颁布、十八年的科考、《明史》馆的开局，打破了顾炎武、潘耒宁静的生活，对二人产生了深远的影响。虽然顾炎武成功地摆脱了博学鸿词科和《明史》馆征辟，坚守不仕清朝的遗民底线，但是面临严峻的社会现实，同道的出仕，尤其是学生潘耒为宦，挚友李因笃的变化，他的内心产生了一股凄凉与无奈，在思想观念上最终表现出对清朝一定程度的认可。其出现的标志是顾炎武康熙十八年出游途中，赴汾阳路上写给李因笃的信。信中，他除了交代友人李因笃如何为宦外，竟然嘱托他提挈潘耒。此时，他内心因极其矛盾而呈现混乱状态，体现在潘耒"昨有札来问吾史事，语以昏耄善忘，一切不记"，也体现在嘱托李因笃向"同榜之中相识几半，其知契者"施闰章、汤斌、朱彝尊、汪琬等人问候①。

　　这种对清朝态度的变化也体现在愿意为《明史》馆提供修史咨询与请求《明史》馆翰林在《明史》里为母亲立传；表现在康熙二十年，病中的顾炎武给京城官员写信，在《病起与蓟门当事书》中，向当朝权贵讲述责任与义务，这绝非遗民所为，也是康熙十八年前顾炎武想都没想到的。不过"拯斯人于涂炭，为万世开太平，此吾辈之任"，他关心的不是一己之私利，而是长久宏大的愿望。结合李因笃出仕后顾炎武的论述"君子之道，或出或处，二人同心，其利断金"（《答潘次耕》），仕宦后的李因笃应该保全自己遗民身份来分析，顾炎武自己坚守文化存亡不仕清朝的同时，在内心深处，认可了清朝官员"拯斯人于涂炭，为万世开太平"的职责与义务。这也是顾炎武心灵世界、思想观念发生巨变的一个体现。

　　博学鸿词诏举后，顾炎武向充满期待的学生潘耒表达了强烈的反清意识与拒绝清廷的意向；给潘耒力辞科举增加了信念与勇气，然而身负家国仇恨

---

　　①　顾炎武：《亭林文集》卷四《答李子德》，《顾亭林诗文集》，华忱之点校，中华书局1983年版，第74—75页。

的潘耒却最终在清朝制度和人事方面得到的充分认可与尊重，最终走向仕途。这对顾炎武来说是一个无情打击，促使他改变了对清朝的态度。促使顾炎武政治态度转变过程中，除了清廷的力量与影响之外，来自同盟阵营的打击竟然起了不小作用。同样，在顾炎武影响下深感出仕压力的李因笃，力图促使顾炎武入《明史》馆，借以缓解内心的压力；在顾炎武的强烈抗击中，李因笃最终辞官返乡。这表明，历史演进大潮中，有回流，有旋涡，有暗流；复杂多样的河水形态，无一不受到主流的冲击与影响。

康熙十七年博学鸿词科诏书颁布之后，遗民、征士之间的相互影响，除了体现在顾炎武与潘耒、李因笃之间出现的上述复杂情况而外，也在顾炎武与李颙、王弘撰之间，只不过后者表现的相对简单，体现在他们以气节相砥砺，拒绝考试，保持对清廷的不合作。诏书下达之后，采取各种手段摆脱了征辟的顾炎武不断写信、写诗激励关中同道李颙、王弘撰、李因笃，为李因笃出谋划策，即使是在王弘撰、李因笃抵达京师后又书信往来；李颙、王弘撰、一定时间段内的李因笃，也给顾炎武以激励，表现出一种心灵上的契合①。发生于被征辟一方的士人之间这种复杂的社会关系与引发的巨大情感波澜起伏，显示了博学鸿词科对士人（尤其是遗民）的巨大冲击。

博学鸿词科中顾炎武与潘耒以及李因笃的相互关系，他们相互间产生的影响，尽管错综复杂，事态发展诡异，但却显示出博学鸿词科对文人士大夫的巨大影响。经过这次科考以及《明史》馆开局，王朝凝聚力增强。虽然文化与政治在历史演进序列上往往不同步，但是总体而言，随着政治的稳固发展，政权主体逐步会掌控文化主导权。博学鸿词科的诏举，是在政治、文化发展不均衡过程中统治者适时顺势采取的措施，因其符合历史潮流，故而取得了成功。

---

① 具体内容参第五章《论博学鸿词科及〈明史〉馆开局对顾炎武的影响》。

第十章 博学鸿词科对王士禛诗学的影响

康熙十七年（1678）正月二十三日朝廷颁布考试诏书之后，伴随博学鸿词科、《明史》馆开馆而来的以冯溥为主力的诗坛整饬，是康熙帝文治政策的组成部分，三者形成合力引发诗坛发生巨变，成为康熙诗坛诗风演变的一个分水岭。三者关系密切，从宽泛意义上讲，可以用博学鸿词科来指代这项文化政策，而学界论述博学鸿词科的意义，无论是政治、科举还是文化意义，通常都是将三者合在一起论述，故而我曾做了博学鸿词科狭义与广义的区分，广义上三者统称博学鸿词科，它既是一种制科考试，又是一项文化政策。博学鸿词科对王士禛的诗学影响，表现在引发诗风演变，从宋诗回归唐诗，总结诗学理论，确立神韵说①，后者为康熙朝乃至清代影响最为深远的诗学理论。王士禛的诗学趣味的变化，尤其是神韵说的确定，是博学鸿词科诗歌史影响的一个重要体现。

博学鸿词科与王士禛的关系，并不是简单的影响与受动关系，呈现出复杂的态势。博学鸿词科诏书颁布当天，王士禛改任翰林，为清代由部曹改任翰林的首例，显示出康熙帝对文人的重用②。这与康熙帝举办博学鸿词科意图一致。照理说王士禛对这次科考应该有充分的认识，而在诗坛整饬初期，王士禛似乎并没有意识到诗坛整饬的重要性。从与博学鸿词科应征人员交往情况看，他也似乎未完全领会康熙帝诏举博学鸿词科意图，在行为方式上，甚至出现有悖于博学鸿词科意图的举措。他与应征人员雅集与诗酒唱和，客观上起到增进文人情感，辅助康熙帝文治的效果。虽然有学者指出了王士禛在

---

① 蒋寅：《清代诗学史》第六章《清代诗学的发轫——山东诗学》第三节《出入唐宋：王渔洋论诗旨趣的变化》、第四节《"神韵"的理论内涵》，中国社会科学出版社 2012 年版，第 629—677 页。

② 蒋寅：《王渔洋事迹征略》，中国社会科学出版社 2014 年版，第 231 页。

博学鸿词科考试中对遗民出仕的态度①，但王士禛与博学鸿词科的复杂关系尚
没有揭示。两者之间的复杂关系，常常导致人们判断失误。近年博学鸿词科
研究论文中，《王士禛的文人雅集与康熙诗坛风尚的变迁——以清康熙己未
（1679年）博学鸿儒科前后为重点考察时段》认为康熙帝利用"神韵说"来
淡化矛盾，从而整饬诗坛，倡导盛世文治②；《"博学鸿儒科"与康熙诗坛》则
认为博学鸿词科录用人员进入翰林院，王士禛与他们的交往，有助于扩大自
己的影响与形成诗学理论，从而博学鸿词科实现了诗坛盟主的交接，王士禛
确立了盟主地位③。前者将神韵说确立时间提前，犯了历史事件年代失序错
误，后者虽然在论述中涉及冯溥的诗坛整饬，但是侧重点却在于王士禛自身
影响的扩大与盟主地位的确立，消解了博学鸿词科对王士禛的影响。这种倾
向，在《博学鸿儒科与清初诗风之变》中，则更进一步，说应征人员到京，
王士禛遍交天下名士，扩大了自己影响，"王士禛一人，成为清初诗风转变、
清诗特色形成的关键因素之一"④。这些论述有一个共同点，即：忽略了对王
士禛诗学演变的历史考察，认为王士禛是博学鸿词科中引发诗坛演变的关键
因素，将博学鸿词科与王士禛的复杂关系简单化且倒果为因；而对王士禛诗
歌演变、神韵说的形成以及其影响则无法认识清楚，背离了诗歌史演进轨迹。

第一节　王士禛对博学鸿词意图的理解

康熙十七年诏举博学鸿词科，其目的表面上似乎是诏书中所说的康熙帝
"万几余暇，游心文翰，思得博学之士，用资典学"⑤，帝王需要顾问，实际上

---

① 张宇声：《王渔洋对博学鸿儒科之态度简论》，《山东理工大学学报》2009年第1期。
② 高莲莲：《王士禛的文人雅集与康熙诗坛风尚的变迁——以清康熙己未（1679年）博学鸿儒
科前后为重点考察时段》，《河北学刊》2014年第5期。该文是高莲莲《己未博学鸿儒科与清代顺康年
间的诗风演变》（中国人民大学博士论文，2009）重要一部分。
③ 李舜臣：《"博学鸿儒科"与康熙诗坛》，《民族文学研究》2012年第5期。
④ 张丽丽：《博学鸿儒科与清初诗风之变》，《上海师范大学学报》2010年第11期。
⑤ 玄烨：《圣祖仁皇帝圣训》卷十二，《文渊阁四库全书》影印本，史部第411册，上海古籍出
版社1989年版，第272页。

却是以恩威并用的手段，网罗天下人士，促使士大夫、布衣、遗民心属朝廷，在军事、政治、文化发展不同步而国运处于上升阶段，实现文化领域内的话语权，而这也是一个封建王朝走向繁荣昌盛的必由之路。考试对应征人员而言，带有强制性质，尤其是对拒绝参加征聘的遗民，清廷更是极力拉拢。傅山托病，官府抬轿进京。王弘撰托病，地方官员亲自延请医生。毛奇龄五次辞考不允，王弘撰则说有眼病，手臂颤抖不能写字，即使如此清廷依然敦促他们参加考试。可见这不是通常意义上的考试，其真实目的在于网络士人。

范鄗鼎为康熙六年进士，"及通籍，养母不仕，闭户读书"①，原本就属于清朝文官系列。康熙十七年朱裴推荐他为征士，他因自己患病、母亲年过八十辞考，清廷13次羽檄催促。第九次催促公文中写道：

> 朝廷为国求贤. 若饥若渴，此皆从古帝王之盛节也。虽有道贤人，不随玉牒而至，而使聘至三，古圣亦有幡然之改，政未可以烟霞疾痼而薄视君恩也。今本官奉檄屡催，俱以病势危笃为辞，但迁延已及半载，岂真尚未小愈？况巢、许可一而不可再，虚声亦非处士之宜，谅本官计必筹之熟矣。此必该县敦请之未专，抑本府奉行之不力也。迄今又奉抚藩两宪严檄，万难再缓。为此仰县官吏，即便亲诣范官本宅，速催起程赴府，立筹转送赴部。勿得仍以患病申请，庶不负圣天子求贤之诏。用光盛典，以副名实，行见天下皆想望其风采矣。该县即以本府之言，善勉之可也。慎速慎速。②

考试本是自愿的事情，可是这次却是"县主累奉宪檄催促，胥吏喧哗，难以形容，日夜逼迫"③。文书显示出清廷恩威并用，以及博学鸿词科的旨趣所在。帝王顾问，原本是殊荣，多方敦促，帝王求贤若渴诚意昭示天下。除了帝王下诏、中央政府反复敦促，抚藩两宪屡催，县令登门，各有其职责；

---

① 佚名：《清史列传》卷六十六《儒林传》上一《范鄗鼎》，王钟翰点校，中华书局1987年版，第5282页。
② 范鄗鼎：《五经堂文集》卷一《辞荐程词》附录，《四库全书存目丛书》集部第242册，齐鲁书社1997年版，第5页。
③ 范鄗鼎：《五经堂文集》卷一《辞荐程词》（投各上台衙门），《四库全书存目丛书》集部第242册，齐鲁书社1997年版，第4页。

如果范鄗鼎没有进京应考，则视为“本县敦请之未专，抑本府奉行之不力”。从行文看，知县须“善勉之”，即使屡次催促，也要采取温和的措施，使其从内心深处感受到皇恩浩荡。的确，能够为君王服务一向是读书人挥之不去的梦想。可是不管如何说，地方官员的使命转而为促使征士应考，否则就是失职，足见恩威并用。文书中，“使聘至三，古圣亦有幡然之改，政未可以烟霞疾痼而薄视君恩也”，正是清廷举办博学鸿词科的真实意图，隐逸（“烟霞”）、疾病与君恩的对立，以及“巢、许可一而不可再，虚声亦非处士之宜”的表达，说明这次考试的目的是，即使是隐逸的人（当时的语境中，通常指遗民）、有病的人，也要让其参加考试，沐浴在帝王的恩遇中，以此形成社会典范，引导舆论，“行见天下皆想望其风采”，形成良好的社会风气。

对遗民，清廷尤其用心。即以冯溥为例，康熙十七年冯溥时时留心隐逸，甚至把他们的名字写在纸上，贴在墙上。毛奇龄康熙十七年应征入都后，“尝谒益都冯溥于私宅，升阶，见左厢朱扉间大书‘萧山徐芳声，字徽之；蔡仲光，字子伯’十四字，其足不出户而名达都下者如此”[①]。二人都是立场坚定的遗民。据《小腆纪闻》卷五十四载，汤斌、施闰章入史馆后曾联名推荐徐芳声、蔡仲光入史馆，萧山知县姚文熊亲自登门拜访，二人依旧拒不出山。老友毛奇龄拜访，蔡仲光也辞谢不见，毛奇龄拱立不去，蔡仲光没有办法，站在楼上说：“仆与子为金石友。子今新朝贵人也，为忠为孝，则子自有子事；仆以桑榆之景，将披发入山矣。”即使是政治立场上忠贞于明朝的遗民，冯溥还是念念不忘，把名字写在墙上。他关心遗民，一心想把他们融入统治系列中来。遗民傅山来京，隐居寺寮，冯溥前去看望，问寒问暖，嗣后满汉王公大臣多去看望。潘耒来京后，也是冯溥前去看望。冯溥的行为，虽然是其天性使然，但在康熙十七年清廷文治背景下，也有其作为文华殿大学士行使职责的因素，是使命与天性的完美融合，就职责而言重视博学鸿词科的体现。

相比之下，王士禛的言行举止则与清朝重视征辟、尊崇遗民不尽契合。在荐举人选问题上，他表现出与众人不同之处。户部侍郎魏象枢问人选，他

① 孙静庵：《明遗民录》卷十三，赵一生标点，浙江古籍出版社 1985 年，第 101 页。

推荐了汤斌。《居易录》卷五载：

> 康熙戊午春诏，三品以上大臣荐博学鸿儒，以备顾问著作之选。
> 户部侍郎环溪魏公（象枢）过予邸舍，问："今人才谁可举者？"予
> 答曰："公荐人与诸公稍不同，诸公荐人，文词足矣；公荐人，即非
> 文行兼者不可。某交流颇众，挂一则漏万。无已，宁举一素不相识
> 以副下问之谊可乎？闻睢州汤潜庵斌者，昔由翰林检讨外迁潼关道
> 副使，之任以一骡载襆被。在官数年，蔬水自甘；去官之日，襆被
> 之外无所增益。自岭北罢归，从苏门孙先生讲学，躬行实践，教授
> 生徒，布衣徒步，梁宋间学者师之，斯其人欤？"言未竟，魏改容
> 曰："得之矣，吾亦知其人，圣贤之徒也！"①

这里指出其选人标准。与"诸公稍不同"，他人只是侧重文辞，而自己则
是加了标准；博学鸿词科意在网罗天下之士，并没有荐举人数要求，王士禛
却有"挂一漏万"的焦虑；他结识遗民无数，天下名流认识的不在少数，但
是却荐举一位素不相识的人。同时，荐举标准的比较中，隐约有对荐举的某
种不满，虽然不是很强烈；或者王士禛意见的提出只是一种对话情境中的话
语策略（比如恭维策略）。无论如何，这都表现出对文治政策的理解偏差，这
是令人可疑的。张宇声在《王渔洋对博学鸿儒科之态度简论》一文中分析道，
撇开了王士禛熟知的一批才华出众的文人，如后来列入荐名的陈维崧、孙枝
蔚、汪琬、施闰章等人，而推荐了以理学见长且素不相识的汤斌。其真实目
的是不愿推荐以创作诗文辞赋见长的纯粹文人，不愿推荐他素来津津乐道的
"布衣之交"，其中尤其不愿推荐像孙枝蔚这样的明遗民，他不赞同明遗民出
仕的态度已隐隐可见②。即使他不是出于不愿遗民出仕的考虑，在人选问题
上，王士禛与清廷推行博学鸿词科的意图有一定的距离。这种认识上的偏差，
如果以冯溥为参照，就表现得尤其突出。二人在政策的认识上的巨大差异，
理应源自官阶差异与职责不同。冯溥为一品大员，博学鸿词科中康熙帝的得
力助手，整饬诗坛的主要贯彻者。而王士禛仅为从五品，未能参与机密要务，

---

① 王士禛：《居易录》卷五，《王士禛全集》本，袁世硕主编，齐鲁书社 2007 年版，第 3758 页。
② 张宇声：《王渔洋对博学鸿儒科之态度简论》，《山东理工大学学报》2009 年第 1 期。

也没有执行博学鸿词科文治政策的职责。

王士禛对博学鸿词科认识偏差的一个体现是其言行导致了王士禛与汪琬的交恶。如果站在博学鸿词科举办目的角度的考虑，王士禛简直是捅娄子，与康熙帝意图背离。据《居易录》卷一记载：

> 予昔与梁侍御曰绰（熙）、刘吏部公勇（体仁）、汪太史苕文
> （琬）辈，以同年同官曹郎，好为谑语，以资喔噱。康熙己未诏征博
> 学鸿儒，苕文与焉。既至京师，予喜其来，置酒邀之戏，先之以诗
> 云："名山书未就，副已满通都。天子询年齿，群公爱腐儒。抛残青
> 箬笠，染却白髭须。冻然常篓甫，来倾酒百壶。"汪答诗有"老乏染
> 髭方"之句，不怒也。而与同年薛给事大武（奋生）相谑，有"山
> 人高价卖青山"之句。予因戏柬四绝句云："颍水箕山傲昔贤，金庭
> 玉柱隔风烟。逃名却被山英笑，两字尧峰世已传（苕文居尧峰）。"
> "谈经人比郑公乡，丝竹门生列后堂。为奉朱儒一囊粟，山中闲杀束
> 修羊（苕文授生徒于尧峰）。""横山山外好烟波，可惜柴门掩绿萝。
> 莫怪山人高价卖，此中佳处已无多（此言即用答给事言戏之）。""吴
> 中高士谢山灵，共指文星傍帝庭。今夜尧峰高处望，不知何处少微
> 星。"苕文见之，遂大怒，答以四诗，有"车服倘缘稽古力，便应飞
> 札报书生"，"太史错占天上象，岁星元异少微星"，"从此不称前进
> 士，故人亲授隐君衔"云云。又有诗云："区区誓墓心，岂因一怀
> 祖"，为予发也。予刻续稿，久删前诗。适见钝翁续集，具载见答诸
> 作，忆前事乃录而存之，以识予过，且示子孙以戏谑为戒云。①

从设宴迎接汪琬来看，王士禛并没有想到事态发展事与愿违。后来痛定思痛之后，他把交恶缘起归结于他与汪琬同年同官曹，关系密切，经常开玩笑，出于亲密的人不设防的考虑把玩笑开大了。可是从另外一个角度来考虑问题，正是由于关系的亲密，所以王士禛才畅所欲言，不加掩饰地表达对博

---

① 王士禛：《居易录》卷一，《王士禛全集》本，袁世硕主编，齐鲁书社 2007 年版，第 3682 页。标点符号略有改动，如"予喜其来，置酒邀之戏，先之以诗"，《王士禛全集》本为"予喜其来，置酒邀之，戏先之以诗"。

学鸿词科的意见。王士禛第一首诗"天子询年齿，群公爱腐儒"，用"腐儒"嘲弄征士，"抛残青箬笠，染却白髭须"两句讽刺征士心态的变化，由隐士而汲汲于考试。而后面四首诗，则更是极尽嘲讽之能事，讽刺隐士、处士、遗民不守气节。论者以为汪琬中顺治十五年进士，出仕为官已多年，后因病辞官，隐居尧峰山，授徒讲学，故此次列名鸿博之荐也。汪并非长期隐居之人，应举鸿博毫无道义、气节之顾虑，不应授人以柄，被訾于清流。王渔洋借与汪琬这位朋友开玩笑，其所讥者实际是当时以隐居为高的明遗民之类人物①。无论如何，这五首诗表现出由于认识偏差而出现的对当局政策的背离。

　　即使是在博学鸿词科考试结束，录取人员悉数进入《明史》馆之后，博学鸿词科大功告成之际，对遗民出仕，王士禛依旧流露出嘲讽意味：

　　　　吾乡今科馆选六人，颇不为少，而博学鸿词，止有诸城李渭清一人，其余大半皆江浙间人。昨有偶为邗江友人题《墨菊》一绝句云："由来苦节本难贞，莫向东篱问落英。征士今年满京雒，不知何处著渊明？"吾兄见之，定为一轩渠也。诸故人惟愚山朝夕聚首。史馆尚未开，似尚候监修先生耳。山史飘然还山，真如鹤立鸡群，可敬可美。②

　　这封写给颜光敏的书信，讥讽遗民苦节难以保持，而关于史馆开局的推测，也显示出对时局认识的不清楚。王弘撰摆脱清朝网络，在他看来是一种洒脱而值得称赞的行为。

　　这种认识偏差也体现在他对应征人员的总体评价上。在给王弘撰的信中，王士禛写道：

　　　　顷征聘之举，四方名流，云会辇下，蒲车玄纁之盛，古所未有。然自有心者观之，士风之卑，惟今日为甚。如孙樵所云："走健仆，囊大轴，肥马四驰，门门求知者，盖十而七八。"其自重以重吾道、重朝廷者，廑有之矣。独关中四君子，卓然自挺于颓俗之表。二曲

---

　　①　张宇声：《王渔洋对博学鸿儒科之态度简论》，《山东理工大学学报》2009 年第 1 期。

　　②　王士禛：《集外文辑遗》卷三《与颜光敏》，袁世硕主编《王士禛全集》本，齐鲁书社 2007 年版，第 2400 页。

贞观丘壑，云卧不起。先生褐衣入都，屏居破寺，闭门注《易》，公卿罕识其面。焦获迹在周行，情耽林野。频阳独为至尊所知，受官之后，抗疏归养，平津阁中，独不挂门生之籍。四君子者出处虽不同，而其超然尘壒之表，能自重以重吾道、重朝廷则一也。此论藏之胸中，惟一向蔚州魏环溪、睢阳汤荆岘两先生言之，不敢为流俗道也。①

　　这是康熙十八年博学鸿词科考试结束后王弘撰返回陕西华阴后的信件，是王士禛对应征人员在京师行为的评价。此时，他已经感受到社会舆论的压力，注意到自己言论进入公共场域的严重性，因而他告诉好友自己话语传播的有限范围，即理学家汤斌、魏象枢以及王弘撰，从而保证话语的私密性；——而在人才荐举之初，他毫无警觉地向魏象枢表达了自己对应征人员的看法，即大部分是文学之士，才德兼备者少。汤斌是由自己向魏象枢推荐的，从某种程度上有师生关系。"藏之胸中""不敢为流俗道也"，显示出喜欢嘲弄的王士禛业已保持着警惕性。这或许是该书札没有收入文集中的原因。王士禛的信中提到博学鸿词科名流云集京师，亘古未有；荟萃京师的文人名士多奔赴往来于权贵之家，投门子、求谒见风气为人不齿。文人从清高自持到主动向政权靠拢。这种巨大的变化，恰恰说明了博学鸿词科举措的成功，到达了康熙帝消弭文人对新王朝的仇恨增强了政权凝聚力的目的，是可喜可贺之事。在冯溥那里，是一种令人欣慰的事情。从文人气节角度出发，王士禛评价不高，因而有一种发自内心的厌恶。这是个人情感的问题。可是，意识到康熙帝举办博学鸿词科意图之后，他将自己的看法隐藏在内心深处。从他与魏象枢的谈话、宴请汪琬的诗歌到此刻保持着警觉的心态，这表明随着时间的推移，王士禛对博学鸿词科的意图渐趋明了。虽然王士禛是清朝官员，但毕竟是诗人（文人）气质浓郁的官员，与对政策敏感的政治觉悟高的官员看待问题角度不同，后者往往在职责与使命中以公共事务处理原则作为评价事务的准则。博学鸿词科中诗人，尤其是遗民诗人的身份变化与内心情感的波澜起伏，引发这种变化因素的复杂性，至少在康熙十八年考试结束时王士

---

① 王弘撰：《山志》二集卷五《外大吏》，何本方点校，中华书局 1999 年版，第 280—281 页。

禛还没有体会到。从认识论角度看，他将复杂的问题简单化处理，只以气节这个单一的标准来衡量复杂事件的是非曲直。从这个意义上讲，他一度与康熙帝的文治政策的意图隔着一层。这表明，作为康熙帝文治的一项重要措施，在博学鸿词科考试中，"所谓'朝'的一极的庙堂诗群网络也并非整体上步伐一致，文治也不是一蹴而就；在特定历史时空中有一个由相对于文治设定方向的疏离到逐渐靠拢的向心运动"①。这些都是需要进一步深入探讨的问题。

随着阅历的增加与社会认识的深化，王士禛最终抛弃了以气节评骘博学鸿词科征士的准则，从而对这次考试有了进一步的认识。康熙二十九年四月，回忆起十多年前的考试，王士禛说："戊午之岁，诏举博学鸿词，宇内英杰魁磊角立挺出者，咸予显擢。即以余之芜陋，亦自西曹移秩史馆。文人遭际，何可意量？"②他终于明白了自己入翰林获得殊荣，与博学鸿词科密切相关。在自己际遇的切身体会中，他领会到博学鸿词科延揽人才的实际意义，它是改变文人命运的难得契机，被选为征士是一种荣耀，当年品评征士的气节准则业已消解。在他的认识中，博学鸿词科与他的入翰林、修《明史》成为因果关系。

第二节　王士禛广交征士的客观意义

康熙十七年，四方名士汇聚京师，文人燕集不断。虽然没有冯溥万柳堂诗人雅集规模大、影响深远，但王士禛也是积极而频繁地与应征诗人交往唱和。以遗民自居的王弘撰抵京后为避免与士人往来，选择荒僻的昊天寺寓居，王士禛即刻相邀。王弘撰回信说："他日西归有期，定当奉过，领高谈，作不速之客也"，"即不允辞，弘撰亦终不至也"③，表明无意相见。王士禛不仅毫不介意，反而与好友施闰章、弟子陈僖前往昊天寺拜望。王弘撰遂出示定武

---

① 张立敏：《冯溥与康熙京师诗坛》，中国社会科学出版社 2011 年版，第 13 页。

② 陶孚尹《欣然堂集》卷首，纪宝成主编《清代诗文集汇编》，上海古籍出版社 2010 年版，第139 册，第 476 页。

③ 王弘撰：《答阮亭太史》，《北行日札》康熙刻本。

《兰亭序》未损本、唐子华水仙图等名迹共赏，王士禛有诗《同施愚山陈蔼公集山史从兄昊天寺寓观唐子华水仙图》纪事。

王士禛康熙十七年至十八年考试结束期间与考试应征人员交往与诗歌创作，在蒋寅《王渔洋事迹征略》一书中已有详尽的勾勒。此处仅摘录数例，说明这两年（博学鸿词科考试、《明史》馆开局）王士禛与征士间人际往来，包括迎来送往、节令雅集、其他应酬等，在此基础上分析王士禛人际交往对博学鸿词科考试的客观意义。

康熙博学鸿词科征士赴京和离开京师，王士禛的迎来送往。如清康熙十七年秋，法若真来京，王士禛月夜过访。清康熙十七年冬，王士禛、施闰章、陈僖访王弘撰于昊天寺，虽然此前他盛情相邀王弘撰到家，遭到拒绝。汪琬来京，他设宴相迎。康熙十八年吴雯、李良年落第返乡，王士禛送行。节庆燕集，如康熙十八年人日，与王岱过访施闰章。元夕，与施闰章、梅庚、洪升、访问孙枝蔚。其他应酬，如康熙十七年十一月，宋荦奉命榷守赣州关，王士禛与博学鸿词征士尤侗、孙枝蔚、丘象随、徐釚、陈维崧以诗赠行。康熙十八年二月四日，大雪过后，王士禛召集李因笃、潘耒、梅庚、董俞燕集，即景拈王维诗句"积素广庭闲"韵赋诗。

虽然王士禛对博学鸿词科考试的认识有偏差，也没有罗网士人的职责与义务，但是在博学鸿词科考试前后，这种文人间交往有利于增强与征士间的感情。这从两个层面来阐述。首先，博学鸿词科应考人员进京后，受到普遍的尊重，尤其是冯溥的表率作用，形成官员对征士的热忱与礼遇。一个典型的例子是傅山来京后，冯溥第一个拜访，随后王公大臣满汉官员竞相拜访。王士禛与征士的交往发生于这个社会氛围中或者说背景下，是朝廷官员重视征士的体现。其次，王士禛是位诗人，喜爱结交士林，而且交游面广，许多征士与他关系密切。无论如何，作为翰林官，他广交诗人，与诗人诗酒唱和，促进了与征士间的感情。但因为政治觉悟有待提高，对当下文化政策理解存在偏差，他也犯了一些错误，比如写诗激怒汪琬，导致二人关系恶化。

王士禛与诗人的交往对博学鸿词科产生了积极影响，在潘耒身上得到了体现。博学鸿词科对潘耒产生的巨大影响，首先在于它改变了潘耒的身份。他由一个极力反对清朝的布衣到认同清朝，成为一位忠于职守的官员。在潘耒这种转变中，除冯溥和叶方蔼之外，王士禛也起到了重要作用。

在考试之前，潘耒就与王士禄、王士禛兄弟关系非同一般，王士禄更是潘耒知音。据王士禛《王考功年谱》记载，康熙十年，"海内文章之士游辇下者，以不识先生颜色为耻。吴人潘耒年少，博雅好古，奄通经学五音，诗尤沉郁，游京师，未为人知。先生首折节交之，由是名噪公卿间"①。由于王士禄的赏识，潘耒由名不见经传到声名鹊起。康熙十七年，潘耒应考来京后，写有《赠王阮亭侍读》②一诗，其中有诗句：

> 往岁来京华，我年始弱冠。君家吏部公（西樵），一见谬称叹。

谓我工五言，灿若金出锻。君从淮浦还，同声复相赞。

潘耒在京城受到王士禛的兄长吏部考功员外郎王士禄（1626—1673）推扬，五言诗受到赏识；从"题诗远见怀"来看，王士禛对潘耒的诗也有唱和，潘耒由此声名大振。王士禛在撰写王士禄年谱的时候，把王士禄与潘耒的关系记载其中，得知情况后潘耒异常感动，说："微名载编年，雪涕不能看"，自注："阮亭作西樵编年行状，载余受知一节。"

《赠王阮亭侍读》诗中，"鄙性慕幽栖，况复更多难。支离善病躯，甘老渔樵伴。征书谬见加，野马愁羁绊"，写出潘耒康熙十七年入京后的情况，他的夙愿和被迫入京：渴慕隐逸生活看似是性格倾向，但是所说的"多难"则是家国之悲痛，对刚到京城的潘耒来说，博学鸿词科考试依旧是束缚。此刻，他期盼返乡。在京师，由于四方文人荟萃，而王士禛素好交游，故而经常有文人聚会，每次王士禛都召集潘耒前去。潘耒写道："从游盛如云，造请惭疏慢。雅量垂矜怜，酌酒每相唤。"据王昊《雪后，偕秦中李子德、云间董苍水、毗陵邵子湘、宛陵梅耦长、松陵潘次耕，集家阮亭太史寓斋，以王右丞"积素广庭闲"五字为韵，各分赋五言古体五章》，潘耒与众征士与王士禛互相唱和③。这对促进潘耒政治倾向的改变有一定影响。

鉴于王士禛对博学鸿词科文治政策一度未能完全理解，他与征士往来客

---

① 王士禛：《王士禛全集》杂著《王考功年谱》，袁世硕主编，齐鲁书社 2007 年版，第 2512 页。

② 潘耒：《遂初堂集》诗集卷三《梦游草》上，康熙刻本。

③ 王昊：《硕园诗稿》卷三五，《四库未收书辑刊》，北京出版社 1997 年版，第 9 辑第 16 册，第 546 页。

观上对圣祖文治政策实施有利有弊。在彻底理解文治意图之前，王士禛不可能为配合冯溥诗坛整饬而自觉地改变诗风，因而博学鸿词科政策实施过程中，圣祖利用王士禛"神韵说"整饬诗坛倡导盛世文治的论断显然是错误的。在冯溥整饬诗坛的氛围中，王士禛所倡导的宋诗风是打击对象，无论在多大程度上与征士、翰林交往扩大自己的影响，王士禛也无法确立诗坛盟主地位。其诗风转变与神韵说的提出，恰恰是他对博学鸿词科认识深化后在冯溥整饬诗坛背景下出现的。

第三节 博学鸿词科对王士禛回归唐诗与神韵说的意义

不仅王士禛对博学鸿词科的认识有一个变化过程，其诗歌创作也有一个由宋诗风倡导者回返唐诗的变化。这个转变发生于冯溥为首的诗坛整饬背景下，而其神韵说的最终确立是在诗风转变之后反思诗学的理论结晶。

王士禛自述诗风三次变化，少年时宗唐，中年宗宋，之后回归唐诗：

> 吾老矣！还念平生，论诗凡屡变。而交游中亦如日之随景，忽不知其转移也。少年初筮仕时，惟务博综该洽，以求兼长。文章江左，烟月扬州，人海花场，比肩接迹，入吾室者，俱操唐音，韵胜于才，推为祭酒。然而空成昔梦，何堪设想？中岁越三唐而事两宋，良由物情厌故，笔意喜生，耳目为之顿新，心思于焉避熟。明知长庆以后，已有滥觞，而淳熙以前，俱奉为正的。当其燕市逢人，征途揖客，争相提倡，远近翕然宗之。既而流利变为空疏，新灵寖以佶屈。顾瞻世道，愀焉心忧。于是以太音希声，药淫哇锢习，《唐贤三昧集》所谓乃造平淡时也。然而境亦从兹老矣。①

这段话蕴含丰富，不仅交代了个人诗歌崇尚的变化，而且阐述了诗歌演变中个体与时代风尚之间的关系，从中也可以窥见口述史叙述中的复杂因素。

---

① 俞兆晟：《〈渔洋诗话〉序》，王士禛《王士禛全集》杂著《渔洋诗话》，袁世硕主编，齐鲁书社 2007 年版，第 4750 页。

据王士禛自述，早岁，"入吾室者，俱操唐音"，当时崇尚唐诗为时代风气，王士禛的诗风很大程度上是受风气影响所致。中年以后因为自己对唐诗的审美疲劳，从而转向宋诗，人们"争相提倡，远近翕然宗之"，个人诗风引发时代风尚。据考证，康熙六、七年间王士禛创作避熟趋新之作，为同辈效仿，康熙十一年典试四川所作的《蜀道集》，成为引领宋诗风尚的典范①。自此，京师宋诗风气盛行。直至康熙十八年间，宋诗风气依然盛行。在为李澄中《渔村文集》写的序言中，安致远记载了诗坛主盟者的诗学主张及其影响：

> 渔村（李澄中）以己未之岁，奏赋蓬莱宫，入翰苑，致位侍从。其时之主坛坫者，方且倡为诡异可喜之论，以窜易天下耳目。曰：诗何必唐？苏陆范虞而已；文何必八家？震泽毗陵而已。而浅识薄殖之夫，承响窃影，恣意无范，以纤巧为新奇，以空疏为古淡，诗文一道，至于猥琐卑弱而不可读。②

抑唐扬宋诗学主张及宋诗风的流行，显示出王士禛倡导宋诗风的深远影响，与他的叙述相符合。重返唐诗的叙述中，王士禛将《唐贤三昧集》和整顿诗歌弊端联系在一起，鉴于该诗选是神韵说确立的标志，故而王士禛的叙述除了交代回归唐诗以外，还点出神韵说与诗风演变的关系。而诗风的变化和理论的总结，是因为宋诗风的弊病，即"流利变为空疏，新灵寝以佶屈"，所以"顾瞻世道，恝焉心忧"，是诗人了解诗坛现状后的自觉选择与油然而生的使命感引发了这两个互为关联的变化。王士禛的追忆，在回归唐诗、神韵说确立以及二者纠正诗坛弊端等方面，无疑是正确的。然而，它忽略了或者是有意回避了一个事实，——这两个转变都是在冯溥整饬诗坛作用下发生的。

王士禛诗风由宋返唐的时间，潘务正认为大约在康熙十八年③，而从康熙二十一年王嗣槐写信向王士禛发难来看，这个推断时间有点早了。在《与阮亭祭酒书》中，王嗣槐回顾诗歌史，给唐诗以崇高地位，向这位掀起宋诗风的国子监祭酒表达了对宋诗不满，继而称：

---

① 蒋寅：《清代诗学史》第六章《清代诗学的发轫——山东诗学》，中国社会科学出版社 2012 年版，第 640 页。

② 安致远：《玉碮集》卷一《〈渔村文集〉序》，康熙刻本。

③ 潘务正：《王士禛进入翰林院的诗史意义》，《文学遗产》2008 年第 2 期。

一代之楷模，斯文之宗主，舍先生其谁望耶？子由江西之说，严氏沧浪之论，一言以折衷之，诗道存亡，古今盛衰之所系也。间与幼华给谏论之，似未以愚言为不然。本少陵《戏为六绝》，效元白长歌次序其意，冀先生有以教之。①

对王士禛充满期待，呼吁他承担起整饬诗坛的责任，话虽如此，王嗣槐向王士禛提出诗学上的选择："子由江西之说，严氏沧浪之论，一言以折衷之"，既然唐诗、宋诗水火不容，如何折中？虽说是折中，却已经给了答案："今之人不欲以王李之为唐者为诗，舍高而趋卑，舍近而求远，袭虞山之论而向宋人领下求之，不揣其本而齐其末，亦为不善变矣。"可见，这是一封情感色彩浓郁的呼吁书、劝诫信。从书信内容来看，此时的王士禛，尚未彻底与宋诗划清界限，至少是在两种诗风较量中，保持中立，故而王嗣槐期盼他站出来，所谓折中，即是"矧今道为成均长，一言判别斗枓指"②，走向唐诗，反对宋诗。

康熙二十一年七月，王士禛、徐乾学、陈廷敬、王又旦、汪懋麟在北京城南祝氏园的探论诗歌，汪懋麟提出"诗不必学唐，吾师之论诗未尝不采取宋、元"，从一个侧面证明了康熙二十一年七月，王士禛尚未完全脱离宋诗，走向唐诗。徐乾学说在王士禛弟子中汪懋麟未能升堂入室，继而劝说王士禛"论定唐人之诗，以启示学者"③。徐乾学的话，深深地触动了王士禛。于是，康熙二十一年，王士禛着手编选《五七言古诗选》，是他对宋元诗认识的一个总结，肯定了唐诗的正宗地位。至此，他彻底摆脱了宋诗风的阴影，成为唐诗正宗的呵护者。此后，康熙二十六年，《唐贤三昧集》编选完成，自序中再次引用严羽《沧浪诗话》中"盛唐诸人唯在兴趣，羚羊挂角，无迹可求"，标志着神韵论的确立④，完成了王嗣槐的期待，成为"一代之楷模，斯文之宗

---

① 王嗣槐：《桂山堂文选》卷三《与阮亭祭酒书》，《四库未收书辑刊》本，7辑27册，北京出版社2000年版，第197—198页。

② 王嗣槐：《桂山堂文选》卷十一《放歌行呈阮亭大司成兼示幼华给谏六十六韵》，《四库未收书辑刊》本，7辑27册，北京出版社2000年版，第682—684页。

③ 蒋寅：《王渔洋事迹征略》，中国社会科学出版社2014年，第273页。

④ 蒋寅：《清代诗学史》第六章《清代诗学的发轫——山东诗学》，中国社会科学出版社2012年版，第646页。

主"。

在促使王士禛回归唐诗和总结诗学理论的因素中，王嗣槐、徐乾学至关重要。从动机上分析，二者都深受冯溥影响。

王嗣槐自述写信与赠诗的动机来自冯溥，即"仆也朴陋守师说"①，而徐乾学对唐诗的看法与整饬诗坛的动机，同样来自冯溥。在馆阁大臣麋集的万柳堂宴会上，冯溥呼吁诗歌创作要与开国气象符合，整顿"佻凉鄙弇之习"，反对宋诗风尚，呼吁唐诗风尚：

> 益都师相尝率同馆官集万柳堂，大言宋诗之弊，谓开国全盛，自有气象，顿惊此佻凉鄙弇之习，无论诗格有升降，即国运盛杀，于此系之，不可不饬也。因庄颂皇上《元旦》并《远望西山》二诗以示法。……时侍讲施闰章、春坊徐乾学、检讨陈维崧辈皆俯首听命，且曰："近来风气日正，渐鲜时弊。"②

倡导"盛世清明广大之音"，呼吁"开国全盛，自有气象"，就是以儒家诗教整顿诗坛，而"幽忧僻奥之音"③，必然遭到冯溥唾弃。而座中的徐乾学，顺治十二年"入成均，公（案：冯溥）方为祭酒，受知最深"④，深受冯溥器重。

耐人寻味的是，恰恰是二十一年八月，冯溥又一次提出辞呈，这是他人生中第六次提出辞职要求，终于获康熙帝恩准许原官致仕，加太子太傅衔，驰驿回籍，遣官护送。而王嗣槐作为一介布衣，在康熙二十一年敢于斗胆对国子监祭酒提出要求、指责与期盼，表达诗坛"尚赖英绝领袖人，直指大道扫旁辙"的厚望，这其中或许传达了冯溥对同乡晚辈的殷切期待与希望⑤。关于王士禛回归唐诗，潘务正以为原因除文学发展的因素外，主要在于清代翰林院的职能、上层对翰苑诗风的干涉以及王士禛所处的地位等方面⑥。其实，

---

① 张立敏：《宋诗风运动中的王嗣槐》，《中国社会科学院研究生院学报》2008年第6期。
② 毛奇龄：《西河诗话》卷五，毛奇龄《西河合集》本，康熙五十九年（1720）书留草堂刻本。
③ 倪灿：《〈佳山堂集〉跋》，载《佳山堂诗集二集》，清刻本。
④ 徐乾学：《憺园集》卷十九《太子太傅益都冯公年谱序》，康熙冠山堂刻本。
⑤ 蒋寅以为，王士禛也是冯溥门下客，得到圣祖的宠异，多半是因为冯溥的抬举，见《清代诗学史》第六章《清代诗学的发轫——山东诗学》，中国社会科学出版社2012年版，第644页。
⑥ 潘务正：《王士禛进入翰林院的诗史意义》，《文学遗产》2008年第2期。

王士禛回归唐诗与其说是上述因素所致，不如说是冯溥整饬诗坛的产物，是冯溥整饬诗坛背景下王嗣槐与徐乾学施加影响的结果。而冯溥整饬诗坛只是圣祖推行博学鸿词科文治政策的一个组成部分，是圣祖文治政策在诗歌领域内的体现。

第四节　诗坛整饬与诗歌演变的关系

王士禛的叙述文字中，回归唐诗忽略了冯溥整饬诗坛的重要因素，点明是诗坛弊端需要整饬，"既而流利变为空疏，新灵寖以佶屈"，是诗风演化的客观需要，如此，王嗣槐、徐乾学在其中的作用便消失在历史的云烟中，使得后人难以获知真相。不过，从另一个方面来说，康熙年间，随着政治、军事领域内清廷主导权的控制与地位稳定，与政治、军事相比文化发展不均衡。处于上升期的清朝，自然需要加快实现文化领域内的话语权。而博学鸿词科的举办，四方名士齐聚京师受到器重，清朝在文化上确实显现一种盛世景象，无论是实现文化与政治、军事领域内的均衡发展，还是文化领域主动配合，客观上都需要一种盛世诗坛的出现。于是不仅朝廷权贵不满意宋诗风，即使是下层官吏也感到了这股涌动的潮流。李念慈说：

> 夫宋诗岂无佳者，然风气日下，即大过人之才，亦不能不为所移。以视唐则厚薄二字较然自别。以率谓真，以尖为新。譬如屋有浅廊曲槛，自厅事转入见之，心目顿异，然即以充客座，迓章甫之宾，则不宜；海错入口，风味非不可尚，而享宗庙者，则必取牺牲羊豕。可知宋诗但可偶一为之，不可藉口广大，久而不觉，不自知而全变为宋也。弟尝思之，大端诗须先意，即以宋人新意，而必求以深厚出之，原自有深厚者在；今云此岂不好？即便成之，直是乐苟简、省工力便宜法耳，何谓广大？本朝诗风韵颇盛，迄渐衰薄，所赖主持风雅者力挽之。今不惟不力挽回，反自便而文以佳名，使后学藉口曰某先生亦如此作，吾知坏后学者自此人始，恐足下无以

自解也。①

从这个意义上说，冯溥整饬诗坛（包含呼吁唐诗反对宋诗在内），是康熙年间文化与政治、军事发展不同步而国运上升时期的必然现象；在这种背景下，冯溥整饬诗坛，是诗坛弊端的所需，也是诗歌发展的客观要求，故而王士禛的叙述，从这层意义上讲，并没有错误。

含考试、《明史》馆开局、诗坛整饬在内的博学鸿词科文治政策实施过程中，清廷都保持了极大的宽容，顺应了时代潮流。对王士禛而言，无论是对考试政策的理解，还是冯溥诗坛的整饬，他的反应都是慢半拍，虽然最终跟上了节拍。不过话说过来，尽管节奏慢了，但最终合拍的王士禛，对清朝诗坛、顺康诗风、诗学理论，做出了他人难以企及的贡献。在清诗转向康乾盛世诗风中，王士禛的诗歌创作及神韵说，起了重要作用，并被称为康乾盛世诗风与诗学理论的重要典范。

对于王士禛而言，只有在博学鸿词科文治背景下，理解了王士禛与博学鸿词科的复杂关系，才能解释一些看似矛盾的现象。比如，王士禛对于考试态度的公开与雪藏；在唐宋诗论争中，他从一度游离与中立到提倡唐诗的变化；他对唐宋诗评价的前后不同，以及在创作中宗宋、宗唐诗作的并存与变化。

---

① 李念慈：《谷口山房文集》卷一《寄孙豹人江右书》，康熙刻本。

主要参考文献

凡例

一、虽然所引书籍或撰或编，或笺或评，著述性质不一，但此处一般不做标示，阅读书籍者自然知晓。

二、清代常见传记资料基本收入《清代传记丛刊》，该丛书搜罗丰富，编有索引，便于查询，除特别说明外，一般都采用该丛书，此处不一一列出该丛书所含书名及著（编）者。一些基本工具书，如《中国古籍善本书目》《四库全书总目提要》《中国社会科学院文学所藏善本书目》《国家图书馆藏古籍题跋丛刊》及其他图书馆书目、题跋，没有列入。

三、著（编）者不标朝代，一则是因为一些作者朝代归属不易确定，二则是书目为研究者参考，朝代似无必要标出；古今著述一起按著（编）者姓氏音序编排次序，便于查询。

著作

［美］阿恩海姆：《艺术心理学新论》，郭小平等译，商务印书馆 1996 年版。

北京大学中文系 1955 级：《中国文学史》，人民文学出版社 1958 年版。

蔡景康：《明代文论选》，人民文学出版社 1999 年版。

蔡美花、赵季：《韩国诗话全编校注》，人民文学出版社 2012 年版。

陈僖：《燕山草堂集》，康熙刻本。

陈国球：《明代复古派唐诗论研究》，北京大学 2007 年版。

陈瑚：《离忧集》，昆山赵氏峭帆楼校刻本。

陈康祺：《郎潜纪闻初笔二笔三笔》（合订本），晋石点校本，中华书局

1984 年版。

陈去病：《陈去病诗文集》，殷安如、刘颖白编，社会科学文献出版社 2009 年版。

陈廷敬：《午亭文编》，《文渊阁四库全书》影印本，集部第 1316 册，上海古籍出版社 1985 年版。

陈维崧：《陈维崧集》，陈振鹏标点、李学颖校补，上海古籍出版社 2010 年版。

陈文述：《颐道堂集》，嘉庆十二年刻道光增修本。

陈子龙：《陈子龙文集》，华东师范大学出版社 1988 年版。

陈祖武、朱彤窗：《旷世大儒——顾炎武》，河北人民出版社 2000 年版。

程敏政：《篁墩文集》，《文渊阁四库全书》影印本，集部 1252 册，上海古籍出版社 1985 年版。

戴笠：《松陵文录》，康熙三十二年刻本。

邓之诚：《清诗纪事初编》，上海古籍出版社 1984 年版。

法式善：《陶庐杂录》，涂雨公点校，中华书局 1959 年版。

范晔：《后汉书》，中华书局 1965 年版

范鄗鼎：《五经堂文集》，《四库全书存目丛书》集部第 242 册，齐鲁书社 1997 年版。

方象瑛：《健松斋集》，民国十七年方朝佐重印康熙木活字本。

房玄龄等：《晋书》，中华书局 1974 年版。

冯溥：《佳山堂诗集》，清刻本。

傅山：《傅山全书》，尹协理主编，山西人民出版社 2016 年版。

傅山：《霜红龛集》，山西人民出版社 1985 年影印本。

傅山：《霜红龛杂记》，刘如溪点评，青岛出版社 2005 年版。

高春艳：《李因笃文学研究》，中国社会科学出版社 2011 年版。

高春燕、袁志伟：《李因笃评传》，西北大学出版社 2014 年版。

高士奇：《高士奇集》，康熙刻本。

顾炎武：《顾亭林诗文集》，华忱之点校，中华书局 1983 年版。

顾炎武：《顾炎武全集》，华东师范大学古籍研究所整理，上海古籍出版

社 2011 年版。

顾炎武：《顾炎武文选》，张兵选注，苏州大学出版社 2001 年版。

顾炎武：《日知录》，黄汝成集释，栾保群、吕宗力点校，上海古籍出版社 2006 年版。

管庭芬：《渟溪日记》，虞坤林整理，中华书局 2013 年版。

郭金台：《石村诗文集》，陶新华点校，岳麓书社 2010 年版。

郭绍虞：《中国历代文论选》，上海古籍出版社 1979 年版。

杭世骏：《订讹类编》，陈抗点校，中华书局 2006 年版。

何乔新：《椒邱文集》，《文渊阁四库全书》影印本，集部 1249 册，上海古籍出版社 1985 年版。

贺凯：《中国文学史纲要》，北平文化学社 1931 年版。

洪亮吉：《春秋左传诂》，中华书局 1987 年版。

黄河：《王士禛与清初诗歌思想》，天津人民出版社 2002 年版。

黄宗羲：《黄梨洲文集》，陈乃乾编，中华书局 2009 年版。

江藩：《国朝汉学师承记》，中华书局 1983 年版。

江庆柏：《清代人物生卒年表》，人民文学出版社 2005 年版。

蒋寅：《王渔洋事迹征略》，中国社会科学出版社 2014 年版。

蒋寅：《清代诗学史》，中国社会科学出版社 2012 年版。

蒋寅：《中国古代文学通论》（清代卷），辽宁人民出版社 2005 年版。

蒋良骐：《东华录》，林树惠、傅贵九点校，中华书局 1980 年版。

金吴澜、李福沂：《昆新两县续修合志》，光绪敦善堂藏版。

孔定芳：《清初遗民社会——清汉异质文化整合视野下的历史考察》，湖北人民出版社 2009 年版。

赖玉琴：《博学鸿儒与清初学术转变》，中国社会科学出版社 2010 年版。

李斗：《扬州画舫录》，许建中评注，凤凰出版社 2013 年版。

李颙：《二曲集》，陈俊民点校，中华书局 1996 版。

李东阳：《李东阳集》，周寅宾点校本，岳麓书社 1984 年版。

李光地：《榕村续语录榕村语录续集》，陈祖武点校，中华书局 1995 年版。

李集、李富孙、李遇孙：《鹤征录》，周俊富辑《清代传记丛刊》本，明文书局 1985 年版。

李立宏：《西安传统哲学概论》，西安出版社 2007 年版。

李良年：《秋锦山房集秋锦山房外集》，朱丽霞整理，上海古籍出版社2011 年版。

李念慈：《谷口山房文集》，康熙刊本。

李书吉：《澄海县志》，嘉庆二十年刻本。

李舜臣、欧阳江琳：《历代制举史料汇编》，武汉大学出版社 2009 年版。

李因笃：《李因笃集》，高泉、高春燕点校，西北大学出版社 2015 年版。

李因笃：《续刻受祺堂文集》，道光刻本。

梁启超：《清代学术概论》，东方出版社 1996 年版。

梁启超：《中国近三百年学术史》，东方出版社 1996 年版。

梁乙真：《中国文学史话》，上海新元书局 1934 年版。

廖元度：《楚风补校注》，湖北省社会科学院文学研究所校注，湖北人民出版社 1998 年版。

刘基：《刘基集》，林家骊点校，浙江古籍出版社 1999 年版。

刘若愚：《中国文学原理》，杜国清译本，江苏教育出版社 2006 年版。

刘世南：《清诗流派史》，人民文学出版社 2004 年版。

刘廷玑：《在园杂志》，张守谦点校，中华书局 2005 年版。

刘禺生：《世载堂杂忆》，钱实甫点校本，中华书局 1960 年版。

刘丰鑫：《冯惟敏、冯溥、李之芳、田雯、张笃庆、郝懿行、王懿荣年谱》（合编），山东大学出版社 2002 年版。

刘宗周：《刘宗周全集》，浙江古籍出版社 2007 年版。

龙榆生：《中国韵文史》，钱鸿瑛导读，上海古籍出版社 2002 年版。

鲁迅：《鲁迅全集》，人民文学出版社 1981 年版。

陆陇其：《三鱼堂日记》，同治九年浙江书局刻本。

马齐、朱轼：《清圣祖仁皇帝实录》，《清实录》第 4 册，中华书局 1985 年影印本，史部第 411 册，上海古籍出版社 1989 年版。

毛奇龄：《西河合集》，康熙五十九年（1720）书留草堂刻本。

孟森：《明清史论著集刊》，中华书局1959年版。

钮琇：《觚剩》，上海古籍出版社1986年版。

潘耒：《遂初堂集》，康熙刊本。

齐治平：《唐宋诗之争概论》，岳麓书社出版1984年版。

启功：《启功丛稿》，中华书局1999年版。

钱澄之：《田间诗文集》，清刻本。

钱仪吉：《碑传集》，靳斯校点，中华书局1993年版。

钱仲联：《明清诗精选》，江苏古籍出版社1992年版。

钱仲联：《清诗纪事》，凤凰出版社2004年版。

秦瀛：《己未词科录》，天津图书馆历史文献部编《三十三种清代人物传记资料汇编》第43册，齐鲁书社2009年版。

秦瀛：《己未词科录》，周俊富辑《清代传记丛刊》本，明文书局1985年版。

［日］青木正儿：《清代文学评论史》，杨铁婴译，中国社会科学出版社1986年版。

屈大均：《明四朝成仁录》，民国《广东丛书》本。

屈大均：《翁山文外》，康熙刻本。

全祖望：《全祖望集汇校集注》，朱铸禹校注，上海古籍出版社2000年版。

容肇祖：《中国文学史大纲》，北京朴社1935年版。

阮葵生：《茶余客话》，中华书局1959年版。

［美］桑禀华（Knight. S.）：《中国文学》，李永毅译，译林出版社2016年版。

商衍鎏：《清代科举考试述录》，故宫出版社2014年版。

申涵光：《聪山文集》，康熙刻本。

施闰章：《施愚山集》，何庆善、杨应芹点校，黄山书社1992年版。

史志明：《盛世华音——清代顺康雍乾诗人山水诗论》，凤凰出版社2017年版。

孙静庵：《明遗民录》，浙江古籍出版社1985年版。

孙枝蔚：《溉堂集》，康熙刻本。

汤斌：《汤子遗书》，段自成、沈红芳等编校，人民出版社 2016 年版。

陶渊明：《陶渊明集》，逯钦立校注，中华书局 1979 年版。

托津、曹振镛：《清会典》，清刻本。

汪懋麟：《百尺梧桐阁集》，上海古籍出版社 1980 年版。

汪琬：《汪琬全集》，李圣华笺校，人民文学出版社 2010 年版。

王岱：《了庵文集》，康熙四年刻本，《四库全书存目丛书》影印本，集部第 199 册，齐鲁书社 1997 年版。

王岱：《了庵诗集》，乾隆刻本；《清代诗文集汇编》影印本，集部第 23 册，上海古籍出版社 2010 年版。

王岱：《了庵诗文集》，乾隆刻本，《四库禁毁书丛刊》影印本，集部第 91 册，北京出版社 2000 年版。

王岱：《王岱集》，马美著校点，黄周星、王岱《黄周星集王岱集》合刊本，岳麓书社 2013 年版。

王晫：《今世说》，中华书局 1985 年版。

王昊：《硕园诗稿》，清五石斋抄本。

王弘撰：《北行日札》，康熙刻本。

王弘撰：《砥斋集》，《清代诗文集汇编》本，集部第 81 册，上海古籍出版社 2010 年版。

王弘撰：《王弘撰集》，孙学功点校，西北大学出版社 2015 年版。

王弘撰：《王山史五种》，光绪廿二年华阴敬义堂刊本。

王弘撰：《山志》，何本方点校，中华书局 1999 年版。

王冀民：《顾亭林诗笺释》，中华书局 1998 年版。

王俭：《顾炎武年谱笺释》，三晋出版社 2012 年版。

王闿运：《湘潭县志》，清光绪十五年刻本。

王蘧常：《顾亭林诗集汇注》，上海古籍出版社 1983 年版。

王士禛：《池北偶谈》，靳斯仁点校，中华书局 1982 年版。

王士禛：《居易录》，《文渊阁四库全书》影印本，第 869 册，上海古籍出版社 1989 年版。

王士禛：《王士禛全集》，袁世硕主编，齐鲁书社 2007 年版。

王嗣槐：《桂山堂文选》，《四库未收书辑刊》本，7 辑 27 册，北京出版社 2000 年版

王先谦：《东华录》，光绪撷华书局刻本。

王应奎：《柳南随笔》，王彬、严英俊点校，中华书局 1983 年版。

文庆、李宗昉等：《钦定国子监志》，北京古籍出版社 2000 年版。

魏礼：《魏季子文集》，道光二十五年珍溪之绂园书塾重刊本。

魏禧：《魏叔子文集》，胡守仁、姚品文等点校，中华书局 2003 年版。

魏象枢：《寒松堂全集》，中华书局 1996 年版。

吴绮：《林蕙堂全集》，《文渊阁四库全书》影印本，集部第 1314 册，上海古籍出版社 1985 年版。

吴雯：《莲洋诗钞》，《文渊阁四库全书》影印本，集部第 1322 册，上海古籍出版社 1985 年版。

吴伟业：《吴梅村全集》，李学颖点校本，上海古籍出版社 1990 年版。

夏定域：《德清胡朏明先生年谱》，台湾商务印书馆 1978 年版。

萧华荣：《中国诗学思想史》，华东师范大学出版社 1996 年版。

谢贵安：《中国史学史》，武汉大学出版社 2012 年版。

谢国桢：《顾亭林学谱》，商务印书馆 1957 年版。

谢正光、范金民：《明遗民录汇辑》，南京大学出版社 1995 年版。

谢正光、佘汝丰：《清初诗人选清初诗考》，南京大学出版社 1998 年版。

徐复观：《中国文学精神》，上海书店出版社 2004 年版。

徐嘉炎：《抱经斋诗集》，《四库全书存目丛书》本，集部第 250 册，齐鲁书社 1997 年版。

徐珂：《清稗类钞》，中华书局 2010 年版。

徐鼒：《小腆纪传》，中华书局 1958 年版。

徐乾学：《憺园文集》，康熙冠山堂刻本。

徐釚：《南州草堂集》，康熙三十四年刻本；《续修四库全书》影印本，集部第 1415 册，上海古籍出版社 2013 年版。

徐世昌：《清儒学案》，中华书局 2008 年版。

徐世昌：《晚晴簃诗汇》，闻石点校，中华书局 1990 年版。

徐锡龄、钱泳：《熙朝新语》，顾静点校，上海书店出版社 2009 年版。
案：点校本署名余金，其实作者是徐、钱二人。

玄烨：《圣祖仁皇帝圣训》，《文渊阁四库全书》影印本，史部第 411 册，
上海古籍出版社 1989 年版。

寻霖、龚笃清：《湘人著述表》，岳麓书社 2010 年版。

严迪昌：《清诗史》（修订本），浙江古籍出版社 2002 年版。

颜光敏：《颜氏家藏尺牍》，《丛书集成初编》第 2973 本，商务印书馆
1935 年版。

杨慎：《升庵文集》，王文才等主编《杨升庵丛书》本，天地出版社 2002
年版。

杨希闵：《诗榷》，江西省图书馆藏稿本。

姚铉：《唐文粹》，吉林人民出版社 1998 年版。

叶梦珠：《阅世编》，来新夏点校，中华书局 2007 年版。

佚名：《清史列传》，王钟翰点校，中华书局 1987 年版。

佚名：《啁啾漫记》，《清代野史》第 7 辑，巴蜀书社 1988 年版。

佚名：《清史论》，民国六年刻本，台湾文海出版社 1972 年影印本。

易宗夔：《新世说》，陈丽莉、尹波点校，四川大学出版社 1998 年版。

尤侗：《艮斋杂说续说》，李肇翔、李复波整理，中华书局 1992 年版。

袁行霈、孟二冬、丁放：《中国诗学通论》，安徽教育出版社 1994 年版。

袁震宇、刘明今：《明代文学批评史》，上海古籍出版社 1991 年版。

曾枣庄、舒大刚：《三苏全书》，语文出版社 2001 年版。

张伯驹：《春游社琐谈素月楼联语》，北京出版社 1998 年版。

张伯行：《正谊堂续集》，乾隆刻本。

张高评：《宋诗特色研究》，长春出版社 2002 年版。

张健：《清代诗学研究》，北京大学出版社 1999 年版。

张立敏：《冯溥与康熙京师诗坛》，中国社会科学出版社 2011 年版。

张廷玉：《明史》，中华书局 1974 年版。

张修龄：《清初散文论稿》，复旦大学出版社 2010 年版。

张仲谋：《清代文化与浙派诗》，东方出版社 1997 年版。

赵尔巽：《清史稿》，中华书局 1977 年版。

赵俪生：《顾亭林与王山史》，齐鲁书社 1986 年版。

赵俪生：《赵俪生史学论著自选集》，山东大学出版社 1996 年版。

赵俪生：《赵俪生文集》，兰州大学出版社 2002 年版。

赵永纪：《清初诗歌》，光明日报出版社 1993 年版。

政协湘潭市委员会组：《湘潭历代诗词选》，文鸣辑注，湘潭大学出版社 2013 年版。

中国第一历史档案馆：《康熙起居注》，中华书局 1984 年版。

钟惺：《隐秀轩集》，李先耕、崔重庆点校本，上海古籍出版社 1992 年版。

周可真：《顾炎武年谱》，苏州大学出版社 1998 年版。

周可真：《明清之际新仁学——顾炎武思想研究》，中国大百科全书出版社 2006 年版。

周硕勋：《（乾隆）潮州府志》，光绪十九年重刊本。

朱庭珍：《筱园诗话》，光绪十年刻本。

朱彝尊：《曝书亭全集》，王利民等点校，吉林文史出版社 2009 年版。

朱义安：《中国诗学史》（明代卷），鹭江出版社 2006 年版。

朱则杰：《清诗史》（修订本），江苏古籍出版社 2000 年版。

朱自清：《朱自清古典文学论文集》，上海古籍出版社 1980 年版。

卓尔堪：《明遗民诗》，中华书局 1961 年版。

论文

HellmutWilhelm， "The Po－Hsüeh Hung－ju Examination of 1679"，*Journal of the American Oriental Society*，Vol. 71.

［日］竹村则行：《康熙十八年博学鸿词科与清朝文学之起步》，九州大学文学会《中国文学论集》第 9 号，1990 年 11 月。

常新：《清初关中遗民生存境域与文学生态——以游幕、隐居、结社为例》，《甘肃社会科学》2010 年第 5 期。

陈黎：《清代旅游家顾炎武游记对山西旅游开发的启示》，《兰台世界》

2014 年第 31 期。

陈祥耀：《清诗选·前言》，《福建师范大学学报》1980 年第 3 期。

陈友乔、黄启文：《顾炎武北游不归的地域倾向性探析》，《武汉交通职业学院学报》2008 年第 4 期。

陈友乔：《顾炎武北游不归之原因探析》，《山西师大学报》2009 年第 3 期。

代亮：《清初博学鸿儒群体的心态流变——以李因笃为中心》，《山东大学学报》2015 年第 4 期。

高莲莲：《王士禛的文人雅集与康熙诗坛风尚的变迁——以清康熙己未（1679 年）博学鸿儒科前后为重点考察时段》，《河北学刊》2014 年第 5 期。

高美茹：《关中声气之领袖：王弘撰》，《西北社会科学》2009 年第 5 期。

贺正举：《"文如其人"的三个特征——以明末清初作家王岱为例》，《中南大学学报》2016 年第 3 期。

蒋寅：《清初关中理学家诗学略论》，《求索》2003 年第 2 期。

蒋寅：《清初诗坛对明代诗学的反思》，《文学遗产》2006 年第 2 期。

赖玉芹：《试论潘耒对顾炎武学术的师承》，《中南民族大学学报》2009 年第 1 期。

李舜臣：《"博学鸿儒科"与康熙诗坛》，《民族文学研究》2012 年第 5 期。

柯愈春：《王岱〈了庵集〉释禁始末》，《高校图书馆工作》1991 年 4 期。

孔定芳：《"博学鸿儒科"与晚年顾炎武》，《学海》2006 年第 3 期。

孔定芳：《论康熙"博学鸿儒科"之旨在笼络明遗民》，《唐都学刊》2006 年第 3 期。

孔定芳：《论清圣祖的遗民策略——以"博学鸿儒科"为考察中心》，《江苏社会科学》2006 年第 4 期。

李广林：《顾炎武的北游与定居华下》，《唐都学刊》1985 年第 2 期。

刘辉、刘世德：《洪昇〈集外集〉——诗文辑佚》，《中国古典小说戏曲论集》第 2 辑，上海古籍出版社 1987 年版。

刘慧：《傅山与博学鸿儒科》，《现代语文》1997 年 12 期。

刘建芬：《"温柔敦厚"与民族的审美特征》，《古代文学理论研究》第 13 辑，上海古籍出版社 1988 年版。

吕长生：《陈恭尹行草书赠别潘耒七言律诗轴》，《文物》1997 年第 9 期。

马明达：《读〈王山史年谱〉札记》，《西北大学学报》1994 年第 2 期。

马亚中：《试说清诗力破唐宋之余地》，《苏州大学学报》1985 年第 3 期。

潘务正：《王士禛进入翰林院的诗史意义》，《文学遗产》2008 年第 2 期。

时志明：《浅议博学鸿词科及其对中国古代文学发展的影响》，《苏州职业大学学报》2002 年第 4 期。

唐华：《王弘撰理学思想探微》，《科学大众》2016 年第 2 期。

王嘉川：《徐元文与明史纂修》，《史学史研究》1995 年 2 期。

王清溪：《近十年来己未词科研究综述》，《广东广播电视大学学报》2012 年第 3 期。

卫华：《清初的关中学者领袖王弘撰》，《收藏界》2002 年第 9 期。

吴超：《潘耒史学思想探源》，《东方论坛》2012 年第 3 期。

吴超：《屈大均、潘耒与石濂交往关系考论》，《东方论坛》2010 年第 3 期。

吴航：《论潘耒的治史主张》，《云南民族大学学报》2009 年第 3 期。

吴航：《潘耒佚文四篇辑释》，《文献》2013 年第 6 期。

严迪昌：《清诗平议》，《文学遗产》1984 年第 2 期。

杨长锁：《潘耒对清初学风改变的影响》，《兰台世界》2014 年 24 期。

张兵：《清初关中遗民诗群的构成与王弘撰、李柏的诗歌创作》，《兰州大学学报》2000 年第 3 期。

张兵：《清初关中遗民诗人孙枝蔚的交游与创作》，《宁波大学学报》2000 年 1 期。

张丽丽：《博学鸿儒科与清初诗风之变》《上海师范大学学报》2010 年第 11 期。

张立敏：《宋诗风运动中的王嗣槐》，《中国社会科学院研究生院学报》2008 年第 6 期。

张立敏：《清初宋诗风运动中的徐嘉炎》，《厦门教育学院学报》2011 年第 1 期。

张立敏：《论康熙博学鸿词科对毛奇龄的诗学影响》，《清代文学研究》第 4 辑，人民文学出版社 2011 年版。

张立敏：《儒家诗教论在明代诗学中的影响——兼论明人观念中的形式理论与诗教论关系》，《兰州学刊》2012 年第 3 期。

张维华：《顾炎武在山东的学术活动及其与李焕章辩论山东古地理问题的一桩学术公案》，《山东大学学报》1962 年第 4 期。

张宪文：《清康熙博学鸿词科述论》，《浙江学刊》1985 年第 4 期。

张亚权：《"博学鸿词"研究的回顾与展望》，《江海学刊》2006 年第 5 期。

张宇声：《王渔洋对博学鸿儒科之态度简论》，《山东理工大学学报》2009 年第 1 期

赵刚：《顾炎武北游事迹发微》，《清史研究》1992 年第 2 期。

赵刚：《康熙博学鸿词科与清初政治变迁》，《故宫博物院院刊》1993 年第 1 期。

赵俪生：《顾炎武在关中》，《兰州大学学报》1999 年第 3 期。

赵曼：《潘耒行年简编》，《魅力中国》2010 年第 3 期。

朱永慧：《清代诗人潘耒未刊诗稿考》，《古籍整理研究学刊》2002 年第 6 期。

学位论文

白林坡：《王弘撰金石书画交游及书学研究》，西安美术学院硕士论文，2007 年。

陈洁：《〈明史〉前期传记（卷 122—212）修纂研究》，南开大学博士论文，2014 年。

陈大利：《华山碑与清代碑学》，南京艺术学院博士论文，2011 年。

高馨：《王弘撰思想初探》，河北师范大学硕士论文，2006 年。

高莲莲：《己未博学鸿儒科与清代顺康年间的诗风演变》，中国人民大学博士论文，2009 年。

何湘：《清代湖湘文人社群研究》，苏州大学博士论文，2015 年。

牛余宁：《顾炎武政治旅行研究》，曲阜师范大学硕士论文，2009 年。

冉耀斌：《清代三秦诗人群体研究》，南京师范大学博士论文，2012 年。

王雁栋：《顾炎武山东经历考述》，东北师范大学硕士论文，2011 年。

吴航：《清初学人潘耒述论》，云南师范大学硕士论文，2008 年。

武勇：《潘耒的学术渊源与文献学成就》，中南民族大学硕士论文，2012 年。

叶诗：《湘潭王岱文学研究》，湘潭大学硕士论文，2016 年。

张立敏：《冯溥与康熙京师诗坛》，中国社会科学院研究生院博士论文，2009 年。

张亚权：《康熙博学鸿儒科研究》，南京大学博士论文，2003 年。

后　记

　　摆在读者面前的这本书是《冯溥与康熙京师诗坛》的姊妹篇，也是我从事清代文学学习与研究以来的第二本清代学术专著。《冯溥与康熙京师诗坛》是我博士读书期间的结晶，由于我坚信雨果在《巴黎圣母院》前言中所述，无论小说还是学术文本写作，只要是心智产物，一旦完成，就如同脱离母体的婴儿，拥有自己独立而鲜活的生命。在望京中环南路 1 号院那间背阴的学生宿舍里，当手指在键盘上敲下最后一个字的时候，我坚信作者的使命已经完成，理应让这个活泼的新生儿迈开步伐走向广阔的世界，因而即使在两年后论文出版时，我最大限度地保留了论文原貌，只作一些细枝末节的改动，比如论文改为本书、纠正了几处错别字。

　　诚如那本书后记所言，"最初撰写同题学位论文的时候，曾经怀着一个梦想，那就是通过对博学鸿词科这一历史事件的考察，了解清初文人的生存状态、诗歌创作生态，进而展示一个立体的文学创作场景，在此基础上梳理博学鸿词科与清代诗学的关系，探讨康熙十七年圣祖诏举博学鸿词科以及次年《明史》馆开局这一系列事件对于清初文人精神生活、诗学观念、诗歌创作的关系，从而为清初诗歌演化做一番描述与阐释。在构思上，采取个案研究方法，力图通过具体现象概括出一般规律。"这是一个宏大的目标，涉及明末清初剧烈的社会变革，与诗人身世起伏，诗人思想、创伤观念、创伤实践的变化，个人与群体、当代诗学与前代诗学关系，以及文治与文人关系等方面。从根本上说，需要阐述的是清代诗歌何以百舸竞流、流派纷呈转化为相对单一的和平雅正诗风，揭示康乾盛世诗风何以成为可能。这涉及清代政治制度，科举史、思想史、文学史、文学批评史等领域，是一种复杂的多领域多学科的探索，《冯溥与康熙京师诗坛》只是这个探索的一个环节。

相对于《冯溥与康熙京师诗坛》的探索过程来说，《博学鸿词科与清初诗坛》姗姗来迟。从2012年"博学鸿词科与康熙诗坛关系研究"获得国家社科基金青年项目，迄今已经7个年头。在学术著作生产速度加快的时代，如此长时间段似乎显得不可思议。

这或许与清初文学研究特殊性相关。与前代文学研究相比较，清代文学文献资料丰富，缺乏的不是材料而是材料的选择与取舍。前代文学研究中有些作家的行实即使是皓首穷经也未必有结果，而在清代似乎不是问题。然而问题的另一面是，前代文学研究基本文献多有整理本，基础研究成熟，阅读者可以轻松阅读，从而较快地切入学术研究之中。清代文学尤其是顺康之际的文学研究则不同，大量的书籍静静地躺在各类图书馆善本室里。且不说读懂文献，即使是接触文献，也是大费周折。同时，由于明清之际复杂的社会矛盾与文人的社会境遇，诗文集稿本、抄本、刻本呈现出复杂情况。比如王岱诗文集的不同刻本，收录内容不同；顾炎武的诗集，经学生潘耒更改后有些内涵发生了巨大变化，不辨别文字差异几乎不能辨识诗人写作时的情感。由于清代是距离我们最近的一个封建王朝，已有的研究往往带有浓郁的时代气息，辨识卓见的同时，也须留意特定时代风气导致的局限性。

材料的不易获得，国家图书馆古籍库一度不开放，首都图书馆善本室的长时间修整，虽然极大地影响到工作的进程，然而更为重要的一个因素是自己的探讨问题的方法与研究思路。我的读书经历与人生阅历，使我总不大相信一些宏大的概括，很少在前人研究基础上做综合研究。自从2001年攻读硕士，我就逐步形成了阅读原著的习惯。汪元量的集子，虽然有孔凡礼先生的《湖山类稿》，我却依旧是将吉林大学古籍部的汪元量清刻本一一读完，并趁暑假到国图善本室、北京大学图书馆读《水云词》《水云集》《湖山类稿》《湖山外稿》《宋旧宫人诗词》。那个时期的版本比勘，使我意识到了作者写作与最终呈现在读者面前的文本之间的巨大差异。虽然那时学识浅陋，可是总是不大喜欢所谓的以通行本为依据做出的论断。每每处理一个问题，总是先翻阅各种工具书，调查版本信息，翻阅《全国报刊资料索引》，确定书目。2006年攻读博士学位以后，在蒋老师的指导下，我以冯溥为中心，论述博学鸿词科的诗歌史意义。鉴于涉人数太多，诗人复杂多样的经历、思想情感、诗歌创作轨迹、诗学思想的反复折冲，我采取了个案研究的方法，力图通过具体的差异性比较，寻求历史演变的趋势与规律。逐渐地，个案研究成为我最为喜爱的探讨问题与学术写作方式。

个案研究的优势是以点带面，阐述相对有力，形式上往往是单篇论文的面目，因而一定时间内目标明确，易于调控。然而它的难点是个案的确立，如何最大可能地实现点与面的结合。在个案研究中必须对研究对象做通盘细致的考察，而习见的宏大叙述构建则不需要面临这些问题。比如王岱的诗学考察，如果不是个案研究的方式，则直接截取康熙十八年的诗学思想就能大致完成任务。个案研究的方式决定了对王岱明末至康熙十八年诗歌创作、诗论变化考察，虽然工作起来难度增加了，然而经过如一番探索，一个明清诗歌演变的脉络就变得更加具体可感清晰可见。这样的学术探讨，一般不会出现论述年代失序问题。比如顾炎武研究中，一些人不明就里，把不同时期的论点搅混了。这个问题的出现，原因固然多方面，然而个案研究与史的意识缺乏是重要原因。博学鸿词科中王弘撰的诗歌、思想探索，也证明了个案研究的有效性。若非个案研究，单从行迹上看，几乎看不出博学鸿词科对王弘撰的影响。

这种基于原始材料阅读基础之上的历史情境摸透情况下的研究方式，需要细读文本、诗文编年、行实纪年，断定诗学主张的言说情境、特定的针对对象。通过顾炎武诗文集的细读，我区分了博学鸿词科考试、明史馆开局对顾炎武的不同影响，而顾炎武晚年定居关中的历史考察与康熙十七、十八年的行实，揭示了博学鸿词科对顾炎武的影响。这些长期为学界所忽略，虽然他是一位影响深远的思想家、诗人。这种研究方式的自觉选择，往往需要一种相对简单的生活、相对长度不被干扰的平静时光，如此方能凝神静思，条分缕析，稍有干扰，思虑即断，事后得费尽心机过电影似地回忆稍纵即逝的思考过程。

本书是《冯溥与康熙诗坛》关于康熙博学鸿词科研究的深化，当自己过往的收获成为一种反思对象时，有一种特别的难度需要克服，客观而公正的评述、经验的汲取、缺陷的识别、如何保持延续性而又识别新的学术生长点……

　　本书是在清代学术研究基础上完成的，前人的工作与同时代学者的不断努力，形成了生生不息的学术传承。受惠于一个互联网与公共文化事业日趋昌明的时代，学术交流途径多样化，学术研究问题呈现与解决方式有了以往所未有的面貌，这激励了研究者，拓展了研究视野，使得问题的探讨有了深入的可能。

　　在课题写作过程中，一些章节在一些学术杂志上发表或通过评审，如《论博学鸿词科对明遗民的影响——以王弘撰为例》（《苏州大学学报》）、《博学鸿词科中潘耒的人生转变与诗歌创作变化》（《中国诗学》）、《论博学鸿词科对王士禛的诗学影响》（《文学遗产》）、《"冯妇痴駃被虎颠"辨——如何评价博学鸿词科阅卷官冯溥》（《古典文学知识》）、《博学鸿词科中顾炎武、潘耒间的相互影响及其意义》（《铜仁学院学报》）、《论博学鸿词科对王岱的诗学影响》（《关东学刊》），这对我是一种激励；对于诸位先生的青眼，感铭在心，尤其是收到罗时进先生深夜时分的回信，让人感慨万分。一位学术界前辈，如此勤勉，看到电邮后顿生愧疚。社科基金评议专家由于是匿名评审，无从得知名讳，然而从评议中可以看出学术热忱与关爱之心。

　　本书的出版得到中国艺术研究院基本科研业务资助。感谢院领导设立专项经费支持学术事业，院学术委员会与课题评审专家的支持，使多年的梦想成为现实。

　　在我的课题研究与书籍出版过程中，得到了许多师友的鼓励和支持，还有家人的支持与厚爱。这些关切、呵护与支持已融入生命之中，但愿我今后不断写出扎实而富有新意的东西，以充实自己的生命，无愧于生命的馈赠。

张立敏

2019 年 3 月 29 日